著

太平洋戰爭之南洋烽火

帝國野心的崛起與衰落

珍珠港事件，點燃太平洋戰爭的烽火

瓜島激戰，將帥失策，損兵折將

「跳島」戰術推進勝利，逐一收復島嶼

蘑菇雲的升起，帶來戰爭的終結

反思戰爭的殘酷，珍惜得來不易的和平

目錄

目錄

自序

日本德仁太子為戰爭結束70週年發表宣告：「……在戰爭記憶漸漸淡去的今天，我認為謙虛地回顧過去，向不知戰爭的一代人，正確傳達日本過去所走過的歷史道路和悲慘經歷是非常重要的。」本書是長篇歷史紀實小說，內容反映日本帝國「南進」的興衰歷程。由於才疏學淺，唯恐掛一漏萬，希望讀者不吝賜教。本書的基本內容是根據相關史料，透過小說的形式，有條理地演繹而成，相信有助於讀者了解歷史，增進對戰爭的認識。故事內容都有歷史依據，可查閱附錄的參考書，小說中的人物對白和故事情節，純屬文學創作。這部作品的完成，首先歸功於前人豐厚的歷史記載，其次，要感謝新加坡國家圖書館豐富的珍藏。有關馬來西亞與新加坡的戰役已包含在另一本小說中，因此，本書不再重複這部分的內容。

明治天皇曾立下座右銘：「開拓萬里波濤，布國威於四方。」為日本「南進」的侵略道路定下了基調，日本占領琉球王國後，又相繼侵略朝鮮、中國、俄羅斯遠東、東南亞、太平洋群島……小說以日本為主角，相信更能揭示歷史的真相；然而，日本除天皇之外，政壇有如走馬燈，政治人物說換就換，席不暇暖者，比比皆是；奇怪的是，日本對外侵略的方針始終如一，而政府的窮兵黷武，國民也無怨無悔。

本書的內容，涵蓋東南亞與太平洋島嶼的戰事，反映日本與西方國家之間，為爭奪殖民地而爆發的戰爭。日本與列強的爭霸，我沒有喜惡之感，當麥克阿瑟逃脫魔爪時，我為他鼓掌，然而被他遺棄的十萬大軍，在絕望與無助中，成為階下囚，我又覺得可悲。後來美軍反攻時，無數絕望的日軍被活埋，甚至活活燒死在坑洞中，美軍坦克也活活碾死日本傷兵，數千日軍家眷或跳崖殉葬、或被美軍殺害。李梅（Curtis Emerson LeMay）瘋狂轟炸日本，令幾十萬無辜的平民喪生火海，當原子彈爆炸時，瞬間又奪走幾十萬無辜的人命……由此可見，美軍對日本人的屠殺，並不比南京大屠殺遜色，難道是因果報應，惡人自有惡人磨？嘆息之餘，我冷靜思考日本戰敗的因素，為讀者綜合如下：

一、地理條件決定了日本的宿命，日本是國土狹長的島國，缺乏策略縱深，一旦失去制空制海權，本土極容易遭受襲擊，美國正是瞄準日本的這個弱點，直搗黃龍，猛虎掏心，如杜立特（James Harold Doolittle）、李梅和蒂貝茨（Paul Warfield Tibbets）的轟炸，日本就防不勝防，本土尚且不保，妄論絕對防衛圈。

二、日本的綜合國力只及美國的十分之一，說明日本的戰爭潛力十分有限，除非在短期內取得策略性勝利，否則，就意味著失敗。偷襲珍珠港只是戰術上的勝利，美國並沒有因此殘廢或滅亡，自然無法改變全局。

三、日本資源匱乏，必須依賴進口來維持經濟的運轉，因此，經不起國際的制裁，必須鋌而走險以尋求突破，「南進」的戰爭也就不可避免了。

四、日本的侵略胃口大得出奇，所占領的地區尚未消化，便得隴望蜀，致使攤子越鋪越大，完全超乎日本的統治能力，不但兵力部署分散無序，統治根基也十分脆弱。美軍正是利用日軍的弱點，在戰役上集中兵力，形成對日軍的壓倒性優勢，然後各個擊破。

五、日本的海軍建制落後於美國，美軍建立以航母為中心的特遣艦隊，而日本卻維持航母單一作戰的體制，導致空戰無助於建立制海權，海戰又缺乏制空權，失去制空、制海權，也就無法保障島嶼的生存權。

六、日本的戰術巔峰就是偷襲戰，越過這座峰就黔驢技窮。美國卻發展出跳島戰術，藉由占領周圍的島嶼或據點，以切斷日軍的補給線，使其陷入孤立無援的處境，最終在生存壓力下，不得不自動撤退。

七、日本的戰爭決策者缺乏策略思維，沒有深謀遠慮，往往顧此失彼，患得患失。日本偷襲珍珠港，在戰術上是成功的，錯在志得意滿，留下後患。當時，日本的零式飛機比美軍飛機更具優勢，海軍艦隊也不比美國遜色，卻沒有占領夏威夷，尋求與美航母決戰，後來，意圖透過中途島戰役亡羊補牢，可惜為時已晚。又如瓜島如此重要，卻沒有重兵駐守而輕易喪失；失去後，又沒有盡快全力奪回，而是拖拖拉拉，細水長流。日軍成功砲擊瓜島機場，並取得夜間的制海權，卻沒有在日間展開大規模反攻？而是躲躲閃閃，一到天亮就收工，結果美軍好整以暇地鞏固戰區的控制權。當瓜島已成「雞肋」，又死纏爛打，沒有轉移進攻目標以尋求突破，而是越輸越多。

八、瓜島戰役之後，日本的作戰規劃往往閉門造車，水準每況愈下，例如從山本五十六的「伊號」到大本營的「捷號」，都是一號比一號慘。「伊號」愚弄了山本五十六，令他枉自丟命。古賀峰一的「呂號」，一上場就黔驢技窮而死於逃命。豐田副武的「渾號」，過於渾噩而草草收場，不料，他又推出「阿號」，下場更不堪入目，任由美軍展開海空大屠殺。大本營的「捷號」，雖然渾身解數，終究難逃劫數。

九、日本對無能的將領重用不疑，結果，指揮與決策都缺乏創新，甚至一錯再錯。南雲忠一在中途島戰役中，航母艦隊全軍覆沒，卻繼續被重用，直至輸得一乾二淨才罷休。南方軍總司令寺內壽一是海空戰的門外漢，東京大本營卻聽信他的指揮，導致菲律賓戰役一敗塗地。美國則不斷吐故納新，敢以新人取代無能的將領，從而改善軍隊的指揮與決策水準。

十、日本沒有利用戰爭促進軍事科技，美國則相反，不斷從戰爭中改進與創新武器，最終超越日本。如美艦使用新式雷達而先發制人，以魚雷偷襲日艦，尤其是美機的更新換代，使性能遠超零式戰機，而日本卻無自知之明，結果，屢戰屢敗，走向滅亡。

十一、日軍的後勤保障落後於戰事的進程，由於補給線太長和太脆弱，使日軍持續作戰的能力被嚴重削弱，尤其是制空、制海權的喪失，占領地的日軍因此陷入絕境。

十二、培養飛行員的時間比生產飛機更長，因此，美國十分重視戰場的選擇、布置和空難的搜救，開戰之前，總是預先設立簡易的戰區機場，以防戰機因受損、機械故障、油料耗盡、失去航母等狀況，得以緊急迫降。美軍開戰後，必定出動艦艇和水上飛機，全力搜救逃生的飛行員。相比之下，日航空隊的生存保障並不優良，往往打了就跑，跑不掉的飛行員就自生自滅，加上後來「機」不如人，每戰必敗，飛行員的生存率更低，新人又訓練不足，導致空戰能力嚴重下降，戰績一落千丈，最後，只能以同歸於盡的「神風特攻」作垂死掙扎，足見其瘋狂與無奈。

十三、日軍暴虐嗜殺，引發占領地的民憤，自然失道寡助，當美國反攻時，得不到當地人民的支持，而無法獲得物資補給，失敗就難於避免。

「夏蟲不可語冰」，生存在和平年代的人，享受著「陽光草莓」，自然無從理解戰爭的苦難與傳奇。我不曾經歷戰爭，只能想像戰爭。因此，在創作本書的過程中，心潮總是隨著戰爭的節奏，跌宕起伏，當寫到血流成河的悲慘畫面，心情更是沉重與無奈。我感嘆上帝造人，人造政治，政治卻演繹戰爭，戰爭改變了世界，世界的未來會是怎樣？是夢想還是夢魘？令人困惑。

第一章

處心積慮謀南進，鬼哭神號珍珠港

西元 1939 年 9 月德國入侵波蘭，引爆第二次世界大戰；次年，德國和義大利聯合對英法宣戰，德軍勢如破竹，不到一個月，法國便淪陷。僅半年時間，德軍就席捲歐陸，形勢發展之快令日本側目。東京大本營召開會議，參謀總長杉山元提議：「現在，法國與荷蘭算是亡國了，而兩國在東南亞的殖民地，已是無主之地，應該趁機奪為己有，不可錯過順風車。」陸相佃俊六也附和：「印度支那扼守海路要道，是南進的前哨；東印度群島盛產石油，是塊寶地，我們不可暴殄天物！」海相及川古志郎卻心存疑慮：「不錯，見機行事是我日本的傳統，然而，英美兩國會容許我們插手嗎？」外相松崗洋右堅定表示：「只要我們和德國結盟，就可名正言順的接收殖民地，又能共同對抗英、美兩國。」軍令部長伏見宮卻冷靜地說：「德日結盟是必然，但是德國必須接受，由日本單獨建立東亞新秩序。」

及川古志郎仍未消除疑慮，他說：「一旦與德國結盟，美國必然會對日本實施經濟制裁，我們的石油供應就會中斷。」松崗洋右指出：「只要建立大東亞共榮圈，便能破解美國的制裁。」參謀長閒院宮發言支持：「為了準備南進的戰爭，我們年年都大量進口石油，策略儲備足可使用兩年。只要開戰後的一年內，占領盛產石油的東南亞，美國的制裁就發揮不了作用。」及川古志郎仍然憂慮地說：「論綜合資源潛力，日本只及美國的十分之一，若無法速戰速決，後果不堪設想。」首相阿部信行卻認為：「我們只要不斷擴大占領區，未來日本的版圖肯定大過美國，資源潛力自然不比美國遜色。」及川古志郎還是憂慮地說：「英美都是航海大國，海軍力量都很強大，是南進的最大威脅。」閒院宮不以為然：「英國在歐洲已是泥菩薩過江自身難保，美國海軍遠隔重洋，遠水難救近火，後勤補給不如我們方便。」松崗洋右也說：「隨著德國占領歐陸，美國在亞洲已孤立無援，還要支援英國對德作戰，必然無法全力對抗；既然美、日兩國必有一戰，何不選擇當前的有利時機決一死戰？」伏見宮凝重地說：「此事不可草率，海軍部必須盡快擬定作戰計畫。」

正當日本政壇議論紛紛時，德軍席捲歐陸的消息也傳入暹羅，暹羅政府見法國戰敗，大受鼓舞，便知會法國政府：「我國要求索回湄公河西岸的失地，請完璧歸趙。」維琪政府虛以委蛇，暹羅見交涉不果，便對法宣戰，出兵占領湄公河西岸。法殖民地總督下令海軍上校：「立即率領艦隊展開反擊！」於是，法國艦隊駛向暹羅灣，艦長下令水上飛機前去偵察暹羅海軍的動向。不料，反而暴露自己的行蹤，暹羅海軍發現後，立刻下令開砲攻擊法國軍艦！可惜砲火射程不足而無濟於事，也因此暴露自己的短處。法軍艦長醒悟後，便乘機下令開砲反擊！結果，暹羅軍艦全軍覆沒，法軍艦長報告殖民地政府：「暹羅海軍徹底完蛋了！我軍擊沉一艘岸防砲艦和三艘魚雷艇。」暹羅政府嚥不下這口氣，便下令空軍：「空襲法軍的機場，為海軍報仇！」不料，暹羅所出動的四架戰機全部被法國戰機擊落，法軍僅損失一架飛機。接著，法軍展開反攻，驅逐入侵湄公河西岸的暹羅軍。暹羅戰敗後，政府出現政治危機，只好向日本求援。

於是，日本內閣召開會議，首相近衛文磨指出：「暹羅政府倒臺，不利日本南進的計畫，應該如何處理？」松崗洋右提議：「必須趕在英國斡旋之前，向法國維琪政府施壓，才有動手的機會。」於是，東京大本營下令山下奉文：「出動海南島的艦隊，封鎖西貢港口！」然後，正式警告法國維琪政府：「除非法國接受日本的條件，第一、讓我軍使用南圻的所有機場和港口；第二、退出湄公河西岸。否則我軍就攻入南圻，占領西貢。」此時，西貢海面已布滿日本艦隊，法殖民當局見兵力懸殊，只好接受屈辱的條件。接著，大本營通知山下奉文：「法國殖民地政府已經屈服，第25軍立刻採取行動，迅速進駐南圻的港口和機場。」於是山下奉文派遣近衛師團進駐南圻的軍事基地。儘管「日法協定」有限制駐軍的人數，但是山下奉文卻視協定為無物，日軍源源不絕地進入南圻。與此同時，暹羅得償所願，便完全倒向日本。

日本召開內閣會議，新任陸相東條英機說：「我軍在支那的戰事久拖不決，全因美國不斷提供支援，美國的軍火、燃料和每月一萬噸的物資，透過安南至雲南的鐵路線，源源供應中國政府。因此唯有占領北圻，才能切斷中國政府的外來援助。」恰好此時，法國維琪政府向日本抗議：「貴國無限制派遣軍隊進駐南圻，違反兩國所簽署的協定，特此嚴重抗議！」日本趁機知會法國維琪政府：「你們通往雲南的鐵路，不斷為中國軍隊提供支援，嚴重威脅我軍在中國的安全，必須即刻關閉，否則後果自負。」日本惡人先告狀，維琪政府不敢抗辯也不願得罪美國，因此採取置之不理的態度。

此時，日軍已占領廣西南部的龍州縣，大本營下令中村明人中將：「率領第5師團越界進入安南，迅速占領北圻。」日軍奉命南下，在諒山與法軍激戰，兩天後諒山失守；然而在諒山通往河內的公路上，法軍繼續沿途阻截。於是，大本營命令山下奉文：「即刻出兵北圻，支援中村明人，南北夾攻法軍。」

山下奉文下令航空隊轟炸海防。兩天後，他又下令西村琢磨派遣近衛師團四千五百人和十二輛坦克立即登陸海防。法軍在灘頭抗擊登陸的日軍，雙方激戰一天，法軍不支潰退，海防宣告失守；西村琢磨下令近衛師團留下九百人駐守港口，其餘繼續挺進河內，占領內排空軍基地。法軍腹背受敵，便放棄抵抗，紛紛向南圻撤退。

西村琢磨見法軍已撤離北圻，便下令近衛師團留下六百人防守機場，其餘乘火車直抵雲南，攻占老街和北江市，封鎖雲南的邊界口岸，切斷美國的援華通道。

日本成功占領印度支那後，近衛文磨對大本營說：「現在我軍占領了安南的北圻，中國的出海通道完全被封鎖，與其讓軍隊孤守南寧，不如退守北圻，好讓近衛師團可以南進。」於是，大本營下令久納誠一率領第22軍退守中越邊境，酒井隆率領第23軍防守華南沿海。

美國針對日本入侵法屬印度支那提出嚴重的外交抗議，並且宣布：「即日起，凍結日本在美國的資產，禁止企業向日本供應軍用原料。」此時，德國外長派遣特使斯塔馬前來東京，談判有關結盟事宜；兩天後，天皇召開御前會議，拍板定案締結德日義三國同盟條約。消息曝光後，美國立刻宣布：「即日起，禁止美國企業向日本輸出航空油料，完全停止對日本的石油出口。」接著，倫敦的荷蘭流亡政府也宣布：「即日起，廢除日荷石油協定，不再出口石油給日本。」

大本營為此召開會議討論，新任軍令部長永野修身嚴正指出：「日本每年進口石油五百萬噸，其中百分之九十來自美國，百分之十來自東印度群島，美國的禁運措施，必然會沉重打擊經濟和軍事發展。」參謀總長杉山元憂慮地說：「我們的石油儲備，雖然足夠使用兩年，然而一年後，許多產業就會癱瘓下來，如果還不果斷南進，經濟危機很快就會爆發，到時豈不是不戰自敗？」近衛文磨發言附和：「荷屬東印度群島的石油，年產量高達八百萬噸，供應日本綽綽有餘，因此，南進是唯一的出路。」陸相東條英機更堅定的支持：「不錯，我們必須組建新軍，加速南進的步伐，否則，一旦油料用盡，連仗都不必打了。」

日本南下的戰鼓頻催，松崗洋右建議：「為了安心南進，最好和蘇聯簽訂互不侵犯條約，以解除後顧之憂。」然而蘇聯只同意簽訂「中立條約」，為期 5 年。不料兩個月後，德國閃電入侵蘇聯，史達林責令駐日大使詢問日本：「貴國是否繼續遵守中立條約？」大本營為此召開緊急會議，松崗洋右首先發言：「我們應該履行同盟國條約，進攻蘇聯。」東條英機反對：「德國進攻蘇聯，事先並沒有和日本磋商，而中國與蘇聯又簽有中立條約；如果對蘇開戰，而美國又參戰的話，我軍就會腹背受敵，南進計劃就會流產。」新任參謀總長杉山元也說：「中國資源有限，無論人力還是物力，都無法同時迎戰兩個大國的攻勢，因此應該遵守日蘇中立條約，專注南進的計畫。」永野修身附和說：「我們迫切需要的是石油，只有盡快南下才能解除燃眉之急。」

日本內閣在確定外交立場之前，奏請天皇召開御前會議。各方陳詞後，天皇冷靜地說：「張鼓峰和諾門罕事件，說明蘇軍的戰鬥力很強大，北進毫無勝算；而支那戰事膠著，也非短期之內可以解決，只宜保持現狀。如今德蘇交戰，我軍南進可無後顧之憂，成功的希望比較大；但是德日是同盟，還必須警戒蘇聯的進犯。為了控制策略資源，我軍要不惜與英美開戰，今後要採取北守南進的策略。」松崗洋右建議：「既然蘇聯有求於我們，何不順便提出要求？」天皇淡定地說：「所提的要求，必須是蘇聯所能接受，否則我們會陷入被動。」東條英機建議：「就要求蘇聯解散共產國際！」不久，史達林接受日方的要求，但是沒有明確解散的期限。

隨著南進的戰鼓越擂越急，大本營再召開會議，永野修身指出：「南下戰爭的軍事準備尚未完成，外務省必須繼續與美國談判，藉以迷惑和麻痺敵人。」近衛文磨心有疑慮地說：「美國對松崗洋右極其反感，恐怕他難於勝任。」松崗洋右只好宣布辭職，由豐田貞次郎繼任，近衛文磨對他說：「你可以主動要求與美國談判，只要美國解除制裁，不干預日本占領中國、朝鮮和印度支那，便可答應我軍停止南下；如果美國不肯接受，則盡量拖延談判，直至開戰。」豐田貞次郎卻挑明：「美國正是要求日本退出中國和印度支那，雙方立場南轅北轍，因此我能夠拖延的時間恐怕不多，軍部要儘速完成開戰的準備，才是關鍵。」東條英機全力支持：「不錯，應該定下談判的最後期限，否則就開戰！」近衛文磨考慮到美國強大的實力而舉棋不定，無法定下最後期限，東條英機見他猶豫不決，十分不滿地說：「到底什麼時候開戰？如果你害怕的話，就回家養老好了。」於是，近衛文磨順水推舟，主動率領內閣辭職，位子尚未坐穩的外相豐田貞次郎只好跟著下野；東條英機當仁不讓地出任首相，還繼續兼任陸相。

隨後，東條英機召開大本營擴大會議，海相嶋田繁太郎首先說：「東南亞的石油產地位於婆羅洲和蘇門答臘，遠離日本達五千多公里，中間還隔著菲律賓和馬來亞；直接奪取石油產地，必定會遭受英美兩國的阻截，交通線毫無保障。」杉山元建議：「我軍可以先占領菲律賓和馬來亞，剷除英美的障礙，然後再從兩地撥出兵力，奇襲婆羅洲和蘇門答臘，便可成功占領產油區。」永野修身則提醒：「奪取石油產地宜早不宜遲，否則英美荷澳加強防備，奇襲就會變成強攻，強攻下來後，當地石油的生產設施，恐怕也會被破壞殆盡。」東條英機表示支持：「沒錯，奪取石油產地必須奇襲，除了爪哇之外，東南亞地區之戰都應該在第一階段裡進行。」永野修身加以補充：「戰爭爆發後，必須以奪取機場、港口和交通線為首要進攻目標，才能迅速延伸軍事力量。」

東條英機問杉山元：「我軍對美國的作戰方案擬訂好了嗎？」參謀總長杉山元回答：「軍部的計畫是先攻占英美的殖民地，然後建立絕對國防圈，以戰艦擊沉美國的艦船。」聯合艦隊司令山本五十六表示反對：「去年，英國在地中海的航空母艦以飛機施放魚雷，就擊沉了義大利三艘戰列艦、兩艘巡洋艦和一艘驅逐艦，本身只損失兩架飛機。由此可見，以艦對艦的戰法已經過時，海軍航空隊才是決定戰爭的關鍵。」嶋田繁太郎問道：「你的意思是以航母守衛絕對國防圈？」山本五十六進一步說明：「美國的海軍比我們強大，僅憑守衛是不夠的，首戰必須閃電突襲，預先摧毀美國的海空軍實力以縮小雙方的實力差距。」東條英機十分讚許：「沒錯，美國賴以作戰的是海空軍，只要先摧毀其飛機戰艦，便能遲滯美國的軍事干預，為我軍完成南進計畫爭取時間，然後便可全力對抗美國。」永野修身不以為然地問：「要突襲美國本土，太遙遠了吧？」山本五十六解釋說：「美國威脅日本的兵力不在其本土，而是集中在太平洋的夏威夷，只要成功摧毀美軍的太平洋艦隊，就等同砍斷美國的一隻手臂。」東條英機讚道：「很有道理！」杉山元疑慮地問：「從日本到夏威夷航程三千五百海里，中途不會被美國發現嗎？」山本五十六凝重地說：「戰爭也是一種賭博，靠的是天佑，當年日本迎來神風，兩度摧毀元帝國的艦隊，靠的就是天佑。」

東條英機叮囑新外相東鄉茂德：「為了掩護南進的作戰意圖，外務省要向美國繼續施放談判的迷霧，同時掩護中國間諜的活動。如果在 12 月 1 日前，談判沒有取得成果，只需維持談判姿態，不必太認真。」東鄉茂德建議：「好，可以委派來棲三郎大將當特使，協助駐美大使野村吉三郎談判以示鄭重其事，便能麻痺美國的警戒性。」稍停片刻，他問道：「開戰後，歐美在亞洲各地的企業和資產要如何處理？」東條英機堅定地說：「既然美國可以凍結日本的資產，我們就成立國策公司負責接收歐美的資產好了。」

會後，山本五十六對永野修身說：「你設法派軍事人員進入檀香山蒐集情報，以便制定突襲珍珠港的計畫。」於是，原本已編入預備役的吉川猛夫接到前往夏威夷的祕密使命，軍令部課長對他說：「你通曉英文和熟知美國海軍，相信你能出色地完成這份特殊任務，今後你的名字叫森村正。」森村正辦理了護照和船票後，便乘坐日本郵輪「新田號」，跨越太平洋來到檀香山；他的身分是領事館書記，實際上過著遊手好閒的生活。森村正經常眼戴墨鏡、身穿綠色西裝褲和鮮豔的夏威夷襯衫混跡於當地日本人的社群，因此美國當局很難發現他的活動。這天，他叫了一輛計程車，借兜風之機四處觀察地形。他來到阿萊瓦高地時，意外見到一座日式酒樓「春潮樓」，便大搖大擺地進去光顧。他站在酒樓的陽臺放眼四眺，發現整個珍珠港一覽無遺，甚至東側的西卡姆機場也看得一清二楚；而且二樓的房間裡還設有望遠鏡，可以清楚無誤地窺視戰艦的全貌，森村正欣喜若狂。

此後，森村正每天都來春潮樓，既是「春潮」，當然不乏日本藝妓，正好可以消解寂寞，特別是流連於「尋幽探密」。他除了記錄美海軍和空軍的活動之外，有時也乘坐小型飛機從空中遊覽夏威夷群島，珍珠港更是盡收眼底。經過多次偵察後，他向軍部報告：「每逢週末，珍珠港內總是集中大批軍艦，除此之外，整個夏威夷群島都沒有軍艦停泊。」軍部指示森村正：「你可以喬裝成甘蔗園工人接近並觀察空軍基地，探查飛機的架數、飛行方向、出發與返回的飛行時間；也可以喬裝成垂釣者在海軍基地流連忘返，暗中記錄軍艦的種類、型號和數量；晚上，你就去美國水兵聚集的街道，假借喝酒之機，設法與酩酊大醉的水兵打交道，或者可以收穫酒後的真言。」

果然，森村正順利完成任務，不斷向日本發送情報。日本軍部大喜，於是又指示森村正：「我們極需掌握夏威夷群島的氣象數據，你設法提供詳情。」森村正暗想：美國視氣象圖為軍事機密，甚至天氣預報也沒有每天見報，如何獲取情報？森村正查遍市內的圖書館和大學都一無所獲。正當他深感苦惱時，大學向他介紹一個人，他是日裔業餘天文學家，他對森村正說：「夏威夷三十年來沒有經歷過暴風雨。珍珠港所在的歐胡島有一條東西走向的山脈；山脈的北面總是陰天，南面卻是陽光明媚。」森村正暗想：難怪美國的軍事基地都設在南面，而且從不往北面派遣巡邏機。

森村正將所獲取的數據全部發送給日本軍部，其實美國也曾破譯他的電文，只因內容隱晦，這些電文始終沒有引人注意。日軍部接到情報後，聯合艦隊參謀長草鹿龍之介少將對山本五十六說：「根據調查，每年的十一月和十二月，通常船隻為了避開暴風雨氣候，都不會在北緯 40 度以北航行，因此聯合艦隊應該先走北太平洋航線再南下夏威夷，我軍的行動才能保持隱密。」山本五十六點頭說：「好吧，十月下旬派遣『大洋號』客輪去探路，沿這條路線航行至夏威夷，再循原路返回日本；同時，必須派人隨船蒐集沿途的資料，客輪回來後，我們就準備出征。」

山本五十六見已安排妥當，便去視察航空部隊的訓練，他對指揮官淵田美津雄中佐說：「飛行員要掌握高空轟炸和俯衝轟炸的技巧，才能提高轟炸的精確度；此外，戰鬥機要訓練空中編隊的戰術和單機格鬥的技巧，才能有效掩護轟炸機和航空母艦。使用魚雷要因地制宜，通常海港的水比較淺，必須使用淺水魚雷，否則一頭栽入水底的泥沼，魚雷就會失效。」山本五十六循循善誘之後才離開。

一年來，日美雙方拖拖拉拉地討價還價，始終沒有達成協議，但是會談也沒有破裂，而是斷斷續續地進行。當日本暗定的談判期限就要截止時，美國國務卿赫爾卻拋給日本一份備忘錄：「一、日本廢除德義日三國同盟條約，二、日本從中國和印度支那撤出所有軍隊。」東條英機讀罷大怒，他對內閣說：「即日起，放棄對談判的幻想，積極從事戰爭動員。」日本發動南進戰爭的步伐正在日趨逼近，天皇召開御前會議，批准南方綜合作戰計畫，東鄉茂德對回來述職的駐美大使野村吉三郎說：「這份宣戰書，你要在開戰之前半小時再提呈給美國政府，以免打草驚蛇。」

接著，大本營召開軍事擴大會議，山本五十六、寺內壽一、山下奉文、本間雅晴、今村均和飯田祥二郎等受邀參加，東條英機對他們說：「我國將啟動驚天計畫，你們將是計畫的光榮執行官，你們的準備時間只有一個月，回去之後要趕快籌備。」軍令部長永野修身宣布：「即日起，成立四十萬人的南方軍，由大將寺內壽一出任總司令，塚田攻中將任參謀長。南方軍分成以下五條戰線，等候開戰命令：一、太平洋島嶼戰線，由聯合艦隊和海軍陸戰隊執行，山本五十六任司令，草鹿龍之介任參謀長；二、馬來亞戰線，由第25軍執行，山下奉文任司令，鈴木宗作任參謀長；三、菲律賓戰線，由第14軍執行，本間雅晴任司令，前田正實任參謀長；四、東印度群島戰線，由第16軍執行，今村均任司令，崗崎清三郎任參謀長；五、泰國和緬甸戰線，由第15軍執行，飯田祥二郎任司令，諫三村樹任參謀長。」

這天，日本客輪「大洋號」完成偵察任務後，從夏威夷的檀香山返回日本，隨船的參謀立即向軍部彙報，草鹿龍之介研究「大洋號」的行程紀錄後，報告山本五十六：「『大洋號』的航行記錄符合我們的預測，聯合艦隊可以按計畫出發！」於是，日本第一航空艦隊司令南雲忠一中將率領六艘航空母艦，運載三百餘架戰機，靜悄悄地駛向北太平洋的深處；果然「天佑」

日本，北太平洋的天空是陰沉沉的，海面上也瀰漫著濃霧。接著，日航母艦隊逕自南下駛向夏威夷群島。日艦隊的步步逼近，美軍卻毫不知情。此時的夏威夷正忙著準備過聖誕節，軍官士兵都在岸上飲酒作樂。歐胡島上的珍珠港，除了沒有航空母艦和重巡洋艦之外，太平洋艦隊的其餘軍艦都在此停泊，軍機也都集中在機場上。

凌晨兩點時，整個歐胡島靜悄悄，人們在狂歡後都進入了夢鄉。此時，日潛艇司令佐佐木半九大佐率領五艘潛水母艦鬼魅似的來到珍珠港附近，每艘母艦都攜帶五艘特種潛艇，每艘特種潛艇由兩名艇員駕駛。佐佐木半九下令潛水母艦：「釋放特種潛艇，立即衝入珍珠港！」此時，美軍驅逐艦「沃德號」、掃雷艇「禿鷹號」和「克勞斯比爾號」正在港外值勤，突然，「禿鷹號」的軍官麥克羅伊喊了起來：「你們看，這是不是潛艇的尾波？」「沃德號」驅逐艦長是奧特布里奇，他觀察後心中起疑，便和其他軍官商量，有人說：「可能是鯊魚游入港內，繼續觀察吧。」此後，沒有新的發現，奧特布里奇也就不了了之。

當曙光照進珍珠港，一艘美國海軍的貨船正拖著一艘駁船駛入軍港，船上的值勤軍官突然驚叫：「水面上有潛艇的瞭望塔！」他隨即通知附近的驅逐艦，「沃德號」迅速趕來，艦長奧特布里奇下令：「開砲！」第一顆砲彈掠過瞭望塔，第二顆砲彈準確擊中潛艇，海軍巡邏機也投下深水炸彈，只見潛艇的艇身向右傾斜，然後逐漸沉入海底；奧特布里奇見海面恢復平靜，心想：大概是妄圖偵察的鼠輩自尋死路而已。於是，拖著一夜的疲勞率領艦隊回港了，但卻忘記關閉防潛閘門。

戰爭的腳步從開始的以日計，到現在的以秒計，終於，南雲忠一下令：「淵田美津雄負責第一波攻擊，島崎重和負責第二波攻擊，飛機立即起飛！」第一批近兩百架日機騰空而去，一小時後，第二批飛機也離艦而去。此時日機像蝗蟲似的鋪天蓋地而來，美軍雷達的銀光幕上出現巨大的舌尖脈衝訊號，正在值勤的雷達兵緊張地上報，然而上司回覆：「我軍 B-17 轟炸機隊正飛來歐胡島度假，不必大驚小怪。」

不久，飛機引擎的轟鳴聲「虎虎虎」地響徹歐胡島的上空，首先遭殃的是位於中部的惠勒機場，機場上一半以上的飛機被炸毀。接著，魚雷機對珍珠港內的美艦展開攻擊：戰列艦「亞利桑那號」首先被魚雷擊中，過後，日轟炸機又投下五顆炸彈，戰列艦的燃料儲存艙被炸毀，整條船隨即大火狂燒，火勢引發彈藥艙大爆炸，頃刻間，「亞利桑那號」斷成兩截，艦上的一千五百多名美軍喪生；戰列艦「奧克拉荷馬號」也被魚雷命中而傾覆海里，四百多名美軍喪生；戰列艦「加州號」遭兩枚魚雷命中後逐漸沉沒；戰列艦「西弗吉尼亞號」遭受六枚魚雷的重創，卻奇蹟般沒有沉沒；其他戰列艦「內華達號」、「馬里蘭號」、「田納西號」等也都遭受重創。

當第一波攻擊結束後，日大使野村吉三郎正式向赫爾（Hermann Hoth）提交宣戰書。此時，日第二波攻擊卻已經到來，機群撲向歐胡島的東側，停泊在港內和船塢裡的軍艦慘遭轟炸，其中戰列艦「賓夕法尼亞號」只中一顆炸彈，損失輕微，但是「內華達號」卻被六顆炸彈擊中，擱淺在沙灘上，其餘驅逐艦、輔助艦等都受到重創。島上六個機場的設施也遭受嚴重破壞。經過兩輪狂轟濫炸後，珍珠港如臨世界末日，烈火熊熊，濃煙滾滾。森村正和日領事喜多一起觀望蔽空的濃煙，他們相擁慶賀，低聲叫道：「成功了！」接著，他們馬上燒毀密碼和檔案，不久後兩人都被聯邦調查局（Federal Bureau of Investigation，簡稱 FBI）逮捕。

歐胡島上的陸軍基地沒有受波及，但是陣陣清晰的爆炸聲，不斷從珍珠港傳來。陸軍司令肖特（Robert McCawley Short）中將疑惑不解：「究竟發生了什麼事？」他拚命在營地裡撥電話，然而電話始終打不通，他想：大概電話線都斷了。與此同時，美國太平洋艦隊司令金梅爾（Husband Edward Kimmel）上將驚愕莫名，他呆立在窗前觀望，直到彈片擊中玻璃窗時他才如夢初醒。美國總統羅斯福（Franklin Delano Roosevelt）十分惱怒，隨即下令：「解除金梅爾的職務，由尼米茲（Chester William Nimitz, Sr.）接任太平洋艦隊司令。」偷襲珍珠港事件便成為日、美戰爭的序曲。

空襲珍珠港後，南雲忠一向總司令部報告：「航空隊的兩輪攻擊，摧毀美軍十九艘軍艦和三百架飛機，美軍死傷三千多人；我軍則損失特種潛艇五艘、飛機二十九架和五十五名飛行員。但是珍珠港仍然有戰艦、飛機和軍事輔助設施還未摧毀，是否要發動第三波攻擊？」聯合艦隊參謀草鹿龍之介暗想：美軍航空母艦不知所蹤，如果我機再去轟炸珍珠港，而美軍航母突然出現的話，南雲必定難逃厄運。於是逕自下令：「航母艦隊立即返航！只要安全回來，就是勝利。」然後，他向山本五十六報告：「美航母艦隊不在珍珠港，但是港內的美軍太平洋艦隊已遭受毀滅性打擊！」山本五十六聽後仰天長嘆：「斬草不除根，春風吹又生！」他心裡雖然惋惜，卻掩蓋不住得意之色，他自言自語地說：「經此打擊，美國海軍至少半年無法作戰。」另一方面，尼米茲視察夏威夷後，報告海軍部：「珍珠港的輔助軍事設施，如儲油庫和維修廠房等依舊完好無損；而且多數戰艦只是炸傷，而非炸沉，可以陸續修復。」由於美軍的航空母艦和重巡洋艦都倖免於難，半年後，美國海軍又重振雄風。此為後話。

珍珠港被炸幾個小時後，關島總督麥克米林（George McMillin）還在睡夢中。突然，電話鈴聲響個不停，他被驚醒後不耐煩地拿起電話筒，粗聲地問道：「天還沒有亮就擾人清夢，到底發生了什麼事？」對方說：「華盛頓發來電報，說美日已經宣戰！」這突如其來的消息驚呆了麥克米林，他心想：吃完早餐後，馬上召集軍事會議。然而他才喝完一杯咖啡，日本的飛機就「虎虎虎」地來了，在日機的狂轟濫炸下，關島濃煙蔽日，麥克米林接到報告：「燃料庫發生大火，倉庫也被炸爛，島上唯一的軍艦『企鵝號』掃雷艇也被炸沉……」日機的轟炸持續到傍晚才結束。

第二天，日機見關島已無抵抗力，只轟炸一次就停止了。實際上，關島守軍只有五百餘人，沒有重型武器，都是步槍和機槍。第三天凌晨，五千名日特種部隊大舉登陸，於西班牙廣場發生短暫的戰鬥後就無聲無息，而其他地區只有零星的槍聲。總督麥克米林見大勢已去便宣布投降，戰鬥隨即停止。聯合艦隊報告總部：「我軍成功占領關島，僅損失一架戰機和一人陣亡。」

幾乎與關島戰役同時，梶岡定道少將率領日第 4 艦隊駛向太平洋中的威克島。偵察機報告：「這裡是三個互相環繞的珊瑚島，北面是皮爾島，南面是威爾克斯島，東面則是威克島，中間的內海是天然良港。威克島是美國重要的海空基地，島上有兩條飛機跑道、三組岸防重砲、十二門防空高射砲和反登陸的機關槍……」珍珠港的勝利衝昏了梶岡定道的頭腦，他沒有先展開空襲以測試島上的防禦火力，便冒然下令：「今晚發起總攻！」不料，當晚風急浪高，換乘困難，總攻只好延期。

天亮後，梶岡定道下令軍艦砲擊威克島。島上的儲油庫被艦砲擊中，引發熊熊大火，梶岡定道暗想：島上黑煙滾滾，看來防禦設施已被摧毀。砲擊僅持續一個多鐘頭，他便下令日軍：「開始換乘，準備登陸！」突然轟的一聲，海面上升起高大的水柱，原來美軍以岸砲來反擊，梶岡定道大驚失色，緊急下令艦隊：「快向後撤退，脫離岸砲的射程！」日旗艦「夕張號」率先脫離了戰區。

說時遲那時快，一批砲彈齊射過來，日驅逐艦「疾風號」的艦橋和船身被擊中，引發劇烈爆炸，甲板燃起熊熊大火，「疾風號」逐漸沉沒，葬身海底；另外兩艘驅逐艦「追風號」和「彌生號」也被岸砲擊傷。不久，美機轟炸日艦隊，日驅逐艦「如月號」被燃燒彈擊中，造成熊熊大火，火勢引發船上的魚雷連串爆炸，結果「如月號」沉沒海底；接著，日運輸艦「金剛號」也被美機擊沉。

梶岡定道見損失慘重，只好下令第 4 艦隊返回瓜加林環礁的基地。日驅逐艦「望月號」正在收容換乘的登陸部隊，接到撤退令時剛好完成任務，便匆忙尾隨旗艦而去。抵達馬紹爾群島後，梶岡定道報告總部：「我軍進攻威克島失利，驅逐艦有兩艘被擊沉、兩艘被擊傷，運輸艦一艘被擊沉，傷亡……」

此時，聯合艦隊正從夏威夷凱旋而歸，途中接到電報：「梶岡定道兵敗威克島！」南雲忠一遂下令航母艦隊進軍威克島。同時，草鹿龍之介也下令梶岡定道：「立即率領第 4 艦隊，重返威克島！」於是，一場「殺雞用牛刀」的戰鬥開始了，日航空母艦的艦載機紛紛起飛，瘋狂轟炸威克島的所有機場，島上的飛機盡數被摧毀。

凌晨時分，梶岡定道下令：「內田、板谷，你們各率領一個中隊從威克島西端搶灘登陸，高野率領一個中隊登陸威爾克斯島。」

不久，日登陸艇被美軍的探照燈發現，高野中隊只好跳水躲避，冒著槍林彈雨強行登陸威爾克斯島。由於島上密布兩公尺高的灌木叢，日軍登陸後竟然迷失在灌木叢裡，結果遭逢美軍的圍困。混戰中，高野中隊八十多人喪命；另外，登陸威克島的日軍也被消滅，內田中隊長戰死。

然而一個鐘頭後，美守將德弗洛少校接到報告：「日軍已大規模登陸，我軍被團團包圍了。」此時，天空上的日機來回轟炸，地面上的美軍死傷纍纍，德弗洛用望遠鏡窺視後，暗地裡想：海面上布滿日軍的戰艦，天空上也都是日機，看來大勢已去，再抵抗只是徒增傷亡。於是下令升起白旗，宣布投降。梶岡定道急忙報告總部：「我軍已占領威克島，美軍傷亡幾百人，被俘幾千人；我軍傷亡六百人……」顯然，山本五十六對他的成績很不滿意。戰事結束後，日本聯合艦隊繼續南下吉爾伯特群島，這裡原是英國的殖民地，日軍在沒有遭逢抵禦之下占領吉爾伯特群島，山本五十六下令：「在塔拉瓦島修建機場，在馬金島建造水上飛機基地。」

南進戰爭的輝煌勝利令日本舉國沉浸在歡騰之中。山本五十六召開聯合艦隊的參謀會議，他言辭沉重地說：「令我擔心的是，今天的勝利也會喚醒沉睡的巨人，美國航空母艦至今完好無損，我們要準備面對美軍的報復。」草鹿龍之介說：「我們必須在報復到來之前，幹掉美國的航母艦隊，否則被幹掉的也許是我們。」

聯合艦隊在太平洋的勝利，以及山下奉文攻入馬來亞的消息，令日第 14 軍司令本間雅晴再也坐不住了，於是他掀起席捲菲律賓的戰爭風暴，欲知詳情，且看下回分解。

第二章

大撤退困守巴丹，階下囚彈盡糧絕

日本發動南進戰爭之前，本間雅晴中將已率領第 14 軍進駐臺灣，他在參謀會議上說：「美國在菲律賓的軍事基地，是我軍南進的最大威脅，只有先行摧毀，才能占領菲律賓。」參謀長前田正實說：「美國在菲律賓建有克拉克、艾爾貝姆和尼古拉三大空軍基地，尤其是美軍的 B-17 轟炸機嚴重威脅臺灣的安全；而甲米地海軍基地，更是美國亞洲艦隊的總部，如果讓美國先發制人，我軍難有倖存的道理。」本間雅晴點頭同意：「沒錯，必須趁美國還未反攻之前先下手為強，摧毀其軍事據點，才能順利南下菲律賓。」前田正實補充說：「必須出其不意發動空襲，才能摧毀這些據點。」此時，電報員進來報告：「大本營來電。」本間雅晴接過電報來看，只見上面寫著：「第 25 軍已攻入馬來亞，聯合艦隊也成功襲擊珍珠港，第 14 軍馬上行動！」

布里爾頓（Lewis Hyde Brereton）少將是美國遠東空軍司令，美、日宣戰後，他緊張地來見總司令麥克阿瑟，不巧他在開會，布里爾頓便向總參謀長薩瑟蘭（Richard Kerens Sutherland）少將說：「為了避免菲律賓重蹈珍珠港的覆轍，我建議空襲臺灣。」薩瑟蘭說：「我會轉達你的建議，但是沒有命令之前，不得妄自行動。」薩瑟蘭轉達布里爾頓的建議後，麥克阿瑟問他：「你認為此議是否可行？」薩瑟蘭說：「現在歐洲戰事吃緊，珍珠港又遭空襲，我軍的海空力量尚未恢復。若此時主動出擊，必招來日軍的大規模反擊，而太平洋艦隊已無法提供支援，到時我們必陷入困境。因此必須盡力推遲開戰的時間，以配合全局的反攻。」遠東軍總司令麥克阿瑟（Douglas MacArthur）說：「沒錯，越晚開戰越有利，而且必須以逸待勞，於菲律賓的本土上殲滅日軍。」

當曙光初現臺灣島時，日第 5 航空隊司令小佃英良下令：「起飛四十五架轟炸機，前往轟炸呂宋島！」不久，雷達兵報告布里爾頓：「防空雷達發現飛機來襲。」他聽了大為吃驚，立即下令：「所有戰機起飛攔截，轟炸機也全部起飛，以免在地面上被炸毀。」由於菲律賓的天氣突變，空中雲層濃厚，地面霧霾瀰漫，能見度非常差，飛機無法發現對方。日機受到航程的限制而無法飛抵克拉克機場，於是航空隊隊長下令：「轉移目標，轟炸呂宋島北部的土格加勞機場，以及碧瑤附近的軍營！」這些都不是重要的目標，而且轟炸只造成輕微的損失，麥克阿瑟毫不在意，然而布里爾頓卻有不祥的預感，他仍然建議：「日機此番空襲不成恐怕還會再來，不如先發制人，空襲臺灣。」麥克阿瑟說：「再觀察一天吧，如果日機再來，我允許你去報復他們。」

這個時候，臺灣的天空也是陰霾不散，本間雅晴見天氣如此惡劣，心裡十分憂慮，他暗想：如果美機先來轟炸臺灣，那可是滅頂之災。不久，日偵察機出現在菲律賓，飛行員向臺灣總部報告：「馬尼拉上空出現斷雲，地面目標清晰可見！」本間雅晴聞報大喜，與此同時，臺灣機場的霧霾也在逐漸消散。於是，他下令航空隊長塚原二四三：「指揮海軍航空隊，迅速轟炸呂宋島！」頃刻間，三百架日轟炸機直撲菲律賓。

時已近午，早前起飛的美軍飛機還在空中盤旋，隨著油料即將耗盡，而日機卻沒有到來，美機只好陸續降落機場。飛機留下來添油，而機師則去享用午餐。機場上除了布滿飛機之外已看不見人影，甚至電話接線員都午休了。突然雷達螢幕上出現巨舌形的脈衝訊號，雷達兵驚叫起來：「不好，敵機來襲！」於是便緊急打電話給空防警報處，然而始終沒有人接聽。雷達兵急得團團轉，只好用電臺呼叫，但是也沒有人回應。直到值班的上尉用餐回來，空防警報處的電話才接通，雷達兵焦急地報告：「發現大批飛機向呂宋島飛來。」上尉即刻下令：「拉響警報！」可惜為時已晚，機場上空已覆蓋密密麻麻的轟炸機，天上彈如雨下，尖銳淒厲的警報聲伴隨著此起彼落的爆炸聲，地面上浮起一朵朵的火球，克拉克機場的飛機瞬間化為灰燼，整個轟炸持續了一個小時，塚原二四三報告司令部：「我軍成功轟炸克拉克機場，摧毀敵機七十餘架，包括十八架 B-17 轟炸機和五十五架戰鬥機。」

不久，美軍的甲米地海軍基地也遭到滅頂之災，日本近百架轟炸機盤旋在基地的上空，閃爍著紅光的炸彈一顆接一顆地落在地面上。但見大火狂燒，濃煙滾滾，爆炸聲持續不斷，日機的轟炸長達兩個小時。海軍的彈藥庫裡存放著兩百多枚潛艇專用的新式魚雷，當大火蔓延至彈藥庫時便發生驚天的爆炸，爆炸掀起強大的氣浪，美海軍基地徹底被摧毀。此時，美國的亞洲艦隊恰好出外執勤才躲過這場劫難。麥克阿瑟見狀，便通知哈特中將：「亞洲艦隊已無棲身之所，你還是盡快轉移艦隊去澳洲吧，以免再蒙受損失。」日航空隊報告司令部：「美軍的甲米地海軍基地已被炸毀，我軍同時炸毀兩艘美軍潛艇和一艘支援艦。」

山本五十六對航空隊的戰果非常滿意，隨後幾天，日機又繼續轟炸，美機的損失也進一步擴大，最後只剩下四架戰鬥機。日機受到航程的限制，無法轟炸民答那峨島，因此，島上十七架 B-17 轟炸機得以倖免。麥克阿瑟驚呆之餘，只好下令布里爾頓：「將剩餘的飛機轉移去澳洲吧。」接著，他下達作戰命令：「呂宋島劃分為南北兩個戰區：溫賴特（Jonathan Mayhew Wainwright IV）准將負責防守北呂宋，帕克（George M. Parker）准將負責防守南呂宋。各自部署灘頭的防禦陣地，準備消滅登陸的日軍！」

菲律賓與珍珠港的結局頗有異曲同工之妙。轟炸結束後，土橋勇逸中將下令第 48 師：「組建六千人的先遣隊，兵分三路進軍菲律賓：一支小部隊先占領巴坦群島，控制巴士海峽；其他兩支部隊分別登陸呂宋島，占領西北部的維甘和阿帕里，迅速控制當地的機場。」在海空火力的支援下，日第 48 師的先遣隊順利完成任務，第二天，日機便進駐維甘機場。

駐守帛琉群島的日第 16 師也奉命出發，日軍兵分兩路進軍菲律賓，師長森岡皋下令：「木村率領第 20 聯隊兩千五百人登陸呂宋島南部的黎牙實比，占領機場後，繼續北上。第 16 師主力兵分兩路，進軍民答那峨島的達沃：坂口支隊登陸達沃的西北部，三浦支隊登陸達沃的東北部；然後聯手救出被拘捕的僑胞。」登陸達沃之後，日第 16 師主力擊潰三千五百名的美菲聯軍，迅速占領機場，並解救兩萬三千名被扣押的日僑。

本間雅晴報告大本營：「我先遣部隊旗開得勝，已按部就班完成作戰計畫！」接著，他下令高橋伊望海軍中將：「率領第 3 艦隊護送第 14 軍主力，登陸呂宋島！」日第3艦隊包括航空母艦、水上飛機母艦、巡洋艦、驅逐艦、運輸艦、登陸艇等共一百三十餘艘艦船，高橋伊望率領艦隊從臺灣啟航，浩浩蕩蕩地駛向菲律賓。

此時，一艘美國潛艇「魟魚號」正在林加延灣巡邏，艇長從潛望鏡裡發現遠處的海面上出現縷縷黑煙，煙霧逶迤幾公里，他立刻報告司令威克斯：「大批日艦隊正向林加延灣駛來，請求支援！」此刻日艦隊已經近前，「魟魚號」艇長暗想：現在離開已來不及了，不如裝死，再伺機逃走吧！於是，他下令潛艇緊急沉入海底「冬眠」。

威克斯接到「魟魚號」的報告，便立即下令：「出動六艘潛艇去林加延灣，迎擊日艦隊！」不料抵達時，日艦隊已經入港，港灣還有驅逐艦把守。美潛艇不敢靠近，只好敷衍地釋放魚雷，由於距離日艦太遠，魚雷都偏離了目標。美潛艇「海狼號」心有不甘，悄悄闖入海灣內擊沉一艘日運輸艦。「海狼號」此舉驚動了日驅逐艦，立即被群起圍攻，一枚枚深水炸彈被投入水中在潛艇的周圍不斷爆炸，「海狼號」幾經翻滾後，就沉屍海底了。炸彈爆炸的衝擊力，也驚醒「冬眠」的美潛艇「魟魚號」，艇長暗自忖度：難道潛艇的行蹤已經暴露？不行，要盡快離開這是非之地，否則被炸的話，就真的要長眠海底了。於是「魟魚號」卯足力氣落荒而逃。麥克阿瑟見潛艇已無立足之地，便對威克斯說：「你率領潛艇部隊離開菲律賓吧！」

土橋勇逸率領第 48 師主力共一萬五千人，轄上島支隊、田中支隊和菅野支隊，日軍在第 3 艦隊的護送下，朝呂宋島西部的林加延灣挺進。儘管天氣突變，烏雲低垂，風急浪高，日第 3 艦隊在凌晨時分抵達目的地。土橋勇逸下令第48師：「立即換乘登陸艇，從三個灘頭迅速上岸。」日軍在艦砲的掩護下強行登陸，防衛北呂宋的溫賴特接到報告：「日軍已登陸林加延灣！」他立刻下令菲律賓軍隊：「迅速阻截灘頭的日軍！」然而菲軍卻不堪一擊，日軍僅一陣砲轟和機槍掃射，菲軍便全部潰散而逃。溫賴特見兵敗如山倒，只好跟著逃離林加延灣。日第48師迅速占領羅薩裡奧，土橋勇逸下令：「上島支隊與田中支隊聯合展開攻勢，占領聖斐迪南。」

日第48師順利完成任務，正待休整，本間雅晴卻下令土橋勇逸：「第48師集中兵力，沿海岸公路南下馬尼拉！」另一方面，本間雅晴也下令第16師旅長奈良晃：「率領第65旅七千餘人登陸呂宋島東南部！」在第2艦隊的護送下，日第65旅從達沃出發登陸拉蒙灣，然後向內陸迅速挺進，終於與木村的第20聯隊會師，旅長奈良晃下令：「全速挺進馬尼拉！」

美軍在灘頭的狙擊計畫失敗後，麥克阿瑟心裡十分焦慮，暗想：必須盡快集中部隊，以免被分割殲滅。於是下令：「呂宋島的美菲聯軍，迅速向巴丹半島集中！」溫賴特問道：「巴丹半島面積狹小，三面臨海，沒有迴旋的餘地，為何要部隊撤退到那裡？」麥克阿瑟說：「巴丹半島山多林密，可以躲避日機的轟炸，而地形也有利於阻截日軍，何況我在那裡構築了兩道防線，足以固守待援。」

溫賴特接到撤退令後便全力收攏潰散的部隊，朝巴丹半島且戰且退，他下令工兵：「沿途破壞橋梁、道路、砍倒樹木、設立路障等，以阻滯日軍前進的步伐，為我後勤部隊和南呂宋部隊的撤退爭取寶貴的時間。」他沿途設定了五道防線，有效地遲緩日軍南下的速度，溫賴特向麥克阿瑟報告：「退守巴丹半島的計畫已經完成，我軍在阿格諾河的狙擊戰中，擊斃日軍的支隊長上島大佐！」麥克阿瑟聞報大喜，對溫賴特的表現十分讚賞。恰好此時，美軍的撤退令也下達南呂宋，帕克准將如釋重擔，立即率軍退向巴丹半島。

當晚，麥克阿瑟在軍事會議上宣布：「溫賴特殺敵有功，升任少將，負責指揮巴丹半島的防衛。半島上有兩道防線：第一道防線位於北部的納蒂布山，這座山高達一千三百公尺，恰好將防線隔開成左右兩翼。溫賴特率領北呂宋部隊兩萬三千人，守衛左翼防線；帕克率領南呂宋部隊兩萬五千人，守衛右翼防線。」他稍停片刻，又接著說：「如果第一道防線失守，我們還有第二道防線，是位於中部的馬里伯萊斯山。到了這裡，背後就是大海，如果不殊死抵抗，固守待援，我們就無法生存下去了。」

有了這兩道防線，大家都信心倍增，士氣高昂。接著，麥克阿瑟下令：「七萬五千名美菲軍隊集中在巴丹半島，其餘一萬五千名美軍駐守科雷希多島。巴丹半島內的部分儲備品也移往科雷希多島，以備長期固守。」麥克阿瑟將菲律賓殖民地政府、總統奎松、遠東軍司令部和家眷，全都移去科雷希多島，然後他向美國本部發電報求援。此時，日本南方軍總司令寺內壽一向大本營建議：「我軍成功占領馬尼拉，美菲聯軍已成甕中之鱉，全部困守巴丹半島，此後只需封鎖海路，斷其補給線，他們遲早會自動投降。目前荷屬東印度群島和緬甸已經開戰，我軍兵力明顯不足，不如調走菲律賓的部分軍隊，以增援他處。」大本營也認為菲律賓大局已定，便下令：「第 48 師和駐菲海軍主力併入第 16 軍，南下進攻荷屬東印度群島；第 5 飛行集團主力調往緬甸，支援第 15 軍。」因此日第 14 軍的實力被嚴重削弱，空中火力也大不如前，造成日軍的地面攻勢迅速減緩。麥克阿瑟雖然發現敵情的變化，心裡卻這麼想：一定是我設定的防線固若金湯，日軍難以越雷池半步。麥克阿瑟自鳴得意而一心求守。

日第 48 師走後，本間雅晴下令奈良晃：「率領第 65 旅前往巴丹半島，乘勝清剿美菲聯軍，若不投降，格殺勿論。」奈良晃召開第 65 旅的作戰會議，他下令：「今井武夫大佐率領第 141 聯隊，沿東海岸公路進軍，從正面進攻納蒂布防線的右翼；第 9 聯隊派遣一支部隊翻越納蒂布山，迂迴包抄敵人後方。」不料，這支部隊「迂迴」到失去聯繫，此時，隱蔽在叢林裡的美軍已發現日軍的行蹤，帕克下令砲轟日軍！正面進攻的日第 141 聯隊突遭砲火的猛烈打擊，急忙後退，雙方反覆激戰兩天，而負責迂迴包抄的日軍卻沒有如期出現，日第 141 聯隊陷入孤軍作戰，傷亡十分慘重，損失約三分之二的兵力。奈良晃見守軍砲火猛烈，只好下令今井武夫停止進攻，就地休整。

暫時的勝利令美菲聯軍歡欣鼓舞，麥克阿瑟更堅定固守待援的立場，因此便得過且過，白白錯過反攻的好機會。這天，軍需官來報告：「原來的糧食儲備僅供四萬人，支援六個月防禦所需的消耗，沒想到逃來巴丹半島的軍隊加難民，竟然高達十二萬，如果足量供應的話，存糧只夠支持兩個月。如今庫存日益減少，怎麼辦才好？」這份報告有如一盆冷水澆在麥克阿瑟的頭上，令他成天心事重重、憂心忡忡，最後他狠下心來宣布：「由於儲備不足，今後的糧食供應：戰鬥人員減三分之一，非戰鬥人員減半，難民自力更生。」結果，菲難民逐漸自行疏散。

巴丹半島的戰事毫無進展，本間雅晴下令木村：「率領第 20 聯隊前往巴丹半島，增援第 65 旅，共同消滅美菲聯軍！」木村沿西海岸挺進，進攻納蒂布防線的左翼，溫賴特指揮美菲聯軍頑強抵抗，使日軍的進攻遭受挫折，保住了左翼防線。木村暗想：美軍據險固守，強攻難於奏效，不如另闢蹊徑。於是他呼喚偵察機支援，日飛行員觀察形勢後，報告：「美軍的防禦陣地，僅延伸至山南的半山腰。」木村苦思良久，下令一團日軍：「避開守軍的防禦陣地，翻越山脈，從背後包抄敵軍。」這團日軍不畏艱苦，攀山越嶺，歷經三天四夜的跋涉，終於來到守軍的後方。當迂迴成功的電報傳來，木村便發起進攻，美菲聯軍突然腹背受敵，軍心頓失，更加上日軍砲火的猛烈打擊，納蒂布防線的左翼終於崩潰。

與此同時，今井武夫也率領第 141 聯隊發起進攻，然而右翼防線卻屢攻不克。菲第 51 師擊退日軍後乘勝追擊，其中一個團更孤軍冒進，今井武夫見機不可失，立刻下令反擊。恰好此時，失聯達一週的日「迂迴部隊」竟然奇蹟般的出現。日兩支部隊便發起前後夾攻，這團逞強的菲軍，就莫名其妙地被消滅了。原來這支「迂迴部隊」根本沒有翻越納蒂布山脈，而是在森林裡迷了路，悠轉了一個星期才無功而返，不曾想竟然又趕上立功的機會；接著，今井武夫下令趁機突破美軍的右翼防線。至此，納蒂布防線宣告瓦解。

美參謀長薩瑟蘭視察前線後，向麥克阿瑟報告：「第一道防線已徹底崩潰，無法恢復。」麥克阿瑟只好下令：「向第二道防線撤退！溫賴特和帕克，照舊分別守衛防線的左右兩翼。」第二道防線所在的馬里伯萊斯山，地形更為複雜，山峰更為險峻陡峭，不利於機械化隊的進軍。

攻破納蒂布防線後，日軍傷亡不輕，已無力繼續進攻。於是，本間雅晴對木村說：「第 20 聯隊堅守納蒂布山脈，就地休整，我另外派軍從海路進攻，如果成功的話，你們才配合行動。」然而，連續派出四批登陸部隊，都被美海軍陸戰隊所消滅。至此，巴丹半島的日軍傷亡高達七千多人，非戰鬥人員也有幾千人，本間雅晴只好下令：

「掩護傷病員撤退，前方軍隊轉入策略防禦。」當然，美菲聯軍的處境更苦不堪言，雪上加霜的是，美國總部發來電報說：「由於歐戰吃緊，總部暫時無法支援菲律賓，你們必須獨立作戰。」麥克阿瑟見求援無望，心裡自忖：既然外援已斷，堅守巴丹半島也無助於改善局面。最令他煩惱的是，官兵們不斷追問：「我們的外援什麼時候來？」麥克阿瑟只能苦口婆心地安慰：「外援已經上路了，大家要耐心等待。」然而，等來的卻是日機的狂轟濫炸，還有勸降的傳單。

由於糧食庫存日益減少，巴丹守軍的配給只好再度遞減，結果造成軍心渙散，士氣低迷，那些去過科雷希多島的人回來說：「島上高級長官的口糧都是全額配給的。」隨著日子一天天地過去，外援卻全無消息。最終，怨恨與絕望的情緒日益滋長和蔓延。麥克阿瑟不惜花言巧語、搪塞其辭，也無法消除士兵的不滿。由於承諾無法兌現，麥克阿瑟甚感難堪，也就羞於視察部隊，更談不上策略反攻了。

此時，日本電臺「東京玫瑰」廣播東條英機的喊話：「只要菲律賓與日本合作，承認並加入大東亞共榮圈，日本願意保證菲律賓的獨立地位。」菲律賓的奎松政府知道後，便祕密開會討論，然後透過決議：「美國必須立即承認菲律賓的獨立，美日都必須撤走駐菲律賓的軍隊，實現菲律賓的中立化。」麥克阿瑟將奎松政府的決議發送給美國總統，不久，羅斯福回覆：「為了預防奎松政府被日本利用，你設法將他們和非戰鬥人員轉移去澳洲，必要時也可以安排菲籍士兵投降，以節約軍隊的口糧。」

麥克阿瑟完成人員的轉移後，羅斯福又通知他：「你已經被委任為西南太平洋盟軍總司令，請盡快前往履行。」麥克阿瑟喜出望外，同時，他向羅斯福建議：「我留下的職務，可交由溫萊特少將擔任。」羅斯福同意，麥克阿瑟便召開會議宣布：「為了解決補給的難題，我必須暫時離開菲律賓，親自去爭取外援。即日起，溫賴特升任中將，擔任遠東軍總司令，金梅爾梅爾（Husband Edward Kimmel）升任少將，接任巴丹半島的守軍司令。」會後，他勉勵溫賴特：「你要堅持鬥爭，我會回來的！」溫賴特憂傷地說：「希望你回來時，我還活著。」

這是一個漆黑的晚上，沒有月亮也沒有星星，只有濃厚的雲層垂掛在天空。溫賴特親自來送別，臨行時，麥克阿瑟再次允諾：「別擔心，我會回來的！」溫賴特說：「All the best to you! 」（一路順風），心裡卻感嘆：「All the bad to me?」（倒楣都歸我）兩人分手後，麥克阿瑟率領二十二人離開科雷希多島。他們分乘四艘魚雷艇 PT-32、34、35 和 41，其中薩瑟蘭和三名軍官、麥克阿瑟和家人共乘 PT-41，魚雷艇長是巴爾克利。

麥克阿瑟下令各魚雷艇航行的時候要保持無線電靜默，以避開日軍的電子偵察。四艘魚雷艇經過一夜的航行，來到卡夫拉島時，艇長報告前方有日本的巡邏艦隊，麥克阿瑟下令改變航向以擺脫日巡邏船。巴爾克利嫻熟地轉向魚雷艇，就這樣巧妙地繞開日艦隊繼續向前航行。凌晨時分，艇長又報告前方出現日巡洋艦！麥克阿瑟急忙下令引擎熄火，日巡洋艦的探照燈掃射一遍海面後就緩緩地離開。麥克阿瑟一行終於透過日艦的封鎖線，然而四艘魚雷艇卻因此失散。

黎明初現，巴爾克利告訴麥克阿瑟：「魚雷艇 PT-32 已經超越我們，走在前面了。」麥克阿瑟下令：「加大馬力，追趕 PT-32！」不料 PT-32 以為是日艦追來，正要發射魚雷，幸好有人高喊：「是 PT-41！」一場自相殘殺的悲劇才沒有發生，接著兩艘魚雷艇結伴而行。黃昏時分，一起抵達集合地點塔加瓦延島，巴爾克利對麥克阿瑟說：「魚雷艇 PT-34 已經在此恭候了，但是，PT-35 卻消失無蹤！」麥克阿瑟說：「我們等候至晚上，如果 PT-35 還是不來，我們就先行離開。」

夜幕降臨後，魚雷艇 PT-35 還是杳然無蹤，麥克阿瑟暗自斟酌：必須利用夜色掩護，魚雷艇才能長途航行，再等下去就耽誤時機了。

於是，他下令出發，三艘魚雷艇高速駛出隱蔽點朝民答那峨島前進。突然，海上颳起大風，驚濤駭浪迎面而至，魚雷艇被衝擊得左右顛簸，上下起伏。在海浪的衝擊下，船艇裡的人東倒西歪，撞得遍體鱗傷。魚雷艇幾經折騰，艱難地渡過風浪區，突然艇長報告：「前方來了一艘日巡洋艦！」麥克阿瑟急忙下令引擎熄火，保持鎮靜。其實，他心裡卻忐忑不安，只能默默祈禱：蘇珊娜，上帝保佑啊，阿們！日艦對這三艘漂流的小艇似乎毫不在意，並沒有停下來阻截，而是繼續航行。麥克阿瑟見巡洋艦走遠後，便下令開足馬力向東航行。

次日早上，三艘魚雷艇終於抵達民答那峨島，艇長巴爾克利對麥克阿瑟說：「半途失散的 PT-35 已經停泊在卡加延灣了。」島上的美軍司令夏普少將（William F. Sharp）趕來迎接，麥克阿瑟迫不及待地說：「快讓我們吃上一頓豐富的早餐。」他們在民答那峨島休整了幾天，麥克阿瑟對夏普說：「你快安排 B-17 轟炸機，載我們去澳洲，這幾艘魚雷艇就送給你們。」夏普高興地說：「你們好好睡一覺，明天黎明前起飛。」

次日，曙光微現之前，B-17 已翱翔在空中朝達爾文機場飛去，突然機師高喊：「不好，前面有日本機群！」原來達爾文港近日來連續遭受日機的空襲，正巧麥克阿瑟的 B-17 前來，結果雙方不期而遇。麥克阿瑟下令馬上改變航線，降落澳洲北部的巴切勒機場。雖然如此，仍然被一架日機發現，日機追逐一陣子後，因油料有限才停止追擊，轉頭而去。麥克阿瑟一行降落巴切勒機場，略作休息後換乘 C-47 飛機，中午時分飛抵澳州小鎮埃利斯普林斯，然後又轉搭火車前往墨爾本。麥克阿瑟途經阿德萊德時應邀出席記者招待會，在場發表「菲律賓，我會回來的！」的演說。

麥克阿瑟逃脫的消息傳來，東條英機大為惱火，本間雅晴立即報告：「第 14 軍三分之一陣亡、三分之一傷殘，僅剩三分之一處於疲勞防禦，基本上已喪失作戰能力。」東條英機不禁大驚，於是大本營調派第 4 師加入第 14 軍。本間雅晴獲得增援後親自指揮作戰，他下令：「以第 4 師為主力軍，對馬里伯萊斯防線發起總攻！」上午時分，日軍集中一百架轟炸機和三百門大砲，對馬里伯萊斯防線展開密集轟炸，整條防線被炸得如同煉獄。此時，因飢餓和疾病的長期折磨，美菲士兵大多骨瘦嶙峋，已無力作戰，全部躲進散兵坑裡發抖；當砲火停下來時，日軍的衝鋒也開始了，守軍一觸即潰，四散逃命。帕克見軍隊潰散，只好棄守而逃，馬裡博萊斯防線的右翼完全崩潰，日軍攻占巴丹山。

身在澳洲的麥克阿瑟獲悉戰情後，焦急地打電報給溫賴特：「你們已經沒有退路了，要迅速發動反攻！」溫賴特奉命下達反攻命令，金梅爾回覆說：「現在右翼防線已經崩潰，左翼防線的士兵連防守的力氣都沒有，哪裡還有能力反攻？」此時，日軍正集中兵力進攻防線的左翼，飢疲交迫的美菲聯軍士氣頹喪低落，而日軍的地面砲火卻非常猛烈，飛機也不停地轟炸，守軍已無法協同作戰。很快地，日軍突破了左翼防線，等到黃昏時分到來，美司令部已經被砲火摧毀，馬里博萊斯防線也徹底崩潰了。

金梅爾見大勢已去，便召集前線會議，他說：「現在是我們舉手表決，是戰還是降的時候了。主張投降的舉手！」話才說完，幾乎每個人都舉手主降，金梅爾便下令升上白旗，停止抵抗！巴丹半島七萬五千名美菲聯軍全部被俘虜，次日，俘虜們每三百人一組，在日軍刺刀的押解下，頂著酷熱的炎陽，從巴丹半島南部列隊出發。他們被押著徒步六十公里才抵達聖斐迪南，然後乘坐三個鐘頭的篷車去卡帕斯鎮，下車後又步行十一公里，才抵達奧唐奈戰俘集中營。全程花了五天的時間。在此期間，戰俘經常要忍饑挨餓，走慢了就遭毒打，走不動的就被殺，一路上近萬人或餓死，或病死，或被殺害，活下來的也受盡折磨。

日軍占領巴丹半島後，金梅爾被押來司令部，本間雅晴問他：「科雷希多島的軍事部署如何，快從實招來，否則別怪我不客氣。」金梅爾沮喪地說：「科雷希多島位於馬尼拉灣的入口處，距離巴丹半島僅三公里多，兩地互為犄角，策略位置十分顯著。島的形狀類似蝌蚪，島上山巒起伏，建有永久性的防禦據點，各據點之間連接四通八達的隧道，易守難攻。但是地面工事缺乏隱蔽性，火砲位置暴露無遺。島上駐有一團岸砲部隊、兩連防空高射砲兵，陸軍總兵力約一萬五千人……」

本間雅晴聽完招供，便下令集中所有火砲從巴丹半島砲擊科雷希多島。日砲兵在偵察機的指引下，從巴丹半島密集發射砲彈，飛機也狂轟濫炸。如此連續轟炸了六天，島上守軍的陣地、供水設施全被摧毀。接著，本間雅晴下令日軍兵分兩路從科雷希多島的兩邊登陸，然而馬尼拉灣的入口處水流湍急，只有不到一半的日軍成功上岸。此時，岸防軍官威廉斯（William Edwin Hank）少校接到報告：「日軍正在登陸科雷希多島！」他急忙下令海軍陸戰隊迅速展開灘頭狙擊，摧毀日軍登陸艇。但是在日坦克和艦砲的轟擊下，威廉斯與海軍陸戰隊全部被消滅，無一生還。

此時，科雷希多島上的守軍，已全部龜縮在馬林塔隧道內，溫萊特召開軍事會議，他說：「巴丹半島已經淪陷，現在日軍正集中火力打擊科雷希多島，你們有何良策？」一名團長說：「敵人綿綿不絕的砲轟令我軍晝夜難眠，精神上幾近崩潰，如何再打？」一名軍醫說：「隧道內的衛生環境，日益惡劣，士兵疾病叢生，感冒、登革熱、瘧疾、痢疾等應有盡有，生存已不容易，如何再打？」一名參謀說：「淡水供應的設施已被摧毀，現在面對的是生存危機，根本沒有打仗的本錢。」此時，偵察兵來報：「日軍已逼近馬林塔隧道的入口處！」溫賴特見大勢已便下令打出白旗，然後他率領守軍投降，日軍占領科雷希多島。

溫賴特被帶去見本間雅晴，他呈上投降書，本間雅晴看完後，丟回給他說：「我要的是全菲律賓的投降書。」溫賴特立即表明：

「我只能代表科雷希多島的美軍投降。」本間雅晴聲色俱厲地問：「你是美軍的遠東總司令，為何不能代表全菲律賓？」溫賴特向他解釋：「幾天前，我已放棄對民答那峨島美軍的指揮權。」本間雅晴惱怒地說：「既然如此，我們繼續打下去吧！」正當本間雅晴拂袖離座時，溫賴特喊道：「慢著，我願意冒身敗名裂的代價，承擔全體指揮官的投降責任，簽署全面投降書。」次日，馬尼拉電臺廣播溫賴特的投降宣告，呼籲：「菲律賓的美軍停止抵抗，無條件投降。」接著，民答那峨島和班乃島的美軍相繼投降，本間雅晴報告南方軍總司令：「我軍已完全占領菲律賓，俘虜美菲聯軍九萬人，我軍傷亡一萬四千人……」

美國保不了菲律賓，英國保不了馬來亞，欲知荷蘭是否保得住東印度群島（印尼），且看下回分解。

第三章

烽火燒赤道，血染爪哇海

面對德義日三國同盟，美英蘇三國也結成反法西斯聯盟，接著，美英兩國向蘇聯施壓：「共產國際鼓吹革命，會顛覆我們的政府，而有利於日本的侵略。既然我們已經結盟，就應該解散共產國際，才能共同對敵。」蘇聯答應英美的要求，次年，共產國際宣布解散。與此同時，英美荷澳四國代表也在萬隆宣布：「成立東南亞盟軍司令部，總司令為英國陸軍上將韋維爾（Archibald Percival Wavell），空軍司令為英國的皮爾斯中將，海軍司令為美國的哈特上將，陸軍司令為荷蘭的德爾普頓中將。」

日軍在馬來亞和菲律賓節節勝利，南進的捷報頻傳，日本舉國歡騰不已，東條英機對大本營說：「菲律賓戰事已告一個段落，我們南進的目的是奪取石油產地東印度群島，這是我日本的命脈所在，必須全力以赴！」軍令部長永野修身下令：「第 38 師、第 48 師、陸軍第 3 飛行集團、第 11 航空隊和海軍第 3 艦隊，即刻加入第 16 軍，準備南下占領東印度群島，不得有誤！」

日第 16 軍組建完成後，今村均中將下令：「兵分三路南下：丸山政男中將指揮西路軍第 2 師團，集結於越南的金蘭灣；土橋勇逸中將指揮中路軍第 48 師團；伊藤武夫指揮東路軍第 38 師團；中路軍和東路軍都以達沃為集合地。」

當日第 14 軍占領馬尼拉後，第 16 軍各路也集結完畢，於是今村均下令：「西路軍第 124 步兵聯隊首先發起進攻，占領北婆羅洲，中路軍第 56 混成聯隊進攻南婆羅洲的塔拉卡恩，再南下巴里巴伴和馬辰；東路軍的傘兵部隊和海軍陸戰隊，先期進攻蘇拉威西島占領萬鴉老和肯達理，然後伺機占領安汶島、峇里島和帝汶島等。第 38 師主力按兵不動，準備占領巨港，奪取油田。」

軍令下達後，丸山政男下令川口清健少將：「率領西路軍先遣隊第 124 聯隊離開金蘭灣，隨艦隊越過南中國海，登陸北婆羅洲！」日軍沒有遭逢抵抗便占領北婆羅洲的石油產地美里，川口清健旗開得勝，於是下令第 124 聯隊：「兵分東西兩路向內陸挺進，東路攻占石油產地詩里亞，西路占領首府古晉和控制其機場。」由於英國軍隊都在馬來亞應戰，北婆羅洲基本上不設防，因此日西路軍輕鬆占領各要地。

西路軍的砲聲打響後，中路軍的坂口靜夫也下令：「第 56 混成聯隊，立即進攻打拉根！」日軍登陸時遭逢荷蘭駐軍的狙擊，雙方交戰三天，日軍才占領機場和油田。然而，荷軍撤退之前破壞了油田的設施。十天後，坂口靜夫下令第 48 師團：「進攻巴里巴伴！」巴里巴伴北有煤礦，南有油田，是日本垂涎已久之地。在日艦隊的護航下，中路軍乘坐二十餘艘運輸艦和貨輪南下，準備登陸巴里巴伴。不久，盟軍的潛艇向總部報告：「發現二十餘艘日運輸艦隊在巡洋艦和驅逐艦的護航下，正藉由望加錫海峽全速南下。」皮爾斯立即下令航空隊前往轟炸日艦隊。幾十架盟軍飛機沿著婆羅洲海岸巡邏，結果無功而返，皮爾斯向哈特發牢騷：「飛機忙了一整天一無所獲，我看潛艇的報告恐怕有誤！」哈特對皮爾斯的觀點不以為然，他暗想：潛艇的報告是親眼目睹，絕非空穴來風，空軍沒有發現，肯定是走錯地方。

而此時，日軍艦隊已抵達巴里巴伴，這裡的荷蘭守軍只有一個營，營長暗想：敵眾我寡，肯定無法堅守，不如先行撤退以保存實力。於是，他下令荷軍堅壁清野，破壞石油的生產設施後向馬辰撤退。油田在一連串的爆破中發生大火，火勢狂燒不止，油田設施被焚毀殆盡，因此日軍登陸後，都變成了消防員。

話說哈特對潛艇的情報堅信不疑，他下令威廉格拉斯夫德少將：「你率領兩艘巡洋艦和四艘驅逐艦組成突擊艦隊，火速北上狙擊日運輸艦隊。」盟軍艦隊連夜北渡爪哇海，不料巡洋艦「博伊西號」途中觸礁，因損壞嚴重而脫離編隊，而旗艦「馬波亥德號」的發動機也出現故障，艦隊司令格拉斯夫德對副手塔爾博特少將說：「旗艦需要花時間維修故障，為了避免貽誤戰機，我們分頭辦事。你率領四艘驅逐艦前往襲擊日運輸艦隊，完成任務後直接返航，我修好旗艦後，就去拖曳『博伊西號』返港。」塔爾博特允諾並堅決執行任務，接著隨即率領驅逐艦「福特號」、「波普號」、「瓊斯號」和「帕羅特號」繼續征程。

盟軍驅逐艦隊以二十七節高速航行，繞過蘇拉威西島的曼達爾角時，突然發現海面上有火紅的亮光，瞭望兵報告塔爾博特是日本油船「南阿丸」起火燃燒！原來荷蘭飛機今天曾來空襲，「南阿丸」中彈起火。塔爾博特下令驅逐艦隊繞過「南阿丸」繼續前進。大約凌晨三時，旗艦的瞭望兵又報告前方海面出現一支日艦隊。事由幾個小時前，荷蘭潛艇「K18」攻擊日運兵船「賀丸」，此刻西村祥治正率領艦隊去追剿潛艇，塔爾博特暗想：狹路相逢，敵強我弱，不宜打草驚蛇。於是下令保持靜默，準備戰鬥。然而日艦隊行色匆匆，更加上海面漆黑，並沒有注意到附近的美軍艦隊，結果雙方擦肩而過，各走各的。

不久，驅逐艦「福特號」的瞭望兵報告：「發現一艘巡邏艇帶領著十二艘運輸船，正駛出巴里巴伴南下！」由於巴里巴伴的油庫在燃燒，火光照亮了海面，使目標非常清晰，於是塔爾博特下令施放魚雷，發起攻擊！美驅逐艦隊開足馬力，衝了過去，當雙方相距僅幾百公尺時，幾聲轟隆巨響，日運輸船被魚雷重創而起火燃燒，日軍以為是遭到空襲，探照燈的光柱在空中掃來掃去，高射砲也胡亂射擊。此時塔爾博特接到報告：「魚雷已經耗盡，是否要撤退？」塔爾博特見獵心喜，不願就此罷手，便下令驅逐艦隊直接砲擊日運輸 船！這一來，暴露了美軍艦隊的位置所在，日軍此刻如夢方醒，才發現襲擊是來自海上。恰好此時西村祥治率領艦隊回來，他立即指揮日艦展開反擊，美驅逐艦「福特號」被擊中受傷，塔爾博特見偷襲的時機已失，便果斷下令全體艦隊迅速撤退。返航時，他報告司令部：「我驅逐艦隊擊沉日運輸船三艘，擊傷多艘，包括一艘日巡邏艇，我軍驅逐艦有一艘被擊傷。」

幾乎與中路軍同時，東路軍的伊藤武夫下令：「海軍陸戰隊和傘兵立即行動，登陸蘇拉威西島的美娜多和肯達里！」蘇拉威西島很快就被日軍占領，伊藤武夫又下令金村：「率領第 228 聯隊南下，準備占領安汶島！」日軍艦對安汶島展開猛烈的砲擊，摧毀島上的火力據點和防禦工事，接著，金村下令第 228 聯隊登陸安汶島。荷印澳聯軍已被炸得魂飛魄散，沒有抵抗便俯首投降。金村報告伊藤武夫：「我軍完全占領安汶島，俘虜敵軍三千名。」伊藤武夫回覆：「軍隊就地休整以待時機，準備占領峇里島。」至此，日本控制東印度群島的許多機場，今村均下令：「航空隊馬上進駐巴里巴伴和肯達里的機場，以掌握爪哇海的制空權。」

韋維爾在盟軍司令部召集會議，他說：「根據航空情報，日本海軍正大規模南下，我們必須緊急組建海軍艦隊來阻止其入侵。」哈特補充說：「指揮這支艦隊的司令，必須具有豐富的海事經驗，熟悉東印度群島海域的地理狀況。」大家深入討論之後，一致推舉荷蘭海軍少將杜爾曼，會後哈特宣布：「即日起，成立海上突擊編隊，包括兩艘重巡洋艦、三艘輕巡洋艦和十艘驅逐艦，由杜爾曼（Karel Doorman）少將出任艦隊司令。」

次日，盟軍潛艇「海狼號」和「楚恩特號」向哈特報告：「日運輸船隊再度集結巴里巴伴！」報告完畢，潛艇向日運輸艦隊釋放魚雷，可惜距離太遠而無一擊中，反而引來日軍深水炸彈的襲擊。哈特下令杜爾曼：「艦隊迅速北上巴里巴伴，消滅日本運輸船隊。」杜爾曼率領艦隊駛離泗水港，不久後，七十餘架日機飛來泗水企圖報復聯軍攻擊日運輸船。然而卻發現基地裡沒有軍艦，於是日機轉而轟炸機場，結果三十架荷蘭戰機被炸毀。

泗水被空襲，杜爾曼艦隊僥倖逃過一劫，但是他卻毫不知情，繼續率領艦隊航行在平靜的海面上準備攻擊巴里巴伴的日運輸船。不料艦隊的行蹤被日偵察機發現，中午時分，五十餘架日機從婆羅洲和蘇拉威西起飛，直撲杜爾曼艦隊，結果巡洋艦「休士頓號」被炸彈擊中，砲塔被炸毀，五十多名船員喪生。一個鐘頭後，巡洋艦「馬波亥德號」的船尾也中彈，駕駛儀被摧毀，引發大火，接著又連續被炸彈擊中，海水大量湧入艙內，杜爾曼只好下令艦隊掩護受傷的巡洋艦，立即撤退回基地。

此時，日第16軍的實力已增至十萬多人，下轄第2、第38、第48師團，今村均見新加坡淪陷在即，已無後顧之憂，便下令航空隊轟炸東印度群島的所有軍事目標。然後下達總攻命令：「西路軍首先奪取巨港，再占領整個蘇門答臘島；東路軍南下占領峇里島；中路軍擴大對加里曼丹的占領；第3艦隊全程護航。」日第3艦隊司令為高木武雄少將，轄十六艘驅逐艦、五艘重巡洋艦和兩艘輕巡洋艦。由於泗水屢遭日機的空襲，哈特宣布：「即日起，海軍司令部遷往爪哇南部的芝拉扎。」不久，哈特接到潛艇報告：「大批日運兵船出現在蘇門答臘海面，正駛向邦加島。」於是，哈特下令杜爾曼：「即刻率領艦隊前去邦加島，狙擊日運兵船隊！」此時，杜爾曼率領五艘巡洋艦和十艘驅逐艦正穿越爪哇海北上巴里巴伴，準備襲擊日運輸船。他接到命令後，馬上指揮艦隊轉往西方。杜爾曼艦隊在晴朗平靜的海面上航行了一晝夜才抵達邦加島海域，他立即下令艦隊全面展開搜尋，擊沉日運輸船隊。然而卻一無所獲，反而暴露了艦隊的行蹤，結果引來大批日機的空襲，杜爾曼遂下令：「艦隊快速機動閃避，高射砲密集開火！」海空戰鬥持續了三個小時，杜爾曼暗自盤算：好漢不吃眼前虧，還是三十六計走為上計。

杜爾曼率領艦隊迅速返航，同時報告哈特：「一路上日機死咬不放，艦隊屢遭轟炸，多數艦船已傷痕累累。」直至脫離日機的作戰範圍，杜爾曼艦隊才僥倖回到巴達維亞。此時，哈特向東南亞盟軍總司令韋維爾請辭：「海軍師出無功還屢遭暗算，我自覺慚愧，不適合擔任盟國海軍司令，特此退位讓賢。」於是，韋維爾宣布荷蘭海軍中將赫爾弗里希（Conrad Emil Lambert Helfrich）取代哈特，繼任盟國海軍司令。

杜爾曼艦隊敗走邦加島後，今村均下令久米精一大佐：「立即率領第1

傘兵旅空降巨港，突襲巴鄰邦油田！」四百餘人的日傘兵淩空而降令荷蘭守軍措手不及，無暇堅壁清野，僅虛晃一槍便匆匆向爪哇撤退。與此同時，今村均也下令日第 38 師：「主力一萬餘人，登陸鄰近巨港的碼頭，迅速占領巨港市！」第 38 師僅行軍一天便進入巨港市，此時荷軍已不知所蹤。久米精一報告今村均：「我軍成功占領巨港，完整地接收油田和煉油設施。」這個好消息令今村均興奮不已，於是下令第 38 師繼續向內陸地區挺進，擴大占領部分。不足十天，第 38 師便占領直落勿洞和民都魯。

話說中路軍占領巴里巴伴後，坂口靜夫下令：「第 56 混成聯隊分成海陸兩支，進軍馬辰！」經過 9 天的急行軍，海陸兩支部隊終於會師馬辰，坂口靜夫下令：「聯合發起攻擊，迅速占領機場！」另一方面，日偵察機報告今村均：「爪哇東部的海域，沒有發現盟軍的艦隊。」原來此刻，杜爾曼艦隊在邦加島遭受空襲，艦隊被日機炸得焦頭爛額，最後倉皇逃竄。今村均見機不可失，便下令伊藤武夫：「東路軍立即攻占峇里島！」當天，金村支隊在日艦的護送之下南下峇里島。

盟軍偵察機發現日軍的動向後，報告赫爾弗里希：「日運輸船紛紛南下，駛向峇里島！」赫爾弗里希心想：峇里島毗鄰泗水基地，一旦被日軍占領，泗水基地就難以生存。於是他連忙召開緊急軍事會議，盟軍司令韋維爾提議：「應該趁日艦立足未穩，以重兵實施毀滅性打擊。」赫爾弗里希則說：「日軍掌握制空權，為了避免日機的轟炸，我軍艦隊只能在晚上出動，而夜裡海面漆黑，不易發現目標，所以無法於一場戰役裡完全解決掉他們，我們必須分三個攻擊，才能有效殲滅日艦隊。在戰術上，可以由巡洋艦開路去故意驚擾日艦，只要日方開火便可確認其軍艦的位置，然後我軍驅逐艦就發起魚雷攻勢。」

入夜後，杜爾曼率領一艘巡洋艦和三艘驅逐艦組成第一波突擊艦隊，艦隊駛離芝拉扎海軍基地後，以單縱佇列航行在漆黑的海面上高速駛往巴塘海峽。抵達時，杜爾曼下令艦隊開足馬力，駛入海峽。此刻在巴塘海峽裡，有四艘日驅逐艦和兩艘運輸船，儘管杜爾曼艦隊小心翼翼，仍然被日艦先行發現，於是，無數砲彈伴隨探照燈疾射而來。杜爾曼的旗艦「爪哇號」首先被魚雷重創。接著驅逐艦「皮漢特號」被日驅逐艦圍攻，不久就被日艦的砲火和魚雷擊中，全艦發生大火，「皮漢特號」逐漸葬身海底。而驅逐艦「海英號」也 被魚雷命中，最終爆炸沉沒。盟軍驅逐艦「福特號」心有不甘，於是以三十節的高速向前猛衝並發射魚雷，只聞一聲巨響，魚雷擊中一艘日運輸艦，引發大火。杜爾曼暗想：日艦隊如此嚴密封鎖，已無望衝過巴塘海峽，還是回去從長計議。杜爾曼下令撤退，盟軍的第一波攻擊就此慘淡結束。日艦隊報告今村均：「聯軍對峇里島的第一波攻擊，已宣告失敗，我軍擊沉聯軍兩艘驅逐艦，並重創一艘巡洋艦；我軍一艘運輸船遭重創，驅逐艦『朝潮號』、『大潮號』和『滿潮號』則受輕傷。」

凌晨一點半，賓福德海軍中校率領第二波攻擊接踵而來，由輕巡洋艦「特羅姆普號」和三艘驅逐艦組成。艦隊抵達峇里島海域時，賓福德見一艘日運輸船在燃燒，他心想：看來杜爾曼已經凱旋回去了，我豈可空手而歸？於是，他下令旗艦「司徒華號」立即發動魚雷攻勢。

不久，三艘日運輸艦被魚雷命中而發生爆炸；賓福德見旗開得勝，便下令驅逐艦「帕羅特號」瞄準日艦，開火砲擊。

不料開砲的火光，暴露了盟軍艦隊的位置，使得日艦隊集中火力，發起猛烈的反擊，「司徒華號」和「帕羅特號」相繼中彈。「司徒華號」被日艦20.3 公分的砲彈擊中舷艙，接著又被 160 公釐的砲彈擊中，嚴重受創；「帕羅特號」的舵機損壞失靈；輕巡洋艦「特羅姆普號」的舵艙也被砲彈重創。賓福德見形勢不妙，便下令快速撤退。撤退途中，「司徒華號」不支沉沒，第二波攻擊也灰溜溜地結束。日艦隊報告今村均：「敵艦隊又發動第二波進攻，結果以失敗告終。我軍擊沉和重創敵驅逐艦各一艘，重創敵巡洋艦一艘，我方有三艘運輸船受輕傷。」

第三攻擊是由六艘魚雷艇組成，此時日運輸船還在燃燒，火光照得海面一片通明。盟軍魚雷艇司令暗想：我的任務是偷襲，如今海面如此明亮，如何偷襲？魚雷艇一旦靠近，必定暴露無遺，與其偷雞不成反失一把米，不如撤退為妙。於是他下令拋射魚雷後就收兵了事，當然，那些魚雷也不知游去何處。

次日，南雲忠一率領四艘航空母艦隊南下，準備空襲澳洲。艦隊停泊在帝汶海域，隨著攻擊時間到來，南雲忠一下令淵田美津雄中佐：「起飛航空隊，轟炸達爾文港！」不久，近兩百架日機紛紛起飛，像蝗蟲似的覆蓋達爾文港的上空，轉瞬間彈如雨下，濃煙衝天，大火狂燒，南雲忠一報告司令部：「我航空隊擊沉英國驅逐艦和油輪各一艘，擊沉澳洲貨輪四艘，擊沉美國運輸艦四艘，同時擊毀盟國飛機二十餘架，澳軍傷亡七百餘人……」

韋維爾見日本幾乎占領了整個東南亞，覺得很丟臉，便對荷蘭總督說：「緬甸戰事吃緊，我必須坐鎮印度指揮作戰，盟軍遠東總司令的職務就交由你代理。」說完，他就飛去錫蘭，後來美國陸基航空隊也撤往澳洲和印度。

幾天後，今村均下令：「第 16 軍兵分東西兩路南下爪哇島：東路四十一艘運輸船隊，負責運送第 48 師團和坂口支隊，並準備登陸爪哇島的東北部，全程由高木武雄的第 5 重巡洋艦隊負責護航；西路五十六艘運輸船隊，負責運送第 2 師團和東海林支隊，並準備登陸爪哇島的西北部，全程由西村祥治的第 4 驅逐艦隊負責護航。」

由於爪哇已成孤島，海軍司令赫爾弗里希提醒杜爾曼：「日軍隨時會登陸爪哇，你要設法擊沉其運輸船隊。」於是，杜爾曼下令艦隊：沿爪哇海域日夜巡邏，嚴防日軍登陸。但是幾天幾夜的搜尋毫無收穫，赫爾弗里希頗為不耐煩地說：「如此守株待兔，如何消滅日運輸船？」杜爾曼說：「現在是防守，而不是進攻的時候，我艦隊一旦離開爪哇海面，日艦隊就會乘虛而入，護送日軍登陸爪哇。」當天晚上，杜爾曼艦隊在馬都拉島和薩普迪島一帶巡邏，由於沒有發現敵情，他便下令艦隊掉頭回去，沿爪哇海岸向西搜尋。

次日凌晨，四十一艘載滿日軍的運輸船離開巴里巴伴，準備南下爪哇島。船隊穿越氤氳的薄霧，緩緩地航行在爪哇海上。傍晚時分，船隊抵達婆羅洲東南的勞特島，此時日第2驅逐艦隊已在此恭候，雙方會合後，驅逐艦隊司令田中賴三少將下令準備出航，伺機南下泗水。此時爪哇東北海域，有一艘荷蘭潛艇正在戰備巡邏，潛艇照例升起潛望鏡仔細觀察海面，突然瞭望兵叫了起來：「不好，海面出現規模龐大的日船隊，正朝南駛向爪哇島！」於是，潛艇緊急報告總部，赫爾弗里希判定是運輸船隊，便下令杜爾曼：「迅速前往馬威安群島的西部海域，圍剿企圖南下的日運輸船隊！」

此時，杜爾曼艦隊正在爪哇西部海域巡邏，接到電文後，立即下令：「艦隊迅速布陣：旗艦『德魯伊特爾號』領隊前行，重巡洋艦『埃克塞特號』和『休士頓號』緊隨其後；輕巡洋艦『柏斯號』和『爪哇號』殿後；左翼為三艘驅逐艦『伊萊克特拉號』、『因康特號』和『邱比特號』；右翼為六艘驅逐艦包括『威斯號』、『科頓納爾號』等，全體艦隊向東疾進！」中午時分，日偵察機來報：「西部海面發現大批敵艦，正向馬威安群島駛來！」高木武雄大驚，立即下令：「運輸編隊先行隱蔽，所有戰艦集中阻截來敵。」於是，日十八艘戰艦在海上嚴陣以待。杜爾曼率領十四艘軍艦像餓狼似的奔來，巡洋艦「德魯伊特爾號」一馬當先，艦隊的陣勢頗為壯觀；然而，由於缺乏偵察機的指引，艦隊只能盲目向東行駛，結果越過了北面的日本艦隊，也完全沒發現。

日偵察機疑惑地報告：「敵艦隊已向東駛去。」高木武雄暗自揣測：大概是要返回泗水的基地。於是高木武雄便下令運輸艦隊繼續前進，不料日偵察機又再報告：「敵艦隊由東轉頭，向西殺過來了！」原來日船隊的行蹤，已被盟軍潛艇發現，杜爾曼向東搜尋不果，正當疑惑不解，恰好潛艇報告：

「艦隊迅速轉頭回去，日運輸船隊正要南下。」杜爾曼獲悉敵情後，即刻下達作戰命令：「艦隊快速返回，日運輸船隊就在後面，務必全力捕殺！」與此同時，高木武雄接到偵察機的報告，大驚失色，急忙下令：「運輸船迅速返航！」

杜爾曼為了避免盲目航行，他通知了空軍指揮官希里爾：「我是杜爾曼，請求空軍提供支援為我偵察日艦的位置，並派遣轟炸機發動攻擊。」希里爾暗罵：還有飛機執行轟炸的話，還需要你的艦隊嗎？他慢條斯裡地回答：「我們接受你的請求，但是，聯合空軍此刻別有任務，你必須等候航母『蘭利號』到來。」不幸的是，載有三十二架戰機的「蘭利號」，卻在駛往芝拉扎的途中，慘遭日機炸沉，杜爾曼求援的希望終於落空。

巖田繁上士是日驅逐艦的瞭望兵，此刻他正在瞭望塔上警戒海面，突然，水平線上出現艦船的桅杆，竟然是杜爾曼的旗艦「德魯伊特爾號」，他趕緊報告田中賴三：「敵人的艦隊正迎面駛來，雙方距離僅二十八公里。」田中賴三暗想：驅逐艦的砲火射程不夠遠，無法先發制人，還是以靜制動，等待後援。於是他一面呼叫高木武雄，一面下令布陣，「天津風號」、「雪風號」、「初風號」、「神通號」等驅逐艦立即高速前行，紛紛搶占有利的位置。

其實杜爾曼也發現了日艦隊，他下令巡洋艦開砲轟擊，海面上被炸出高聳的水柱，田中賴三大為震驚。正當千鈞一髮之際，日重巡洋艦「那智號」和「羽黑號」及時趕來，高木武雄一面從遠處砲擊盟軍，一面下令艦隊準備應戰。日輕巡洋艦「神通號」首先開火，「伊萊克特拉號」和「邱比特號」聯手反擊，日重巡洋艦「那智號」遂加入戰鬥，於是，雙方艦隊在爪哇海上作殊死鬥。

此時，另外五十五艘滿載日軍的運輸船，在日第 4 驅逐艦隊的護航下，出現在西爪哇海域；運輸船的旗艦「那柯號」領頭而行，船隊緩緩駛向爪哇島。突然，西村祥治收到緊急電文：「爪哇海東部發生海戰！」他不禁蠢蠢欲動，而是心中暗想：先讓運輸船隊北撤隱蔽，再率領驅逐艦隊去參戰，消滅敵軍之後，再回來護航會更為安全。日運輸船安全撤退後，第 4 驅逐艦隊立即直驅戰場，西村祥治下令：「施放魚雷！」於是，四十餘枚魚雷劃破海浪向杜爾曼艦隊急奔而去，由於發射距離太遠，結果魚雷都偏離了目標，西村祥治心有不甘，下令驅逐艦隊：「重新裝填魚雷，然後高速迫近敵艦，才發起攻擊！」

杜爾曼觀察己方的軍艦，發現隊形散亂而不利於作戰，便下令：「艦隊改換航向，縮小與日艦的距離，然後發起攻擊！」果然，日驅逐艦「時津風」號遭受砲擊，戰艦本身並無損傷，只是救生艇被砲彈擊中，然而艦長卻驚慌失措地下令：「施放煙幕！」而此時，日第 4 驅逐艦隊正待發動攻勢，突然視線被煙幕遮蔽，西村祥治暗罵：該死的艦長！他遲疑一下，依舊下令：「發射魚雷，不可貽誤戰機！」無巧不成書，盟軍驅逐艦「科頓納爾號」的渦輪，在關鍵時刻發生故障，整個艦隊跟著緩慢下來，無法快速規避轉移；而日魚雷正奔馳而來，相繼命中盟軍的巡洋艦「埃克塞特號」和「休士頓號」，兩艘軍艦受傷後，航速大減，導致盟軍艦隊的隊形大亂。

此時，一艘受傷的日驅逐艦正要退出戰場，恰好路過受傷的「埃克塞特號」，日艦毫不猶豫地將僅存的一枚砲彈發射出去，竟然命中這艘巡洋艦的渦輪，炸毀了大蒸汽管。由於僅剩下兩個渦輪在工作，「埃克塞特號」就只能向左轉，結果其他艦船也都跟著左轉，只有旗艦保持原來的方向，友艦「柏斯號」擔心「埃克塞特號」再遭受攻擊，便施放煙幕予以掩護。

混亂中，驅逐艦「科頓納爾號」被日魚雷擊中，斷成兩半而沉沒。十分鐘後，杜爾曼重新控制局面，他下令驅逐艦「固康特號」、「邱比特號」和「埃克塞特號」即刻發起攻擊。盟軍的驅逐艦雖然擊傷日艦「而漣號」和「大潮號」，但是，驅逐艦「伊萊克特拉號」卻被日艦擊沉。

由於天色漸晚，又加上戰損很大，杜爾曼下令：「施放煙幕，脫離戰場！」由於掛念運輸船隊的安全，高木武雄和西村祥治都沒有追擊，雙方的戰鬥才暫時停止，但是高木武雄下令偵察機嚴密跟蹤盟軍的艦隊。然後他向總部報告：「我軍擊沉擊傷敵驅逐艦各兩艘，重創兩艘敵巡洋艦，我軍有兩艘驅逐艦受傷。」

回港後，杜爾曼暗自疑惑：日運輸船隊哪裡去了？會不會在雙方交戰時，乘機登陸爪哇？不行，必須趕快搜尋。當晚，他又率領艦隊摸黑出港，艦隊沿爪哇海岸航行，卻不巧駛入己方布下的水雷區，驅逐艦「邱比特號」觸雷爆炸而沉沒。更不幸的是，日偵察機已發現杜爾曼艦隊的行蹤，高木武雄下令重巡洋艦「那智號」與「羽黑號」嚴陣以待。這時，杜爾曼的突擊艦隊，只剩下四艘巡洋艦和一艘驅逐艦同行，不知怎的，驅逐艦「艾佛森號」的航速很慢，始終跟不上來，杜爾曼惱火地下令「艾佛森號」：「你們不必追隨了，留下來打撈『丘位元號』的生還者。」然後，他率領四艘巡洋艦繼續東行，沿途搜尋日運輸船。

午夜時分，高木武雄首先發現杜爾曼艦隊，他下令重巡洋艦「那智號」和「羽黑號」迅速掉頭，朝東北方向平行排列以擋住通往運兵船的航道，同時占據有利的攻擊位置。當雙方艦隊相距僅六千公尺時，日艦發射十二枚新式魚雷「長矛」，與此同時，杜爾曼艦隊也左右舷齊開火，不料旗艦「德魯伊特爾號」和巡洋艦「爪哇號」相繼被日魚雷擊中；「爪哇號」首先沉沒，「德魯伊特爾號」漂流一段時間後，也逐漸下沉，船上的杜爾曼決定捨身取義，於是下令：「輕巡洋艦『柏斯號』和重巡洋艦『休士頓號』迅速脫離戰鬥，回返基地，我將與旗艦共存亡！」話音甫落，杜爾曼便隨旗艦沉入海底，殘餘的兩艘巡洋艦急忙逃回丹絨不碌港。高木武雄興奮地報告總部：「擊沉兩艘敵巡洋艦和一艘驅逐艦，我軍毫髮無傷。」

盟軍司令部獲知杜爾曼陣亡後，便發出緊急通知：「所有軍艦藉由僎他海峽或是龍目海峽，迅速向澳洲撤退。」僥倖生還的「休斯敦號」和「柏斯號」也接到撤退令，入夜時分，「休斯頓號」艦長下令：「輕巡洋艦『柏斯號』和驅逐艦『艾佛森號』今晚利用夜色掩護著迅速離開丹絨不碌港，再穿過僎他海峽，前往芝拉扎海軍基地。」

突然，「休士頓號」收到電報：「有五十餘艘日運兵船，今夜將進入萬丹灣，登陸巴達維亞。」「休士頓號」便與其他兩艘軍艦商議，三名艦長最後同意潛入萬丹灣，襲擊日運輸船！不料，驅逐艦「艾佛森號」又在途中掉隊，剩下的兩艘巡洋艦堅持執行任務，繼續潛入萬丹灣。果然，日運輸船隊毫無戒備地進入港灣，埋伏待敵的「休士頓號」和「柏斯號」發射魚雷後接著砲擊運輸船，受驚的日船隊立刻作鳥獸散，現場秩序大亂。運輸船「佐倉號」被魚雷命中，爆炸沉沒，船上載有日第 16 軍司令今村均，他落水後，漂游了三 個小時才獲救。

日運輸船被襲的消息傳來，日重巡洋艦「最上號」和「三隈號」火速率領一艘輕巡洋艦和四艘驅逐艦趕來支援，很快地，盟軍的兩艘巡洋艦陷入包圍圈。「柏斯號」首先被艦砲擊傷，接著又被四枚魚雷命中，立即爆炸沉沒；此刻，僅剩「休士頓號」孤軍作戰。凌晨時分，一顆 20.3 公分的砲彈亡命而來，砲彈擊中「休士頓號」的蒸汽管，接著砲塔底部和船身又相繼被魚雷擊中，船員紛紛棄艦逃生。不久，「休士頓號」傾覆沉沒。與此同時，欲逃離的驅逐艦「艾佛森號」也在逃跑途中被攔截，不戰而降。西村祥治報告今村均：「我軍擊沉兩艘敵巡洋艦，俘虜一艘驅逐艦，我運輸艦有多艘被擊沉擊傷，落水兵員多數獲救。」

盟軍的撤退令下達後，美驅逐艦「愛德華號」、「奧爾登號」、「福特號」和「瓊斯號」按計畫撤離，艦隊先行向東再轉往南穿越巴厘海峽。雖然途中遭遇日艦阻截，最終還是逃出生天。芝拉扎基地的盟國軍艦，也安全撤往澳洲；但是，港內約二十艘商船來不及撤退，都被日機炸毀。

當晚，盟軍重巡洋艦「埃克塞特號」，在驅逐艦「因康特號」和「波普號」的護航下從泗水負傷撤退，準備向東繞過巴韋安島，駛向婆羅洲。不料艦隊的行蹤被日偵察機發現，高木武雄下令：「巡洋艦『足柄號』、『妙高號』、『那智號』和『羽黑號』，立即率領五艘驅逐艦前去圍剿，航空隊配合支援。」中午時分，數十架日機和日艦隊鋪開天羅地網，以魚雷和砲彈大規模地轟炸，「埃克塞特號」和「因康特號」相繼沉沒，「波普號」逃向岸邊時，也被日機炸毀。戰後，高木武雄報告：「擊沉敵軍一艘巡洋艦和兩艘驅逐艦，我軍毫無損傷。」

盟國的艦隊覆滅後，爪哇島上的荷蘭駐軍陷入孤立無援的境地，今村均下令：「所有軍隊按計畫登陸爪哇島：第 2 師從萬丹灣的孔雀港登陸；東海林支隊在坎丹奧登陸；第 48 師團和坂口支隊，在克拉幹登陸。」日軍沒有遭逢有力的阻截，全部順利上岸。登陸後當天，第 48 師和坂口支隊就進軍五十公里，占領塞丹和班吉，師長土橋勇逸下令：「由此兵分兩路：第 48 師占領泗水；坂口支隊向西進軍，占領三寶瓏，再轉往南攻占芝拉扎。」坂口支隊急行四百公里，逼近芝拉扎時，荷蘭總督仰天長嘆：「敗局已定，多留無益！」於是，隻身逃往澳洲。

東海林支隊隸屬第 38 師團，登陸當天就進攻卡里查機場，不料遭逢機場守軍的頑強抵抗。於是東海林俊茂大佐挑選出六名敢死隊員，然後下令：「你們謹慎潛入機場的營地，殺死營房守軍後，立即升起太陽旗。」果然，機場守軍見營房升起太陽旗，心理防線頓時崩潰，以為日軍已攻陷後方，便紛紛棄守而逃。接著，近藤三郎下令第 3 航空隊團：「起飛一百五十架飛機，進駐卡里查機場。」

黎明時分，荷蘭飛機前來襲擊機場，卻被日機擊退。中午時分，荷蘭陸軍出動六十輛坦克準備奪回機場，然而遭到日軍的頑強抵抗而無法得逞。於是荷軍將坦克數量增加一倍到一百二十輛，只見鋼鐵巨流滾滾前來，日守軍拚死抵抗，坦克活活碾死不少日軍，近藤三郎見情況危急，立刻下令航空隊：「戰機全部起飛，低空轟炸坦克和掃射敵軍。」結果，荷軍的大部分坦克被炸毀，殘餘落荒而逃。東海林支隊休整幾天後繼續向前挺進，第二天下午便突破前線陣地，逼近萬隆市。

且說日第 2 師團和軍部進入萬丹灣後，師長丸山政男下令：「分別在孔雀港和加拉旺角登陸，迅速占領巴達維亞，然後進攻萬隆。」由於實力懸殊，荷軍僅作微弱的抵抗，就從巴達維亞撤退。第二天，日軍又占領茂物，然而偵察兵報告：「荷軍從茂物到萬隆，炸毀交通線上的橋梁，堵塞街道，還一路設定障礙……」荷軍的舉止使得日軍前進的步伐十分緩慢。三天後，第 2 師團才與東海林支隊會合，前後夾攻萬隆。

萬隆是爪哇的軍事要塞，由荷蘭陸軍司令德爾普頓中將親自坐鎮。此時，他接到報告：「芝拉扎失守，總督已逃亡澳洲！」他不禁大驚，頹喪地伏在辦公桌上，心想：如今大勢已去，退路又被截斷，再戰無益！於是他下令升起白旗，棄械投降。至此，萬隆宣告淪陷。今村均向南方司令部報告：「我軍已完全占領爪哇，俘虜敵軍八萬多人，繳獲飛機一百八十架，我軍傷亡一萬兩千人。」

寺內壽一指示今村均：「立即成立軍政部，全面管制東印度群島。」日軍政部為了籠絡人心，便下令：「釋放監牢裡的反殖人士，歡迎他們協助管理社會。」被釋放的人員中，除了蘇卡諾外，還有許多印尼共產黨人。他們出獄前，曾在牢裡祕密開會，討論未來的對策。蘇卡諾說：「日本在驅逐殖民地政府方面是有功的，但是，我們的目標是爭取獨立，不是接受新的殖民地統治，因此對待日本應該分兩步走，先合作，合作不成再反抗。」其他人都表示贊成，蘇卡諾說：「你們先淡出政壇，隱蔽起來，由我與日本人合作，如果達不到目標，而我又發生不測的話，你們就組織力量重新發起抗爭。」於是，蘇卡諾面見日軍首長今村均，他說：「我們希望能獨立建國。」今村均虛以委蛇地說：「你們要先學會治理地方，等時機成熟後才能獨立建國。」此後，蘇卡諾等人就在日軍政部裡工作。

蘇門答臘島與馬來半島一衣帶水，彼此隔著麻六甲海峽。蘇島北部的棉蘭是華僑的集中地，這裡有一群思想獨立的青年，包括陳吉海、陳吉滿、霍警亞、黃茂盛……等人。這天，他們在布迪沙郊區的別墅開會，陳吉海說：「日本的侵略戰爭已擴大到印度支那，一旦馬來亞淪陷，蘇門答臘也會遭殃，我們應該未雨綢繆，組織起來為抵抗侵略做準備。」與會者都同意籌組「蘇島華僑抗敵協會」。幾個月後，他們在酒鋪的樓上舉行成立大會，這就是蘇島土生華人的抗日組織。

這個嬰兒期的抗敵組織，很快就因為意見分歧而出現危機，走激進路線的王桐傑說：「革命是暴動，是一個階級推翻另一個階級的暴動，只有發動武裝抗爭，才能建立政權。」霍警亞立即反對：「華人只是印尼的少數族群，沒有能力去發動武裝抗爭，我們必須堅持實事求是，不做力不能及的事。」陳吉滿也認為：「我們的組織只是開始萌芽，群眾基礎十分脆弱，不應該輕舉妄動，以免招來無謂的損失。」王桐傑不顧大家的反對，竟然買了一把手槍隨身攜帶。於是，「華抗會」高層集會討論有關問題，霍警亞憤然說：「王桐傑如此好出風頭，將來必定出事。」陳吉滿也表示不滿：「他個人盲動傾向太過強烈，缺乏組織紀律的觀念。」陳吉海建議：「應該解除他常務委員的資格！」於是，王桐傑失去「華抗會」的領導權，會友也紛紛與他疏遠。

隨著馬來亞淪陷之後，居住在蘇門答臘的華僑無不憂心忡忡。此時，前馬來亞抗日運動的幹部陳洪和張鳳書也回到蘇北的家鄉火水市，霍警亞代表「華抗」與他們商談：「你們在新加坡有豐富的活動經驗，希望你們能夠協助『華抗會』的高層……」張鳳書和陳洪 爽快地允諾，於是他們移居棉蘭參與日常工作。果然在陳洪的領導下，「華抗會」蓬勃發展，先後在民禮、先達、巴姑弄、半路店、奇沙蘭、亞沙漢、埃加拉板等地，紛紛成立支部，並出版《自由報》從事宣傳工作。

實際上，早在廣州起義失敗後，便有一批中國人來蘇門答臘避難，他們多數經營小生意，如書店、雜貨店、餐廳等等。當日軍南下馬來亞，他們也組織「蘇島人民抗敵會」，並出版《前進報》。新加坡淪陷後，大批馬共分子也來此避難，其中包括胡愈之，他們也加入「抗敵會」。胡愈之對「抗敵會」的領導者說：「前馬共幹部已經在此組織『華抗會』，他們的組織綱領與『抗敵會』是一致的，如果大家聯合起來，力量會更強大。」在他的牽線之下，「抗敵會」與「華抗會」聯合組成「蘇島人民反法西斯同盟」。由於大批高水準幹部的加入，「反盟」在蘇北的力量日益壯大。

當日第38師全面占領蘇門答臘後，「反盟」內部對鬥爭路線產生分歧。少數人重提武裝鬥爭，但是，大多數人不同意，他們認為：「華僑只是印尼的少數民族，土著才是印尼革命的主體力量，他們歷經荷蘭三百餘年的殘酷殖民統治，反荷要求遠大於反日，因此土著很難支持武裝抗日。」

日本軍政部懷疑蘇島的華人社會有抗日分子。此時，王桐傑在日本通訊社「同盟社」任職，由於他個性張揚，不適當地暴露政治傾向，而受到日本人監視。「華抗」領導者提醒他：「你已經被日本人盯梢，應該儘速轉移去別處，暫時隱蔽以免被逮捕。」王桐傑也發現處境堪虞，便自動辭職到鄉下避禍。果然，日特高科立案通緝，並在他的家鄉巴姑弄小鎮埋伏。王桐傑在鄉村蝸居兩週後，心裡暗想：已經兩個星期了，應該沒事了吧！於是他便回家居住，不料當場被特高科的憲兵捕獲。王桐傑經不起威逼利誘，招供一切。於是日軍政部在蘇門答臘展開大逮捕，數千人因此被拘留，在王桐傑的檢舉下，幾十名「華抗」和「反盟」的成員被監禁，其他人則獲釋，經過許多嚴刑折磨，許多抗日分子也因此獻出寶貴的生命。

華人在日本統治下，很容易遭難。而緬甸人最受日本寵幸，但是也最容易受騙，欲知真相，請看下回分解。

第四章

替天行道攻緬甸，泥塑巨人米字旗

第一次世界大戰之後，世界各地的民族主義思潮興起，緬甸也不例外。早在三十年代，緬甸民族主義者，以爭取緬甸獨立為鬥爭目標，成立「德欽黨」；緬甸人民在德欽黨的領導下，掀起反殖民地的群眾運動，英殖民地當局為了緩和形勢，只好委任德欽黨人巴莫為總理。

日本占領中國後，重慶政府的對外交通仍然順暢，岡村寧次便向大本營報告：「除非切斷中國的外來援助，支那戰事才能速決，現在中國沿海已被我軍控制，但是，中南半島通往中國的交通線仍然暢通，這是蔣介石堅決不投降的原因。」由此可見，日本的南進路線勢在必行，而占領緬甸更志在必得。

因此，當巴莫出任總理後，日本參謀本部對軍醫鈴木敬司說：「你去緬甸找中國領事，他會和你詳談特殊任務。」鈴木敬司到了緬甸，領事對他說：「你以看病為名接觸巴莫，了解他的意向後就安排我與他們會談。」鈴木不負所托，在他精心安排下，巴莫與助手登茂會見日本領事，雙方密談後，日領事保證：「只要德欽黨人鼓吹脫離英國統治，爭取緬甸獨立，日本就提供財政援助。」巴莫為了擴大反英的力量而脫離德欽黨，擔任「緬甸自由聯盟」主席，從而領導兩個團體，共同發起反殖民地運動。英殖民當局大為惱怒，嚴厲指責巴莫：「你竟然吃裡扒外，吃我的飯，砸我的鍋，孰可忍孰不可忍！」於是，殖民地當局在緬甸展開大逮捕，包括巴莫和登茂在內的領導者都被捕入獄。

接著，殖民地當局扶持親英分子吳布出任總理，然而，他上臺沒多久就被緬人推翻，而由吳素繼任。吳素是前獨立運動的領導者之一。恰好此時，英美簽訂「大西洋憲章」，憲章主張民族自決，令吳素大受鼓舞，他與獨立運動的領袖開會討論，會議決定：「利用這個機會與英國談判，爭取緬甸的獨立。」於是吳素興沖沖地去倫敦，然而他的要求被英國斷然拒絕。吳素心想：美國是大西洋憲章的締約國，不如去華盛頓，爭取羅斯福總統的支持。

然而，美國虛以委蛇，不願得罪英國，吳素的一番努力，徒勞無功，他失望地自言自語：「爭取和平獨立是徹底失敗了，不如橫渡太平洋回國吧！」

他乘坐輪船抵達夏威夷，不料第二天早上，巧遇日本偷襲珍珠港。吳素目睹珍珠港的劫難，令他突發奇想：如今日軍力強大，何不借助日本的扶持？由於戰爭爆發，輪船停止前往亞洲而返回歐洲，吳素只好再從歐洲回緬甸。當他途經里斯本時，便密會當地的日本總領事，日領事通報東京有關密談的內容。然而電文被英國情報處破譯，於是英國下令情報員：「將吳素軟禁在非洲，不許他回緬甸。」吳素卻毫不知情，繼續乘船離開里斯本，當他途經黎巴嫩的首都海法時，突然出現三個人，他們立即綁架吳素，吳素驚問：「你們是什麼人？要把我帶去哪裡？」對方回答：「我們是英國情報人員，要帶你去非洲。」此後，吳素一直被拘留在英殖民地烏干達。

雖然，日本兩次策反都遭遇失敗，卻因此獲得德欽黨人的支持。日參謀本部下令鈴木敬司：「你去緬甸成立特務機構『南機關』，由日蓮和尚永井行慈擔任助手，務必與反英領袖建立緊密連繫。」然而日本人在緬甸的活動，始終被英國密切監視，不久後殖民地當局展開大逮捕，抗英領袖暫停一切公開活動，紛紛匿藏起來。

「德欽黨」領導人昂山對同黨拉棉說：「我們如此東躲西藏終非長久之策。現在有一艘挪威商船，正要運載稻米去中國，不如我們喬裝中國人乘船潛逃，設法與共產國際建立關係，為我們的反殖運動尋求外援。」於是，他們隨船逃出緬甸，成功抵達廈門，然而，始終無法與共產國際建立起聯繫，由於旅費耗盡，他們只好寄居郊外的村子，過著潦倒的生活。

英殖民當局的大逮捕，使日本在緬甸的活動再度遭受挫折，由於和抗英領袖失去聯繫，鈴木敬司十分焦急，此時，德欽黨人告訴他：「昂山去了中國廈門！」鈴木敬司便致電日本駐臺特務機關：「速去廈門尋找兩名緬甸人，名叫昂山和拉棉。」於是，日特務在廈門四處尋訪，果然找到染病在身的昂山和拉棉，於是日特務隨即送他們去臺灣。

昂山和拉棉痊癒後，就被安排去日本。當飛機抵達東京時，前來機場迎接他們的人，竟然是鈴木敬司。他們入住旅館後，便與鈴木敬司開會，共同磋商反殖運動的事宜，鈴木敬司允諾：「日本可以提供財政援助和軍事訓練，但是，抗英領袖必須加入南機關以統一抗英的行動。」昂山認為：「南機關是日本機構，不便公開活動，最好再成立緬甸人的組織，才能公開號召民眾以聚集力量。」鈴木敬司沉吟良久才說：「好，就成立人民革命黨，再由這個黨來組建抗英軍隊，取名『緬甸獨立軍』；但是，獨立軍必須由日本人擔任總司令和顧問，也必須配合日軍的進攻計畫，如提供嚮導和內應等。驅逐英國人後，日本將承認緬甸的獨立政府。」

於是，昂山等人滿懷希望地成立緬甸人民革命黨，昂山對革命黨人說：「我們先以暹羅的清邁、達府、北碧和拉廊為基地建立武裝力量，國內的德欽黨人則展開地下活動以配合武裝鬥爭。」於是，人民革命黨派首批三十人前往日本受訓，其中包括昂山、拉棉、舒貌、吞歐、索倫和拉佩等人。經過多次動員後，緬甸獨立軍的實力已超過一千人，鈴木敬司對昂山說：「為了隱蔽身分，我化名波莫喬，對外宣稱我是緬甸王室的後裔，是要領導人民推翻英國的統治，爭取緬甸的獨立。」話說日軍登陸馬來亞的第二天，日第15軍便開始進駐暹羅，暹羅被迫與日本簽訂同盟條約。東條英機對大本營說：「現在中國政府的補給線，只剩下滇緬公路而已，我軍必須儘速攻占緬甸，才能封鎖中國，逼使蔣介石投降。」於是，軍令總長永野修身下令飯田祥二郎中將：「第15軍準備進攻緬甸，占領滇緬公路，切斷中國的外援通道。」當時英國駐緬軍隊的總數，僅兩萬六千人而已。

第二天，日機空襲仰光，消息傳來，蔣介石暗自焦慮：滇緬公路不能有失，否則僅存的外援通道就會被切斷。於是，他要求美國召開中美英三方會議，他在會議上極力主張：「日軍正準備入侵緬甸，如果仰光有失，會影響中國的對外通道，我要求派軍入緬作戰。」英方代表韋維爾暗想：緬北曾是雲南的領土，當年由於滿清政府的昏聵，英國才得以蠶食侵占，如果讓中國軍隊進來，恐怕「請神容易送神難」！於是便回覆：「目前沒有這個必要，需要時才通知中國。」

蔣介石見英國心中有鬼，拒絕接受他的提議，便十分不滿地說：「等到日軍打入緬甸，一切都太遲了。」美國理解英國的苦衷，也知道雙方都在打小算盤，於是問道：「中國能派出多少軍隊？」蔣介石說：「我可以組建十萬人的遠征軍。」美國饒有興趣地說：「好，我們資助中國建立遠征軍，但是，最高軍事指揮權必須歸美國所有。」有了美國的保證，英國才勉強同意，但卻強調：「必須等候我軍的通知，才可以入緬作戰。」

不久，韋維爾出任東南亞盟軍總司令，他指示駐緬英軍司令赫頓中將：「我軍要不惜代價將日軍阻遏於邊境線外。」緬甸與暹羅的南部邊境，是河流交錯的狹長地帶，名叫丹那沙林。赫頓下令史密斯中將：「指揮第 17 英印師駐守丹那沙林，不讓日軍越過邊界。」師長史密斯說：「丹那沙林易攻難守，不如將防禦陣地設在錫當河，才可以據險固守。」赫頓斷然拒絕說：「第 17 師不但要堅守丹那沙林，師部也必須設在毛淡棉，以便就近指揮作戰。」史密斯無奈地下令埃金准將：「第 16 旅堅守丹那沙林，不得有誤！」大本營下達入緬作戰的命令後，飯田祥二郎召開軍事會議，他下令竹內寬中將：「率領第 55 師團共三萬五千人，擔任進攻緬甸的先鋒部隊。」與此同時，鈴木敬司宣布：「即日起，解散南機關，成立緬甸獨立軍。」然後，飯田祥二郎下達指示：「獨立軍分成六隊：鈴木敬司率領第一隊，昂山率領第二隊，這兩隊跟隨第 55 師團進軍緬甸；波奈溫（舒貌的化名）率領第三隊，負責執行敵後破壞的任務；第四隊滲透入緬甸境內充當內應；第五隊前往北碧併入第 120 聯隊；第六隊前往拉郎引導日軍占領空軍基地。」

日第 55 師團的 120 聯隊，號稱「衝支隊」，在獨立軍的引導下，衝支隊越過暹緬邊境，進入緬甸的丹那沙林地區，準備攻占南方的重要港口土瓦。十天後，英邊防軍報告旅部：「日軍正迂迴至土瓦北面，我軍退路已被截斷，請求支援！」第 16 旅長艾金准將回覆：「目前無法派兵支援，即刻從海上撤退！」日軍隨後占領土瓦，接著，衝支隊占領包括土瓦、丹老和維多利亞角等三地的機場。日機很快就進駐機場並轟炸毛淡棉。

幾天後，第 55 師長竹內寬下令衝支隊：「進攻高加力！」高加力位於毛淡棉以東，為英第 16 旅的駐地，由兩個營的英印軍防守。旅長埃金報告師部：「由於寡不敵眾，士兵又多有染病，我軍已無力抵抗，請求支援！」師長史密斯下令：「放棄高加力，向毛淡棉撤退！」第 16 旅在渡河時發生意外，原來有一輛彈藥車，因過度超載而使渡輪沉入水裡，導致英軍的輜重喪失殆盡，所幸士兵跳水逃生。

日軍突破土瓦和高加力的防線後，史密斯坐立不安，暗自琢磨：失去前線防線，毛淡棉必難久守，如何是好？於是，他向赫頓報告：「毛淡棉的第 2 英印旅號稱五千人，卻有兩千非戰鬥人員，而戰鬥人員又近半是新兵，沒有作戰經驗，恐難於抵禦日軍的進攻，我要求退往錫當河以據險固守。」赫頓回覆說：「你的要求被拒絕，但是司令部可以轉移去錫當河。」與此同時，竹內寬下令衝支隊：「第 120 聯隊化整為零，偽裝成緬軍，利用夜色或森林的掩護，滲透進英軍的陣地！」次日清晨，衝鋒隊報告：「潛入任務勝利完成！」於是，竹內寬下令：「總攻毛淡棉！」日軍在緬人裡應外合下，發動突襲。英緬軍措手不及，僅交戰半天，外圍陣地便紛紛失去。此時，東面的英緬步槍營潰敗入城，一支偽裝成緬軍的日軍則乘機混入人潮，跟隨逃兵退入城內，這支日軍潛入城北後，隊長一面引導日機進行轟炸，一面下令：「占領英軍的砲兵陣地！」赫頓獲知己方喪失了全部的毛淡棉外圍陣地而勃然大怒，他一面指責第 2 英印旅抗敵不力，一面越過史密斯，下令第 16 旅長埃金准將：「由你取代第 2 旅長指揮毛淡棉的戰事。」

傍晚時分，在人民革命黨人的策反下，一個緬甸營發生譁變，導致毛淡棉的防線出現缺口，日軍便乘機攻入城中。埃金准將報告師部：「毛淡棉防線已經崩潰，日軍正攻入城內，我請求撤退！」史密斯見大勢已去，便下令：「立即向錫當河撤退，就地構築防禦陣地，據險固守。」英印軍在埃金准將率領下北渡薩爾溫江，才逃過日軍的追擊。當日軍占領毛淡棉時，昂山興奮地問鈴木敬司：「毛淡棉已經攻下了，我們是否可以成立獨立政府？」鈴木敬司笑道：「還早呢，等攻下仰光再說吧！」

為了挽救緬甸危局，韋維爾緊急調來一支裝甲旅，同時下令史密斯：「速將軍隊主力部署於比林河以阻滯日軍前進的步伐。」史密斯為難地說：「比林河位於薩爾溫江和錫當河之間，在旱季時只是一道溝渠，無險可守？錫當河水勢浩大，足以據險固守；只要控制河上的大橋便能阻隔日軍的前進，守住仰光的門戶。」韋維爾不滿地說：「如此一退再退，仰光還守得住嗎？」史密斯的意見又被拒絕。不出一個禮拜，櫻井省三率領日第 33 師到來，他下令：「利用夜色掩護，強渡薩爾溫江！」很快地，日軍就攻至比林河，守軍一觸即潰，韋維爾才批准史密斯的請求：「向錫當河撤退！」此時，英國部隊已潰不成軍，通向錫當河的公路上擠滿運輸車，車裡滿載逃命的士兵。

黎明時分，第 17 英印師的先鋒部隊抵達，正當部隊在過橋時，密林裡突然鑽出一支軍隊，原來是日第 33 師的先遣隊，櫻井省三下令日軍：「迅速占領附近的制高點，然後以機槍封鎖橋頭，掃射過橋的英軍！」守橋的是英第 48 旅長瓊斯准將，他見情況危急，便對史密斯說：「日軍連續進攻數次企圖奪取大鐵橋，如果不盡快炸毀橋梁，一旦失守就會危及仰光。」史密斯質問：「第 16 旅和第 46 旅都還未過河，怎麼可以炸橋？」瓊斯辯解說：「如果不盡快炸橋，一旦日軍發動夜襲，我不能保證天亮之前，大橋還是屬於我們的。」史密斯滿面憂愁地想：錫當河是仰光的大門，如果讓日軍過橋，一切都完了。權衡利害之後，史密斯無奈地同意。

於是，第 17 英印師的先鋒部隊渡河完畢，立即響起一連串的爆炸聲，錫當河大橋應聲斷落河裡。不久，第 17 英印師的另外兩個旅相繼抵達，士兵報告：「橋梁已經炸毀，無法過河！」此時，日軍又包圍了上來，埃金准將只好下令升起白旗，棄械投降！此事見報後，韋維爾大怒，他宣布：「即日起，解除赫頓和史密斯的軍職，由哈羅德亞歷山大（Harold Alexander）取代，負責指揮緬甸的英軍作戰。」

哈羅德亞歷山大是著名的「撤退將軍」，比起史密斯有過之而無不及。韋維爾在加爾各答總部對他說：「保衛仰光，對英國在遠東的地位十分重要，希望你能挽回敗局。」亞歷山大問：「我會竭盡全力保衛仰光，然而，如果保不住的話，下一步該如何？」韋維爾堅定地說：「如果保不住仰光，就要保住軍隊，可以喪地不可以喪師，絕不許軍隊被日軍圍殲。」亞歷山大滿懷信心地說：「我指揮過敦克爾克大撤退，相對而言，仰光撤退只是小兒科，難不倒我，問題是撤退到什麼地方？」韋維爾沉吟半晌才回答：「就撤往仁安姜，保衛產油區。」

兩天後，亞歷山大來到仰光。他下達作戰命令：「新來的英第 63 旅和第 7 裝甲旅北上勃固，負責進攻東面沃鎮的日軍；第 1 英緬師控制通往曼德勒的公路；第 17 英印師防守勃固南面的萊古。總攻發起後，第 1 英緬師首先揮師南下，聯合第 17 英印師南北夾攻日軍，保衛勃固。」不料，集結沃鎮的日第 33 和第 55 師卻先發制人，首先進攻勃固；同時又派一支日軍向北包抄，切斷了仰光通往卑謬的公路。

此時，英國第 7 裝甲旅頑強反擊，日軍的進攻嚴重受阻，於是飯田祥二郎下令空軍：「集中火力，轟炸英國的坦克！」在日飛機大砲的猛烈轟炸下，英第 7 裝甲旅和第 63 旅損失極大，指揮官報告亞歷山大：「我軍傷亡慘重，裝甲旅嚴重受損，已無力再戰，請求支援！」亞歷山大只好下令：「第 1 英緬師和第 63 旅的殘餘部隊，全部向北撤往阿蘭繆。」

飯田祥二郎暗想：此刻英軍北逃、仰光必定兵力空虛，而沙廉與仰光隔河相望，是緬甸的煉油中心，不如派遣突擊隊從海路攻占沙廉。不久，日軍占領沙廉的消息傳來，亞歷山大心裡暗想：如果日軍隔河砲擊，仰光休矣！於是，下令衛戍部隊：「從仰光撤退，前往仁安姜。」同時，他也要求英國政府：「請通知中國遠征軍，前來協防緬甸。」

此時，美國與英國達致協定：「成立東南亞司令部，由英國蒙巴頓（Louis Mountbatten）上將取代韋維爾任總司令，美國的史迪威（Joseph Warren Stilwell）將軍任副總司令，兼中國遠征軍司令和蔣介石的參謀長。」中國遠征軍由三個軍組成，每個軍轄三個師，合十萬兵力，杜津明任副司令。臨行前，蔣介石千叮萬囑：「在外不可逞強，注意保存實力，重點保護仰光至臘戍、臘戍至昆明的交通線。」飯田祥二郎對亞歷山大棄守仰光，毫不知情，還下令櫻井省三中將：「率領第 33 師進軍仰光，迅速消滅殘餘的英軍！」於是，櫻井省三在師部召開會議，他下令：「第 214 聯隊和第 215 聯隊分左右兩路，挺進仰光！」當第 214 聯隊來到桃克揚時，恰好邂逅北逃的仰光衛戍部隊，亞歷山大下令：「先發制人，開砲攻擊！」不料，日軍反擊的砲火更為猛烈，英軍紛紛潰退，亞歷山大下令衛戍部隊：「逃入樹林中以躲避砲火。」日 214 聯隊長是作間河也大佐，他請示櫻井省三：「我軍在桃克揚遭遇勃固敗軍，是否先清剿，才攻占仰光？」櫻井省三說：「你們的任務是攻占仰光，清剿行動只會打草驚蛇，使英軍加強仰光的防衛，這樣不利於我軍的突襲，你們盡快脫離糾纏，全速南下為先。」由於心切仰光，作間河也下令第 214 聯隊：「利用夜色掩護，悄悄離開桃克揚，南下奪取敏加拉洞機場後攻占仰光。」

亞歷山大躲在橡樹園裡徹夜難眠，他心裡十分糾結地想：如今已被截斷退路，要保住軍隊的話，只有投降而已。於是天亮後，他頹喪地下令衛兵：「舉白旗出去投降吧！」不料，衛兵回來報告：「北面的日軍突然失蹤，我們無法投降！」亞歷山大聞報大喜，默默地祈禱：哈利路亞，感謝主為我解難，阿們！他立即下令：「全軍迅速向北撤退，前往仁安羌！」同時，他也下令留守萊古鎮的第 17 英印師迅速經同古，向仁安羌撤退。

日第 33 師占領仰光後，小澤治三郎率領南遣第 1 艦隊，護送第 15 軍的其他部隊前來。解除武裝後，小澤治三郎下令南遣艦隊向西航行攻擊錫蘭，結果擊沉商船二十餘艘、重創八艘，東印度洋沿岸的航道因此癱瘓。昂山見仰光已經淪陷，便對鈴木敬司說：「仰光已經光復，我們是時候成立獨立政府了。」鈴木敬司不滿地說：「現在戰事吃緊，不宜節外生枝，等緬甸完全解放再說吧！」昂山頗感失望，卻無可奈何。

話說仰光淪陷時，戴安瀾率領中國遠征軍約一萬人抵達同古，這支部隊是赫赫有名的第 200 師；同古的英軍見中國軍隊到來，如獲救星似的說：「我們沒有時間了，你們快接手防務吧！」英軍心急撤退，沒有交代情況，就匆匆離開了。戴安瀾只好親自視察同古的形勢，偵察兵報告：「城北十餘里外的克永岡，建有一個機場，而仰光至密支那的鐵路在同古穿城而過。同古城分成兩部分，城東部為新城，城西部為舊城……」戴安瀾一面巡視一面思索：同古的策略地位不可小覷，必須嚴密部署防禦陣地；舊城城高牆厚，有利於防禦；新城雖無城牆，卻有錫當河作天然屏障，而且城內街道縱橫，屋宇稠密，有利於巷戰。戴安瀾研究後，下令第 200 師在城外布置伏擊陣地，在城內構築防禦陣地。

與此同時，飯田祥二郎也在研究進攻的計畫，他下令日第 15 軍：「兵分三路北進追擊逃敵。竹內寬率領中路軍第 55 師，沿錫當河谷北上，先攻占同古，再占領曼德勒；櫻井省三率領西路軍第 33 師，沿伊洛瓦底江河谷挺進，占領仁安羌；渡邊正夫率領東路軍第 56 師，沿薩爾溫江谷地北進，經莫契、壘固、東支、雷列姆，直撲曼德勒北面的重鎮臘戍，以封鎖中國的對外通道。」

且說第 17 英印師突圍後，馬不停蹄地逃往同古。此刻駐守皮尤河大橋的中國軍隊，突見遠處塵土飛揚，營長以望遠鏡觀察，然後報告戴安瀾：「數約三千多人的軍隊，正向同古奔來，好像是敗逃的英印軍。」戴安瀾回覆：「如果是英印軍，就放他們過橋；如果是日軍，就狠狠地打！」英印軍一面過橋，一面神色驚惶地說：「日軍在後面死命地追，你們要趕快炸橋！」說完就逃得不見人影。

果然，日第 112 聯隊隨後到來，數約五百多人的先頭部隊分乘二十輛卡車衝上大橋，中國軍官隨即下令：「引爆炸藥！」幾聲轟隆作響，大橋斷成數截，殘骸烈焰沖天，日軍和車隊全部掉入河中，在水裡亂成一團。營長下令埋伏河堤的中國軍隊：「迅速以機槍掃射日軍！」正在水中掙扎的日軍猝不及防，因此被打死三百多人，僅一百多人逃回岸上，他們穿越山林，慌不擇路地遁逃。

日軍回來報告：「中國軍隊駐守同古，伏擊我軍！」竹內寬大驚：「中國軍隊這麼快就入緬作戰！」於是，他下令第 55 師：「第 143 和 144 聯隊增援 112 聯隊，然後聯合進攻同古！」遠征軍第 200 師，是隸屬中國第 5 軍的機械化師，曾經在桂南戰役大敗日軍；此刻，中國遠征軍以逸待勞，前來支援的日軍未摸清敵情，也沒有預先構築陣地，一來就急著攻城。戴安瀾一聲令下，遠征軍的砲火猛烈狙擊，日第 143 和 144 聯隊傷亡十分慘重。

噩耗傳來，竹內寬急忙向軍部求援：「中國軍隊已進入緬甸，我軍在同古外圍的皮尤河、鄂克春、坦塔賓等地遭受強大狙擊，中方的火力異常猛烈，我軍損失重大，急需增援！」恰好此時，日第 18 師從馬來亞調來緬甸，飯田祥二郎下令牟田口廉也：「率領第 18 師前往同古，增援第 55 師！」同時，他又下令仰光的航空隊迅速轟炸同古。

在日機的狂轟濫炸下，中國軍隊退入同古城內，竹內寬下令：「以重砲轟擊同古城！」但見城內硝煙瀰漫，房屋著火，建築物都變成廢墟，而守軍仍然頑強抵抗。於是竹內寬下令日軍：「借城外的密林掩護，向城垣推進後藏身樹上，架設機槍陣地，利用密葉的遮掩來掃射城內的守軍。」雙方惡戰十餘日，日軍久攻不克，正躊躇不決時，緬甸獨立軍的領袖波奈溫說：「不如先占領北面的機場，截斷守軍的退路。」於是，竹內寬下令：「第 143 聯隊由獨立軍引導，迂迴至克永岡偷襲機場。」守軍倉促應戰又寡不敵眾，只好向同古潰逃，日軍占領機場。

此時，中國遠征軍主力已集結彬馬納，準備與日軍在此決戰。不料戴安瀾發來急電：「同古已被日軍包圍，部隊危在旦夕，請速增援！」正當杜津明要下令增援時，前線又報：「克永岡機場失守，日增援部隊第 18 師團抵達同古！」杜津明便請示蔣介石，蔣介石說：「同古已成孤城，再戰無益，臘戌是我軍物資的中繼站，應退守曼德勒，集中兵力護衛臘戌。」戴安瀾接到杜津明的指示後，便下令第 200 師：「藉助漫天濃霧的掩護，今夜悄悄東渡錫當河，再沿林間密道行進，繞過日軍的封鎖線，全師向北退往曼德勒。」次日，日軍發起總攻，占領同古後才發現中國軍隊已消失無蹤。

史迪威獲悉同古失守大怒，要求蔣介石解除杜津明的兵權，蔣介石反問：「仰光淪陷，美國答應支援的物資，怎麼運來？」史迪威說：「這是兩回事，豈可相提並論？」蔣介石回應：「你解決不了援助的問題，我也解決不了杜津明的問題。」史迪威無可奈何地說：「待我與盟軍總司令商量，再給你答覆。」蔣介石回覆：「恭候佳音。」史迪威與蒙巴登商議後，電告蔣介石：「有關援華物資，盟軍改從印度運送至滇緬公路。」蔣介石才下令：「羅卓英取代杜津明，出任遠征軍副司令！」

同古戰役才結束，忽報第 1 英緬軍失守阿蘭謬，史迪威只好宣布：「取消彬馬納會戰的計畫，向曼德勒撤退！」新任遠征軍副司令羅卓英急於表率立功，他向史迪威建議：「會戰可以改在曼德勒進行。」史迪威表示讚賞，不料，偵察兵報告：「日中路軍第 55 和第 18 師的主力，已從同古迅速北上占領彬馬納，如今正在挺進曼德勒。」史迪威感覺事態嚴重。

且說日第 33 師沿伊洛瓦底江河谷北進，擊潰第 1 英緬師的抵抗，並占領了阿蘭謬。櫻井省三下令：「第 213、214 及 215 聯隊齊頭並進，追擊逃敵。荒木大佐率領 215 聯隊進攻馬格威；作間河也率領第 214 聯隊，迅速潛往仁安羌；原田大佐率領第 213 聯隊負責掩護。」日第 213 聯隊隨即截斷東面的公路，結果正在撤退的第 1 英緬師沒有發現自己已被日軍超越。原來日第 214 聯隊在緬甸獨立軍的引導下，採取隱蔽穿插的戰術，迅速越過英軍的三道防線而搶先抵達了仁安羌。

仁安羌位於伊洛瓦底江中游的東岸，是中南半島最大的油田，四周盡是一望無際的沙漠，在茫茫沙海中，到處是星羅棋布的鑽油井。

此時，正駐守仁安羌的亞歷山大突然接到報告：「日軍已逼近仁安羌！」他急忙下令：「衛戍部隊和第 17 英印師，即刻啟程，前往曼德勒！」日第 214 聯隊抵達仁安羌時，英印軍已棄守而逃，於是作間河也下令：「兵分兩路，主力占領仁安羌東北角，分隊迅速搶占濱河大橋，截斷貫通大橋的公路。」

不久，英緬第 1 師和第 7 裝甲旅也逃來仁安羌，他們發現日軍已控制大橋，師長斯考特下令裝甲旅：「出動坦克打先鋒，奪取濱河大橋！」作間河也則下令第 214 聯隊：「採取地障戰術，利用荒漠上的溝溝坎坎，發動狙擊戰！」日軍連續數次擊退坦克的進攻令英軍舉步維艱。此時，荒木率領第 215 聯隊攻下馬格威的消息傳來，英緬軍鬥志頹喪，斯考特不斷發電文求救：「我七千名軍隊受困仁安羌，南北東三面已陷入日軍的包圍，西面又被寬闊的伊洛瓦底江阻隔，我軍危在旦夕，請求緊急救援！」英司令亞歷山大急忙向史迪威求援，此時杜津明離任在即，遲疑不決；中國新第 38 師長孫立人見狀，自告奮勇說：「我願率領遠征軍第 113 團前往救援！」史迪威大喜，便對英緬軍長斯利姆（William Joseph Slim）說：「你和他一起去吧！」

孫立人抵達濱河北岸時，見南岸的地勢較高，便對斯利姆說：「地勢對我不利，只能奇襲。」拂曉時分，在十二輛英坦克的掩護下，中國士兵紛紛赴水渡河，接著向日軍發起突襲；砲火炸裂了油管，原油四處流溢而引發大火。烈火在戰場上蔓延燃燒，中日兩軍在火海裡混戰。由於渡河時，中國軍隊的衣服已經弄溼，並且又占據制高點和背風處，因此日軍吃盡苦頭後終於不支而退，中國軍隊迅速控制濱河大橋。

仁安姜戰鬥在進行時，英緬軍竟然龜縮不動，沒有配合作戰，一心只等待脫困的機會。因此日軍一撤退，英緬軍便迫不及待地衝過橋去，斯利姆對孫立人說：「中國軍隊英勇作戰的精神令人佩服。只是我軍連日奔波，無力再戰，你們能否殿後掩護？」孫立人請示史迪威，史迪威不但核准，還對他大加表揚。盟軍走後，日軍又捲土重來，占領仁安姜。

且說渡邊正夫率領東路軍北上，第 56 師一路攻擊前進，勢如破竹，占領羅依考後，渡邊正夫下令：「兵分三路，松本支隊繼續沿公路北進；坂口支隊從河邦東面挺進雷列姆；平井支隊從河邦西面直取東枝，然後三路部隊迂迴至曼德勒的後方，迅速占領臘戍，最後與中路軍南北夾攻中國軍隊。」

平井支隊到來時，見中國軍隊疏於防備，便下令：「展開突襲，攻占東枝！」果然，日軍一舉成功，戴安瀾大意失東枝，心中十分懊惱。次日，他下令第 200 師：「三面包圍東枝，展開反攻！」果然，中國軍隊攻入鎮內後立即與日軍展開巷戰，雙方激戰兩天，正當平井支隊岌岌可危時，松本支隊及時趕到，他下令日軍：「奪取東面與西北面的制高點，內外夾攻中國軍隊！」戴安瀾寡不敵眾被迫撤圍，松本見中國軍隊撤退後，便率領支隊繼續沿公路而上。次日拂曉，戴安瀾又捲土重來，反攻東枝，平井支隊猝不及防，退守城南的寶塔山，最終因補給不及而被迫撤退，中國軍隊完全控制東枝。

中國遠征軍第 6 軍負責守衛雷列姆，當坂口支隊到來時，雙方便發生激戰，中國第 6 軍不敵敗退，日軍占領雷列姆，第 6 軍長甘麗初下令殘餘部隊：

「迅速渡過薩爾溫江，向東北方向撤退，前往雲南邊界。」第6軍落荒而逃之後，坂口支隊乘勝北進，與松本支隊會師臘戍。臘戍是中國進口物資的集中地，蔣介石獲知後，十分焦急，他分別致電羅卓英和戴安瀾：「務必保衛臘戍，不可落入敵手，一旦丟失外援物資，必危及國內抗日的力量。」戴安瀾暗想：臘戍被日軍包圍，固守東枝已無意義。於是下令遠征軍第200師放棄東枝，前去支援臘戍。

然而，新任司令羅卓英不顧形勢變化，一意孤行，拒絕蔣介石的指示，竟然下令：「決戰曼德勒！」導致中國軍隊無所適從，而坂口支隊和松本支隊已聯合起來，左右夾攻臘戍，由於戰機稍縱即逝，不久前線來報：「臘戍外圍的南倫和曼德勒外圍的西保，相繼失守。」臘戍和曼德勒的形勢急遽惡化，戴安瀾陷入兩頭不到岸，很快地，臘戍便失守了，坂口報告師部：「我軍已攻占臘戍，繳獲中國政府巨量的策略物資！」臘戍淪陷，嚴重影響國內軍隊的補給，蔣介石惱怒萬分，他致電指責羅卓英：「為什麼有能力保護英緬軍，卻沒有能力保衛臘戍，導致我軍苦盼的物資全部落入敵手，你們究竟是遠征軍還是僱傭軍？」

由於英緬軍和英印軍都缺乏鬥志，總司令亞歷山大對史迪威說：「西保失守，仁安姜被占領，我軍將陷入日軍的包圍，曼德勒會戰已經不現實，不如向印度撤退。」於是，他逕自率領軍隊離開，英軍沿著耶烏至家里瓦的大道向印度境內撤退。史迪威見情形如此，便對羅卓英說：「目前的形勢，已不可能進行會戰，你部署軍隊撤退吧！」羅卓英暗自斟酌：部署在西部的英軍已全線崩潰，東線又被日軍控制，如今遠征軍兩翼遭受威脅，孤軍會戰必敗無疑。於是下令中國軍隊：「取消曼德勒會戰，全軍撤往密支那！」

撤退令下達後，中國遠征軍越過伊洛瓦底江，炸毀瓦城大鐵橋，並沿鐵路向密支那撤退，羅卓英下令：「兵分三路撤退，西路第5軍退往印度，東路第6軍由臘戍撤回國內，中路第200師翻越野人山，擇路回國。」其實，東路軍早就沿泰緬邊境，爬山涉水向雲南逃去。羅卓英率領遠征軍主力隨著英國軍隊撤往印度，而中路軍則在戴安瀾率領下進入野人山。

野人山人跡罕至，原始森林遮天蔽日，此時適逢雨季，林中潮溼，滿山遍野都是螞蝗、蚊蟻、千奇百怪的爬蟲，沿途又遇洪水泛濫成災。蹉跎時日後，部隊的軍糧已耗盡，只好以野果充飢；更糟的是，士兵沿途染上痢疾、瘧疾、革登熱等，病倒者不計其數，多數遺屍山中。這天，第 200 師艱難地走出原始森林，時值深夜，當他們要越過摩谷公路時，突然出現兩個營的日軍，中國第 200 師被攔腰狙擊；而此時，中國遠征軍已人疲馬乏，個個形消骨瘦，戴安瀾卻身先士卒，率軍反擊，不幸身中數彈。中國軍隊且戰且走，即將抵達國門時，戴安瀾傷重不治，死在擔架上，僅留下絕命詩一首：

「策馬奔車走八荒，遠征功業邁秦皇，澄清宇宙安黎庶，力挽長弓射夕陽。」

話說遠征軍撤退後，日軍占領曼德勒，渡邊正夫下令日第 56 師：「松本支隊和平井支隊向密支那挺進，坂口支隊追擊東逃的中國軍隊！」此時，正在中緬邊境徘徊的中國第 6 軍接到撤退令後，軍長甘麗初如獲特赦，馬上下令：「規避日軍的追截，迅速入境雲南！」不料，坂口支隊死追不放，擊潰中國邊防軍後又占領邊城畹町，坂口報告師部：「我軍已占領中國邊城，繳獲中國堆積如山的外援物資！」渡邊正夫聞訊大喜，下令坂口：「繼續攻占雲南的芒市和龍陵！」坂口果然不負所托，順利完成任務，然後報告師部：「勝利完成任務，兩地所儲存的大量物資，已全部落入我軍之手。」渡邊正夫欣喜異常，下令坂口：「率領支隊乘勝挺進！」不久，又傳來坂口的佳訊：「中國軍隊一觸即潰，我軍占領騰衝！」

在坂口支隊的窮追下，中國軍隊倉皇越過怒江後炸毀江上的惠通橋，日軍才被阻隔於怒江西岸。此後，中日雙方隔江對峙，中國軍隊失去物資補給後，戰鬥力蒙受嚴重打擊；另一方面，松本支隊和平井支隊也占領密支那，緬甸戰事宣告結束。話說英軍從曼德勒撤退時，監牢裡十分混亂，也無人管理，這裡囚禁著許多抗英領袖，如德欽梭、德欽登佩和德欽丁瑞等人。德欽梭對大家說：「我們快趁機逃走，分頭離開監牢，前往曼德勒北面的卡包村集合。」他們會齊後便舉行會議，德欽登佩說：「日本是來占領緬甸，不是來幫助中國獨立，因此日本和英國都是我們的敵人。」德欽丁瑞說：「要反抗日本和英國的統治，首先我們必須聚集起來，才能形成力量。」於是會議透過成立緬甸共產黨，推動抗日反英的工作。

與此同時，昂山見日本已驅逐中英軍隊，又對鈴木敬司說：「現在緬甸已完全光復，我們要求成立獨立政府。」鈴木敬司冷漠地說：「大東亞共榮圈尚未建成，現在還不是時候。」次日，飯田祥二郎卻宣布：「緬甸獨立軍改組為國民軍，同時設立日本軍政部，抗英領袖昂山、巴莫等人出任政府要員，協助統治緬甸。」昂山大失所望，可也無可奈何。於是他私底下召集德欽黨人會商，前抗英分子丹東說：「日本全然無意讓緬甸獨立，只是利用我們來占領緬甸，現在又利用我們為他們辦事。」巴莫說：「日本人讓我們做事，勝過英國人讓我們坐牢。」結果莫衷一是，國民軍內的緬甸青年軍官憤然自行聚集起來，成立祕密抵抗小組，準備將來起義。

日軍完全占領緬甸後，飯田祥二郎在參謀會議上說：「緬甸雖然已經攻下，但是海運補給線太長，必須繞過馬來半島一週，十分費時費事，風險也很大。」參謀長柬三村樹說：「如果在克拉地峽開拓運河，打通暹羅灣與安達曼海，則海運便能直通仰光，就不必繞圈子了。」飯田祥二郎說：「蘇伊士運河花了十年才建成，克拉運河長達一百八十公里，工程更加浩大，沒有十年以上的時間是無法完成的，遠水難救近火，不切實際。」於是，柬三村樹又建議：「不如建造鐵路連線暹羅與緬甸以縮短運輸線。」飯田祥二郎說：「這是個好主意，但是鐵路必須在兩年內完工，才不會貽誤戰機。」柬三村樹說：「只要二十四小時趕工，兩年內通車不成問題。我們有這麼多俘虜在白吃飯，何不讓他們做事去？勞力不足的話，還可以在各地拉民工。」隨著暹緬鐵路的開工，各地的俘虜都被押來充當勞工，為了加快鐵路的建造，日軍也在各地強虜勞工。

在吉蘭丹北部的一個馬來村莊裡，這天，十四歲的莎蒂阿正在屋外晾衣服，父親阿里在門外砍柴。突然，村長從小路走來，身後還有兩名持槍的日本兵，他對阿里說了幾句話就走了。阿里放下斧頭，把女兒叫過來說：「村長來通知，說這裡的男人都要去暹羅服勞役，為期兩年。不去的話就必須上繳一萬元，否則槍斃。我們家沒有錢，我只好去當勞工，明天就要出發，我不放心留下你一人，你收拾行李跟我一起去吧！」莎蒂阿已經失去了母親，更不願離開父親，便一起去了宋卡，這時阿里才知道自己是被拉來建造鐵路。

時光荏苒，阿里在此工作了一年多，殘酷的勞動和營養不良，令他的身體日漸衰弱，他終於不支病倒，但是無法休假養病，領了藥之後，又被帶回工地。沒多久，他又暈倒在地上，一名日本兵走了過來，把他拉去樹林裡，過了好一陣子，日本兵獨自從樹林裡出來，只見他的刺刀血跡斑斑。莎蒂阿在宿舍裡苦候父親歸來，等了一個晚上卻不見人影令她十分恐懼。次日，宿舍裡的管事帶來一名日軍，管事說：「你父親死了，你必須搬去別的地方，他是來帶你走的。」這個消息有如晴天霹靂，莎蒂阿悲極發呆，接著便暈倒在地。莎蒂阿在模模糊糊中被送去一間別墅，她醒來後不停地痛哭流淚，她對未來深感恐懼和茫然。第二天晚上，來了一名滿臉通紅的日本軍官，他逕自走進莎蒂阿的房間，嚇得她低著頭，畏縮在牆角。只見日本軍官寬衣解帶，脫光衣服後便晃著渾身酒氣的身軀，向莎蒂阿大步逼了過來。莎蒂阿不禁瑟瑟發抖，日本軍官俯身還抱起她，莎蒂阿恐懼地驚叫，日本軍官卻得意地淫笑。莎蒂阿被放倒在床上，軍官亂七八糟地撕開她的衣裳，嚇得莎蒂阿六神無主，臉無血色，最後日本軍官狂笑著「霸王硬上弓」。

如此這般地，莎蒂阿不知轉過了多少軍官，最後，日本人將她帶去暹緬邊境，讓她住進一座浮腳長屋。長屋是木質地板，裡面有十間大房，每間房裡用布簾間隔成五個臥室，每個臥室住了一名「慰安婦」；全部人都是睡地板，地板上鋪有草蓆。整座長屋住了五十名女人，大多數為韓國人，少數為臺灣人、中國人、菲律賓人和馬來人；女人除了月事期間之外，每天都要被日軍輪姦。莎蒂阿住進長屋快要三個月了，她每天虔誠地向阿拉祈禱，卻始終身不由己。

今天，是莎蒂阿的十六歲生日，也是她的月事假期。她向主管說要去買東西，沒想到在村外遇見一名青年，他向莎蒂阿微笑地說：「你好嗎？」莎蒂阿見他講馬來話，倍感親切，也微笑地問道：「你叫什麼名，怎會來到這裡？」青年坦白說：「我名叫歐瑪阿莫，是被強徵來當苦工的，你呢？」莎蒂阿未語淚先流，哽咽地說：「我父親也是被強徵來修鐵路，我是隨父親來到這裡，父親卻不幸死去，他們就強迫我當慰安婦。」歐瑪阿莫義憤填膺地說：「這裡是人間地獄，必須盡早逃走。」莎蒂阿憂愁滿面地說：「我連回家的路都不懂，如何逃走？」歐瑪阿莫堅定地說：「好，我帶你走。」莎蒂阿高興地說：「太好了，謝謝阿拉！」歐瑪阿莫告訴她：「這裡是暹緬邊境，穿過東邊的森林就是暹羅，到了那裡就容易回馬來亞了。」莎蒂阿問道：「我還有兩個馬來姐姐，能不能也救她們走？」歐瑪阿莫沉思片刻，下決心地說：「好，一起走吧！」兩人約定好會面的時間和地點後，莎蒂阿說：「我必須回去了，以免引起懷疑。」他們互道再見，便分手道別。

第二天晚上，三個馬來女人揹著包袱悄悄地離開長屋，她們很快地進入樹林，聽到一聲口哨後，三人便循著聲音走去，歐瑪阿莫果然在林中等候，莎蒂阿向他介紹說：「她們是茉莉安賽和瑪麗安。」歐瑪阿莫點頭示意，就帶她們走了。他沒有指南針，卻能憑記憶判斷方向，他們攀山越嶺走了三天才離開森林，見到黃土路。

歐瑪阿莫說：「我們已經在暹羅了，最好先在暹馬邊境住下，等安全之後才回家。」

莎蒂阿說：「跟著你走好了。」歐瑪阿莫說：「我在北大年有親戚，先去那裡住下好嗎？」莎蒂阿說：「我們反正沒有家了，你去哪裡，我們就跟著去。」就這樣，他們在北大年的橡樹園裡定居下來，當了割膠工人，不久，莎蒂阿與歐瑪阿莫結婚，而同來的姐姐們，後來也嫁給當地人。

四十萬人被迫義務勞動，日夜趕工之下，全長四百多公里的鐵路，果然僅用十五個月就建成，期間十多萬人因操勞、生病、工傷事故、被殺戮等原因而死亡，因此這條鐵路也被稱為「死亡鐵路」。緬甸的淪陷，宣告日本完全占領東南亞，無奈「夕陽無限好，只是近黃昏」。就在此刻，美國重新回到西太平洋，對日本展開復仇似的反攻，史無前例的海空大戰隨之爆發，欲知詳情，且看下回分解。

第五章

炸東京鏖戰珊瑚海，失密碼慘敗中途島

話說珍珠港被炸後，羅斯福（Franklin Delano Roosevelt）總統十分惱怒，他責問海軍作戰部長歐尼斯特．金（Ernest Joseph King）上將：「海軍部是不是在睡覺，為何事前完全沒有預警？」歐尼斯特．金回答：「由於海軍部沒有獨立的情報處，因此無法及時警戒。」羅斯福說：「好吧，你建立情報部門，盡快開展工作。」於是，歐尼斯特．金宣布：「即日起，成立海軍部情報處，由澤西擔任處長，負責蒐集日軍的情報。」

澤西曾是「亞利桑納號」戰列艦長，他麾下有一個名叫羅徹福特（Joseph Rochefort）的少尉也隨他進入情報處，專門研究密碼的破譯。當年中日、俄日海戰之後，日本迅速崛起令美國海軍部十分關注，當時曾派遣四名軍官去日本留學，主要學習日語和研究日本文化，其中就包括羅徹福特。因此，海軍情報處成立後，澤西對羅徹福特說：「即日起，你擔任夏威夷情報站長，專門負責收集日本的情報，特別是電報的破譯。」明碼的電報難不倒羅徹福特，但是日本 JN25B 的電報卻始終令他困擾，不久，破譯這個電報的機會來了。

原來，日本在轟炸東印度群島的同時，也派遣大型潛艇「伊 124」前往澳洲，他們在達爾文港布雷，正當潛艇上浮以換氣和充電時，一架澳洲巡邏機恰好飛越港口，飛行員突然叫了起來：「海面上有潛艇！」他急忙報告總部，接著大群美澳艦艇發起圍攻，飛機也凌空轟炸，日潛艇終於被擊中而沉入海底。美海軍司令哈特正在達爾文，他知道後，心裡暗想：潛艇沉沒的地點，水深僅五十公尺，不如打撈上來，看看裡面有什麼寶貝？「伊 124」被撈起後，美軍從潛艇內取出一個保險櫃，開啟後發現是日本的軍事密碼本，哈特便對參謀說：「盡快將密碼本送去夏威夷的海軍總部。」

羅徹福特拿到密碼本便日以繼夜地研究，幾個月後終於真相大白，羅徹福特禁不住喊了起來：「是 JN25B！」羅徹福特如獲至寶，驚喜莫名，此後日本海軍的動向盡在美國的掌握中。可悲的是，日本對潛艇的失蹤竟然沒有追究，還自以為是消失在大洋中。因此海軍密碼被破譯，日本自然毫不知情，後來為此付出慘痛的代價。

此時，日本已占領第一和第二島鏈內的地區，東京大本營在慶祝之餘也召開參謀擴大會議，眾人熱烈探討未來的行動計畫。陸軍參謀本部建議：「軍事行動應該止於第二島鏈，集中兵力等待蘇德戰爭的發展，如果蘇聯失敗，我們就實行北進方針，進攻西伯利亞。」海軍參謀黑島龜人不贊同：「如果蘇德戰爭沒有進展，我們的等待不但浪費時間，還給了中美英荷澳聚蓄力量的機會，而嚴重威脅我軍未來的安全。因此我建議採取西進的方針，攻占印度洋地區，以實現和德國東西合進的策略。」陸軍參謀反問：「根據德義日三國新的協定，印度洋為三國所共有，我們何必替他人做嫁衣裳？」

黑島龜人反建議：「既然向西發展不恰當，就向南占領澳大利亞，以免澳洲淪為美國反攻的基地。」參謀總長杉山元不以為然：「要占領澳洲，需要十多個師的兵力，且不說目前拿不出這麼多軍隊，單是四千海里的補給線，無論在時間和安全上，都不利於日本。」海軍作戰部課長富崗定俊大佐說：「我們不應停止前進的步伐，而讓美國有休整的時間，一旦美國動員其強大的工業力量並大規模反攻的話，我們的處境就很危險。即使不占領澳洲，也應該隔絕澳洲與美國的海路交通，使美國無法利用澳洲攻擊第一島鏈。」黑島龜人附和說：「不錯，我主張占領新喀里多尼亞群島、所羅門群島、薩摩亞群島、斐濟群島、幾內亞島等，以掌控南太平洋的水路。這些地方相對夏威夷和日本是同等距離，目前，我們已經控制了第一和第二島鏈，在軍事上更具優勢。」

軍令部參謀三代辰吉中佐說：「我們還未根本摧毀美國的軍事實力，特別是航母艦隊，即使控制了南太平洋的水路，也無法有效防守。」聯合艦隊參謀長宇垣纏說：「美國在太平洋的軍事力量主要集中在夏威夷，只要占領夏威夷，美國就翻不過太平洋，而中途島是夏威夷的大門，可作為進攻夏威夷的跳板。」三代辰吉說：「中途島靠近夏威夷卻遠離日本，美國擁有戰區的制空和制海權。除非出動幾倍於美國的兵力，否則無法扭轉這種劣勢。目前兩國已經宣戰，珍珠港式的偷襲可一不可二。」草鹿龍之介一針見血地說：「中途島的面積太小，即使占領了也難於維持，而漫長和脆弱的補給線容易遭受美軍的攻擊，安全毫無保障。」三代辰吉說：「美國控制太平洋，依靠的是航空母艦，如果先消滅其航空母艦隊，美國就等同殘廢，因此與其占領中途島，不如決戰中途島。」

經過討論後，日軍令部認為決戰美國的風險難於預估，不如先易後難，先占領新幾內亞和南太平洋的島嶼。於是，大本營下令百武晴吉中將：「即刻組建第 17 軍，由你擔任軍司令，下轄南海支隊、一木支隊、川口支隊和青葉支隊，負責控制南太平洋。」百武晴吉在達沃成立第 17 軍，軍參謀長為二見秋三郎少將，他對百武晴吉說：「新不列顛島位於新幾內亞島東面，是南太平洋島嶼中最具策略價值的大島，該島僅駐守少量的澳軍，可以輕易占領。」不久，聯合艦隊轟炸新不列顛島，幾天後，數以萬計的日軍紛紛登陸，澳軍略作抵抗便撤退。接著第 17 軍進駐新不列顛島的首府拉包爾，大本營下令百武晴吉：「迅速在島上建設海陸空基地，準備在南太平洋打持久戰！拉包爾必須建造七公里長的防空隧道，以容納十萬駐軍！」拉包爾隧道尚未竣工，百武晴吉就派軍入侵新幾內亞，占領薩拉毛亞和首府萊城。拉包爾的海空軍基地建成後，山本五十六下令：「三川軍一組建海軍第 8 艦隊，塚原二四三組建第 11 航空隊大隊，全部以拉包爾為基地。」

當日本為南進路線爭論不休時，羅斯福總統對歐尼斯特 · 金說：「為了贏取國內的民心和提升士氣，我們必須採取行動反擊日本，報復珍珠港被轟炸、西太平洋島嶼被占領的恥辱。」於是歐尼斯特 · 金下令尼米茲（Chester William Nimitz, Sr.）：「太平洋艦隊立即轟炸日軍占領的島嶼。」不久，日本在馬紹爾群島、吉爾伯特群島、新幾內亞島、威克島、拉包爾等地的基地都遭受美機的轟炸，山本五十六擔憂本土遭殃，便下令聯合艦隊：「設定距離日本七百公里，南北長一千公里的絕對防衛線。」於是，聯合艦隊除了部署軍艦巡邏，飛機也每天沿防衛線警戒。

歐尼斯特·金召開海軍聯席會議，他說：「總統下令報復日本，然而轟炸島嶼的收效不大，你們有何良策？」作戰參謀約翰說：「轟炸東京！」歐尼斯特·金說：「好主意，可惜在航母的安全距離內，飛機的作戰半徑無法到達東京。」另一名參謀說：「陸軍的轟炸機航程近兩千公里，何不改裝給海軍用？」歐尼斯特·金恍然大悟：「沒錯，就是 B-25 轟炸機。」於是，他下令海軍裝備部迅速改裝 B-25 轟炸機為艦載機！不久，新中程轟炸機 B-25B 誕生並且成功在航母上試飛。歐尼斯特·金欣喜之餘下令吉米·杜立德中校：「組建十六架 B-25B 海軍轟炸機隊，準備轟炸日本！」

美軍原計劃要在距東京八百八十公里處起飛航母上的轟炸機，不料日本設定國防警戒線，尼米茲對杜立德（James Harold Doolittle）說：「現在，航母必須遠離東京一千兩百公里才不會被日本發現，這意味著你們執行任務後，將無法飛回航空母艦。」杜立特說：「我們就飛向亞洲大陸，然後跳傘降落。」於是，尼米茲下令海爾賽（William Frederick Halsey, Jr.）中將：「率領第十六特遣艦隊護送轟炸機隊前往日本，轟炸東京！」

當艦隊來到距離東京七百二十海里時，不巧被一艘日本間諜漁船「日東丸 23 號」發現，山本五十六獲悉情報後立即下令：「高須四郎中將率領第 1 艦隊從廣島出發；近藤信竹中將率第 2 艦隊從橫須賀出發；南雲忠一率領航母艦隊從巴士海峽出發。火速出擊美軍艦隊！」雖然，山本五十六做了軍事部署，卻沒有緊急通知東京大本營。海爾賽發現行蹤敗露，立即通知杜立特：「我們已經被日本發現，馬上起飛轟炸機！」同時，也下令巡洋艦「納什維爾號」擊沉日漁船「日東丸 23 號」。

在杜立德指揮下，十六架 B-25B 轟炸機騰空而去，他下令：「除了三架飛往名古屋、神戶、橫濱執行轟炸行動之外，其餘十三架分別從十三個空域進入東京，集中轟炸市區、火車站、煉鋼廠、儲油場、發電廠和軍營。」空襲結束後，B-25B 立即飛離日本，杜立特報告總部：「我軍轟炸機已完成任務，十五架在中國的沿海省分墜毀，飛行員都跳傘逃生，但是當中八人被日軍俘虜，六十四人獲游擊隊解救，全部已送來重慶，另外，一架轟炸機迫降於蘇聯的海參崴，機上五人被蘇軍扣留。」

「杜立德轟炸」，日本所蒙受的損失不大，卻引起國內的恐慌，心理上的威脅遠大於物質上的損失。於是，大本營下令山本五十六實施「決戰中途島」的計畫，將國防警戒線向外推移數千海里。為了報復美國對東京的轟炸，山本五十六下令井上成美中將：「率領第 4 艦隊控制南太平洋航線，切斷美國與澳洲的海空交通。」由於澳洲守軍主動撤退，日軍橫掃南太平洋島嶼，井上成美報告山本五十六：「我第 4 艦隊已先後攻占所羅門群島、布干維爾島、新喬治亞島、圖拉吉島……」

此時日本的軍事密碼已被美國破譯，因此日第 4 艦隊的動向，尼米茲瞭如指掌，他下令弗萊徹（Frank Jack Fletcher）海軍少將：「率領第 17 特遣艦隊前往珊瑚海，伺機攻擊日本艦隊。」次日，弗萊徹下令「約克鎮號」航母分三個波次艦載機起飛，轟炸圖拉吉島海域的日本艦隊！轉瞬間，四十架艦載機從航母起飛，在長達六個小時的轟炸後，弗萊徹報告總部：「擊沉一艘日驅逐艦、四艘駁船和三艘掃雷艇，我軍僅損失五架水上飛機。」

井上成美下令高木武雄中將：「以航母『翔鶴號』和『瑞鶴號』為主力，率領三艘重巡洋艦和六艘驅逐艦從特魯克島出發，前往東所羅門海域消滅美航母艦隊。」弗萊徹見行蹤敗露，便下令特遣艦隊：「先向南撤退，然後轉往西，尋找日運輸船隊。」結果，美、日艦隊擦肩而過，緣慳一面。

與此同時，井上成美又下令原忠一海軍少將：「率領四艘重巡洋艦、一艘驅逐艦和一艘輕型航母『祥鳳號』，立即從拉包爾起航，掩護運輸編隊駛向莫士比港。」日運輸編隊向南航行至珊瑚海以北時，突然日偵察機報告：「珊瑚海南面，發現美軍艦隊！」原忠一不假思索地下令「祥鳳號」起飛所有艦載機，全速向南出擊。不久，運輸編隊長後藤有公少將發來電報：「美軍航母艦隊正向新幾內亞駛來，請迅速前來掩護！」原忠一大驚，然而此刻「祥鳳號」已沒有艦載機而無能為力，他只好據實報告司令部，井上成美立即下令運輸編隊緊急撤退，返回拉包爾。與此同時，他也下令高木武雄即刻前往珊瑚海，阻截美航母艦隊。

半天後，「祥鳳號」的艦載機報告原忠一：「我們沒有發現航母艦隊，只擊沉美軍的驅逐艦『辛姆斯號』和油輪『尼奧紹號』！」原來日機不得要領，便將怒氣發洩在這兩艘艦船上。美驅逐艦捱了三顆重磅炸彈而沉沒，油輪被七顆炸彈和幾枚魚雷擊中，還在海上漂流了四天才不支沉沒。

次日，美軍偵察機報告：「路易西亞德北面發現日艦隊！」弗萊徹當機立斷地下令飛機發起攻擊。美航母上的九十多架飛機騰空而去。當原忠一發現美機蹤跡時已然太遲，此刻美機正臨空而至，幾分鐘後，十三顆炸彈和七枚魚雷命中日航母「祥鳳號」，引發熊熊烈火，整艘船被大火吞噬，半個鐘頭後「祥鳳號」便沉入海底。

井上成美獲悉噩耗，便下令高木武雄馬上出擊美航母艦隊。黃昏時分，日二十七架轟炸機和魚雷機飛向美艦隊，不料，機群被美軍的雷達發現，弗萊徹下令艦載機立刻起飛，截擊日機。結果，日機有十架被擊落，十一架迫降在海上，僅六架僥倖逃脫。

第二天早上，高木武雄截獲美偵察機的通訊，得知美航母的位置所在，便下令：「起飛戰鬥機、轟炸機和魚雷機共七十架，前往轟炸美航母艦隊！」無獨有偶，七十多架美機正趕來空襲日航母艦隊。高木武雄發現後立即下令：「艦隊高速機動，作鳥獸散！」日艦隊紛紛向四面八方散開，「瑞鶴號」躲入一片暴風雨的海域；「翔鶴號」向東逆風行駛，迅速放飛甲板上的戰機。

因此當美魚雷機即將撲過來時，所投下的魚雷沒有一顆中的；但是高空轟炸機投下的炸彈，卻擊中日航母「翔鶴號」的艦首、艦尾和甲板，結果甲板上汽油橫溢，燃起熊熊大火，艦長報告「翔鶴號」受損嚴重，已無法接收艦載機，高木武雄只好令其撤退回港。

與此同時，日機也猛烈攻擊美航母艦隊，日魚雷機冒著密集的砲火衝向美航母「列克星頓號」，很快的，兩枚魚雷命中其左舷，接著左舷的砲位又被炸彈擊中，三門高射砲被摧毀；隨後又一顆炸彈命中航母的煙囪，引起大爆炸，美軍死傷十分慘重。另一方面，日高空轟炸機也向美航母「約克鎮號」投下重磅炸彈，炸彈穿透航母甲板後引發大爆炸，死傷超過百人。弗萊徹見損失嚴重，便下令艦隊返航。不料航行途中，「列克星頓號」的大火引爆彈藥庫，航母再次大爆炸，鋼製防水密門和艙口被氣浪掀開，弗萊徹下令棄艦逃生！隨著一連串猛烈的爆炸聲，「列克星頓號」沉沒海底。

井上成美報告山本五十六：「珊瑚海一戰，我軍擊沉美軍一艘重型航母，重創一艘輕型航母，擊落美機六十多架，美軍傷亡五百多人。我軍有一艘輕型航母被擊沉，一艘遭重創，我軍損失飛機七十多架，傷亡幾千人，登陸莫士比港的行動失敗。」

幾乎與「珊瑚海之戰」同時，日本大本營也下令攻占中途島，山本五十六建議：「為了隱蔽戰役目標，我軍應該先占領阿留申群島，以迷惑美軍。」大本營同意他的策略，於是山本五十六下令細萱戊子郎少將：「率領第2機動編隊前去攻擊烏納拉斯卡島，轟炸美基地荷蘭港，然後占領阿留申群島。」

日第2機動編隊以輕型航母「龍驤號」為旗艦，另一艘輕型航母「隼鷹號」則殿後，艦隊悄無聲息地橫跨北太平洋。此刻，北太平洋的天空密布著低沉而濃厚的雲層，偵察機費了好大的功夫才找到烏納拉斯卡島。於是細萱戊子郎下令：「艦載機起飛，轟炸荷蘭港！」在航空隊隊長加藤唯雄大佐的指揮下，「龍驤號」魚雷機起飛和戰鬥機共十七架，「隼鷹號」則起飛俯衝轟炸機和戰鬥機共十八架。日機群飛臨烏納拉斯卡島的上空，僅二十分鐘的狂轟濫炸便炸毀美軍的油庫、電臺、兵營、水上飛機……然後，細萱戊子郎下令占領阿圖島和基斯卡島。美國只在埃達克島和烏斯卡納島有駐軍，因此日軍不費一槍一彈便占領兩個荒島。

且說美國對日本海軍的電報通訊雖然已有能力破譯，但是電報中的代號「AF」，卻令美軍迷惑不解。日本進攻阿留申群島的前夕，尼米茲為了測試「AF」的含義，心生一計，他向中途島守軍發出絕密指令：「你們以明碼電報向我發出『島上蒸餾水廠發生故障，淡水出現短缺』的求救消息。」果然，日軍破譯中途島的求救電報後，聯合艦隊的往來電報中便出現「AF 淡水告急」的句子，於是美國情報站確認「AF」就是指中途島。

根據這個結論，尼米茲重新審閱所有破譯的電報，他在海軍會議上肯定地說：「日軍將會攻擊中途島。」不料，言猶在耳卻傳來令人吃驚的消息：「阿留申群島遭受攻擊，日本已占領基斯卡島和阿圖島。」弗萊徹海軍少將問道：「總司令，你的情報有沒有失誤？」尼米茲說：「這只是日本的戰役偽裝，我們繼續按原計畫部署。」

尼米茲接到求援電報，雖然沒有大舉反擊，還是下令西奧博爾德少將率領兩艘巡洋艦、三艘輕巡洋艦和四艘驅逐艦，組成第 8 特遣艦隊，前去支援阿留申群島。不久，日偵察機報告細萱戊子郎：「一支美軍艦隊正朝我方駛來！」細萱戊子郎暗自忖度：我的任務只是佯動，沒有必要玩真的，還是見好就收。於是，他靜悄悄地離開了阿留申海域。

然而航空隊返航時，一架零式戰鬥機出現狀況，飛行員古賀向隊長小林實大尉報告：「我的飛機後邊出現汽油泡沫，我擔心是漏油。」小林實說：「如果回不了航母，就在小島附近的海面迫降，然後游泳上岸等待救援。」古賀在一個小島的上空盤旋，他發現島上有一塊平地，心裡暗想：不如選擇在島上降落以存放飛機。此時在空中盯梢的小林實見古賀的飛機徐徐降落，落地後還緩慢滑行，突然他看到古賀的飛機猛地一拱就停了下來，但見機頭朝下，機身豎了起來，小林實在空中連連呼叫，古賀卻沒有反應。原來他的頭撞在儀表上，頸椎折斷，當場身亡，小林實猜測：大概是機毀人亡了！於是便匆匆返回基地報告。

他的報告只對了一半，飛行員的確是死了，但是飛機卻完好無損。而且一個月後，美軍的偵察機飛過小島，驚訝地向總部報告：「發現一架零式戰機停在島上！」於是美海軍部派軍登陸小島，發現飛機大致完好，便將戰利品運回美國研究。幾個月後，工程師報告：「日零式戰機的機動性高、航程遠，但是卻犧牲了防護裝甲和其他安全措施，因此一旦被擊中極易著火，經不起損傷。」於是美國積極研究，終於造出 P-38 閃電式戰機，後來還研製出更先進的 F6F 地獄貓戰機，讓日本在未來的海空大戰中一敗塗地，此為後話。

不久，羅斯福總統發來電報，怒斥尼米茲：「太平洋艦隊是不是在睡覺？為何眼睜睜看著日本占領阿留申群島？」尼米茲忍氣吞聲地說：「第 8 特遣艦隊已出征阿留申，我們會讓日本加倍償還。」

此時，海爾賽染病，尼米茲便下令史普魯恩斯少將率領第 16 特混編隊，連同弗萊徹的第 17 特遣編隊，前往中途島東北海域埋伏。同一時間，日機正在空中窺視中途島，飛行員報告：「中途島位居太平洋的中部，是夏威夷群島的門戶，這個圓形環礁的直徑約十公里，島上地勢平坦，植物稀疏⋯⋯」山本五十六還未聽完報告，就下令潛艇在阿留申群島與中途島之間的海域展開清場巡邏，同時偵察美艦隊的行蹤。

這天拂曉，風平浪靜，南雲忠一率領四艘航母「赤城號」、「加賀號」、「飛龍號」和「蒼龍號」駛向中途島的西北方，而此刻美航母艦隊正埋伏在中途島的東北方，雙方相距不過兩百海里，但是誰也沒有發現對方。不久，南雲忠一下令友永丈市大尉率領第一波攻擊，共一百零八架轟炸機和戰鬥機，前往轟炸中途島。頃刻間，大群飛機騰空而去，接著南雲忠一又下令起飛五架偵察機，在附近海域分散搜尋，防備美艦隊的出現。

黎明時分，美軍上尉艾迪打起精神，駕駛偵察機進行例常巡邏，突然，前方出現一架水上飛機正沿著相反方向逼近，幾分鐘後他又發現海面上有一支龐大的艦隊，艾迪急忙躲入雲層，緊急報告基地。二十分鐘後，另一架美偵察機報告：「發現大群敵機朝中途島飛來！」中途島的警報聲立即響起，五十多架魚雷機和轟炸機緊急起飛，朝日航母艦隊疾速飛去。

雖然雙方的飛機在空中邂逅，卻各走各路。突然，一架美機轉頭折返中途島，從高空投下報警訊號彈。於是美戰鬥機緊急升空，但是立即被零式戰機狙擊，僅十五分鐘便有二十多架美機被擊落擊傷。結果日機任意轟炸中途島，島上濃煙滾滾，日機群完成任務後，友永丈市報告南雲忠一：「空襲摧毀了水上飛機庫、儲油罐、醫院、電站、海軍陸戰隊指揮部……飛機的炸彈已經丟完了，但是機場還沒有炸，我需要發起第二波攻擊。」

此時，日航空母艦上都是掛著魚雷的轟炸機，如果要進行第二波攻擊的話，就必須卸下魚雷換成炸彈，正當南雲忠一躊躇不決時，中途島飛來十架美轟炸機，立即被空中警戒的日機攔截，大多數美機被擊落。空襲使南雲忠一決定發動對中途島的第二波攻擊。於是一架架飛機輪流拆換炸彈，正當船員忙碌的時刻，不料偵察機報告：「發現十艘美軍艦隊！」這個重磅消息，令南雲忠一頓時手足無措，他急忙下令：「暫停換裝炸彈，偵察機繼續警戒！」

然而，中途島又飛來十餘架美轟炸機，自然又被零式戰機攔截和擊落。過了十五分鐘，又飛來十多架美轟炸機，所投的炸彈全部落空，然而美機陰魂不散，三分鐘後又飛來十餘架，美機雖然投射了魚雷，但是全部沒有中的就落荒而逃。其實美軍的這一連串挑逗，是有計畫要去迷惑南雲忠一的。南雲忠一卻暗想：中途島如此密集的飛機來襲，唯有發起第二波轟炸，才能消除隱患。正當他堅定決心，準備下令轟炸中途島時，不料偵察機來報：「發現美軍航空母艦隊！」這個震撼性的報告，令南雲忠一陷入進退維谷，而此時，轟炸中途島的第一波日機回來了，他心中焦急地想：返航的戰機再不落艦就要落海了。於是下令航空母艦馬上騰出空位，收回飛機，然後向北撤離，避開美機的襲擊。

事實上，埋伏待敵的美航母艦隊已獲知中途島被炸的消息，只是在等待出擊的時機。弗萊徹下令航母「大黃蜂號」艦載機起飛，轟炸日航母艦隊。由於日艦隊已經北撤，美機在原地點撲了空，便向南搜索，仍然一無所得，航空隊隊長報告：「沒有發現日艦隊，我機的燃油即將耗盡，請指示。」弗萊徹回覆：「即刻回返航母，或降落中途島。」然而有些回不來的戰機，只好迫降海上，弗萊徹不甘罷休，再起飛十多架魚雷機，冒著沒有戰機護航的風險向北搜尋，果然發現南雲的艦隊，然而立即陷入日戰機的包圍圈，結果全部被擊落。

史普魯恩斯（Raymond Ames Spruance）暗想：零式戰機十分剽悍，必須引誘它下來低空，再以高空轟炸機發動攻擊，才能消滅日航母艦隊。於是他下令航母「企業號」起飛十架魚雷機，轟炸日航母，要緊貼海面飛行以隱蔽行蹤。零式戰機發現後，便降到低空包圍美機，結果多數美魚雷機被擊落。接著，史普魯恩斯再下令航母「約克鎮號」起飛十架魚雷機，轟炸日航母，並謹記貼海飛行。果然零式戰機全被吸引到低空，當然美魚雷機也全軍覆沒。史普魯恩斯見日軍中計，便下令「企業號」和「約克鎮號」起飛所有高空轟炸機，轟炸日航空母艦。

驚魂甫定後，南雲忠一下令魚雷機起飛，轟炸美軍航母。正當日機起飛完畢時，來自美航母的高空轟炸機已凌空而至；由於護航的零式戰鬥機都在低空，此時日航母的高空已不設防，結果成為待宰的羔羊。不久，大群美機蜂擁而至，炸彈猶如仙女散花般地落下，接著日航母「加賀號」的甲板連中四彈，第五顆炸彈擊中艦橋引發大火，隨著兩次巨大的爆炸聲響，「加賀號」沉入海底。與此同時，航母「赤城號」也被兩顆炸彈擊中，一顆炸毀了艦上的升降機，一顆落在甲板上而引發大火，由於甲板上堆滿撤換的彈藥，隨著火勢的蔓延，「赤城號」發生大爆炸，一團團火球從艦身兩側噴射而出。南雲忠一慌忙下令迅速轉移司令部去「長良號」巡洋艦。他眼睜睜看著旗艦「赤城號」沉入海底。不久，「蒼龍號」遭逢俯衝轟炸機的輪番轟炸，飛行甲板和升降機相繼中彈而引發大火，大火又點燃儲油庫和彈藥艙，結果引發大爆炸，「蒼龍號」也飲恨海底。

現在，南雲忠一只剩下航母「飛龍號」，第2航空隊司令山口多聞下令：「起飛轟炸機和戰鬥機，尾隨返航的美機，前往轟炸美航母，以報大和血仇！」然而，日機在接近「約克鎮號」航母時，遭受美戰鬥機的攔截，一半以上被擊落；其餘日機突破封鎖線，飛抵「約克鎮號」的上空，日機迅速投下重磅炸彈，第一顆擊中航母的甲板而爆炸起火，第二顆炸彈正巧落入煙囪並引發更大的爆炸，導致航母的鍋爐熄火，第三顆炸彈穿透甲板和機庫後在底層爆炸，「約克鎮號」完全失去移動能力。

接著，山口多聞下令友永丈市率領魚雷機和戰鬥機前去炸沉美航母。友永丈市抱著贖罪的決死念頭，當日機抵達「約克鎮號」上空時，便冒著高射砲火俯衝轟炸，結果三枚魚雷命中「約克鎮號」，航母的左舷被炸開兩個大洞，海水洶湧而入，艦體大幅度傾斜。航母在海上漂流了兩天，又被日潛艇「伊168」發現，潛艇立即發射兩枚魚雷，轟然一聲後，「約克鎮號」便沉屍海底。

不久，美偵察機報告：「在西北不足一百海里的海域，發現日航母『飛龍號』！」史普魯恩斯下令「企業號」航母即刻掉轉船頭，起飛轟炸機，盡速擊沉「飛龍號」。此時「飛龍號」的日軍正在進餐，警報響起後，航母倉促應戰，雖然避開了三顆炸彈，卻有四顆命中艦橋附近，甲板被炸得向外翻捲，升降機也被炸毀，爆炸引發了大火，大火又引爆艦上的炸彈和魚雷，結果發生一連串大爆炸，「飛龍號」便緩緩地沉入海底。

至此，日航母艦隊全軍覆沒，山本五十六下令：「即刻撤退，取消『中途島作戰』計畫。」這場影響深遠的海空戰以日本慘敗而結束。中途島一戰，奠定美國反攻西太平洋的基礎，此後，島嶼爭奪戰連番上演，欲知日本能否扭轉乾坤？且看下回分解。

第六章

將帥大意失瓜島，賠了夫人又折兵

話說日本慘敗中途島之後，大本營內部議論紛紛，參謀長杉山元提出檢討：「我軍南進的步伐太快，來不及消化勝利的成果；同時戰線越拉越長，運輸能力嚴重不足而造成補給困難；南進占領區範圍太遼闊，又大多是島嶼，導致兵力部署既緊張又分散，這些都是我們面對的難題。」軍令部總長永野修身附和說：「海軍新敗，不宜再繼續擴張，先守住現有的戰果再圖後計。」

海相嶋田繁太郎提醒說：「美國勾結澳洲愈來愈明顯，必須防備美澳聯軍的反攻。」東條英機表示同意：「既是如此，就切斷美澳之間的通道，澳洲就難有作為。」永野修身指著地圖說：「要切斷美澳之間的通道，唯有占領巴布亞半島的莫士比港。」嶋田繁太郎認為：「莫士比港位於新幾內亞的東南部，距離拉包爾太遠，戰機遠水難救近火，因此，要進軍莫士比港，必須先掌握制空權。」於是山本五十六向大本營建議：「立即在所羅門群島南部建機場，空軍才能覆蓋南太平洋，切斷美澳之間的通道。」大本營准其所請。

圖拉吉島位於所羅門群島的南部，島上植被稀疏，主要植物是椰子樹，唯一的小鎮僅有一條街道。日第 17 軍的七百多名警備部隊在此駐守，一木清直下令警備隊長門前鼎大佐：「盡速修築島上的防禦工事。另外，在加武圖島和塔納姆博格島修建水上機場。」然而山本五十六並不滿意，他說：「我要的是空軍機場和海軍基地，不是水上機場。」百武晴吉說：「圖拉吉島的面積太小，無法建設海空基地。」山本五十六說：「你可以另外物色其他島嶼，只要能夠建設機場和港口就行。」

不久，日軍發現瓜達康納爾島（簡稱瓜島），一木清直興奮地上報百武晴吉：「瓜島是所羅門群島中的第二大島，面積約五千多平方公里，這裡陽光雨量十分充足，植被茂盛，雖然島上山巒起伏，山高林密，卻有一個平坦寬闊的沖積平原，非常適合建造機場，沿海的深水區還可以建造港口。」於是百武晴吉報告大本營：「瓜島適合建造機場和港口以控制南太平洋航道。」

大本營立即核准，百武晴吉下令岡村德長少佐：「即刻率領三千工兵去瓜島趕工修建機場，除警備隊外，工兵全部住在圖拉吉島，每天乘搭渡輪往返。」

此時，麥克阿瑟已出任西南太平洋戰區司令，他暗想：珊瑚海之戰，暴露日軍圖謀莫士比港，要阻止日軍的侵略就必須掌控南太平洋的制空權。於是他與尼米茲商議，尼米茲同意他的看法，便向海軍部陳情：「日軍正在瓜島建造新機場，目的是要奪取南太平洋的制空權，以切斷我軍與澳洲的通道，我要求即刻攻占瓜島。」

歐尼斯特·金翻開地圖來看，頗有同感：「瓜島的地理位置果然十分重要，足於控制南太平洋空域，不可小覷。」於是，他向羅斯福建議攻占瓜島，然而陸軍總長馬歇爾（George Catlett Marshall, Jr.）極力反對，他說：「當前歐戰正在激烈的進行，我們無法兩線作戰，何況『先歐後亞』是我們的既定政策。」歐尼斯特·金並不與他爭辯，說：「從中途島戰役看來，我相信單憑太平洋艦隊便足於完成任務，暫時還無需陸軍的參與。」馬歇爾聽了無話可說，羅斯福急忙打圓場，他對歐尼斯特·金說：「可行則行，不可行則停，你看著辦吧！」

總統放話後，歐尼斯特·金指示尼米茲：「占領瓜島。」尼米茲大為振奮，於是下令范德格里夫特（Alexander Archer Vandegrift）少將：「率領陸戰1師共一萬六千人，負責攻占瓜島和圖拉吉島。」同時下令特納（Charles Turner Joy）：「率領第17特遣艦隊，負責護送和掩護登陸部隊。」不久，美艦隊從斐濟群島起航，來到瓜島海域時，便悄悄地沿著西海岸北上，再繞過西北端的埃斯佩蘭斯角，進入黑暗海峽，抵達附近的薩沃島。然後，范德格里夫特下令陸戰1師：「兵分兩路，代號為X射線和Y射線：史普魯恩斯准將率領Y射線編隊，共四個營的兵力，沿薩沃島北部的水道行駛去進攻圖拉吉島；我率領X射線編隊，共兩個團的兵力，沿薩沃島南部的水道航行，前往攻占瓜島。」陸戰1師部署完畢後，X和Y編隊便分道揚鑣。

X編隊登陸瓜島之前，特納下令：「艦載機空襲瓜島，艦砲轟擊日軍陣地。」日警備隊長岡村德長立即報告總部：「美軍對瓜島發動進攻，我島上多為非武裝的工兵，無法抵抗，請求緊急支援！」然後下令工兵逃入山林中。美軍沒有遭逢抵抗而順利登陸，范德格里夫特下令：「一支部隊沿海岸向西挺進，另一支部隊穿過島上的叢林，向西南推進。」

次日，美軍來到即將竣工的機場，岡村德長下令有限的警備隊：「迅速占據有利位置，準備狙擊！」無奈實力太過懸殊，日軍很快就被消滅；美軍輕而易舉地占領機場，然後取名亨德森機場。范德格里夫特報告尼米茲：「瓜島基地的設施非常齊全，有發電廠、製冰廠、機械修理廠、魚雷組裝廠等，補給物資堆聚如山……」

圖拉吉島的山壁上有許多向海的崖洞，日軍在洞裡築有堅固的防禦工事。這天黎明時分，崖洞裡的守軍正在觀察海面，突然發現美軍艦的輪廓，立即報告警備隊長門前鼎：「十公里外的海面，發現美軍艦船！」此時，美軍重巡洋艦「昆西號」打響了砲聲，島上的椰子樹被炸得東歪西倒，著火焚燒；接著美艦載機呼嘯而來，轟炸日水上飛機基地，而倉皇起飛的日機又變成一朵朵火球墜落下來。

接著，史普魯恩斯下令Y射線部隊：「換乘登陸艇，準備登島！」門前鼎緊急報告拉包爾：「美軍正在登陸圖拉吉島，請求支援！」然後他下令日軍：「堅守工事，積極備戰，靜靜等待美軍上岸再趁其立足未穩，發動突襲！」島上氣氛十分緊張，當美軍步步緊逼時，門前鼎下令：「發起攻擊！」密集如雨的子彈狂掃登陸的美軍，美軍傷亡很大，史普魯恩斯也因此負傷；在日軍密集火力的壓制下，美軍寸步難行，史普魯恩斯暗想：敵暗我明，不宜強攻。於是下令撤退。

次日，史普魯恩斯下令：「火力準備，掩護部隊登陸！」美軍飛機和大砲猛烈轟炸圖拉吉島，日守軍在砲火打擊下，抵抗力逐漸衰弱，美軍成功登陸後，崖洞裡的日軍仍然據險頑抗，史普魯恩斯暗想：砲彈無法射入崖洞，就無法摧毀日軍的陣地。於是他下令爆破組：「從日軍火力的死角攀爬上崖，迂迴至洞頂，然後將手榴彈投入洞內，徹底消滅守軍的頑抗。」果然激戰兩天後，日軍的抵抗被瓦解，美軍占領圖拉吉島，史普魯恩斯下令：「原來的日水上飛機基地，改作魚雷艇基地。」

布干維爾島位於拉包爾和瓜島之間，是日軍來往兩地的必經之路。這天晚上，附近海面出現一艘美潛艇，潛艇放出兩艘橡皮艇，載有兩名澳洲間諜和物資器材。他們拚命地划向海岸，橡皮艇靠岸後，間諜迅速混入島上的樹林，他們爬上岸邊的一處制高點，其中一名間諜說：「這裡樹林繁茂，位置隱蔽，海面的視野遼闊，是觀海的最佳位置，就在這裡建立軍事哨站吧！」這裡是拉包爾南下瓜島的必經通道，自從建立這個祕密哨站後，日機和日艦的動向盡在間諜的掌握中。

瓜島失陷的消息傳來，杉山元沉重地說：「美軍占領瓜島，必定利用島上的機場來威脅我軍在南太平洋的安全。」於是，大本營下令百武晴吉：「盡快奪回瓜島，不得有誤！」百武晴吉焦慮萬分，他問三川軍一：「此刻巴布亞半島的戰情十分緊張，已無法調動南海支隊，怎麼辦？」三川軍一提議：「可由海軍陸戰隊出戰。」百武晴吉愁眉頓解。於是，三川軍一下令田中賴三：「率領運輸艦『明洋號』和『宗谷號』護送五百名海軍陸戰隊，前往瓜島！」

運輸艦出發後，三川軍一下令：「戰機起飛，轟炸瓜島！」不料，瓜島的美機騰空攔截，日機無法突破封鎖線，反而被擊落許多架。田中賴三報告總部：「美艦隊嚴密控制瓜島海域，運輸船隊無法前進！」三川軍一只好下令運輸艦隊撤退，然而返航途中卻遭遇美潛艇 S38，潛艇立即發起攻擊，日運輸船「明洋號」被魚雷擊中，爆炸沉沒，船上近四百名海軍陸戰隊，全部葬身魚腹。

三川軍一接到噩耗大怒，立即下令航空隊：「戰機起飛，全力攻擊美軍艦艇，為『明洋號』報仇！」空戰後，部分日機被擊落，多數日機突破美軍的防空網，炸沉美運輸船「埃利奧特號」，炸傷驅逐艦『賈維斯號』。由於航空燃料所限，日機無法持續轟炸，因此只能折返，這使得美軍囤積在瓜島上的大批補給品得以僥倖保留。

日海空軍連續遭挫，三川軍一感覺事態嚴重，便向大本營建議：「我建議出動第 8 艦隊，攻擊瓜島的美軍！」日本軍令部反對：「第 8 艦隊組建不到三個星期，還未進行過軍事演習，又沒有制空權；一旦遭受美軍航母的攻擊，豈不是白白被殲滅？」但是，山本五十六卻指示三川軍一：「一切由你斟酌行事，只要有必勝的把握，就放膽去做。」山本五十六的支持令三川軍一信心倍增，於是他召開作戰會議，參謀神重德說：「飛機只是在白天具有攻擊力，我們只要發揮夜戰的優勢，即使沒有航空隊掩護，也能攻擊瓜島的美軍艦隊；只要天亮之前撤退，迅速回到拉包爾基地的制空區，就可安然無恙。」三川軍一對他的見解十分讚許，便下令：「第 8 艦隊立即集合，準備出征瓜島。」

三川軍一下令田中賴三：「率領驅逐艦隊出發，護送一木支隊和海軍陸戰隊登陸瓜島，第 8 艦隊會隨後掩護。」日軍先頭部隊幾千人分乘六艘運輸船向瓜島出發；同時，日第 8 艦隊也從拉包爾啟航，前往攻擊美艦隊。這天，美偵察機正在海上巡邏，突然發現遠處的海面黑影幢幢，於是趕緊報告：「發現日運輸艦隊！」弗萊徹下令美第 61 特遣艦隊：「戰機起飛，前往攻擊日運輸船隊！」然而美偵察機的行蹤早已敗露，田中賴三機警地下令：「運輸船隊趕緊規避，撤出美機的攻擊範圍。」同時他也通知三川軍一，第 8 艦隊便徘徊 不前。結果美機群在海上搜尋了半天，一無所得，飛行員報告弗萊徹：「沒有發現日船隊，飛機的油料已經告急，如何是好？」弗萊徹下令美機：「扔掉魚雷和炸彈，輕裝返航。」

不久，弗萊徹又接到報告：「大批日機從拉包爾起飛，正前來襲擊我艦隊！」於是他下令：「艦載機起飛，在薩沃島上空組成警戒網，截擊來犯的日機！」一場空戰下來，日機因油料所限而無法久持，使得很多飛機被擊落。次日清晨，又來了一批日魚雷機，然而在美機和高射砲火的嚴密打擊下，日機大部分被擊落。空戰兩天，美軍也損失戰機超過五分之一。

到了傍晚，弗萊徹對部下特納說：「我的艦載機燃油不足，無法再起飛作戰，日機夜晚不會來，我先回基地補充油料。」而此時三川軍一則下令：「扔掉船上的所有易燃物，檢查彈藥是否到位；由於夜間的視野欠佳，難於編隊，開戰之後，各自按計畫而戰，得手後，迅速撤離戰場，返回基地。」夜色悄悄降臨後，海面陷入一片漆黑。日旗艦「鳥海號」冉冉升起白色的訊號旗，第 8 艦隊排成一字縱列，高速駛入瓜島水域。

不久，日偵察機從巡洋艦飛射而去，飛機盤旋半個鐘頭後，飛行員報告：「美艦隊都集中在薩沃島海域，沒有發現航空母艦！」薩沃島和埃斯佩蘭斯角之間的水道，俗稱「鐵底灣」。時近午夜，三川軍一率領第 8 艦隊來到薩沃島海域，正準備進入鐵底灣水道，突然，瞭望兵報告：「發現美驅逐艦『布盧號』和『塔爾博特號』，兩艘軍艦正在相向巡邏！」三川軍一果斷地下令：「暫停前進，等待美艦背向而過之後，艦隊立即穿過其留下的缺口，迅速駛入鐵底灣水道。」恰好負責南線的美軍艦隊也在水道內警戒，結果日第 8 艦隊很快就混入美艦隊當中。

突然，美驅逐艦的雷達發現日軍艦，與此同時，日水上飛機也投下照明彈，美軍艦被照得亮如白晝。轉瞬間，日軍的砲彈和魚雷疾射而來，澳洲重巡洋艦「坎培拉號」首當其衝，接連發生爆炸，很快地，「坎培拉號」就沉入海底；接著美驅逐艦「帕特森號」也被擊中，艦砲遭砲彈摧毀而失去戰鬥力。此時，日艦鎖定美重巡洋艦「芝加哥號」，一分鐘後，巡洋艦的頭部被魚雷摧毀，桅杆被砲彈擊碎，「芝加哥號」顛簸著船身，趕緊負傷而逃。

殺氣騰騰的日艦隊在旗艦「鳥海號」帶領下繼續向北搜尋，然而只有三艘重巡洋艦跟上來。原來第四艘重巡洋艦「古鷹號」的舵機突然出現故障，修好後已失去旗艦的所在，結果「古鷹號」轉錯方向，而緊隨其後的輕巡洋艦「天龍號」、驅逐艦「夕張號」和「夕風號」也跟著錯下去。於是，日第8艦隊一分為二，各繞著薩沃島的左右兩邊向北搜尋；恰好北線的美軍艦隊正在此處巡邏，日艦隊誤打誤撞地實現左右包抄。

薩沃島的夜空總是電閃雷鳴，由於沒有接到南線的通報，因此砲聲沒有引起北線的注意，美艦隊還悠哉閒哉地遊弋。此時，日艦已發現美艦隊，隨著探照燈的光柱照射而來，日艦隊發起攻擊，一排排重砲彈脫膛而出，美重巡洋艦「文森號」首當其衝，艦上的彈射器被擊中，連帶基座上的巡邏機也被炸毀，燃燒的火光引來更多的砲彈，結果「文森號」被打得千瘡百孔，爆炸沉沒。

戰火燃起後，美重巡洋艦「昆西號」開砲反擊，日旗艦「鳥海號」的艦橋被擊中，海圖室內的幾十名參謀被炸死，「昆西號」艦長突感詫異：「為何對方沒有還擊，難道是誤射了友艦？」於是下令：「停止射擊！」然而「昆西號」因開砲而暴露了位置，結果左右兩邊的日艦群起屠殺，連續發砲夾攻；「昆西號」的艦身傷痕累累，特別是左舷連中三枚魚雷，船艙發生猛烈爆炸後，「昆西號」便葬身海底。另外，美重巡洋艦「阿斯托利亞號」反應遲鈍，在日艦砲的連續轟擊下，上層建築全部被摧毀，船上大火熊熊燃燒，接著又被 魚雷命中，美艦只好拚命逃出戰區，無奈途中又發生爆炸，「阿斯托利亞號」不支沉沒。

正當兩軍忙於作戰時，田中賴三下令運輸船隊：「利用夜色的掩護，駛往瓜島的東北部！」船隊停泊在海面後迅速解除安裝軍隊和物資，一木清直下令：「先遣隊登陸瓜島的泰伍角！」與此同時，幾百名日海軍陸戰隊前往瓜島西北部，登陸塔薩法隆加角。三川軍一見大功告成，便率領第8艦隊撤退。艦隊航行在新喬治亞島和聖伊莎貝爾島之間的水道時，軍艦的瞭望兵報告：「前面發現美驅逐艦『塔爾博特號』！」三川軍一下令：「集中火力砲擊美艦！」連串爆炸聲後，「塔爾博特號」的上層建築盡數被摧毀，美艦負傷匆匆而逃。日第 8 艦隊與田中賴三會合後便凱旋而歸，不料，艦隊的行蹤被美潛艇 S44 發現，潛艇毫不猶豫地施放魚雷，結果日輕巡洋艦「加古號」被擊中，爆炸沉沒。

次日，特納向總部報告：「昨夜瓜島海戰，我軍損失慘重，四艘重巡洋艦被擊沉，一艘被擊傷，驅逐艦有兩艘遭重創。我軍擊沉一艘日輕巡洋艦，擊傷兩艘重巡洋艦。」尼米茲聞報，無奈地下令：「回返努美阿港休整！」范德格里夫特反對說：「如果日艦隊前來攻擊，我們怎麼辦？」特納執意撤退，便說：「瓜島的航空隊會提供有效的保護。」說完，便率領艦隊回新喀里多尼亞島。

幾天來，一直沒有海軍陸戰隊的消息，一木清直立功心切，便下令：「進攻泰納魯河口的美軍陣地！」不料，美軍的火力非常猛烈，日軍頓時屍橫遍野，血流成河。與此同時，范德格里夫特下令：「預備役的一個營迂迴至泰納魯河上游，從背後包抄日軍。」日軍被前後夾擊之下仍然拚死頑抗。於是范德格里夫特又下令：「出動五輛輕型坦克，越過泰納魯河參戰！」日軍不斷向坦克拋手榴彈，坦克卻像絞肉機似的，碾過他們的身軀，許多日軍被碾成肉醬，坦克的履帶上也血跡斑斑。一木清直逃回泰伍角，他依例發送訣別的電報，焚燒密碼和軍旗後，便切腹自殺。

百武晴吉只好報告大本營：「瓜島先遣隊全軍覆沒，一木清直自殺！」大本營不甘失敗，下令第 16 軍：「調派川口清健支隊增援第 17 軍，盡快奪回瓜島。」山本五十六聽到噩耗十分吃驚，但也因此更堅定了他的看法：「只有消滅美軍航母艦隊，才能奪回瓜島。」於是，他親自坐鎮特魯克島並下令：「聯合艦隊分成五個梯隊前進：第一梯隊為六艘潛艇，負責在前面開路；第二梯隊為牽制部隊，由一艘輕型航母『龍驤號』、一艘重巡洋艦和兩艘驅逐艦組成；第三梯隊為近藤信竹率領的主力艦隊，由一艘戰列艦、六艘巡洋艦和一艘水上飛機母艦組成；第四梯隊是南雲忠一率領的航母艦隊；最後為運輸艦隊。」山本五十六部署完畢後，聯合艦隊便挺進東所羅門海。

次日，偵察機報告弗萊徹：「發現日艦隊前來增援瓜島！」弗萊徹下令美機：「分三個批次全面搜尋，發現後立即攻擊！」然而飛機的搜尋卻一無所獲，弗萊徹暗想：這兩天應該不會有事，不如率領第 61 特遣艦隊回去加油。兩天後，南雲忠一見美軍仍然按兵不動，他便下令「龍驤號」戰機起飛，轟炸瓜島機場！瓜島的美機立即迎戰，結果日機大半被擊落，只好怏怏而回。

弗萊徹回來後獲知空戰的詳情，心裡斷定：日機能夠如此長時間作戰，必定是來自航空母艦。於是，他下令航母「薩拉托加號」起飛轟炸機前去搜尋和攻擊日航母艦隊。果然，美機發現日輕型航母「龍驤號」，而「龍驤號」上的日機，此刻正在集中加油。美轟炸機抓住難得的機會，展開俯衝攻擊，日航母連中數彈；接著美魚雷又命中「龍驤號」，結果引發一連串的大爆炸，由於海水大量湧入，航母的船身大幅度傾斜，「龍驤號」漂浮四個鐘頭後，慢慢地消失在海平面上。這時，美偵察機報告：「發現日水上飛機航母『千歲號』！」弗萊徹便通知美機進行攻擊，然而航空隊報告：「飛機上的彈藥已經耗盡，航空燃油也顯示不足，無法繼續作戰！」弗萊徹只好下令撤退。

與此同時，大群日機呼嘯著逼近美第 61 特遣艦隊，美機緊急起飛迎戰，雖然擊落六架日機，其餘日機卻衝向美航母「企業號」。「企業號」連中三彈：第一顆穿透三層甲板而爆炸，引發熊熊烈火；第二顆炸毀升降機；第三顆炸毀起飛訊號臺。接著戰列艦「北卡羅萊納號」也遭日機重創。日航空隊自以為戰績輝煌便心滿意足地離開，怎料「企業號」迅速撲滅火患，甲板上的裂縫也很快鋪上了鐵板，照常回收歸來的艦載機。由於特遣艦隊受傷不輕，當天傍晚，弗萊徹就率領艦隊回港休整。

美航母撤離後，田中賴三便下令：「運輸編隊南下瓜島！」此時天色漸黑，雙方都已鳴金收兵，日運輸編隊駛入瓜島水域；不料，行蹤被美偵察機發現，瓜島航空隊立即起飛，八架轟炸機朝日船隊俯衝轟炸。日旗艦「神通號」中彈起火，田中賴三等人被震倒在甲板上；大型運輸艦「金龍丸」被重磅炸彈所擊中而爆炸沉沒。日驅逐艦「睦月號」趕來打撈落水者，不曾想又飛來八架美轟炸機 B-17，「睦月號」來不及躲避就被三顆炸彈擊中，爆炸沉沒。田中賴三見損失巨大，便下令：「運輸編隊向北突圍，迅速撤往肖特蘭島！」

由於困守瓜島的日軍處境堪虞，武器彈藥不足，糧食供應短缺，生存環境十分惡劣，第 17 軍司令百武晴吉十分憂慮，要求大本營協助，山本五十六只好下令三川軍一：「第 8 艦隊負責護航增援部隊，聯合艦隊負責吸引美軍航母，準備決戰東所羅門海！」田中賴三向司令部建議：「運輸船航速慢，又沒有攻擊力，很容易被擊沉，不如採用驅逐艦運輸，比較有保障。」百武晴吉有所顧慮地說：「驅逐艦所能運載的人員、武器和補給都十分有限，不利於登陸後的生存能力。」三川軍一嘆口氣說：「在沒有制空權的條件下，這是迫不得已的辦法。」百武晴吉無奈地接受，於是下令川口清健：「率領第 35 旅主力和一木支隊的餘部，迅速登陸瓜島，奪取機場！」

凌晨時分，川口支隊在運輸艦隊護送下，兩千多人登陸泰伍角。旭日初昇，當川口支隊在島上行進時，不巧遭遇美軍巡邏隊；雙方交火後，美軍巡邏隊被擊敗，但卻引來瓜島美機的轟炸，由於缺乏防空能力，川口清健只好下令：「奔向山林，迅速隱蔽。」凌晨時分，他收到第 124 聯隊長岡明之助大佐的電報：「我們已經在瓜島海域，隨時準備登陸。」川口清健下令中山中尉：「你率領三名士兵前去接應第 124 聯隊，並將作戰計畫告訴岡明之助，要他立即配合。」

接著，川口清健率領日軍披荊斬棘，向島內的腹地出發。他們穿過黑暗的熱帶森林，翻過懸崖峽谷，攀登崎嶇險峻的山脊，忍饑挨渴地急行軍才抵達預定的集合點。川口清健暗想：岡明之助怎麼沒有消息？進攻時間已不容耽擱，否則糧食難以為繼。他發現機場南面有座小山，距離機場約五公里，於是下令：「發起攻擊，奪下制高點！」

日軍臂纏白布，朝機場南面的高地衝鋒，迅速突破前線陣地，炸毀美軍的通訊系統。美守將艾德森上校下令：「施放煙幕彈，掩護撤退！」在慌亂中，不知情的美軍卻高喊：「快逃，日軍施放毒氣！」於是美軍爭相逃竄，日軍吶喊著占領了制高點。接著日軍繼續追擊，當距離機場不足一公里時，川口清健下令黑木盛秀少佐：「率領先頭部隊衝鋒！」美軍已在機場嚴陣以待，日軍被猛烈的砲火擊退，傷亡十分慘重，黑木盛秀當場喪命。此時日軍已是強弩之末，川口清健只好下令：「天快亮了，全軍向密林撤退！」

中山中尉經過一個多星期的跋涉，終於在馬塔尼考河見到岡明之助。他向岡明之助報告作戰計畫，岡明之助馬上向川口清健發電報：「第 124 聯隊的運輸船在途中遭遇颱風，又不斷被美機轟炸，登陸埃斯佩蘭斯角時，幾千人的聯隊只剩不足五百人。」川口清健回覆：「按照預定計畫，今晚發起進攻！」

夜幕降臨，日艦前來支援川口支隊，他們利用夜間的制海權，猛烈砲擊瓜島機場。於是，川口清健下達反攻命令，日軍高喊著「萬歲」衝鋒，不料，隱蔽在暗處的美軍，卻以迫擊砲快速狙擊，日軍被炸得血肉橫飛。雖然如此，日軍的攻勢十分凶猛，美軍陣地不斷在收縮；然而，由於日軍傷亡慘重，川口清健便下令：「部隊撤回森林，重新集結。」

午夜時分，在加農砲和迫擊砲的火力支援下，日軍再度發起進攻，戰鬥很快進入白熱化。日軍冒著巨大的傷亡，不斷衝鋒，美軍不斷被迫後撤；日軍距離機場已不足一公里，不料此時天又快亮了，川口清健無奈地下令：「全軍撤退！」日軍再度功敗垂成，而且撤退至奧斯汀山南坡時，日軍的口糧已經耗盡，只能依靠吃樹皮、草根、苔蘚等維持生命。他們堅持走到克魯斯角時，都有氣無力地躺在沙地上，等待補給船的到來。

正當川口支隊慘敗瓜島，美軍在海上卻蒙受慘重打擊。原來，日潛艇在瓜島東南海域活動時，發現美特遣艦隊也在此處巡邏，便發動魚雷攻勢。美航空母艦「薩拉托加號」被重創而只好緊急回港修理。與此同時，日艦載機也展開攻勢，美航空母艦「黃蜂號」被魚雷連續命中，航母的供油系統、消防水泵等被炸毀，大火熊熊燃燒，船體不斷發生激烈的爆炸，不久，「黃蜂號」便沉沒海底了；驅逐艦「奧拜恩號」的艦身也出現巨大的橫斷裂，結果很快也屍沉海底；戰列艦「北卡羅萊納號」的吃水線以下也被日魚雷擊中，炸出十公尺長的裂縫，只好倉皇退出戰場。至此，瓜島海域的美軍艦隊只剩下航母「大黃蜂號」和戰列艦「華盛頓號」，結果每到夜晚，美軍便失去瓜島的制海權，而日艦夜襲瓜島便成常態。歐尼斯特·金對弗萊徹十分不滿，他下令：「第 61 特遣艦隊屢遭重創，弗萊徹暫時休養，改由南太平洋艦隊執行任務。」另一方面，日大本營獲知川口支隊反攻失敗，便下令：「從各地抽調兵力加入第 17 軍，反攻瓜島！」同時，又下令今村均中將：「成立第 8 方面軍，由你擔任總司令統一指揮第 17 和第 18 軍，百武晴吉率領第 17 軍，負責反攻瓜島，安達二十三率領第 18 軍，負責進攻新幾內亞。」

三川軍一與田中賴三商議後下令改組運輸編隊，由六艘驅逐艦負責護航，以水上飛機母艦「日進號」和「千歲號」負責運送兵員、武器和物資，田中賴三擔任運輸編隊司令。運輸編隊在白天進入瓜島就由日機飛來掩護，若在晚上，則由第 6 巡洋艦隊護航。於是百武晴吉和第 2 師團主力啟程前往瓜島。

日第 2 師團在瓜島的塔薩法隆加順利登陸，川口清健率領殘餘部隊前來接應，百武晴吉見他們個個衣衫襤褸，骨瘦如柴，蓬首垢面，頭髮蠟黃，眉毛睫毛也脫落，官兵落魄得不成人樣，不覺大驚地問：「你們怎麼會弄成這個樣子？」川口清健頹喪地向百武晴吉報告詳情，然後補充說：「今天，美軍又進攻馬塔尼考河西岸，我軍陣地被摧毀，七百人陣亡，如今部隊所剩無幾。」百武晴吉聽後，反攻的信心大失，他暗忖：情況比預想的還糟糕百倍，必須再增援新的部隊，才可能發起進攻。

於是，百武晴吉報告今村均：「川口支隊大部分陣亡，我軍兵力和武器嚴重不足，請速護送大量援兵、高砲、野戰砲、榴彈砲、牽引車等重型裝備前來瓜島。」日增援艦隊從肖特蘭島起航，很快就被美偵察機發現，於是報告南太平洋艦隊司令海爾賽：「發現大批日艦隊前來瓜島！」然而日機也前來空襲，美機都忙於保護瓜島，而無暇出擊。

到了傍晚，海爾賽下令斯科特（Norman Scott）少將：「率領第 64 特遣艦隊前去瓜島攔截日艦隊。」入夜後，五藤存知利用夜色的掩護，率領第 6 巡洋艦隊護航增援編隊，日艦隊由北向南高速挺進；而此時，美第 64 特遣艦隊卻由南向北航行，兩支艦隊形成南北對進的局面。瓜島的偵察機率先發現敵情，立即報告：「日增援群又向瓜島奔來了！」瓜島的戰機便起飛去轟炸，無奈夜色漆黑，無法看清目標，結果徒勞無功。偵察機轉而通知圖拉吉島的美軍：「海面發現大批日艦隊，速派魚雷艇去攔截！」美魚雷艇來到現場時，發現海面布滿日艦隊而不敢靠近，於是指揮官虛報：「沒有發現目標。」然後逕自收兵回去。

不久，第 64 特遣編隊到達瓜島海域，斯科特下令巡洋艦：「偵察機起飛，警戒海面！」不料，巡洋艦「鹽湖城號」的偵察機在起飛時著火焚毀；另一艘巡洋艦「海倫娜號」見狀，擔心重蹈覆轍，便將艦上的偵察機拋入海裡，以防不測。此時日巡洋艦隊已經靠近，五藤存知見到火光，誤以為是岸上日軍的訊號而毫不在意。不久，美偵察機報告斯科特：「發現日艦隊正朝薩沃島和埃斯佩蘭斯角之間的水道航行！」

美巡洋艦「海倫娜號」啟動新式雷達搜尋，果然發現日第 6 巡洋艦隊，美日兩支艦隊在此狹路相逢。當時能見度很差，五藤存知以為是友艦，毫無戒備地繼續前行。但是，美艦的新式雷達已看得一清二楚，於是「海倫娜號」首先開火，其他美艦也隨之開砲；結果日旗艦「青葉號」連續中彈，艦橋被摧毀，五藤存知當場被炸死。

美旗艦「舊金山號」沒有裝新式雷達，斯科特見「青葉號」被攻擊後沒有還手，竟以為是誤傷己艦，馬上下令：「停火！」然後，以無線電一一詢問麾下的戰艦：「你們好嗎？有沒有遭到攻擊？」回答是：「很好，沒有受到攻擊。」斯科特這才確定，剛才受攻擊的果然是敵艦，於是又下令：「發射照明彈，繼續開火！」頓時海空通明，砲聲隆隆，火光四射，戰況十分激烈。日巡洋艦「古鷹號」被擊中起火；與此同時，美驅逐艦「鄧肯號」所處的位置不利，前後遭受敵友的攻擊，重創後爆炸沉沒；美驅逐艦「法倫霍爾特號」因重傷而撤離戰場。史考特率領艦隊繼續尋覓日艦，恰好日驅逐艦「吹雪號」就在附近，美旗艦「舊金山號」開啟探照燈，其他美艦隨即開火，「吹雪號」連中許多砲彈而燃起熊熊烈火，不久便爆炸沉沒。十分鐘後，斯科特下令：「停火，重新排列艦隊的隊形！」然後，美艦隊以一字縱列追擊日艦。

這時，美巡洋艦「波利斯號」的雷達發現日艦便開火射擊，卻因此暴露自己的位置，日艦「青葉號」立即開砲還擊，「波利斯號」連中四彈；接著，日艦「衣笠號」也發砲攻擊，再重創「波利斯號」；美艦「鹽湖城號」緊急趕來，猛烈砲轟日艦以掩護「波利斯號」撤退。

由於日巡洋艦「古鷹號」的火勢猛烈，驅逐艦「從雲號」和「夏雲號」前來救援，卻因此成為美艦的獵物，「從雲號」受創後失去戰鬥力，「夏雲號」便發射魚雷反擊美艦，不料魚雷卻擊沉「從雲號」，與此同時，美艦乘機偷襲「夏雲號」，「夏雲號」被魚雷命中而爆炸沉沒。此時，日潛艇「伊 21」正在水下觀戰，潛艇渾水摸魚，趁機發起攻擊，魚雷擊沉美驅逐艦「波特號」，「伊 21」得手後迅速撤退，南下瓜島。經此一戰，美艦隊的隊形又現混亂，於是斯科特下令：「停火，調整隊形！」然而隊形調整後，日艦隊已遁逃無蹤。

日潛艇「伊 21」抵達瓜島岸外便放出兩艘登陸艇，艇上除了搭載物資之外還有兩名軍部要員：作戰科長服部卓四郎和主任參謀近藤傳八，他們的任務是來協助百武晴吉制定作戰計畫。其實正當海戰方酣之際，田中賴三已成功增援瓜島了，大量兵員和重型裝備都已上岸，日軍島上的總兵力陡增至三萬五千人，聚集了日第 17 軍的主力部隊。三川軍一報告今村均：「我軍成功增援，但是海戰失利，第 6 巡洋艦隊司令武藤存知陣亡，我巡洋艦和驅逐艦各被擊沉一艘，兩艘巡洋艦被擊傷；而美軍的驅逐艦一艘被擊沉，一艘被擊傷，巡洋艦則有兩艘被擊傷。」

隨著日本源源增兵，瓜島大戰已逼在眼前，究竟鹿死誰手？且看下回分解。

第七章

抱憾守缺敗瓜島，回天乏力空遺恨

聯合艦隊返回特魯克島，完成補給後，山本五十六下令：「艦隊兵分兩路南下，近藤信竹中將指揮前進部隊，南雲忠一指揮機動部隊；配合陸軍攻占瓜島，決戰美軍艦隊。」於是，日聯合艦隊浩浩蕩蕩地出發，朝聖克魯斯海挺進。不久，美艦隊獲得情報，也向瓜島集結。

所羅門群島戰雲密布，百武晴吉在瓜島召集作戰會議，他下令丸山政男中將：「率領第 2 師團主力七千人前往奧斯汀山，在南部的山麓構築陣地，預定明晚進攻北面的美軍陣地。」為了支援丸山政男，百武晴吉下令：「住吉正少將率領一支由步兵、坦克和砲兵組成的佯動部隊前往馬塔尼考河口，發動佯攻；岡明之助率領第 4 聯隊和第 124 聯隊餘部，悄悄從上游渡河，然後掉頭向北，包抄馬塔尼考河東岸的美軍。」

會後，日第 2 師團即刻出發，沿加倫河上游挺進，丸山政男為了加速行軍，途中下令：「兵分左右兩翼，左右軍各有三個大隊，配備反坦克砲、迫擊砲、山砲、通訊隊、救護隊和工兵隊；那須弓雄少將率領左翼部隊，川口清健率領右翼部隊，廣安大佐率領預備隊第 16 步兵聯隊，隸屬師部。現在各自出發，前往預定地點構築陣地，集結完畢後準備總攻！」

第一天，第 2 師團穿越島上的椰林和荒蕪的高地，雖然每人負重達三十公斤，但是行軍還算輕鬆；不料，第二天就進入原始森林，而且大雨傾盆而來，山道濕滑，部隊只好以縱列長蛇陣逶迤而行，緩慢地越過丘陵、河流、懸崖峭壁等地形障礙。丸山政男見無法按預定時間作戰，只好電告百武晴吉：「由於路況惡劣，行軍艱難，軍隊無法及時抵達戰場，請求推遲反攻的日期。」同時，他也下令：「將所有重型裝備留在森林，部隊輕裝前進！」川口清健回電說：「放棄重型裝備，如何對抗美軍的重砲？」丸山政男回覆說：「現在，總攻只獲准延遲一天，如果再扛著重型裝備攀山越嶺，怎麼能如期發起總攻？軍令如山，不得有誤。」

第三天，那須弓雄率領的左翼部隊，首先抵達進攻地點，並構築好防禦工事；然而，川口清健的右翼部隊卻還沒有到位，丸山政男十分不滿，便下令陣前換帥：「東海林俊茂大佐取代川口清健，指揮右翼部隊儘速前來！」同時要求百武晴吉：「由於部隊還未全部到齊，請推遲總攻的時間。」

第2師團的總攻一再推遲，致使聯合艦隊被迫滯留海上，南雲機動部隊的「築摩號」還受到美機的襲擊，所幸沒有受傷，山本五十六非常惱火，電告百武晴吉：「聯合艦隊的燃料即將用盡，如果陸軍再不反攻，聯合艦隊只好返航。」另一方面，他則命令艦隊：「不管陸軍是否反攻，全力尋找美軍航母決戰。」於是，日艦隊加滿油料後紛紛南下。

中午時分，日轟炸機飛上萬公尺高空向瓜島機場投下的高爆炸彈，炸彈準確擊中機場，跑道上彈坑處處；美軍即刻填平彈坑，不曾想日機又再來襲，一陣狂轟濫炸之後，機場滿目瘡痍。正當美軍在忙於清理廢物時，突然一陣天搖地動，主跑道傳來天崩地裂的巨響，原來百武晴吉見日機轟炸瓜島，聲勢浩大，不覺信心大增，便下令砲兵：「從馬塔尼考河西岸砲擊機場！」日砲兵的命中率之高，令美軍瞠目結舌。

黃昏時分，小柳富次大佐率領戰列艦「金剛號」和「榛名號」，以及六艘驅逐艦來到瓜島海域，戰列艦朝瓜島機場發射近千發高爆炸彈，轟炸超過一個鐘頭，機場幾乎變成廢墟，停機坪上的飛機大部分被摧毀，鋪蓋彈坑的鋼板也被炸得滿天飛，陣地上的美軍早已龜縮在防空洞裡，因此傷亡僅六十人。此時，日運輸艦乘機卸載人員和物資，包括十四輛坦克和十多門150公釐口徑的榴彈砲。

充當疑兵的住吉正支隊，配備十六輛坦克、八門15公分口徑的榴彈砲和小口徑的加農砲。日軍抵達馬塔尼考河西岸後，住吉正下令兩輛坦克：「利用沙洲渡河展開試探性進攻！」結果一輛坦克當場被炸毀，另一輛趕緊撤退，緊接著住吉正下令：「大砲開火！」日砲彈鋪天蓋地的轟炸美軍的火力點，美軍被砲火打得不敢露頭，全部蜷縮在散兵坑內。

第二天，住吉正沒有收到總攻推遲的通知，依舊按時發動攻勢。他下令坦克衝鋒，當前鋒的坦克被炸後，其他坦克都趕緊撤退，然後日軍再以大砲轟炸美軍陣地。果然，美軍主力被吸引過來並展開猛烈的反擊，日坦克全部被摧毀，由於美軍火力強大，日步兵還未發起衝鋒，已經被炸死六百人；前來包抄的岡明之助見狀，不戰而潰。

次日，雖然東海林的右翼部隊還未到位，丸山政男已無法顧及，他下達命令：「傍晚五點發起總攻！」不料天不作美，突然下起傾盆大雨，叢林內頓成澤國，各部隊間失去了聯繫，丸山政男只好暫停總攻；雨停後，花了兩個鐘頭才收攏部隊，丸山政男不敢再耽擱，他下令：「發射總攻訊號彈！」

此時，天又下起雨來，日軍只好冒雨衝鋒，迎著美軍的砲彈和子彈前仆後繼，終於，日軍突破美軍的前線陣地。石宮大佐的第 29 聯隊，更攻入機場重地，他迫不及待地發射訊號彈以示占領機場了。百武晴吉不明真相，也向大本營發送「萬歲」電報。不料戰鬥結果卻慘不忍睹，左翼部隊折損近半而潰退；恰好東海林率領右翼部隊到來，即刻頂替衝鋒，然而也被美軍擊敗；石宮大佐見孤立無援，只好放棄機場的陣地，率領第 29 聯隊撤退。天亮後，戰場上留下幾千具日軍的屍體。

由於還未收到總攻失敗的消息，黎明時分，日巡洋艦「由良號」率領八艘驅逐艦，按計畫來到瓜島的克利角，準備護送第 228 聯隊登陸。不料，三架美機從瓜島飛來，臨空襲擊「由良號」，幸好天空下著傾盆大雨，炸彈都失去了精準度，因此沒有造成損失。日艦隊大為吃驚，才明白瓜島機場尚未攻下，於是即刻打道回港；可惜已經遲了，美軍的轟炸機正臨空俯衝，「由良號」的艦首被炸彈炸傷，日艦隊趕緊北撤，而美機卻窮追不捨，在三個波次的轟炸後，「由良號」嚴重受傷，只好自沉。

到了晚上，丸山政男又下達總攻命令，那須弓雄少將帶病上陣，他以軍刀當枴杖，勉強支撐到前線陣地。正當他舉起顫抖的手，高呼「衝啊」，不料，一顆子彈當面射來，他眼前一陣烏黑便癱瘓在地上。第二次總攻，日軍死得更慘，丸山政男只好下令第2師團：「立即撤退！東海林俊茂的右翼部隊向東面的泰伍角撤退，左翼部隊向倫加河上游撤退；各自固守待援。」然後，他報告百武晴吉：「激戰兩天，我軍陣亡三千多人，那須弓雄、第16聯隊長廣安大佐和四名大隊長都陣亡，總攻失敗。」

在此期間，海上的戰爭氣氛日益濃厚。這天清晨，美偵察機報告：「發現日本戰列艦，巡洋艦，驅逐艦……」下午偵察機又報告：「發現日本航空母艦……」消息傳來，斯科特和卡拉漢（Daniel Judson Callaghan）商議後，緊急宣布：「所有運輸艦立即撤離瓜島海域，第64特遣艦隊留下來應戰，由卡拉漢統一指揮。」美艦隊以單縱列隊形，沿瓜島海岸巡航戒備。海爾賽也接到報告，他不敢大意，便下令金凱德（Thomas Cassin Kinkaid）少將：「率領第61特遣艦隊增援瓜島。」

日聯合艦隊抵達聖克魯斯海域時，已近凌晨，近藤信竹下令：「偵察機起飛，發起扇面搜尋。」無獨有偶，幾個鐘頭後金凱德也下令：「偵察機起飛，發起警戒搜尋。」到了中午，美軍的水上飛機報告：「在第61特遣艦隊的西北方，發現日航母艦隊！」原來此時，美艦隊位於馬萊塔島的東南方，日艦隊則位於東北方，兩支艦隊相距三百海里；由於天空的雲層太濃厚，不久後，美偵察機失去日艦隊的蹤跡。然而金凱德已下令：「戰機起飛，前往搜尋和殲滅日本艦隊！」美機搜尋了整個下午卻徒勞無功，返航時天色已暗，一架戰機不慎墜毀在艦上，一些戰機則迫降海上。

第二天早上，日偵察機發現美航母艦隊，參謀長草鹿龍之介立即下令：「戰機起飛，分兩波攻擊，徹底消滅美軍艦隊！」與此同時，美偵察機也報告：「發現日航母艦隊！」金凱德立即戰機起飛，前往攻擊日艦隊。雙方的戰機在空中邂逅，起初互不理睬；突然，十多架日機轉頭回來從背後襲擊美機，空戰下來，互有損傷。當美機群飛臨日航空母艦「翔鶴號」時，便扔下一連串的重磅炸彈，航母的飛行甲板被擊中，油管爆破，通訊電纜也斷裂；但是航母的移動能力完好無損，於是「翔鶴號」隨即向北撤退。接著，重巡洋艦「築摩號」也遭受轟炸，幸好只是甲板受損，也趕緊北撤。這時，美機發現日輕型航母「瑞鳳號」，便巧妙避開日機的攔截，從雲層中俯衝轟炸；儘管「瑞鳳號」不斷施放煙幕，仍然被一顆炸彈擊中，飛行甲板上炸開了一個大洞，「瑞鳳號」無法再起落飛機，只好在兩艘驅逐艦的護航下撤退。南雲忠一的旗艦「瑞鶴號」也連中數彈，甲板起火，通訊中斷；南雲忠一只好下令：「司令部轉移去『嵐號』驅逐艦，航母『瑞鶴號』立即北撤！」

與此同時，執行第一波攻擊的日機，正緊貼海面飛向美航母艦隊，美航母「企業號」發現敵情後，機警地躲入雷雨區而逃過一劫；而另一艘美航母「大黃蜂號」卻暴露在海面上，結果成為日機的攻擊目標。儘管僅存的美機紛紛升空，可惜太遲了；此時，日機已從雲層俯衝而下，其中一架被高射砲擊中，然而這架日機從空中墜落時，竟然採取自殺性攻擊，筆直地撞向「大黃蜂號」，造成飛機上的兩顆炸彈爆炸，日機內的汽油，更在航母的甲板上四處流溢而引發熊熊大火。少頃，一批日機貼海飛來，一齊向「大黃蜂號」釋放魚雷，擊中美航母的船艙；接著日轟炸機又投下數顆炸彈，彈頭穿透航母的甲板在船艙內爆炸，狂轟濫炸之後，「大黃蜂號」烈焰沖天，船體傾斜，已無法移動。

日機飛走後，美航母「企業號」施施然地從雷雨區裡出來，準備接收返航的艦載機；不久，飛機果然來了，然而卻是日軍的第二波攻擊。日機一見「企業號」航母，大有仇人見面，分外眼紅的衝動，機群如餓狼似地撲了過來集中發起攻擊，一時彈落如雨。儘管「企業號」渾身解數，左閃右避，還是捱了兩顆炸彈：一顆炸毀艦首的升降機，一顆炸毀右舷的部位；幸虧「企業號」又機警地躲回雷雨區才逃過劫數。美戰列艦「南達科他號」的前砲塔被炸毀；巡洋艦「聖胡安號」的尾部中彈；驅逐艦「史密斯號」被魚雷重創，

「休斯號」則被炸彈擊傷。金凱德見損失慘重，立即指揮艦隊向東撤退。

美航母「大黃蜂號」在巡洋艦「北安普敦號」拖曳下緩緩航行；不料被日機發現，又遭受新一輪的攻擊，連中炸彈和魚雷後，航母多處起火，主船艙進水，船體大幅傾斜。美司令莫雷爾見狀，知道難於挽救，便忍痛下令：「船員棄艦轉移，擊沉『大黃蜂號』！」護航的驅逐艦「馬斯廷號」和「安德森號」接過船員後，用盡艦上的魚雷和砲彈，都無法擊沉「大黃蜂號」，不得已袖手而去。三個鐘頭後，近藤信竹率領艦隊趕到，發現「大黃蜂號」烈火熊熊，不時有爆炸聲，便下令：「擊沉美軍航母！」於是，日驅逐艦各發射數枚魚雷，「大黃蜂號」終於屍沉海底。近藤信竹不見美艦隊的蹤影，便下令撤退；然而返航途中，日艦隊被美水上飛機發現，美機立即展開魚雷攻擊，擊傷一艘日驅逐艦，近藤信竹不敢耽擱，迅速北撤。戰事結束後，山本五十六報告大本營：「我艦隊擊沉擊傷美軍航母各一艘，擊沉驅逐艦兩艘，擊傷驅逐艦一艘，重創美軍戰列艦和巡洋艦各一艘，擊落美艦載機七十餘架。我軍兩艘航母遭創，巡洋艦和驅逐艦各有一艘被擊傷，沒有戰艦被擊沉，損失戰機近百架。」這是日軍自中途島戰役後，難能可貴的戰績，於是，天皇親自賀電給山本五十六。

經此一戰，美國便大力增援瓜島守軍，尼米茲下令：「斯科特少將率領第 64 特遣艦隊，負責護送奧古斯塔斯少將的 A 增援編隊；卡拉漢少將率領第 16 特遣艦隊，負責護送金凱德的 B 增援編隊。」由於戰事緊迫的緣故，日新的飛行員訓練不足就上陣，造成航空隊的能力大為下降。因此當美 A 編隊抵達瓜島的隆格角時，雖然遭受日機的空襲，除了一艘運輸艦輕傷外，其他艦艇安然無恙。中午，A 和 B 編隊正在解除武裝，日機又來空襲，還是無法命中艦船；氣急攻心的當下，一架日機被擊傷後，航空隊索性展開自殺性攻擊，向下撞擊美巡洋艦「舊金山號」，撞毀了艦上的射控雷達。

百武晴吉要求山本五十六：「第 2 師團損失重大，請護送第 38 師團前來增援！」由於美偵察機頻頻發現日艦，第 17 特遣艦隊司令凱利特納（Richmond Kelly Tuner）為恐不測，便下令：「運輸船立即撤離瓜島，護航艦隊留下來應戰。」另一方面，山本五十六下令阿部弘毅：「為了保障登陸的安全，率領戰列艦『霧島號』和『比叡號』前去砲擊瓜島的機場！」日艦隊抵達瓜島海域後，阿部弘毅下令水上飛機：「在瓜島上空投放照明彈，引導戰艦砲轟機場！」結果，日艦擊毀和擊傷美軍飛機五十架，機場跑道彈痕纍纍，美軍只得漏夜修復跑道。與此同時，日運輸艦隊趁機接近瓜島，成功運送第 38 師七千人登陸。

與此同時，美軍也完成增援，兵力達三萬人，海爾賽對范德格里夫特說：「最好在日機空襲瓜島之前，陸軍先發制人，消滅島上的日軍。」范德格里夫特同意他的看法，便下令海軍陸戰隊：「反攻馬塔尼考河西岸的日軍！」於是，七個營的美軍越過馬塔尼考河，進攻西岸的克魯茲地區；日團長正率領第 4 步兵團頑強抵抗。突然，軍部發來報告：「大批日軍登陸瓜島！」范德格里夫特大驚，心裡暗想：必須先阻止日軍增援，否則後患無窮。於是他下令：「暫時撤退，沿瓜島海岸分散搜尋，掃蕩登陸的日軍！」

原來，日第 38 師的三百名軍隊在科里甸登陸，東海林正率領日軍趕來接應，恰巧與前來搜尋的一支美軍狹路相逢，雙方爆發激烈的爭鬥，這支美軍不敵日軍，處境堪虞。突然，東海林接到百武晴吉的電報：「放棄科里甸，前來防守馬塔尼考河！」電報的消息顯然過時，此刻，范德格里夫特已下令美軍撤退。東海林接應日第 38 師後，便率領兩千多名日軍，匆匆穿過叢林而去，然而美軍的搜尋隊不斷沿途截擊，東海林部隊死傷近半，抵達馬塔尼考河時，部隊僅剩一千多人。

繼海戰勝利後，山本五十六暗想：美軍的優勢在於瓜島的機場，只要發揮我軍夜戰的專長，利用夜間砲擊機場便能削弱瓜島航空隊的實力，如此一來，美軍白天的空中優勢就會減少。於是，他下令阿部弘毅中將：「率領砲擊編隊，利用夜色掩護，砲擊瓜島機場。」阿部弘毅率領兩艘戰列艦、一艘巡洋艦和十四艘驅逐艦組成砲擊艦隊，當晚半夜時分，日艦隊抵達薩沃島以西的海域，然後列隊進入鐵底灣。

半個鐘頭後，美巡洋艦「海倫娜號」發現日艦，艦隊司令卡拉漢沒有立即開戰，而是下令排隊布陣：「全體艦隊排列成 T 字形應戰！」此時，前鋒的驅逐艦「庫欣號」，突然發現日艦就在近旁，大驚之下自行調正位置；其他美艦不知所以然，也跟隨轉動，結果隊形大亂，全部艦船擁擠在一起。如此耽擱後，日艦隊也發現了美軍艦，阿部弘毅錯愕之餘下令：「將高爆彈和燃燒彈改為穿甲彈，準備發起攻擊！」此時，雙方艦隊已混雜在一起，美艦「庫欣號」獲準發動攻擊時，目標已經消失無蹤。

日艦隊完成換彈的作戰準備後，戰列艦「比叡號」開啟探照燈，照射在「亞特蘭大號」巡洋艦上，艦上的斯科特大驚，立即下令開火；說時遲那時快，「亞特蘭大號」的艦橋已被日艦擊中，斯科特和他的參謀都被炸死。砲聲響起後，雙方陷入混戰，砲彈紛飛，硝煙彌漫；強調陣形的卡拉漢見此亂象，竟然下令：「奇數向右射，偶數向左射！」這個命令，導致一些軍艦沒有射擊的對象因而反被日艦暗算，結果美艦隊更陷入混亂；日驅逐艦乘機發動魚雷攻勢，「亞特蘭大號」連中兩枚魚雷，爆炸沉沒。「庫欣號」在混亂中發射魚雷卻無一中的，反被日艦「比叡號」以重砲轟炸，結果彈藥艙被擊中，發生大爆炸，「庫欣號」宣告沉沒。

美軍驅逐艦「拉菲號」為了閃避「庫欣號」的爆炸，險些與日戰列艦「比叡號」相撞；「拉菲號」乘機向「比叡號」發射魚雷，由於太過靠近，保險裝置還未開啟便已撞上日艦，結果魚雷並沒有爆炸。「比叡號」馬上以重砲反擊，美艦「拉菲號」連中兩彈後又被兩枚魚雷命中，也爆炸沉沒。緊接著，美驅逐艦「斯特雷特號」和「奧班農號」聯合攻擊「比叡號」，然而所發射的魚雷無一命中，兩艘美艦反被「比叡號」的重砲擊傷，倉皇逃命。

此時，美旗艦「舊金山號」與日戰列艦「霧島號」狹路相逢，「霧島號」即刻發起攻擊，「舊金山號」被擊成重傷，舵機失靈，無法航行；恰好一艘日驅逐艦擦身而過，船上的日軍順手以機槍掃射，結果「舊金山號」上的卡拉漢與參謀盡皆喪命。隨後而來的美巡洋艦「波特蘭號」，也在混戰中被魚雷擊中艦尾，摧毀了舵機而失去機動力，只能在原地打轉，次日才被拖去圖拉吉島。另一艘美巡洋艦「朱諾號」也被魚雷擊中，只好退出戰場。

接著，美驅逐艦「艾倫沃德號」與日驅逐艦「夕立號」展開砲戰，「夕立號」被擊沉，「艾倫沃德號」受重傷；美驅逐艦「巴頓號」偷襲不成，反被日艦的魚雷擊中，斷成兩截而沉沒。在砲戰中，美驅逐艦「蒙森號」擊沉日驅逐艦「曉號」，但是自己也陷入日艦的圍攻，在日艦狂轟濫炸下，「蒙森號」連中幾十發砲彈而爆炸沉沒。次日，受傷較輕的美巡洋艦「海倫娜號」，拖曳受重創的「朱諾號」和「舊金山號」撤退，同時由三艘驅逐艦沿途護航；不料，日潛艇在海峽埋伏，當「朱諾號」經過時，日潛艇發起魚雷攻擊，「朱諾號」發生大爆炸，烈焰像火山爆發似地衝天而起，其他艦船急忙遠離南撤，不敢前來救援，船上的人大多葬身魚腹。

自始至終，日旗艦「比叡號」是美艦隊攻擊的目標，經過連場惡戰，「比叡號」傷痕累累，而且傷勢愈來愈重，阿部弘毅只好以「雪風號」為旗艦，並上報山本五十六：「我軍正與美艦隊惡戰，『比叡號』已經嚴重受傷，無暇再去砲擊瓜島。」山本五十六卻下令：「讓『霧島號』拖回『比叡號』，繼續執行砲擊計畫。」阿部弘毅拒絕執行命令，他回覆說：「海戰後，我艦隊多有損傷，急需回港休整，圖拉吉島有美魚雷艇基地，若繼續深入則必遭暗算。」於是他下令：「巡洋艦『長良號』負責護衛『比叡號』，艦隊迅速撤退！」次日，日偵察機報告：「美艦載機和瓜島航空隊，正前來襲擊！」「比叡號」由於傷勢過重而難以機動，阿部弘毅只好下令：「『長良號』擊沉『比叡號』！」

阿部弘毅回返基地後，報告山本五十六：「這次海戰，雙方損失慘重，我軍擊沉美軍兩艘巡洋艦和四艘驅逐艦，擊傷其巡洋艦和驅逐艦各三艘，美軍幾千人喪生，包括其艦隊司令和參謀。我軍一艘戰列艦和兩艘驅逐艦被擊沉，三艘驅逐艦被擊傷，砲擊瓜島機場的任務失敗。」山本五十六無奈地撤回增援編隊，而田中賴三回到肖特蘭島後，向山本五十六請命：「必須盡快增援，否則會影響瓜島的總攻。」

於是，山本五十六下令三川軍一：「立即組建第 3 砲擊編隊，由四艘重巡洋艦、兩艘輕巡洋艦和六艘驅逐艦組成，前往砲擊瓜島機場！」次日，三川軍一率領砲擊編隊，從肖特蘭島出發，田中賴三則率領運輸編隊緊隨其後。日艦隊以迂迴前進的方式來避開美軍的空中偵察，午夜時分抵達薩沃島海域。三川軍一下令：「編隊一分為二，由西村祥治率領先鋒編隊直撲瓜島，我率領艦隊主力殿後掩護。」由於三川軍一畏敵懼戰，短暫砲擊後就收兵，瓜島機場的損失微不足道。

瓜島海戰失利後，海爾賽心情沉重，他獲知日艦隊又來偷襲，便下令奧古斯塔斯·李（Willis Augustus Lee, Jr.）少將：「率領第 64 特遣編隊，迅速支援瓜島。」同時又下令美航母「企業號」：「艦載機起飛，追擊日本艦隊！」天剛一亮，美機便發現三川軍一的砲擊編隊，即刻發動空襲，在近十個小時的轟炸中，日重巡洋艦「衣笠號」被炸沉，「鳥海號」和「摩耶號」被炸傷，輕巡洋艦「五十鈴號」也遭創傷。

不久，瓜島航空隊也趕去追擊，然而三川軍一的砲擊編隊已不知去向。正當失望之餘，卻發現田中賴三的增援編隊，於是美機連續發動攻擊，炸沉六艘運輸船，重創一艘。此刻田中賴三正在驅逐艦上，他一面抗擊美軍的空襲，一面援救落水的官兵。不久，天色逐漸轉暗，田中賴三下令：「剩餘的運輸船迅速駛往瓜島的海岸，完成武裝卸除後才撤退。」天剛剛亮，瓜島航空隊陰魂不散又趕來追擊，正在返航的四艘空船被炸沉。三川軍一報告山本五十六：「我軍慘遭美機的空襲，一艘重巡洋艦和十艘運輸艦全被擊沉，兩艘重巡洋艦和一艘輕巡洋艦被擊傷，但是完成部分補給任務。」

與此同時，瓜島的美巡邏兵報告：「發現日軍在灘頭活動，好像是在運送補給品。」范德格里夫特下令：「海軍陸戰隊第 1 師展開鉗形攻勢，左右夾攻日軍！」激戰後，日軍大部分被殲滅，只有少數逃進森林，日軍囤積在灘頭的物資，盡數被摧毀；田中賴三付出的苦心和代價付諸東流。噩耗頻傳，山本五十六痛心疾首，馬上下令近藤信竹：「組建第 4 砲擊編隊，轄戰列艦一艘，重巡洋艦三艘，輕巡洋艦兩艘和驅逐艦九艘，立即前往瓜島護航增援編隊，摧毀美軍的機場。」在瓜島以北兩百多海里處，日第 4 砲擊編隊集合待命，近藤信竹下令：「艦隊一分為三，由橋本少將率領輕巡洋艦一艘，驅逐艦三艘負責遠距離警戒，木村昌福少將率領一艘輕巡洋艦和六艘驅逐艦負責掩護，我親自率領三艘重巡洋艦和一艘戰列艦擔負砲擊的任務。」

第 4 砲擊編隊來到薩沃島海域時，田中的增援編隊已全軍覆沒。偵察機向近藤信竹報告：「瓜島以南，發現美軍的戰列艦和驅逐艦。」這是奧古斯塔斯．李率領的美第 64 特遣編隊，由兩艘戰列艦和四艘驅逐艦組成；近藤信竹竟然不以為意，繼續挺進瓜島。此時，奧古斯塔斯．李也獲知日艦隊的行蹤，他想：要避免日軍砲擊瓜島機場，唯有將日艦攔截在火砲的射程外，而埃斯佩蘭斯角海域寬闊，可以避免混戰，使雷達的功能充分發揮。於是，他下令第 64 特遣編隊：「由四艘驅逐艦在前方開路，兩艘戰列艦隨後，以單列縱隊魚貫而 行，繞著薩沃島巡邏。」

不久，美軍的雷達發現橋本的警戒艦隊，而橋本艦隊也發現美艦隊，他心裡想：美軍大概是巡洋艦或驅逐艦吧！於是下令：「『綾波號』從西面偷襲敵人，驅逐艦『敷波號』和『浦波號』隨旗艦『川內號』迎敵。」橋本粗心大意地發起進攻，巡洋艦「川內號」更貿然逼近美艦；突然一聲砲響，艦船附近的海面冒起巨大的水柱，橋本嚇了一跳，喊道：「是戰列艦！快施放煙幕，馬上撤退！」他一面向近藤信竹報告，一面指揮撤退；然而，「綾波號」反應緩慢，遭受美艦的集中攻擊，連續中彈後，爆炸沉沒。

近藤信竹接到橋本的報告後，急忙趕來應戰，他首先用探照燈鎖定美戰列艦「南達科他號」，隨即以魚雷和艦砲進行攻擊；「南達科他號」巧妙地避開魚雷，卻連續被大口徑艦砲所命中，傷勢嚴重，急忙撤退。此時，木村昌福率領艦隊從薩沃島西面而來，由於日艦隊緊靠島嶼航行，迴避掉了美艦的雷達回波而能巧妙地隱蔽前進。此時，美軍艦隊還在洋洋得意，對大難臨頭一無所知，木村昌福見機不可失便隨即施放魚雷。不久，爆炸之聲連續響起，魚雷命中美驅逐艦，「瓦爾克號」和「普雷斯頓號」相繼沉沒，驅逐艦「格溫號」和「班哈姆號」也遭受重創。

碩果僅存的旗艦「華盛頓號」竟然逆流而上，憑藉先進雷達的優勢，向日戰列艦「霧島號」發起進攻；不到十分鐘，「霧島號」連中九發重砲彈而喪失戰鬥力。奥古斯塔斯·李除了集中攻擊「霧島號」之外，也擊傷日巡洋艦「愛宕號」和「高雄號」；為了引開「南達科他號」附近的日艦，「華盛頓號」徐徐向西北駛去，日艦追了一陣後就自動放棄了。近藤信竹見美艦的砲火猛烈便放棄砲擊瓜島的計畫，下令：「釋放煙幕彈，艦隊返回基地！」奥古斯塔斯·李見日艦隊撤退，便下令「華盛頓號」追擊，突然，日驅逐艦回頭發射魚雷，奥古斯塔斯·李才趕忙下令：「停止追擊，回來搶救『南達科他號』。」

日艦隊在返航途中，驅逐艦「朝雲號」傷重沉沒；「霧島號」艦長報告：「戰列艦已喪失動力，無法跟隨，請指示。」近藤信竹下令：「棄艦自沉，以免被美軍俘獲。」回到基地後，近藤信竹報告山本五十六：「我軍兩艘驅逐艦和一艘戰列艦沉沒，兩艘巡洋艦被擊傷。美軍的驅逐艦被擊沉擊傷各兩艘、一艘戰列艦被重創，砲擊瓜島的任務失敗。」

至此，美軍不但掌握瓜島的制空權，還取得制海權。由於百武晴吉迫切求援，今村均下令田中賴三：「繼續支援瓜島，利用夜色掩護，輸送兵員和提供補給！」田中賴三建議：「憑藉驅逐艦的補給，數量畢竟有限，不如將補給品裝入圓桶中由驅逐艦拖曳至瓜島海域施放，如此可提高運載量。」山本五十六同意他的做法。

田中賴三率領八艘驅逐艦啟程，每艘驅逐艦攜帶四十個圓桶；田中賴三下令：「為了避開美軍的空中偵察，增援艦隊以雙縱列繞道而行，在接近瓜島的安全海域集合。」日艦隊集合後，入夜時分，才以單縱列進入薩沃島附近。田中賴三下令：「以驅逐艦『高波號』為先鋒負責偵察警戒，其餘各艦高速跟進！」到達塔薩法隆加角海域時，日艦隊才減速緩行，準備投放圓桶。

與此同時，萊特少將也率領美第 67 特遣艦隊前來，準備攔截日艦隊；然而不慎暴露行蹤，日驅逐艦「高波號」報告：「發現美軍艦隊！」接著，其他日艦也相繼發現，田中賴三立即下令：「停止投放圓桶，準備戰鬥！」不久，美艦「弗萊徹號」發現「高波號」，便以雷達引導魚雷發起攻擊，「高波號」迅速避開魚雷後，轉移至美艦的後方，然而卻不幸地來到美巡洋艦的左前方，美巡洋艦和驅逐艦隨即展開圍攻，儘管「高波號」奮力反擊，終究寡不敵眾，連中七十多顆炸彈後沉沒。

與此同時，美艦的砲火也暴露了自身的位置，變相引導日艦瞄準目標，更糟的是，此時美艦的隊形，正好有利於日艦發動攻擊。頃刻間，兩枚魚雷奔向美旗艦，「明尼阿波利斯號」的艦首被炸毀，船艙大量入水，航速銳減而失去控制；其後的「紐奧良號」，為了避開旗艦而急速右轉，導致左舷迎上奔來的魚雷，魚雷又偏偏擊中彈藥艙，頓時引發一連串大爆炸，烈火熊熊燃燒，艦船的航速銳減；由於火光照耀如白晝，其後的第三艘巡洋艦「彭薩柯拉號」，在火光中暴露無遺。此刻，「彭薩柯拉號」為了避開「紐奧良號」而忙著急速左轉，卻恰好迎上前來的魚雷，結果船艙被擊中而進水，主砲失去動力；美軍第四艘巡洋艦「檀香山號」見機不妙，於是迅速逃遁；第五艘美巡洋艦「北安普敦號」，因反應過慢而被魚雷命中，艦尾燃起熊熊大火，船艙大量進水，艦體大幅度傾斜，掙扎一個鐘頭後沉沒；另外還有兩艘美驅逐艦，遭到己方巡洋艦的誤擊而受創。

在戰鬥過程中，日艦一直使用魚雷，而沒有使用艦砲，因此始終沒有暴露自己的位置，日艦隊甚至一面作戰，一面卸除艦上補給品，成功完成補給任務後，才撤離戰區，迅速返回基地。田中賴三報告山本五十六：「我運輸艦隊遭遇美艦隊的攔截，我軍擊沉一艘巡洋艦、另外，重創三艘巡洋艦和兩艘驅逐艦，我軍一艘驅逐艦被擊沉，但是完成所有補給任務。」山本五十六聞報大喜，不覺自言自語：「雖是杯水車薪的勝利無法扭轉大局，但這卻是瓜島開戰以來，最為僥倖和漂亮的勝利，希望天佑日本。」

三天後，田中賴三又率領運輸艦隊出發，途中遭遇兩次空襲，竟然毫髮無損，當天深夜還成功投放一千多個鐵桶，可惜島上日軍只撈到三百個，其餘全被美軍摧毀。四天後，他再出發去瓜島，不料途中遭逢美機和魚雷艇的襲擊，結果無功而返。田中賴三不甘失敗，兩天後又再前往瓜島，成功投放了一千多個鐵桶，但是島上的日軍僅撈到兩百多個。田中賴三完成任務，正待返航時卻遭逢美魚雷艇的攻擊，旗艦「照月號」被魚雷擊沉，田中賴三負傷落水，他和艦長等一百多名官兵游泳上岸，會見百武晴吉。

由於瓜島戰事曠日持久，美陸戰第 1 師疲憊不堪，於是尼米茲下令亞歷山大帕奇（Alexander Patch）少將：「率領陸戰第 2 師，前往瓜島換防。」陸戰第 2 師進駐瓜島後，便展開進攻，不料行進至奧斯汀山時遭受日軍伏擊，傷亡慘重，只好暫停進攻。帕奇初戰失利心有不甘，休整一個星期後再度發起攻勢，交戰長達兩個禮拜後，美軍終於占領奧斯汀山，日軍被迫後撤，帕奇暗想：繼續深入，容易中伏，交通線也沒有保障，若補給被切斷，軍隊有被殲滅的危險，不如先行撤退，改為掃蕩沿海區域，便可困死日軍。

失去田中賴三後，日軍再也沒有能力組織大規模支援，只能透過潛艇輸送有限的補給。由於補給斷斷續續，青黃不接，島上的日軍大多依靠樹根、野菜、野果來充飢，許多人因此染上痢疾、瘧疾、霍亂、腳氣病等。不久，田中由潛艇載回基地，他立即向今村均報告：「我軍在島上陷入嚴重的生存危機，大多數人飢寒交迫，病殘交困，只有掙扎求存的僥倖，根本沒有反攻的能力。」今村均據實報告大本營，天皇召開御前會議，密令瓜島撤軍。接著，大本營下達「K 號作戰」命令。

於是，今村均下令：「迅速在所羅門群島修建機場，以加強瓜島的作戰。」同時，密令百武晴吉：「盡快收縮第 17 軍在瓜島的戰線，以準備總攻為掩護，做好全面撤退的準備。」接著他又下令矢野桂二中佐：「率領七百人乘坐潛艇前往瓜島，擔任撤退行動的殿後部隊。」潛艇在運送殿後部隊和補給上島的同時，也從瓜島運回傷病員。

為了掩護撤退和牽制美軍，山本五十六下令原忠一少將：「率領第 802 航空隊、重巡洋艦『利根號』和潛艇『伊 8 號』，執行『東方牽制行動』。」原忠一艦隊從特魯克島出發，來到馬紹爾群島，艦隊先在賈盧伊特島休整。之後，前往坎頓島西北的水域，以無線電佯動；接著再轉回馬紹爾群島的海域做出類似的佯動。接著，原忠一下令「伊 8 號」：「砲轟坎頓島！」潛艇砲轟了兩次才離開。

然後，原忠一下令駐馬金島的第 802 航空隊：「出動水上飛機，偵察豪蘭島和貝殼島。」原忠一的欺騙行動，令美軍深感「山雨欲來風滿樓」。

海爾賽擔心大戰在即，下令吉芬（Robert C. Giffen）少將：「率領第 18 特遣艦隊，護送增援部隊去瓜島。」此時，瓜島海域布滿日軍的潛艇，美軍艦隊的行蹤很快就上報日基地。不久，日魚雷機從蒙達機場起飛，佯攻瓜島後就撤退；入夜時分，日機再度到來，一面施放照明彈，一面進行魚雷攻擊。美艦的高射砲密集射擊，數架日機被擊落，其中一架 落在巡洋艦「芝加哥號」附近，通紅的火焰將海面照得一清二楚，美艦的位置完全暴露，結果成為眾矢之的，日機群集中轟炸「芝加哥號」。吉芬少將立刻下令：「停止射擊，熄燈撤退！」日機頓時失去目標，只好返回基地。

次日，吉芬下令：「驅逐艦隊負責護航，『企業號』航母擔任空中掩護，『路易斯維爾號』拖曳重傷的『芝加哥號』，艦隊立即返航！」下午，日機群前來襲擊，「企業號」艦載機起飛應戰，部分日機被擊落；其餘則擺脫攔截發動魚雷攻勢，結果「芝加哥號」被魚雷命中，爆炸沉沒，另有一艘美驅逐艦受創。

尼米茲和歐尼斯特·金前來視察瓜島，海爾賽一邊陪同，一邊說：「近來日機有日漸活躍的趨向。」尼米茲說：「從近日接收到的無線電情報，以及日軍頻繁的試探看來，一場大戰正在醞釀之中。」歐尼斯特·金說：「與其等日軍發動攻勢，不如先空襲其機場，以削弱日軍的實力。」恰好此前，山本五十六下令航空隊：「集中三百架戰機在拉包爾基地，準備空襲瓜島，以掩護撤退的行動！」由於天氣欠佳，空襲計畫被迫延期。不料，美機卻先來偷襲，炸毀了五十架日機。

於是，山本五十六要求今村均：「必須提前實施撤退計畫，否則美機再來空襲，計畫就會失敗。」於是，今村均下令橋本少將：「率領二十艘驅逐艦從肖特蘭島出發前往瓜島。」在航行途中，橋本艦隊被美機發現，於是報告海爾賽：「日增援艦隊已出現在瓜島海域。」海爾賽說：「日軍增援是準備發動總攻，快出動飛機轟炸。」於是，美轟炸機群臨空而來，不料日機當空攔截，美轟炸機多數被擊落，偷雞不成反蝕一把米。

橋本的旗艦「卷波號」被炸傷，只好返航；而驅逐艦隊則乘夜前進，抵達瓜島後，橋本下令：「留下八艘驅逐艦擔任警戒，其餘十一艘接應撤退的兵員！」儘管期間，美軍魚雷艇和戰機發動襲擊都被警戒的艦隊所擊退；不過，日驅逐艦「卷雲號」被水雷重創，只好自沉。橋本編隊成功接回五千多人，返航途中遭遇美機的空襲，卻毫無損傷，安全回到肖特蘭島。

兩天後，橋本再率領二十艘驅逐艦去瓜島，途中又遭遇大群美機的空襲，日驅逐艦隊和戰機奮力抗擊，擊落十架美機。但是驅逐艦「舞風號」被炸傷，只好由驅逐艦「長風號」護航回去，其餘軍艦則繼續前進，深夜時分，艦隊抵達瓜島海域，照例由八艘驅逐艦擔任警戒，其餘驅逐艦在埃斯佩蘭斯角靠岸，接回兵員五千人後，便迅速返航。

三天後，小柳富次率領十八艘驅逐艦前往瓜島，因雷雨交加，美軍只出動少量戰機來轟炸，仍有一艘日驅逐艦被炸傷，而由另一艘驅逐艦護航回去，其餘驅逐艦則繼續前進，艦隊於深夜時分抵達瓜島。矢野桂二中佐下令殿後部隊：「護送百武晴吉司令和軍部人員先行上艦！」但見他們形容枯槁，氣息虛弱，走路乏力，必須由水兵背上艦艇。當剩餘部隊全部上船後，矢野桂二才下令：「殿後部隊馬上撤退！」東京大本營的「K 號作戰」計畫勝利完成。

今村均報告大本營：「瓜島戰爭歷時半年，我軍投入兵力三萬多人，死亡兩萬多人，其餘全被救出，島上反攻基本失敗。」正當日第 17 軍主力兵敗瓜島時，下轄的南海支隊也受困新幾內亞，孤立無援，日軍的殊死決戰令人側目，欲知詳情，且看下回分解。

第八章

科科達功虧一簣，阿留申功敗垂成

話分兩頭，當日軍還在瓜島建設機場時，今村均便對百武晴吉說：「珊瑚海一戰，意味著從海路進攻莫士比港困難很大，如果走陸路從背後進攻就能出其不意，難度比較小，你安排第 17 軍挺進巴布亞半島吧。」新幾內亞島是世界第二大島，巴布亞半島位於該島的南端，而莫士比港就在半島的南岸，地處美國與澳洲之間的交通要津，策略地位十分顯著。

百武晴吉下令堀井富太郎少將：「率領南海支隊登陸巴布亞半島從陸路攻占莫士比港。」於是堀井富太郎召集軍事會議，他下令橫山與助大佐：「率領兩千人的先遣部隊登陸巴布亞半島北岸，迅速建立灘頭陣地，然後派遣一支分隊向西南挺進偵察，為主力進攻莫士比港做好前期的軍事準備。」

橫山與助的先遣部隊在巴布亞半島北岸登陸，順利占領巴薩布阿後再按計畫占領布納和戈納；接著，他下令分隊長：「你率領八百人的分隊去偵察，朝西南方向深入內地，勘探前往莫士比港的捷徑。」日偵察部隊行進約五十公里便來到庫姆西河，但見對岸的地勢陡然升高，而靠近河岸的臺地上有一個土著村落，便向當地土著打聽，土著說：「這個村鎮名叫科科達，駐有澳洲兵一百多人。」

與此同時，澳軍連長坦普頓上尉發現日軍到來，便一邊下令開火，一邊發電報求援；澳洲營長歐文中校獲悉，立刻下令：「四個連的士兵立即從莫士比港出發，沿山路小徑增援科科達。」他傳令後，便乘搭軍機先到前線，歐文目睹日軍進攻科科達，情勢十分危急，便下令：「燒毀庫姆西河的橋梁！」無奈日軍火力和兵力相對強大，澳軍燒橋不成，反被日軍衝殺而來；澳軍拚力抵抗，歐文和坦普頓相繼喪命。日軍渡過庫姆西河後，殘餘的澳洲兵紛紛逃遁；他們在科科達小徑遇見來援的澳軍，澳軍連長立即開會商量對策，最後決定：「退守坦普頓路，同時派人回去求援。」

日軍擊潰澳軍後，便占領科科達和附近的簡易機場，日隊長詢問土著：「澳洲兵從這條小路逃去什麼地方？」土著說：「他們逃去莫士比港。」這意外的發現讓日軍驚喜不已，於是派人回去據實報告，橫山與助回覆：「守住據點，等待主力部隊到來，切莫孤軍深入。」

不久，堀井富太郎率領南海支隊主力到來，日軍在巴布亞半島的總兵力增至一萬多人，橫山與助報告堀井富太郎：「這裡有條小徑長達兩百多公里，穿越歐文史坦利山脈後，可直達莫士比港；但是小路沿途崎嶇起伏，山勢陡峭，熱帶雨林密布，只容許步行而無法通車，不利於大部隊的機動和物資運輸，途中還可能遭遇澳軍的攔截。」堀井富太郎大喜，便對橫山與助說：「你留守布納和戈納，我親自率領主力進攻莫士比港！」

日軍集結科科達後，堀井富太郎下令：「南海支隊主力分成兩個戰鬥群，分別由楠瀨正雄大佐和矢澤清美大佐率領，沿科科達小徑直接取莫士比港。」日軍每人配有一把砍刀和一把小鏟，砍刀用以劈荊斬棘，小鏟用來攀爬溼滑的陡坡，小鏟上有許多小孔，方便抖落鏟上的泥土；日軍在土著的引導下，沿著溪谷向南前進。

與此同時，三川軍一下令第 8 艦隊：「護送一千多人的海軍陸戰隊登陸巴布亞半島的米爾恩灣，同時占領拉比島。」不料，日軍的增援行動被美軍發現，麥克阿瑟下令：「調派一千多名美軍和一個旅的澳軍，立即進駐米爾恩灣。」日軍登陸當天天氣驟然突變，海上烏雲密布，暴雨傾盆；由於惡劣氣候的掩護，日軍沒有遭逢抵抗便順利登陸米爾恩灣。

隨後幾天，日軍對美澳聯軍的陣地發起猛烈的進攻，不曾想美軍的砲火更為猛烈，日軍久攻不克；隨著天氣好轉，美軍開始反攻，由於兵力和火力懸殊，日軍的死傷越來越多。此時，傳來一木清直戰死瓜島，部隊全軍覆沒的消息；百武晴吉擔心重蹈覆轍，便下令海軍陸戰隊：「放棄米爾恩灣，退回拉包爾。」是夜，日驅逐艦在夜色掩護下救走米爾恩灣的殘餘日軍。

此時，南海支隊正行進在科科達小徑朝莫士比港挺進，埋伏在坦普頓路的澳軍立即阻截；然而日軍展開攻勢後，澳軍不敵潰散。不久，日軍抵達歐文史坦利山脈，正當要進入隘口時，澳軍的增援部隊又埋伏狙擊，雙方激戰後，澳軍潰敗而逃。日軍越過隘口，一路向東南進軍，終於來到小徑的最後一個村莊，嚮導說：「這裡是伊奧里貝瓦村，此去莫士比港已不到五十公里。」堀井富太郎見勝利在望，欣喜不已。不料，司令部發來電文：「停止進攻摩爾斯比，據守待命。」

原來日軍不但在米爾恩灣戰敗，川口支隊在瓜島的反攻也遭遇慘敗，因此無力支援南海支隊，大本營只好下令：「採取策略防禦，暫緩南進的攻勢。」堀井富太郎不禁眉頭深鎖，他心裡盤算：不占領莫士比港，部隊的口糧就難以為繼，這裡生存條件惡劣，根本談不上據守。次日，便率領日軍悄悄撤退；與此同時，增援莫士比港的美澳聯軍陸續到來。美軍在澳軍引導下，沿科科達小徑展開反攻。交戰數次後，堀井富太郎感覺不對：為何對方的實力驟然強大？於是逼問俘虜，俘虜說：「是美澳聯軍到來，約有兩萬人的兵力。」堀井富太郎聽後大驚，他暗自思索：對方兵力強大，我方補給不足，難有勝算，必須盡快撤退。於是下令：「情況緊急，凡無法自己行走的，自行了斷。」然後，他率領南海支隊迅速撤退。由於美澳聯軍窮追不捨，堀井富太郎下令南海支隊：「利用山隘組織防線，準備伏擊追兵！」果然，美澳聯軍不慎中伏，急遽退卻。接下來由於沿途地勢陡峭起伏，處處下滑，泥濘難行，山林裡的氣候又十分潮溼，螞蟥蚊蟻糾纏不清。這些苦不堪言的因素成為兩軍接觸的天然障礙。堀井富太郎暗想：軍隊飢疲交迫，疾病叢生，難以作戰。他不敢稍有耽擱，南海支隊且戰且退，終於回到科科達。

衣冠不整的日軍餓得頹廢不堪，紛紛在村裡找食物。堀井富太郎下令楠瀨正雄：「率領主力先渡過庫姆西河並退回布納，我和矢澤清美負責殿後。」南海支隊的主力撤退後，偵察兵報告：「澳軍迂迴至庫姆西河對岸，已切斷我軍的退路！」堀井富太郎只好下令：「部隊沿河流上游北撤，再橫渡庫姆西河！」堀井富太郎不識水性，當他涉水渡河時，不慎失足溺斃。

奮戰一個月，南海支隊又回到登陸地點。橫山與助報告百武晴吉：「南海支隊進軍摩爾斯比失敗，堀井富太郎陣亡，我軍是守還是退，請指示。」百武晴吉下令橫山與助：「暫時由你指揮部隊，直至新任支隊長來接手。」百武晴吉的第 17 軍屢嘗敗績，日大本營下令安達二十三中將：「儘速組建第 18 軍，由你擔任軍司令，負責指揮新幾內亞的戰事，同時，南海支隊併入第 18 軍。」

於是，安達二十三下令小田健作少將：「前往巴布亞半島擔任南海支隊長，鞏固軍隊在布納與戈納的陣地，嚴防美澳聯軍從海上登陸。」小田健作到來後，便指示日軍構築防禦工事。不久，安達二十三隨增援部隊前來視察，小田健作向他報告：「我軍已在布納、吉爾哇與戈納之間的海岸，修建長十八公里、由碉堡和戰壕網組成的灘頭陣地。我軍採用粗大的椰子樹幹構築碉堡，再以填滿沙土的油桶加固陣地，槍砲的射孔都開得很低，火力點的外部都覆蓋茂密的枝葉，防禦據點十分隱蔽；碉堡之間構成嚴密的交叉火力網，陣地之間有良好的隱蔽通道，兵力的移動十分方便……」安達二十三聽完報告，很滿意地說：「必須堅守陣地，狠狠消滅來犯的敵軍！」然後便返回拉包爾。

與此同時，美、澳也在調兵遣將，集結在巴布亞的兵力已達三萬多人，麥克阿瑟下令：「澳軍第 7 師從科科達小徑出發，攻擊戈納，美軍第 32 師主力從米爾恩灣挺進布納，另外，第 32 師的 126 團負責進攻吉爾哇！」

一個星期後，澳軍第 7 師抵達戈納，司令布萊梅（Thomas Albert Blamey）上將下令：「發起攻擊！」然而進攻的艱苦超乎想像，前線軍官報告：「日軍的碉堡十分隱蔽，還布置嚴密的交叉火力，我軍每推進一步都付出慘重的傷亡代價，而我方飛機總是誤炸自己人，卻不知敵人在哪裡。」於是，布萊梅下令：「盡快退向側翼，以躲避日軍的火力覆蓋！」然而前線又來報告：「側翼盡是泥沼澤地，淤泥中還有無數的水蛭在蠕動，令人不寒而慄；

而且近來熱帶疾病流行，奪走營內不少士兵的性命，士兵都聞蛭色變！」布萊梅聽了十分煩惱，沒好氣地回覆：「讓水蛭咬一口，勝過死亡之吻。」

麥克阿瑟見戰事進展緩慢，十分不滿，他下令艾克爾伯格（Robert Lawrence Eichelberger）：「負責指揮第 32 師作戰，先出動坦克開路以加快進軍的速度。」美軍坦克到來時，小田健作下令日軍：「放倒高射砲，集中打坦克！」果然，聯軍的坦克屢遭摧毀。由於雙方兵力過於懸殊，聯軍又掌握制空制海權，儘管日軍頑強抵抗，時間一長，補給便青黃不接，抵抗力也就日益衰弱。然而日軍卻拒絕投降，仍然浴血奮戰。

兩個月後，澳軍首先占領巴薩布阿，全殲日軍八百人，第二天又占領戈納，切斷日軍西逃的退路。此時，美第 32 師還在與日軍血戰，一週後才占領布納。小田健作對日軍說：「我們已彈盡糧絕，除了玉碎已無退路，大家準備拼刺刀，展開肉搏戰，決心與敵人同歸於盡吧！」在場的日軍都揮拳高喊：「決死拚殺！」果然，日軍誓死廝殺後，全部戰死戈納和布納，小田健作等軍官切腹自殺。

吉爾哇位於戈納與布納之間，美第 126 團的進攻遭逢日軍頑強的抵抗，橫山與助一面鞏固防禦陣地，防備美軍切斷退路，一面上報求援：「戈納和布納已經失守，小田健作陣亡，吉爾哇陷入敵軍的三面包圍，目前僅控制兩公里長的海岸線，請求緊急支援。」安達二十三報告今村均：「南海支隊瀕臨毀滅，請求撤退。」今村均見敗局已定，便下令海軍：「接應南海支隊撤離巴布亞半島！」日艦艇陸續救走三千多名傷病兵員，橫山與助下令殘餘日軍：「大家分散逃亡，或向西遁入山林，或沿海岸北逃，然後前往萊城或薩拉毛亞集合。」巴布亞半島的戰事宣告結束。

新幾內亞島面積達八十萬平方公里，中部群山聚集，最高峰超過五千公尺，龐大的山脈呈西北至東南走向，整個島被山脈分割成南北兩部；萊城和薩拉毛亞都位於北部的沿海平原。戰事平息後，美澳聯軍就地休整，雙方暫時呈僵持狀態。安達二十三利用休戰之機趕快增兵新幾內亞島。停火期間，日軍兩萬多人增援萊城和韋瓦克，同時巨量物資也陸續抵達。

第 18 軍在萊城召開參謀會議，安達二十三說：「位於薩拉毛亞以南六十公里的瓦烏是澳軍駐守的策略要地，這裡有一個小型機場，陸路可通科科達和新幾內亞的南部，是我軍前進的要衝。」於是，他下令岡部少將：「你率領支隊從薩拉毛亞出發，穿過原始森林地帶，隱密進攻瓦烏！」岡部支隊奉命出征，不料，穿越原始森林十分艱難，耗時費日才抵達瓦烏，到達時行軍口糧已消耗殆盡；日軍在生存壓力下，未戰已成強弩之末，岡部只好勉強虛攻，然後上報軍部：「由於原始森林的行軍艱險萬分，所花時間超乎預料，來到瓦烏時已無口糧為生，而敵援軍又大批到來，雙方實力過於懸殊，無法進攻！」安達二十三只好下令：「即刻撤退！」岡部支隊忍饑挨餓才終於退回薩拉毛亞。進攻瓦烏失敗後，安達二十三要求今村均：「新幾內亞戰事迫在眉睫，請護送第 51 師團支援萊城。」不久，美偵察機報告總部：「發現大量運輸船集結拉包爾！」與此同時，美情報部門也破譯日軍的電報：「下個月初，船隊將從拉包爾港起航，前往萊城。」美第 5 航空隊司令喬治肯尼（George Chiurchill Kenney）得到情報後，便對澳洲空軍司令加倫說：「日軍增援萊城，肯定取道俾斯麥海，我們可以集中陸基航空隊力，在此空襲日軍的運輸船。不過最好先施行實戰演習，才能事半功倍。」加倫說：「沒問題，在莫士比港外，有一艘擱淺的廢棄軍艦，可用作演習的轟炸目標！」於是，美戰鬥機 P-38 和轟炸機 B-25，紛紛來到莫士比港展開實彈轟炸的演習。

演習期間，美澳偵察機仍然日夜巡邏。這天夜晚，俾斯麥海域狂風大作，惡浪滔天，大雨傾盆；儘管天氣十分惡劣，海上卻出現一支船隊，包括八艘運輸船和六艘驅逐艦，船隊是從拉包爾開來準備駛往萊城的。在風雨交加的夜幕中，船隊依然乘風破浪地航行。次日清晨，美巡邏機報告：「俾斯麥海域發現日船隊！由於天氣惡劣，無法繼續跟蹤。」過了一天，天氣轉晴後，偵察機再確定船隊的位置。

肯尼指著海圖對加侖說：「船隊的所在地只有重型轟炸機才飛得到。」於是，加侖派遣B-17轟炸機隊飛向俾斯麥海域，盤旋在日運輸船的上空。頃刻間彈落如雨，日運輸船「旭盛丸」被擊沉，日增援部隊一千多人落水。日驅逐艦「雪風號」和「朝雲號」趕來打撈，救起大多數的日軍。編隊司令木村少將下令驅逐艦：「護送生還者前往萊城，然後儘速回來護航！」此時，日機也從拉包爾趕來迅速擊退美轟炸機，日運輸船隊便繼續行程。

木村暗想：船隊若直接航行到萊城，正是白天，如今行蹤敗露，萊城又缺乏制空權，一旦船隊在港口被轟炸，後果不堪設想，不如先在海上繞圈子以迷惑美軍。當晚，肯尼下令航空隊：「派遣水上飛機PBY5跟蹤日船隊，第二天清晨，再由轟炸機B-17接班！」結果日運輸船隊枉自繞圈子，卻盡在美軍的掌握中。天亮後，當日船隊還在繞圈子時，上空飛來三架澳洲魚雷機，澳機發起試探性攻擊，船隊只受到輕微的損傷，木村也就不在意，繼續掩耳盜鈴地繞圈子。

接著，肯尼正式下令：「分兩批次轟炸日船隊，第一批次為美轟炸機B-17，負責執行高空轟炸；第二批次為澳轟炸機B-25，負責執行低空轟炸。」不久，B-17轟炸機群鋪天蓋地而來，船隊上空彈如雨下，海面上激起無數的水柱卻沒有擊中目標，第一批次的轟炸宣告失敗，但是卻打亂日運輸船的隊形，有利於接下來的轟炸。很快地，第二批次的轟炸緊隨而來，B-25轟炸機群繞著船隊低空盤旋，突然高空出現日機群，在空中警戒的P-38戰鬥機紛紛扔掉副油箱，急速向上爬升以鏖戰日機。然而，副油箱落水後，激起高聳的浪花遮蔽了B-25的視線，原計畫的向心攻擊無法展開，不過B-25趁機突破日艦的防空網，飛抵日運輸船的上空後隨即展開狂轟濫炸，日船隊盡數被炸毀。兩艘日驅逐艦趕來援救落水者，不料也被B-25擊沉；接著B-25趕盡殺絕，以機槍掃射海面，無數求生者中彈身亡。

B-25 飛走後，日驅逐艦又趕來援救，不料美魚雷機 A20 也來打掃戰場，隨即攻擊日驅逐艦，雙方戰鬥至傍晚才鳴金收兵，海面也回歸平靜，但是所有日運輸船都被炸得面目全非。海面上到處是漂浮物，殘存的日驅逐艦，緊張地撈起生還者，當中竟然有日第 18 軍司令安達二十三和參謀，日驅逐艦打撈完畢後便迅速返回拉包爾。次日，美魚雷艇也趕來分享「盛宴」，不料海面上只剩運輸船的殘骸，魚雷艇胡亂轟擊一番，才悻然而回。

日軍兵敗巴布亞和瓜島，又在俾斯麥海慘遭獵殺，山本五十六召開軍事會議，討論未來的作戰計畫，他說：「我軍屢戰屢敗，主要原因是失去制空權，如今飛機的數量又不如美國，如果繼續打持久戰，將無法支持到最後。可是要奪回制空權，又非轟炸美軍的機場不可，你們說怎麼辦？」航空隊司令塚原二四三說：「我們可以集中現有飛機，在區域性地區實現數量優勢，就能一拚。」山本五十六同意他的看法，於是下令：「第 11 航空隊的岸基飛機加上第 3 艦隊的艦載機共三百多架，執行『伊號作戰』計畫！」

這天，山本五十六坐鎮拉包爾準備親自指揮「伊號作戰」，不料天不作美，連續下了三天傾盆大雨，進攻時間被推遲了數天。這天黎明時分，一百多架日轟炸機和戰鬥機紛紛起飛撲向瓜島和圖拉吉島；瓜島航空隊起飛迎戰，日軍炸毀一艘驅逐艦和兩艘魚雷艇，擊落七架美機，卻自損飛機二十架。飛行員為了搏山本五十六高興而虛報戰果，山本五十六不明就裡，聽後得意地暗想：我軍對瓜島的轟炸已初見成效，可以轉移陣地去轟炸新幾內亞了。

於是，山本五十六下令：「飛機轟炸新幾內亞的布納和奧羅灣！」此時，麥克阿瑟已經率領聯軍挺進萊城和薩拉毛亞，因此受損有限。次日，山本五十六再下令：「飛機轟炸莫士比港！」兩天後又下令：「飛機轟炸米爾恩灣和拉比機場！」這些轟炸對美軍的影響十分有限，日飛行員卻繼續虛報戰果。

山本五十六不知道「伊號」已變質成「愚號」，還心花怒放地暗想：美機已遭受沉重打擊，我軍已掌握制空權，可以展開反攻了。於是他決定去訪問丸山政男，以勉勵他繼續作戰。原來自從敗退瓜島後，丸山政男的第 2 師團殘兵，便在肖特蘭島東面的巴拉爾島休整，兩地相距僅五分鐘的飛行航程。肖特蘭島是日海軍基地，位於布干維爾島以南，而布干維爾島的布因，是日本在所羅門群島的海空基地，駐有第 11 航空艦隊，按理山本五十六的行程是相當安全的。

且說日航空隊的頻頻襲擊，令歐尼斯特 · 金十分惱怒，他下令軍事情報部：「趕快蒐集日軍的情報，以備反擊！」無巧不成書，情報部門破譯一則電文，文中詳述：「山本五十六將乘飛機離開拉包爾，前往所羅門群島中的肖特蘭島，座機將在附近的巴拉爾島降落……」電文的消息包括：山本五十六出發和抵達的時間、地點、以及山本座機的機型和護航陣容。這天大的消息令歐尼斯特 · 金興奮不已，恰好這天要出席總統的午餐會，他便藉機報告羅斯福：「山本五十六近期將訪問所羅門群島以鼓舞日軍的士氣。」羅斯福沉吟半晌後，說：「能不能將他的『鼓舞』變成『死亡之舞』？」

總統放話，歐尼斯特 · 金便召集參謀會議，他開啟海圖說：「準備在巴拉爾島擊落日機！」同時將刺殺行動定名為「復仇計畫」。命令很快下達至瓜島，美第 5 航空隊司令米契爾（Marc Andrew Mitscher）主持作戰會議，他問瓜島航空隊隊長馬歇爾（George Catlett Marshall, Jr.）少校：「這次任務十分特殊且絕對保密，由你們負責執行，有什麼要求可以提出來。」馬歇爾認真地說：「我需要十六架 P-38 閃電式戰鬥機。」米契爾微笑說：「你真有眼光，沒問題，我為你安排。」

原來 P-38 是美國第一款雙引擎戰鬥機，升限超過一萬公尺，機頭配有四挺機關槍和一門機砲，火力很強大，座艙視界寬闊到沒有死角，作戰性能遠超日本的零式戰鬥機。接著，馬歇爾部署作戰任務，他對蘭菲爾中尉說：「你率領四架 P-38 擔任狙擊編隊集中攻擊那兩架一式運輸機，我會率領十二架戰鬥機為你護航。」

當天，山本五十六在海軍參謀長宇垣纏中將的陪同下分乘兩架一式快速運輸機，準時從拉包爾機場起飛，四周有六架零式戰鬥機全程護航，當機群朝東南方的布干維爾島飛去時，十六架 P-38 也從瓜島機場騰空而起，迅速朝西北方向飛去。美機群全程無線電靜默，並且超低空飛行五百多公里，恰好在巴拉爾島上空邂逅日機群，馬歇爾下令護航機隊：「扔掉副油箱，迅速爬升，掩護狙擊機隊！」

此時，日機已發現敵情，護航的六架零式戰機迅速爬升到高空與美機纏鬥。蘭菲爾中尉見機會來了，便指揮四架 P-38：「咬住那兩架一式運輸機，一齊發起攻擊！」蘭菲爾以四管機砲密集射擊，第一架運輸機的右引擎被擊中起火，接著機翼也燃燒起來，火焰冒起濃濃的煙霧，飛機像一團火球似的瞬間向地面墜落，一頭栽入森林裡，發出猛烈的爆炸聲，林中燃起熊熊大火。

宇垣纏的座機也被 P-38 擊中，飛機的左翼被炸毀，運輸機隨即栽向海面，由於失去一個機翼，飛機落水後向左翻而浮在水面，幸好機門向上，機內人員緊急爬出機外，不久，日救生艇趕來救走生還者。與此同時，丸山政男下令島上的日軍：「馬上進入叢林，搜尋失事的飛機！」果然發現山本五十六焦黑的遺體，但見他面目朝北，手握軍刀，跪坐地面，身上有兩處槍傷。美國暗殺山本五十六，可謂「螳螂捕蟬，黃雀在後」，強中還有強中手。

山本五十六的死訊，日本延遲一個月後才公布，同時，大本營下令：「即日起，古賀峰一接任聯合艦隊總司令。中太平洋的所有日軍整編為第 31 軍，由小畑英良中將任軍長，負責防衛小笠原群島、馬里亞納群島、特魯克島和帛琉群島，同時服從聯合艦隊總司令的調遣。」接著，古賀峰一下令：「角田覺治海軍中將出任第 1 航空隊司令，指揮五百多架戰機，第 2 艦隊併入第 3 艦隊，由小澤治三郎中將擔任司令。」小澤治三郎重組艦隊後，成立第 1 航空艦隊，由航母和艦載機組成。

阿留申群島是阿拉斯加的外延島嶼，美軍只駐守當中的埃達克島和阿姆奇特卡島。中途島海戰之前，日本為了聲北擊南，曾占領阿留申群島中的基斯卡島和阿圖島；而中途島海戰之後，前往這兩個島的日運輸船經常被美軍半途阻截，嚴重影響駐島日軍的物資補給。山本五十六為了打破美艦隊的封鎖，當時下令細萱戊子郎：「率領重巡洋艦『那智號』和『摩耶號』、輕巡洋艦『阿武隈號』和『多摩號』以及四艘驅逐艦，護航運輸船隊前往阿圖島為駐島部隊提供補給。」美國海軍部獲得情報後，下令麥克莫里斯少將：「率領重巡洋艦『鹽湖城號』，輕巡洋艦『里奇蒙號』和四艘驅逐艦，前往攔截日艦隊！」

科曼多爾群島以西的海域，位於北極圈之內，這時正處於長晝季節，天色明亮，能見度很高。當美軍艦隊到來時，便與日艦隊短兵相接；起初，麥克莫里斯（Charles Horatio McMorris）猜想：看來，又是該死的運輸船。不料等到艦船的桅杆出現，麥克莫里斯才失聲叫起來：「是巡洋艦！」於是下令：「先發制人，迅速衝鋒！」與此同時，日瞭望兵也報告：「發現美軍艦隊！」細萱戊子郎下令：「艦隊準備迎戰！」接著日瞭望兵又報告：「敵艦隊已經衝過來了！」

當兩軍相隔僅十八公里時，細萱戊子郎下令開火；日重巡洋艦「那智號」和「摩耶號」首先發砲，美重巡洋艦「鹽湖城號」也發砲反擊；接著，雙方艦船相繼開火，全面對戰。美軍艦隊漸顯下風，幸好「鹽湖城號」憑藉精準的砲擊，擊中「那智號」的艦橋、主桅杆和飛行甲板，日十六名船員喪生，「那智號」被迫暫時退出戰鬥，日艦船頓時陷入混亂。

日艦隊重組隊形後，再度圍攻美巡洋艦。日重巡洋艦「摩耶號」首先發砲，擊中「鹽湖城號」的偵察機彈射器，造成兩名飛行員死亡；接著，「鹽湖城號」的尾舵再中一彈，嚴重受損，無法再迴避航行。不久，主甲板又中一彈，還貫穿水線下的船身，造成燃油洩漏，同時尾艙也被擊中兩彈，艙內大量進水，船體出現傾斜；為了平衡艦體，艦長下令前艙注水，不料卻導致主渦爐艙進水，軍艦喪失動力，使得「鹽湖城號」無法繼續航行。

雖然情況十分危急，麥克莫里斯卻臨危不亂，他下令：「全部艦船在『鹽湖城號』的前方列陣，並施放煙幕。」日艦隊見美軍的陣勢十分古怪，以為美驅逐艦要施放魚雷，細萱戊子郎急忙下令：「停止前進！」此時，「鹽湖城」的渦爐突然恢復燃燒，艦船可以緩緩而行，細萱戊子郎發現對方有意撤退，才下令：「繼續發動攻擊！」結果，美驅逐艦「貝利號」連續中彈，渦爐艙和輪船艙受損，正當「貝利號」危在旦夕之時，細萱戊子郎卻突然下令：「停止追擊！」

原來，「鹽湖城號」發射了一枚高爆炸彈，落在「那智號」附近的水面，激起高聳的水柱，恰好當時雲層很低，炸彈又是垂直落下而爆炸，當時細萱戊子郎大驚，心中暗想：難道是美轟炸機來了？還是走為上計，以免遭殃！於是他下令：「停止追擊，全線撤退！」麥克莫里斯見狀，先愣後喜，也下令：「緊急撤退！」於是，雙方莫名其妙的急速退走，當時細萱戊子郎報告山本五十六：「科曼多爾海戰，我軍一艘重巡洋艦被擊傷；美軍則損失一艘驅逐艦，另外，各有一艘重巡洋艦和驅逐艦被重創，但是我軍的運輸任務功敗垂成。」海戰後，美軍決定奪取北太平洋的制空權，因此加緊在阿留申群島修建機場，此後便切斷日本的海上運輸線；結果，阿留申群島的日軍只能依靠潛艇輸送補給，然而潛艇的運輸量十分有限，日駐軍的補給青黃不接。日本兵敗瓜島之後，大本營下令山崎保代大佐：「為了防備美軍反攻阿留申群島，盡速修建阿圖島的機場並構建堅固的防禦工事。」於是，山崎保代宣布軍事部署計畫：「我軍專注於防衛北岸，尤其是霍爾茨灣和奇恰科夫灣，南岸的馬薩卡灣則維持巡邏警戒，而主要防禦陣地設在後方的山岳地帶。」

此時，金凱德（Thomas Cassin Kinkaid）少將已出任北太平洋的美海軍司令，他下令偵察機：「前往偵察阿留申群島的日軍狀況。」不久，美偵察機報告：「在阿留申群島中，日本只占領基斯卡島和阿圖島；基斯卡島位於阿圖島以東，駐有六千人的日軍，阿圖島面積約八百平方公里，距離日本僅一千多公里，島上駐有日軍兩千多人。雖然阿圖島的日軍比較少，但是卻在趕工修建機場和防禦工事。」金凱德暗想：既然阿圖島的日守軍兵力比較薄弱，不如趕在機場竣工前搶先進攻才能事半功倍。於是，他下令美軍艦隊：「護送步兵第 7 師一萬多人，前往阿圖島！」

美艦抵達附近海域時，金凱德嘗試招降卻失敗。於是，美艦開砲轟擊阿圖島，砲火延伸之後，金凱德下令：「步兵一千人登陸北岸的霍爾茨灣，兩千人在南岸的馬薩卡灣登陸！」美軍從阿圖島的南北兩岸夾攻而來，山崎保代下令：「放棄岸防工事，退守山岳地帶！」日軍扼守山口，藉由隱蔽的火力點形成堅固的防線；美軍的南北夾攻收效甚微，反而傷亡不少。於是金凱德下令：「步兵第 7 師全部上陣，發動猛烈的火力打擊！」在美軍的海陸空打擊下，日軍陣地不斷收縮，最後退至東北部的奇恰科夫灣。

繼續血戰一星期後，山崎保代召集殘餘的日軍，他說：「部隊已經彈盡糧絕，現在只能依靠決死攻擊，與敵人同歸於盡了！」在場的日軍都高喊：「殺身成仁，決死玉碎！」山崎保代下令：「今夜發起攻擊，突襲美軍的營地！」接著，他向大本營發出訣別電報，並燒掉軍旗和密碼，準備發動自殺性的最後攻擊。當天晚上，日軍靜悄悄地逼近美軍營地，他們突破哨兵的防線後，燒毀美軍的野戰醫院、軍需倉庫等，然後進攻美軍陣地，最後包括山崎保代在內的日軍全部戰死。

東京大本營驚聞阿圖島告急，參謀總長杉山元說：「此時，阿圖島已被美艦隊包圍，救援已來不及，倒是基斯卡島被美軍忽略，可以亡羊補牢盡快救出守軍，另外再派潛艇去阿圖島，伺機接應殘餘的部隊。」於是，日本虛張聲勢，宣布要反攻阿圖島，並出動艦載機佯裝要去襲擊美艦隊。當天傍晚，美艦隊返回基地補充燃料，日第 5 艦隊趁機駛往阿留申群島；日艦隊利用濃霧和夜色的掩護抵達基斯卡島，將島上的日軍迅速轉移至船上，然後神不知鬼不覺地離開阿留申，隨後返回日本的千島群島。半個月後，三萬名美軍來到基斯卡島，他們謹小慎微地登陸後準備展開惡戰，不料島上卻靜悄悄空無一人，這才知道日軍早已撤走。

「樹欲靜而風不止」，日本敗走北太平洋，而南太平洋的災難卻方興未艾。欲知詳情，且看下回分解。

第九章

「跳島」島嶼爭奪戰，海空火拼所羅門

「阿留申群島戰役」結束了，美南太平洋艦隊司令海爾賽突發奇想：日軍主動撤出阿留申的原因是補給斷絕。如今日本所占領的太平洋島嶼星羅棋布，如果每個島嶼都要作戰的話，且不說耗時費日，所付出的傷亡代價恐難以計數。不如在同一區域內，只進攻其兵力薄弱的島嶼，再利用制空制海權孤立和圍困其他兵力較強的島嶼，便可斷其對外聯繫與物資補給，迫使孤立無援的日軍因生存壓力而自動棄守，如此便能以最低代價獲取最大的勝利。這個靈感，就是後來揚威太平洋島嶼的「跳島戰術」。

「瓜島戰役」之後，海爾賽積極籌備策略反攻，因此當山本五十六的死訊傳來，他對尼米茲說：「日軍在所羅門群島中部有兩個機場威脅瓜島的安全：一個是新喬治亞島的蒙達機場，另一個是科隆班加拉島的韋拉河口機場；兩者是日機攻擊基地，只有占領這兩個機場，才能消除瓜島的心腹之患。」尼米茲核准其作戰計畫。

這天，偵察兵報告：「新喬治亞島的日軍正加快囤積物資的速度，而且也在加速擴建機場。」於是海爾賽召集作戰會議，他說：「日軍雖然敗走瓜島，但是日軍在新喬治亞島的蒙達機場卻嚴重威脅瓜島的安全，只有攻占蒙達機場，才能消除南太平洋的隱患，這項作戰任務交由特納指揮。」特納輕鬆地說：「沒問題，瓜島的戰事如此慘烈，我軍都能取勝，其他島嶼更不在話下。」海爾賽凝重地說：「勝利是沒有疑問，問題是要付出多少代價？我建議你採取『跳島戰術』，先占領鄰近的倫多瓦島作為跳板，再進攻新喬治亞島。」特納滿懷信心地說：「倫多瓦島的日守軍不到三百人，防禦力量很薄弱，以我第 3 兩棲作戰部隊的兵力，攻取這個小島綽綽有餘。」海爾賽擔心他輕敵，建議說：「倫多瓦島距離新喬治亞島僅九公里，登陸後要先設定火砲陣地，以掩護部隊登陸新喬治亞島；另一方面，設定遠端火砲攻擊蒙達機場以迫使日機無法起降，如此便能消除我軍的空中威脅。」接著，他下令梅里爾少將：「為了聲東擊西並轉移日軍的視線，我軍登陸當天，你率領艦隊砲擊肖特蘭島。」

於是，特納率領八艘驅逐艦、二十餘艘魚雷艇、三十艘登陸艇和五艘輔助艦從瓜島出發，護送六千名海軍陸戰隊，浩浩蕩蕩地駛往倫多瓦島。當運兵船抵達時，特納下令驅逐艦：「在倫多瓦島以東的海域布設雷區，以阻遏日軍的偷襲。」接著，他下令步兵團：「布蘭奇水道裡有兩個珊瑚礁，各派一個連駐守島礁以控制水道；其餘陸戰隊員換乘登陸艇，準備上岸！」所謂布蘭奇水道，其實是倫多瓦島和新喬治亞島之間的海峽。

新喬治亞島上的日守軍約四千五百人，由佐佐木登少將指揮，他早已發現美軍的活動，當時他猜測：看來美軍是要登陸新喬治亞島，以奪取蒙達機場，不如等對方靠近後才開火。等了好久卻不見動靜，偵察兵來報：「美軍正在登陸倫多瓦島！」佐佐木登大驚，立即下令：「岸砲迅速開火！」然而先機已失，美軍在艦砲的掩護下，成功登陸倫多瓦島並消滅島上的日守軍。但是在砲戰中，美驅逐艦被岸砲重創，只好緊急撤離戰區。

不久，日機從拉包爾飛來轟炸美軍；與此同時，瓜島的美機也趕來支援，結果日機無功而返。特納擔心日機再來空襲，便下令運輸船隊：「解除安裝後，即刻返航！」正當船隊返航時，突然臨空撲來大群日機，護航的美機寡不敵眾，不是被擊落，就是落荒而逃。結果特納的旗艦「麥考利號」被擊中，失去機動力，特納和參謀只好轉移去驅逐艦，士兵則改乘其他運輸船。原本預定「麥考利號」要以拖曳的方式帶回去，不料途中再遭逢另一批日機的空襲，「麥考利號」最終不幸被炸沉。

美軍在倫多瓦島架設重砲後，便開始砲擊蒙達機場。美海軍陸戰隊也在砲火掩護下越過布蘭奇水道，登陸新喬治亞島的蒙達直角。佐佐木登一邊向拉包爾告急，一邊下令：「東南支隊堅守陣地，殲滅登陸的美軍！」接到求援電報後，日東南艦隊司令草鹿任一中將下令金剛國三大佐：「率領驅逐艦隊，分批護送四千名軍隊並增援科隆班加拉島和新喬治亞島。」傍晚時分，金剛國三率領驅逐艦「長月號」、「皋月號」、「新月號」、「夕風號」和十餘艘摩托艇，從布因港啟航，護送第一批軍隊增援新喬治亞島。

凌晨時分，日艦隊駛入新喬治亞島海域，抵達庫拉灣時，瞭望兵報告：「左側十公里外有砲火閃光，好像是美艦的砲火！」原來是安斯沃斯少將率領第 18 特遣艦隊在掩護美軍登陸，金剛國三下令：「『皋月號』在此警戒，其他艦船悄悄逼進。」日艦隊在黑夜掩護下，接近美軍艦隊，金剛國三見美軍勢大，不禁暗想：我軍艦船載有兵員，不宜冒險與敵人正面衝突。便下令：「發射魚雷後，迅速返航。」日驅逐艦總共發射了十四枚魚雷，然後立即返航，而此時日魚雷已命中美驅逐艦「斯特朗號」，半個鐘頭後，「斯特朗號」沉沒海底。

由於新喬治亞島的日軍告急，次日中午，草鹿任一下令秋山輝男少將：「率領第 3 驅逐艦隊，護送兩千多名軍隊和兩百噸補給品，增援新喬治亞島。」日艦隊從布因港出發，到達肖特蘭島海域時，秋山輝男下令：「艦隊分成一個掩護隊和兩個運輸隊：第一運輸隊由三艘驅逐艦『三日月號』、『望月號』和『濱風號』組成；第二運輸隊由四艘驅逐艦『長月號』、『皋月號』、『天霧號』和『初雪號』組成；而其餘三艘驅逐艦『新月號』、『涼風號』和『穀風號』擔任掩護隊。」澳洲設在布干維爾島上的祕密哨所發現了秋山輝男的艦隊南下，即刻報告海爾賽，於是他下令安斯沃斯（John Ainsworth）：「你率領三艘巡洋艦和四艘驅逐艦，去喬治亞島海域阻截日艦隊！」

凌晨時分，日第一運輸隊已完成裝備的卸除，而安斯沃斯艦隊也恰好到來了，秋山輝男發現美軍後，便下令掩護艦隊：「集中力量迎戰美艦隊！」此時，雙方相距僅六公里，美巡洋艦因為有雷達導引，因此砲火的精確度極高，開戰後，僅一次齊射就擊中日旗艦「新月號」，秋山輝男當場喪命；「新月號」的舵機被擊毀而失靈，不久又被多枚魚雷命 中，「新月號」最後直接沉沒。

「涼風號」的艦體則多處被擊穿，前主砲被摧毀，機槍的彈盒也起火，不過還能正常操作；「穀風號」雖然也中彈，幸好彈頭沒有爆炸，只是糧艙進水。由於美艦砲口所產生的火焰在夜色中十分醒目，可以引導日艦瞄準射擊，於是受傷的「穀風號」和「涼風號」拚死反擊，傾瀉全部的魚雷後便施放煙幕，安全撤退；結果美軍輕巡洋艦「海倫娜號」連中四枚魚雷，前甲板被炸斷，艦體大量進水，最終沉沒海底。

此時，日第二運輸隊正好到來，美軍艦隊趕緊占據有利位置後隨即發起攻擊，日驅逐艦「天霧號」和「初雪號」不察，相繼中彈，兩艦急忙各向一方後撤，隨後的「長月號」和「皐月號」見勢頭不對而選擇掉頭鼠竄。由於日艦航速快，再加上各逃一方，美艦很快就失去目標。安斯沃斯只好下令：「留下兩艘驅逐艦救援『海倫娜號』的生還者，其餘返航！」

日第二運輸隊脫離險境後，又回來卸載艦上補給品。不料「長月號」完成任務後途中擱淺，結果天一亮就被美機炸沉；「天霧號」路過「長月號」時，發現掙扎求存的落水者便意圖援救。不巧的是，美驅逐艦「尼古拉斯號」和「奧班農號」也在附近打撈「海倫娜號」的生還者，這兩艘美艦發現日艦後，便迅速發起攻擊，擊中「天霧號」的艦橋；由於寡不敵眾又負傷在身，「天霧號」只好放棄救援，緊急施放煙幕，遁逃而去。另外，日第一運輸隊的「望月號」，由於卸載誤時，完成任務後，天已經亮，返程途中又巧遇美驅逐艦，結果被痛毆一番才僥倖逃脫。這兩艘美驅逐艦揚威之後，擔心日機來襲，便留下幾艘救生艇，逕自掉頭返航。

聯合艦隊總司令古賀峰一下令鮫島具重少將：「我軍在喬治亞島的處境日益危急，增援刻不容緩，務必迅速行動！」於是，鮫島具重下令：「第 8 艦隊分成三組，巡洋艦『鳥海號』和『川內號』為主力隊，驅逐艦『雪風號』、『穀風號』、『濱風號』和『夕暮號』為警戒隊，驅逐艦『松風號』、『皐月號』和『三日月號』為運輸隊，艦隊立即出發，增援新喬治亞島。」日艦隊抵達庫拉灣時，鮫島具重下令：「運輸編隊前往卸載裝備與補給品，主力艦隊前往搜尋，務必消滅美軍艦船！」然而日軍的搜尋一無所獲，完成輸送任務後，鮫島具重為了洩憤，下令艦隊：「砲擊島上的美軍陣地！」然後日第 8 艦隊才悻然返航。

三天後，鮫島具重再部署增援任務，他下令：「伊崎俊二少將率領護航艦隊，由輕巡洋艦『神通號』和五艘驅逐艦組成；金剛國三大佐率領運輸編隊，由四艘驅逐艦組成；立即出發，增援喬治亞島！」日軍的動向又被澳洲間諜發現，海爾賽知道後，便下令安斯沃斯：「迅速率領第 18 特遣艦隊，前往攔截日運輸船隊。」

美、日艦隊一起出現在科隆邦加拉島海域，美軍憑藉高性能雷達先發現敵蹤，而日艦也憑藉雷達波接收器發現了美艦隊，於是雙方同時交火。日巡洋艦「神通號」為了瞄準目標，突然開啟探照燈，不料反而暴露自己的位置而成為眾矢之的，在美軍夜航飛機的指引下，「神通號」連續中彈，渦輪艙被擊中，最終失去移動能力。

然而，美艦的砲火也自我暴露了位置，日驅逐艦即刻傾瀉魚雷後迅速撤退；美巡洋艦「林德號」和一艘驅逐艦被魚雷命中，驅逐艦當場沉沒，「林德號」則失去戰鬥力，只好撤退。日驅逐艦重新填滿魚雷後捲土重來，再度發動魚雷攻擊後，才迅速撤退；結果美巡洋艦「檀香山號」和「聖路易斯號」被魚雷重創，經過搶修後只能緩慢航行。此時，金剛國三趁雙方鏖戰之際，率領運輸船隊順利卸載裝備與補給品，然後迅速返航。

安斯沃斯對日驅逐艦隊恨之入骨，恰好美夜航飛機來報：「日艦隊向北逃竄而去！」於是，他下令麥金納尼上校：「率領艦隊迅速追擊！」美驅逐艦北上搜尋，卻一無所獲。麥金納尼只好悻然返回，途中發現日巡洋艦「神通號」在海上漂浮，便下令：「發射魚雷！」結果擊中巡洋艦的後船艙而引發大爆炸，「神通號」應聲斷成兩截，頃刻間沉沒海底，包括伊崎俊二在內，近五百日船員喪生；麥金納尼沒有發現其他「獵物」，便指揮驅逐艦隊返航。

麥金納尼歸隊後，安斯沃斯下令返回基地。他途中暗忖：此次多艘軍艦受傷，艦隊的航速大為減慢，若天亮後，日機前來空襲，艦隊的處境會十分危險。於是，他電召瓜島的航空隊前來護航，果然天亮後，日機飛來轟炸，幸好美機也及時趕到來逼退日機，美第 18 特遣艦隊才化險為夷。

海戰後的第三天，古賀峰一下令西村祥治少將：「率領艦隊增援新喬治亞島！」於是，西村祥治部署增援計畫，他下令：「伊集院松治少將率領警戒編隊，由輕巡洋艦『川內號』和六艘驅逐艦：『水無月號』、『皋月號』、『雪風號』、『濱風號』、『輕波號』及『夕暮號』組成；安武史郎大佐率領運輸編隊，由三艘驅逐艦：『三日月號』、『夕風號』和『松風號』組成；我親自率領艦隊主力，包括巡洋艦『熊野號』和『鈴谷號』負責殿後。」

布干維爾島的布因港內，日艦隊正在忙碌裝卸補給品，突然，兩百架美機飛來轟炸，儘管日機緊急攔截，不少美機還是擺脫阻攔並大肆攻擊港內的軍艦，結果「初雪號」被炸沉，「水無月號」和「皋月號」被炸傷。美機的偷襲，迫使西村祥治下令：「任務暫時取消！」東南艦隊司令草鹿任一暗想：美機恐怕還會來空襲，艦隊要盡早離港。於是他下令：「驅逐艦『皋月號』受傷未癒，暫時留港維修，『水無月號』受傷初癒，所以只能承擔運輸任務，『夕風號』則轉入警戒編隊，主力艦隊增加巡洋艦『鳥海號』。」

次日，西村祥治率領日艦隊出征，抵達科隆班加拉島時，他下令：「運輸編隊與警戒艦隊分開，自行駛入維拉灣！」此時，美夜航機發現日艦隊，便發起魚雷攻擊，結果「水無月號」和「松風號」被擊傷，這兩艘船仍然前往卸載裝備與補給品，後來又安全返航。伊集院松治見任務完成，便下令護航的警戒編隊：「返回基地！」

不料天一亮，六架美機從瓜島飛來展開超低空轟炸；重磅炸彈紛紛落下，結果日艦「夕暮號」被炸沉。西村祥治下令：「驅逐艦『輕波號』留下來，救援落水者！」然後逕自率領艦隊回去，無奈美機陰魂不散，追蹤而至，又一輪攻擊後，巡洋艦「熊野號」被魚雷命中而航速大減；不久，美機群發現日驅逐艦「輕波號」，便集中展開轟炸，「輕波號」被炸沉。直至黃昏，狼狽不堪的日艦隊，才顛簸著返回拉包爾。

三天後，西村祥治下令伊集院松治：「率領驅逐艦『三日月號』、『雪風號』和『濱風號』執行增援任務。」凌晨時分，日驅逐艦接近科隆邦加拉島，不料慘遭圍攻，上有美機的空襲，下有美魚雷艇的攻擊；伊集院松治不敢大意，他下令日艦隊：「迅速以火砲和魚雷反擊！」結果，美魚雷艇一艘被擊沉、兩艘被擊傷，而日艦命大，僅受輕傷，還繼續完成卸載裝備的任務。突然，美機又來空襲，伊集院松治下令：「艦隊加速撤退！」不曾想途中被追上，幸虧夜色漆黑，美機的轟炸都失去精準度，日艦隊才僥倖返回拉包爾基地。

古賀峰一催促草鹿任一：「新喬治亞島的形勢岌岌可危，要盡快增援！」於是，草鹿任一下令：「驅逐艦『嵐號』、『荻風號』和『時雨號』組成運輸編隊，偵察機在前方探路，我親自率領驅逐艦『天霧號』護航，即刻出發去增援新喬治亞島！」船隊抵達科隆班加拉島海域時，遭逢五艘美軍魚雷艇，「天霧號」立即挺身而出，擊沉由後來的美國總統 約翰甘迺迪（John Fitzgerald Kennedy）擔任艦長的美魚雷艇 PT109，其他魚雷艇都不敢近前，雙方陷入僵持狀態；日運輸船隊完成卸載任務後，草鹿任一不敢戀戰，率領艦隊迅速返回拉包爾。

由於魚雷艇難敵驅逐艦，瓜島海軍司令威爾金森少將下令穆斯布魯格（Frederick Moosbrugger）中校：「率領六艘驅逐艦戰鬥編隊出海攔截日運輸船隊，以斷絕守軍的外援。」穆斯布魯格是驅逐艦的戰術專家，出發前，他下令：「驅逐艦一分為二：我率領『鄧拉普號』、『克雷文號』和『莫里號』組成第一隊；辛普森中校率領『斯特勒特號』、『斯塔克號』和『蘭格號』組成第二隊。首先由第一隊開戰，對方受創後必然由強轉弱；然後第二隊接下去應戰，就不會吃虧；等第一隊重新裝填魚雷後，再回來發起車輪戰，如此周而復始，最終必能消滅日艦隊。」

美驅逐艦隊從瓜島出發，中午時分，偵察機發現日艦隊，當時天空下著綿綿大雨，飛機無法緊密追蹤；雨停後，天色仍然一片昏暗，偵察機頓失日艦的蹤跡，誤以為日艦隊已離開海域而沒有及時報告。直至入夜時分，穆斯布魯格才收到情報，然而此刻，美艦隊已在新喬治亞島海域，他只好下令：「全面搜尋！」這是一個雨過天晴的晚上，天空沒有月亮也沒有星星，海面是一片漆黑；維拉拉維拉島和科隆邦加拉島之間，隔著布拉吉特海峽，此時日運輸編隊正駛入這條水道。此刻已是深夜，日艦隊以為美軍不會前來，便沒有嚴密警戒；結果在科隆班加拉島的西岸，被正在四處搜尋的美軍艦隊發現。

於是，穆斯布魯格率領第一驅逐艦隊，悄悄接近日艦隊，然後下令發射魚雷，美艦的魚雷發射管裝有消焰器，因此魚雷投放後，沒有引起日艦的注意；突然，日艦的瞭望兵報告：「前方出現美驅逐艦隊！」日艦隊急忙掉頭，可惜太遲了，美魚雷已悄無聲息地奔來；結果日驅逐艦「嵐號」、「荻風號」和「江風號」相繼被魚雷擊中，只有「時雨號」逃過劫數。與此同時，穆斯布魯格下令：「艦隊撤退！重新裝填魚雷。」

辛普森中校見第一隊已脫離接觸，便率領第二隊進入戰場迅速占領有利陣地，然後發起魚雷攻勢；頃刻間，「江風號」的彈藥艙被魚雷擊中，引發連串爆炸，艦首被炸飛，接著美驅逐艦「斯塔克號」再發射魚雷，「江風號」終於被擊沉。日驅逐艦「時雨號」僥倖無恙，它發射完所有的魚雷後，便撤離戰場；「嵐號」和「荻風號」的渦爐最先被魚雷摧毀，失去移動能力。「時雨號」重新裝填彈藥後，正要捲土重來，突然傳來巨大的爆炸聲；原來是驅逐艦「嵐號」再度中彈，彈藥艙發生大爆炸而沉沒；接著，「荻風號」又再度受創而爆炸沉沒；「時雨號」艦長山上龜三郎少佐暗想：難道是美機來襲？還是趕緊撤退為妙。美軍艦隊沒有再發現目標，便勝利返航。

且說美軍登陸倫多瓦島之後，日東南支隊長佐佐木登便下令：「加固蒙達機場周圍的防禦堡壘，形成環狀陣地以保衛機場。」正當海戰在激烈進行時，登陸新喬治亞島的美軍也在艱苦地進行地面戰爭，日軍出乎預料的頑強抵抗，令美軍步履維艱，久攻不克。軍長奧斯卡格里斯沃德（Oscar Woolverton Griswold）中將十分不滿，他發電質問師長赫斯特少將：「為何新喬治亞島的戰鬥，如此曠日持久？」

赫斯特據實報告：「我軍登陸後，必須穿越叢林才能抵達機場，然而島上的熱帶叢林十分茂密和潮溼，荊棘叢林沒完沒了，期間又陰雨綿綿，除了死纏爛咬的蚊蟻，更有令人毛骨悚然的水蛭。一路上，我軍時而爬山，時而滾下坡，時而泅水渡河，時而跋涉冰冷徹骨的溪流，還要忍受飢渴和沉重的單兵負荷，隨時還會遭逢日軍的冷槍射擊。每到晚上，士兵都筋疲力盡，倒頭就睡，根本無法安排放哨，而日軍卻經常利用夜色掩護來發動突襲，我軍在沒有抵抗力下蒙受慘重傷亡……」

格里斯沃德讀完赫斯特的電文，十分懊惱地罵道：「戰爭只能吃苦，而不是訴苦！」他見戰事毫無進展，便下令：「即日起，由約翰霍奇（John Reed Hodge）少將取代赫斯特擔任師長，我會親臨督軍。」同時，海爾賽也下令安斯沃斯：「護送兩千多人的部隊增援新喬治亞島。」至此，美軍在新喬治亞島的兵力已高達近四萬人。

新師長約翰霍奇曾經歷瓜島爭奪戰，具有豐富的島嶼作戰經驗，他下令：「不要再以人工披荊斬棘，直接利用坦克開路以接近碉堡，然後使用火焰器和炸藥包，摧毀日軍的堡壘！」日軍碉堡內的火力是機槍，無法對抗坦克，因此多數被坦克摧毀；日軍見碉堡沒有什麼用處，便衝出來發起肉搏戰，然而還未接近坦克就被消滅，大多數人還被碾成肉醬。隨著美軍坦克的步步進逼，日軍的陣地也逐漸被壓縮，只剩下蒙達機場的狹長地帶；儘管如此，日軍憑據機場堅固的陣地，仍然頑強抵抗，令美軍寸步難行，傷亡不少。連續激戰三天後，蒙達機場終於淪陷，日軍退守巴洛科港，依舊負隅頑抗。

日軍在武器和戰術上日益落後於美軍，導致海空戰事連番失利，增援陷入停滯，只能依靠潛艇作有限的補給。佐佐木登暗想：作戰近月，即將彈盡糧絕，如今美軍又大量增援，敵眾我寡，陣地是無法堅守了。於是，他下令：「東南支隊從巴洛科港撤退，前往協防科隆班加拉島。」美軍苦戰三個多月，終於占領新喬治亞島，戰事也宣告結束。

在科隆班加拉島上，佐佐木登指揮一萬五千名日軍，不分晝夜搶修防禦工事。海爾賽下令：「占領維拉拉維拉島，圍堵科隆班加拉島。」維拉拉維拉島上的日軍不到六百人，僅設有一個駁船的中繼站，不久，佐佐木登接到報告：「美軍登陸維拉拉維拉島！」他不禁大驚，暗自焦慮：美軍占領此島，等同切斷我軍的補給線，科隆班加拉島如何守下去？於是，他致電拉包爾：「請求緊急奪回維拉拉維拉島，否則，我軍的退路就會被切斷！」

大本營指示今村均：「應該將防禦重點部署在北所羅門群島，加強布干維爾島的陸海空兵力來作為拉包爾的堅固屏障。」於是，今村均致電佐佐木登：「由於缺乏制空權，堅守科隆班加拉島已無意義，暫且回來布干維爾島休整，然後集中力量防禦拉包爾。」不久，在驅逐艦接應下，東南支隊離開科隆班加拉島。臨行前，佐佐木登望著新建成的工事，難過地嘆息，他自言自語：「我軍耗費眾多人力物力，美軍卻坐享其成！」

海爾賽的「跳島戰術」旗開得勝，南所羅門群島盡在美軍的掌握中。而此時，新幾內亞島的烽火已經重燃，日美澳三國的殊死戰越演越烈，欲知後果如何？且看下回分解。

第十章

強弩之末難言勇，技不如人徒奈何

巴布亞半島的戰事結束後，美軍休整了近半年。但是，麥克阿瑟並沒有閒下來，而是在積極制定「薩拉毛亞作戰計畫」。澳軍司令布萊梅（Thomas Albert Blamey）問他：「薩拉毛亞只是一個小鎮，而萊城有優良的港口和機場，更具策略價值，為何不取萊城，反而去攻打無足輕重的薩拉毛亞？」麥克阿瑟說：「萊城的守軍實力強大，強攻的話代價很大，只有調虎離山才能取勝。」布萊梅聽後，佩服地說：「聲東擊西，果然高明。」

接著，麥克阿瑟對布萊梅說：「情報顯示，薩拉毛亞的日軍，主要部署在陸路的防線，沿海防禦相對薄弱。」布萊梅說：「既是如此，我們可以出其不意，從海上發起進攻。」麥克阿瑟點頭說：「這是明智的策略，但是必須選擇有利的登陸地點。」布萊梅提議：「我們先派潛艇去勘察，摸清沿岸的地形後再做最後的決定。」

不久後，潛艇報告：「從拿騷灣登陸，是進攻薩拉毛亞的捷徑，駐守這裡的日軍只有一個營，登陸的阻力不大。但是，拿騷灣水域內礁石密布，大船不宜靠岸。」麥克阿瑟沉吟半晌，才對布萊梅說：「我們改由魚雷艇運送軍隊，登陸拿騷灣！」果然，一個團的美軍突然登陸，日軍措手不及，雖然頑強抵抗可終究寡不敵眾，最後退守薩魯斯。美軍憑藉強大的火力占領拿騷灣，但是萊城的日機卻不斷飛來轟炸，令人防不勝防，嚴重威脅美軍的安全；結果激戰一個多月，美軍還是無法攻克薩拉毛亞。此時，坐鎮馬當的日第 18 軍司令安達二十三，果然誤判美軍的目標是薩拉毛亞，他下令中野足立中將：「率領第 51 師團、獨立第 21 旅、岡城支隊、南海支隊和第 7 海軍巡防大隊，立即從萊城出發，全力保衛薩拉毛亞。」麥克阿瑟見安達二十三中計，便下令空軍司令喬治肯尼（George Chiurchill Kenney）中將：「指揮第 5 航空隊，轟炸韋瓦克機場，掩護我軍的進攻。」新幾內亞的韋瓦克機場是日軍的主要空軍基地，此時正停泊約兩百架日機，結果在美機大規模空襲下，幾乎全部被炸毀，日軍頓失新幾內亞的制空權。

韋瓦克機場被炸後，嚴重威脅萊城的安全，於是，守軍報告安達二十三：「萊城兵力極為空虛，只剩下兩千名老弱殘兵，一旦美軍突襲，後果不堪設想！」安達二十三聞報大驚：「不好，美軍調虎離山，萊城岌岌可危！」於是，趕緊下令中野足立：「迅速撤出薩拉毛亞，向萊城靠攏，集中兵力保衛萊城！」日軍撤退後，美軍輕易占領薩拉毛亞。

接著，麥克阿瑟劍指萊城，他下令：「美澳聯軍登陸萊城以東的河口！」然後又下令：「率領傘兵團實施空降，占領萊城的納德扎布機場！」兩天後，麥克阿瑟親自指揮傘兵空降，他下令：「轟炸機先行清場，轟炸降落地點的日軍陣地，傘降時必須投擲煙霧彈以封鎖地面日軍的視線。」果然，美傘兵在預定地點成功降落，並且迅速占領納德扎布機場，後續的美軍則實施機降。此時，聯軍主力已在河口登陸，實現東西夾攻萊城的策略。萊城連日激戰，日軍終於不敵而逃，安達二十三下令：「全力突圍，翻越北部的薩拉瓦開特山脈，迅速向西奧撤退！」日軍僅一萬多人成功突圍，至此，美澳聯軍占領萊城。

芬什港位於胡翁半島的東端，與新不列顛島一衣帶水，掌控南北交通的策略航道。萊城失守後，日守將山田少將推測：美澳聯軍的下一步，必定是進攻芬什港，敵人要大規模運送軍隊就只能透過陸路進行，不如重兵防守陸路通道，海岸防線則維持警戒。不料，麥克阿瑟不按常理出牌，他對布萊梅說：「兵不厭詐，日軍必定認為我會從陸路進攻，我們就反其道而行，從海路攻其不備。」次日，布萊梅下令澳第 9 師：「派遣第 22 步兵營為先鋒，登陸芬什港！」不久，日警戒部隊報告山田：「敵軍正在安徒角登陸！」安徒角位於芬什港以北，山田大驚，急忙率領日軍去攔截。澳軍先遣隊被日軍重重圍攻，處境十分危急，幸好澳軍主力及時趕到並加入戰鬥，山田支隊寡不敵眾，只好退入山區固守待援。

芬什港失守的消息傳來，安達二十三下令馬當的第 20 師團：「迅速趕去芬什港，增援山田支隊！」日軍一萬多人兵分兩路，一路從正面進攻，一路從安徒角反登陸，使得澳軍腹背受敵。正當千鈞一髮之際，美軍及時抵達，美澳聯軍呼應作戰；敵對雙方陷入拉鋸戰，如此混戰十多天，日軍終因彈盡糧絕，後繼無援，只好向西北撤退。

安達二十三獲知戰情後，下令：「第 20 師前往西奧會合第 51 師，然後一起退守馬當。」然而麥克阿瑟已偵破其計畫，他下令步兵師：「登陸賽多爾，切斷西奧與馬當的交通線！」日第 20 師長連忙報告安達二十三：「前往西奧的交通線已被敵軍切斷，我軍無法前進！」因此安達二十三緊急下令：「第 20 師撤回馬當，第 51 師穿越叢林山地，前來馬當。」途中日軍多死於飢渴病殘，活著回來的不到萬人。

接著，麥克阿瑟兵鋒指向馬當，然而一連三天屢攻不克，軍隊人疲馬乏，麥克阿瑟暗想：戰線越拉越長，如果退路被截斷，後果不堪設想！於是便退回萊城休整。麥克阿瑟又想：目前，馬當聚集敗退的日軍，兵力不可小覷；而博基亞和韋瓦克的日軍也達五萬人，防守嚴密，強攻的話必有惡戰，代價太大。他反覆斟酌下一個進攻目標，始終難以取捨，正在茫然不決時，海爾賽突然來訪。原來，美軍占領新喬治亞島後，布干維爾島已近在眼前，海爾賽暗想：駐守島上的日第 17 軍雖然是手下敗將，兵力還相當可觀，強行進攻，勝負難料，怎麼辦？海爾賽舉棋不定且躊躇不前，他苦思一陣後，突然拍了一下桌面，自言自語地說：「去找麥克阿瑟！」於是便登門拜訪。

海爾賽見麥克阿瑟愁眉不展，便問道：「何事煩惱？」麥克阿瑟反問：「你認為下一步的作戰目標，應該在哪裡？」這沒頭沒腦的問題，海爾賽僅一陣錯愕，便打蛇隨棍上地說：「我軍已獲得新喬治亞島的基地，進攻布干維爾島不再鞭長莫及，不如憑藉海空優勢攻占布干維爾島。」

麥克阿瑟暗自思索：目前新幾內亞的戰事恐難有進展，與其僵持不下，不如轉移陣地。何況布干維爾島對新幾內亞深具威脅，消除後顧之憂的同時也有利於未來的戰局。於是說：「言之有理！」兩人便一拍即合。海爾賽興奮地說：「進攻的目標既已確定，我先派遣飛機偵察，然後再深入討論作戰方案。」

不久，偵察機報告：「布干維爾島狀似小提琴，位於所羅門群島的西北部，面積近萬平方公里，島上多山地，覆蓋著茂密的原始森林，海岸外分布珊瑚礁；島上有六個機場，四個在南岸的布因，而北岸的布卡和布寧也各有一個機場，唯一適合登陸的灘頭，位於南岸的腰部。」麥克阿瑟仔細參閱地圖，凝重地說：「適合登陸的地點名叫奧古斯塔皇后灣，這裡都是沼澤地，無法建造機場。」海爾賽蠻不在乎地說：「沒問題，機場可以建在附近的小島嶼。」麥克阿瑟再仔細查閱地圖後說：「附近的確有兩個島嶼，名叫什瓦澤爾島和諾伯爾島，都位於布干維爾島與維拉拉維拉島之間，你要哪一個？」海爾賽神祕地說：「兩個我都要。」

美軍占領維拉拉維拉島時，日第8艦隊司令鮫島具重曾報告古賀峰一：「美機一旦入駐韋拉拉韋拉機場，空襲範圍便能覆蓋布干維爾島，我島上的飛機和軍艦必須趕緊撤離以免遭受轟炸！」古賀峰一允准其所請，果然，日飛機和艦船撤離後，海爾賽便下令航空隊：「前往轟炸布干維爾島和肖特蘭島的港口和機場！」當然，美軍此舉徒勞無功，海爾賽並不失望，他報告麥克阿瑟：「日海空軍聞風而逃，我軍不戰而取得制空制海權，為登陸布干維爾島創造了先決條件。」

接著，海爾賽下令：「派遣一營海軍陸戰隊，攻占什瓦澤爾島！」此島比較靠近布干維爾島，鮫島具重不覺大驚，立即下令日軍：「增援什瓦澤爾島！」海爾賽見佯動奏效，便聲東擊西，下令紐西蘭師：「即刻登陸諾伯爾島！」美軍在什瓦澤爾島佯裝抵抗，而諾伯爾島上的紐西蘭軍卻趕工修造簡易機場。一個星期後機場建成，什瓦澤爾島的美軍才從容撤退。

范德格里夫特奉命進攻布干維爾島，於是他下令威爾金森少將：「率領海軍陸戰隊三萬多人東渡丹皮爾海峽，登陸奧古斯塔皇后灣！」登陸當天，海爾賽下令梅里爾中將：「率領特遣艦隊發起佯動，轄四艘輕巡洋艦和八艘驅逐艦，先砲擊布卡和布寧，然後向南繞過布干維爾島前往砲擊肖特蘭島，以掩護布干維爾島的登陸行動。」

美偵察機報告：「計劃登陸的灘頭附近，設有日軍的隱蔽碉堡。」於是范德格里夫特下令：「艦砲火力準備，摧毀日軍的碉堡！」日守軍顯然大意了而沒有嚴密地警戒，最終使美軍順利登陸。雖然日軍拚死抵抗，可終究不敵強大的火力打擊，全部被消滅。時近黃昏，登陸美軍已有一萬多人，數千噸補給品也順利上岸；當運輸船離開後，范德格里夫特下令：「迅速在岸外海域布雷，以防日艦夜襲登陸部隊。」

與此同時，日偵察機報告總部：「美軍已登陸奧古斯塔皇后灣！」百武晴吉大驚失色，他暗想：奧古斯塔皇后灣與基地之間，是連綿不絕的山脈，以及茂密的原始森林，地勢險峻複雜，構成難於逾越的天然障礙，大部隊行軍和重武器運輸都非常困難；如果要大規模反攻，就只能依靠海路而已。於是他要求鮫島具重提供支援。

鮫島具重命令大森仙太郎：「率領輕重巡洋艦各兩艘，加上六艘驅逐艦，立即護航一千多人的增援部隊前往奧古斯塔皇后灣！」出發前，大森仙太郎下令艦隊：「左翼為輕巡洋艦『川內號』和三艘驅逐艦，右翼為輕巡洋艦『阿賀野號』和三艘驅逐艦，重巡洋艦『妙高號』和『羽黑號』居中策應。」入夜後，日艦隊浩浩蕩蕩地出發。

不久，美巡邏機報告：「日艦隊正朝布干維爾島挺進！」海爾賽下令梅里爾少將：「率領特遣艦隊前往攔截，保護島上的部隊。」梅里爾奉命後，心裡暗想：我特遣艦隊已超時執行任務，艦員都很疲憊，體力恐難久持，必須預先部署作戰計畫，速戰速決！他不敢大意，仔細研究對策後便下令：「伯克（Arleigh Albert Burke）上校和奧斯汀中校，各自率領四艘驅逐艦，分別從日艦隊的左右兩側發起攻擊；我親自率領四艘巡洋艦封鎖奧古斯塔皇后灣。」

凌晨時分，美特遣艦隊抵達皇后灣，旗艦「蒙特佩裡爾號」首先發現日艦，瞭望兵報告：「日艦隊距離我方只有十八海里！」於是，梅里爾下令：「巡洋艦隊做好砲擊準備，驅逐艦隊各自應戰，展開魚雷攻勢！」美驅逐艦隊迅速轉向，朝日艦發射魚雷後撤退；然而美艦和魚雷的蹤跡已經暴露，日艦及時迴避，結果，美軍的魚雷全部沒有擊中目標。

於是，梅里爾下令巡洋艦：「砲擊日艦隊！」日重巡洋艦「羽黑號」、輕巡洋艦「川內號」和驅逐艦「仙臺號」相繼被砲彈擊中，船上燃起熊熊烈火，不久，美驅逐艦「福特號」前來參戰，「川內號」發現後連忙發射魚雷炸毀「福特號」的艦尾。梅里爾下令：「艦隊採取線形運動，迴避日艦的攻擊！」此時，戰場已陷入混戰，美驅逐艦「斯彭斯號」和「撒切爾號」，因迴避不當而互相碰撞，兩艦的上層建築嚴重受損。無獨有偶，一艘日驅逐艦為了閃避砲擊，竟然撞上重巡洋艦「妙高號」，造成艦首嚴重撞毀。

恰好此時，日機前來發射照明彈，美巡洋艦的位置暴露無遺；「妙高號」和「羽黑號」齊射砲彈，結果美輕巡洋艦「丹佛號」連中三彈，梅里爾急忙下令：「施放煙幕彈，準備撤退！」不料，大森仙太郎臨陣退縮，先行下令撤退，甚至遺棄負傷的巡洋艦「川內號」和驅逐艦「仙臺號」，然後一走了之；結果，美艦打掃戰場時，發現「川內號」和「仙臺號」在海面漂浮，梅里爾便下令：「施放魚雷，擊沉日艦！」拂曉時分，日機來襲，由於美艦的防空火力十分強大，許多日機被擊落。

日艦隊倉皇敗退，反登陸的計畫徹底流產，古賀峰一不覺大怒，便責問大森仙太郎：「為何沒有完成任務就跑回來？為何造成如此多軍艦自相碰撞？為何沒有及時反擊？為何沒有援救受傷的艦船？」大森仙太郎語塞，當場被撤職。古賀峰一盛怒之餘，陣前換將，他下令栗田健男中將：「你取代大森仙太郎，護送軍隊登陸奧古斯塔皇后灣，同時砲擊島上的美軍！」

栗田健男率領艦隊從特魯克島出發，日軍聚集於拉包爾，不料美偵察機發現日艦隊的行蹤，立即報告海爾賽：「日艦隊又聚於拉包爾！」海爾賽十分著急，他心想：梅里爾的艦隊已回基地補充燃料，現在我只有航空母艦「薩拉托加號」和「普林斯頓號」可供調遣，如果日艦隊前來襲擊，這兩艘航母就會成為靶船，必須先將航母調離這裡，才會安全。正當要下令時，他回頭一想：航母要調去哪裡？海爾賽左思右想，突然，高興地叫起來：「以攻代守，先發制人！與其讓航母走避，不如攻其不備，將航母調去空襲拉包爾，勝過躲避日艦隊的攻擊，而且一旦成功，敵強我弱的形勢便會立即反轉，日軍的夜襲就會成為泡影！」

於是，海爾賽下令謝爾曼少將：「率領兩艘航母空襲拉包爾的辛普森港！」航母在沒有護航的條件下，駛向拉包爾海域，美艦載機如狼似虎地展開攻擊；栗田健男一時大意而猝不及防，日艦隊被炸得一片狼藉，增援行動也因此夭折。古賀峰一知道後，怒責栗田健男：「你比大森仙太郎更渾蛋，竟然未戰先敗，損失如此慘重，還不即刻撤回特魯克島！」古賀峰一之怒竟在無意間救了栗田健男，原來海爾賽食髓知味，五天後又下令蒙哥馬利少將：「率領三艘航空母艦突襲拉包爾。」不料，聯合艦隊已船去港空，蒙哥馬利只好悻然而回。

鮫島具重再向聯合艦隊求援，古賀峰一責令香川清登大佐：「率領五艘驅逐艦護送軍隊增援布干維爾島。」於是，香川清登下令驅逐艦隊：「艦隊分成兩組，由三艘驅逐艦組成運輸隊，兩艘負責護航。」海爾賽獲得情報後，也下令伯克上校：「率領五艘驅逐艦前往布干維爾島攔截日運輸船隊。」當日驅逐艦隊完成運輸任務，正在返航時，不料美艦隊現身攔截，日旗艦「大波號」被魚雷擊沉，香川清登喪命，驅逐艦「卷波號」也被魚雷擊中而爆炸沉沒，其餘的日艦嚇得四散逃竄，「夕霧號」反應較慢而被美艦追上，隨後被擊沉，剩下的兩艘日艦僥倖逃生。

古賀峰一不甘失敗，接著下達命令：「實施『呂號作戰』計畫，空襲布干維爾島海域的美航母！」於是，日機進駐拉包爾並展開對美軍艦隊的襲擊。不幸的是，「呂號」一施行就黔驢技窮，大多數日戰機被擊落，殘餘的逃回特魯克島，古賀峰一無奈宣布：「取消『呂號作戰』！」

麥克阿瑟對海爾賽說：「布干維爾島的日軍還有幾萬人，彼此之間又有天然障礙，強攻的話必定曠日持久，即使打贏也會損兵折將，得不償失；如今島上的日軍孤立無援，只需封鎖其海路補給線，待至彈盡糧絕、難以為繼時，日軍就會自動投降了。」百武晴吉見海空軍已無能為力，便下令第 17 軍：「翻過大山，穿越森林，發動反攻，消滅美軍！」經過長達八天的激戰，日軍傷亡五千多人，最後以失敗告終。由於孤立無援和彈藥不足，百武晴吉只好下令：「第 17 軍遁跡山林，建立森林根據地，今後要自給自足，準備持久作戰。」此後美軍主力轉移，雙方在島上呈僵持狀態，直至天皇下達和平詔書，日軍才出來投降，此為後話。

海爾賽對麥克阿瑟說：「既然布干維爾島已不具威脅，不如將矛頭直指拉包爾，如何？」麥克阿瑟細想：拉包爾是新不列顛島的首府，島的西端與芬什港隔海相對，我軍要向新幾內亞島北部推進，運輸船就必須穿越這個海峽，如果日軍扼守西端的格羅斯特角，便可切斷南北的航道，後果十分嚴重！於是附和：「很好，進軍新不列顛島！」他留下部分軍隊守衛奧古斯塔皇后灣，然後率領大軍離開。

美偵察機報告：「新不列顛島是俾斯麥群島中最大的島，面積近四萬平方公里，狀似彎月，島上地勢高聳崎嶇，多火山，岸外為珊瑚礁所環繞；拉包爾為日軍在南太平洋最大的基地，格羅斯特角位於新不列顛島的西端，隔著維蒂亞茲海峽與芬什港相望，這裡是兩地間的最短距離……」麥克阿瑟沒有耐心聽下去，他對海爾賽說：「兵貴神速，就從格羅斯特角登陸吧！」

格羅斯特角的日守軍有一萬人，為日第 65 旅和第 153 聯隊，旅長松田大佐接到情報：「美軍正在芬什港集結，很可能東渡維蒂亞茲海峽，登陸新不列顛島！」於是，他下令：「第 153 聯隊前往布置灘頭陣地狙擊登陸的美軍；第 65 旅負責守衛機場，憑據防禦工事堅決地抵抗美軍的進攻！」

美軍登陸前，艦砲猛烈轟擊格羅斯特角，日第 153 聯隊傷亡極大；因此當美軍強行登陸時，日軍紛紛潰退，已無法發起有效的抵抗之勢。接著，美軍朝機場進軍，日第 65 旅據守頑抗，激戰五天後，日軍傷亡慘重，松田下令：「迅速退入密林中，搶占機場東部的高地，再砲擊美軍！」於是美軍占領機場，然而日軍居高臨下，不斷砲擊機場，導致美機無法起降，美軍數次展開反擊，都以慘敗告終；松田支隊據守至彈盡糧絕，才主動放棄陣地，向新不列顛島的中部山區撤退。

由於戰事曠日持久，麥克阿瑟暗想：我軍已占領格羅斯特角，就等於控制了維蒂亞茲海峽，沒有必要繼續浪費時間。於是他對海爾賽說：「拉包爾駐有日第 8 方面軍，兵力雄厚，短時間內難有突破；目前島上的日軍已成甕中之鱉，與其耽擱時間、消耗兵力，不如封鎖其海空補給線，讓其自生自滅。」海爾賽同意：「沒錯，久攻不克會自損威信，不如率軍北上占領阿得米拉提群島 ，便可以阻斷拉包爾的補給線。」

麥克阿瑟說：「阿得米拉提群島 駐有日軍五千人，但是兵力已被分散至各島嶼，各島的守軍實力有限，不難攻占。」果然，日軍的抵抗十分微弱，美軍順利登陸，準備逐島肅清日軍；馬努斯島是當中最大的島嶼，島上的洛倫高港是美軍登陸的目標，日軍一千人頑強抵抗，美軍激戰一天仍然無法攻克，只好出動坦克衝鋒，在強大火力的打擊下，日軍傷亡慘重，殘餘紛紛逃入山林中，最後全部被消滅。麥克阿瑟對海爾賽說：「這些島嶼交給你了，我要返回新幾內亞打仗，再見！」海爾賽在島上修建基地，就此封鎖了拉包爾的海空交通線。

美國見日軍在南太平洋已難有作為，便將目光轉移至中太平洋，不料卻引發更為慘烈的島嶼戰，欲知詳情，且看下回分解。

第十一章

吉爾伯特浴血戰，有驚無險特魯克

自從第二次世界大戰爆發以來，美國的工業潛力因戰爭而充分發揮，軍火工業飛速發展，新的軍事裝備層出不窮；坦克、戰機、軍艦和通訊設備等，無論在品質和數量上都超越了日本。

「新喬治亞島戰役」後，美國海軍部召開高層參謀會議，歐尼斯特·金（Ernest Joseph King）說：「日本在南太平洋已難有作為，我們的主攻方向，應該定在中太平洋，馬紹爾群島是首要目標。」但是，尼米茲上將不以為然，他說：「自第一次世界大戰以來，日本便占領馬紹爾群島，外人無從窺視其真相，已知資料十分有限，而且我軍岸基飛機的作戰半徑還無法覆蓋這地區；不如先奪取吉爾伯特群島，這裡位於所羅門群島和馬紹爾群島之間，縱跨赤道，離我軍的基地也比較近，而且這裡原是英國的殖民地，已知資料比較充足，是我們手握勝券的前提。占領吉爾伯特群島後再以此為跳板，進攻馬紹爾群島就容易多了。」會議通過尼米茲的建議。

吉爾伯特群島駐有守軍五千多人，由日少將柴崎惠次總指揮，主要部署在塔拉瓦環礁和諾魯島，其餘則駐紮馬金島。日軍完成防禦系統的修建後，柴崎惠次曾向大本營報告：「我軍以貝肖島為核心建設機場，機場周圍部署有一百多個高射機槍；島上建有幾十座岸防砲臺，砲臺上安裝了重型大砲，全是從新加坡繳獲而來的；在陣地上，我軍還部署機槍和反坦克砲，兩者構成密集的交叉火力網，火砲掩體都是鋼骨水泥和鋼板所製成；這些防禦工事，都以椰子樹幹和珊瑚沙覆蓋偽裝，十分隱蔽堅固；而灘頭上也遍布我軍隱蔽的地堡，地堡間的坑道深入地下兩公尺，其上覆蓋厚實的泥土。貝肖島的棧橋無論潮起潮落都可泊船，運輸十分便利，而島西北側的缺口恰好與塔拉瓦島的瀉湖相鄰，兩島之間的往來十分通暢……」

為了適應遠洋作戰的需要，尼米茲下令卡爾霍恩中將：「盡快組建一個浮動的後勤基地，必須包括運輸船、燃料船、修理船、拖船、駁船、浮動船塢等輔助艦船，浮動基地要緊隨艦隊的前進而推移。」卡爾霍恩問：「浮動基地要設在什麼地方？」尼米茲說：「就以富納富提島為錨地，此處距離吉爾伯特群島一千多公里，地點比較安全。」浮動基地的創意，為美國艦隊跨洋作戰提供了有力的後勤保障。

接著，尼米茲下令史普魯恩斯（Raymond Ames Spruance）中將：「你率領第 5 艦隊，負責占領吉爾伯特群島的主要島嶼。先在當中的無人島修建簡易機場，以備緊急降落用途；同時也占領八百公里外的貝殼島，修建機場以奪取制空權。」於是，史普魯恩斯派遣飛機執行航空偵察；不久，偵察機報告：「吉爾伯特群島由十六個珊瑚礁島所組成，其中最大的島嶼是諾魯島，島上建有機場，只有幾架飛機停泊……」史普魯恩斯不放心，又下令潛艇探查水下和水面的狀況。次日，潛艇報告：「諾魯島周圍暗礁密布，礁盤面積龐大，登陸艇難於靠岸，只能遠距離涉水登陸。」

史普魯恩斯據實報告尼米茲，尼米茲說：「既然不能登陸，對我們就沒有價值，但是我們得不到的，也別讓日本擁有，就以飛機炸毀其機場，以消除空中的威脅。」史普魯恩斯下令鮑納爾少將：「為了模糊日軍的視線，我們首先空襲威克島，再出其不意空襲吉爾伯特，便能奪取制空權！」鮑納爾發動六波攻擊，嚴重破壞威克島的機場，島上的日機大部分被摧毀。接著史普魯恩斯下令：「再出動海軍航空隊，摧毀諾魯島上的機場。」美機發動數百架次的空襲後，諾魯島上的機場、飛機、儲油庫……徹底被摧毀，島上到處濃煙密布，烈火狂燒。史普魯恩斯又下令鮑納爾：「空襲塔拉瓦島和馬金島，以掩護偵察機接近空拍。」空拍後，偵察機報告：「塔拉瓦島是一個三角形的珊瑚環礁，內側為瀉湖，內湖的礁盤上建有六百公尺長的棧橋；貝肖島距離塔拉瓦島兩公里，島上有三條飛機跑道。實際上，這兩個島是同屬一組島礁，日軍的防禦部署，都在島礁的外側。」

接著，史普魯恩斯下令潛艇：「沿馬金島、塔拉瓦島和阿貝瑪島的海岸拍照，同時勘察周圍的航道。」次日，潛艇報告：「日軍沿塔拉瓦島海灘的外側埋置地雷、布置混凝土三角錐、荊棘式鐵絲網、木製柵欄等障礙物，其後方則修建有一百多座碉堡和混凝土地堡……」史普魯恩斯暗想：要避開日軍的障礙物和岸防砲火，只能從島的內側登陸而已……這時，潛艇又傳來報告：「塔拉瓦島的潟湖內遍地是珊瑚，只有大潮到來時，登陸艇才能靠岸；這裡的潮汐很不規則，春季到來之前，大潮都發生在黃昏或夜間……」

史普魯恩斯沉吟不語，心裡暗自思索：等到明年春季還有好幾個月，總體作戰的計畫就會被耽誤，何況到時，日軍的防禦工事已經完成，登陸的難度肯定更大；兵貴神速，不如選擇小潮的時候發起進攻。他問參謀軍官：「最近的白天可有小潮？」參謀說：「明天就有早潮，卻不知道準確的時間。」史普魯恩斯暗忖：那麼只好靠猜想了。於是，他下達作戰命令：「特納少將率領北部登陸編隊，負責攻占馬金島；希爾准將率領南部登陸編隊，負責攻占塔拉瓦島。明天早上八點半發起總攻！」

總攻的前一天，史普魯恩斯下令：「發動火力準備！」美軍先砲擊塔拉瓦島，頃刻間，島上的油庫、彈藥庫、營房等，都被炸得烈火熊熊，濃煙蔽地；前來助戰的美艦載機由於無法看清目標而返航。日軍的通訊線路大致上被摧毀，但是防禦工事和隱密的火力點卻完好無損，砲擊直至凌晨時分才結束。

美軍總攻開始後，貝肖島上升起紅色的訊號彈，日軍的岸砲猛烈砲擊美軍艦，希爾只好報告史普魯恩斯：「日軍砲火十分猛烈，船塢登陸艦無法靠岸，負責布設航標的掃雷艇為了躲避射擊而偏離了航道，結果兩棲登陸車也跟著偏離了航向。」史普魯恩斯只好下令：「軍艦遠離岸砲的射程，軍隊換乘登陸艇和登陸車繼續登陸！」不料時值退潮，滿載武器、士兵的登陸艇和登陸車，多數擱淺在珊瑚礁上；士兵只好扛著裝備，跳入深至胸口的海水中，再繼續游向灘頭；然而，等待他們的卻是密集掃射的子彈，許多兩棲登陸車也被砲火摧毀。

希爾見美軍無法按時登陸，便詢問部下，登陸艇長報告：「運載坦克的登陸艇，由於載重而吃水較深，無法接近灘頭。」希爾無奈地說：「就在岸外卸載裝備吧，讓坦克自行涉水登陸。」不久，團長肖普報告：「許多坦克的發動機進水，引擎已經熄火，無法繼續前進；而成功登陸的坦克又半數被砲火摧毀，目前只有七輛坦克僥倖無損。然而灘頭布滿美軍的傷兵，有三輛坦克受困其中，不敢輕舉妄動；另有一輛坦克陷入泥沼動彈不得；剩下三輛坦克繼續前進，但是動了沒過不久，就被日軍的反坦克砲火摧毀。」

美軍登陸半天，只占領數公尺內陸的灘頭，傷亡卻十分慘重，生還者都躲在防波堤下。此時，一名士兵喊道：「來了一輛登陸車！」排長霍金斯中尉當機立斷，他下令：「全排士兵快借登陸車掩護，衝向棧橋，架設榴彈砲，摧毀橋頭的碉堡！」美軍在衝鋒時，側翼遭受日軍的射擊，霍金斯身先士卒拚死戰鬥，終於占領了一塊陣地。接著美軍在坦克掩護下源源登陸，拓展了灘頭的防禦範圍，還占領了一個防空洞，美團長肖普下令：「在洞中成立團指揮部，引導艦載機執行火力壓制以完成部隊的登陸！」美軍登陸後，搶占了一些火砲據點才扭轉不利的態勢。希爾報告史普魯恩斯：「到了傍晚，我軍登陸人數已達五千人，但是卻戰死一千人，受傷者不計其數。」

入夜後，士兵都筋疲力盡，倒頭就睡，幸虧日軍的通訊線路已被摧毀，無法發起有效的夜襲，否則如此不設防的美軍必定在劫難逃。

次日黎明，登陸艇繼續運送美軍上岸，不料前方報告：「由於海潮太低，登陸艇無法浮過礁盤，大部分都擱淺在水中而成為日軍砲火和子彈的靶標。我軍在登陸的前五個小時，傷亡人數已超過昨天。」不久後，希爾又接到報告：「由於缺乏重武器，我軍登陸後難以抵抗日軍的進攻，傷亡進一步擴大，更由於飲用水、口糧和藥品短缺，我軍危在旦夕……」噩耗頻傳，希爾頹喪不已，暗自嘆息。

正當美軍岌岌可危之時，海潮突然高漲，愁眉不展的希爾不禁高呼：「哈利路亞，感謝主！」然後下令軍隊：「乘勢搶灘！」美登陸艇和兩棲戰車紛紛越過礁盤，蜂擁而上。美軍的坦克大砲上岸後，立即發揮強大的火力打擊，接連摧毀日軍的火力點；希爾還下令美軍：「利用炸藥包、手榴彈和火焰器等，依次拔除日軍的暗堡。」柴崎惠次見美軍已大規模登陸，知道敗局已定，便向東京發出訣別電報，燒毀密件和軍旗，然後率領三百名日軍據守大碉堡頑強抵抗；希爾下令美軍：「以推土機將泥土堵住碉堡的出口，再從通風口裡灌入汽油，最後丟入手榴彈，引爆大火……」果然碉堡內的日軍，全部葬身火窟。雖然失去了指揮官，殘餘日軍仍然據守陣地負隅頑抗；美軍則繼續動用推土機，直至填平日軍的坑道，激烈的反抗才緩和下來；日軍的拚死衝鋒雖然無法扭轉敗局，卻給美軍製造不小的傷亡。戰事結束後，希爾報告：「除了被俘虜的外籍工兵之外，島上日軍全部戰死，我軍傷亡超過五千人，武器裝備損失嚴重……」另一方面，特納率領部隊抵達馬金島海域，偵察機報告：「馬金島位於吉爾伯特島的北端，由十個島礁組成，島上建有水上飛機基地、碼頭等設施，日軍的防禦相對薄弱……」當曙光初照時，特納下令艦載機：「掃射灘頭的日軍陣地，掩護部隊登陸！」火力準備好後，特納才下令軍隊：「換乘兩棲登陸車和登陸艇，沿著掃雷艇布設的浮標迅速前進！」

在艦砲和飛機的掩護下，美軍第一波部隊抵達海灘，接著火力向內陸區域延伸；不久，第二波和第三波部隊相繼登陸，美軍很快就控制了登陸場；然而馬金島上的日軍顯然無動於衷，美軍只受到輕微的狙擊。的確，美軍部隊的登陸只是佯攻，真正的主力是從馬金島的內側登陸，此時美軍的重型部隊，包括坦克登陸艦、船塢登陸艦、運輸艦等已進入瀉湖，結果美軍登陸馬金島內外兩側的行動完全成功。

然而當美軍挺進時，日軍的隱密火力便交叉射擊，結果美步兵止步不前，不願冒著砲火前進。於是步兵團長去找坦克兵商議，他說：「日軍的火力點十分隱密，艦砲和飛機難於發現，只能以坦克砲擊或碾壓，你們能否帶路前進？」坦克兵說：「對不起，我們只接受指揮官的命令。」步兵團長大怒：「你們的指揮官遠在他處……」話猶未盡，一顆子彈飛射過來，準確地擊中團長的背後，「碰」的一聲，他的身體便臥倒在地上，團長死了，無人指揮部隊，美步兵團更不願前進。到了夜裡，日軍採用潛入和襲擾的戰術，迫使登陸部隊惶恐不安，徹夜難眠。戰事進入第三天，日軍已窮途末路。當天晚上，日軍發起自殺式衝鋒，結果全部人在混戰中被殲滅，美軍占領馬金島，其他島嶼的日軍也逐一被肅清。

當吉爾伯特群島的戰役還在進行時，大本營問古賀鋒一：「是否派兵增援吉爾伯特的戰鬥？」古賀峰一回覆：「這些群島不在絕對防衛圈之內，只需派遣航空隊和潛艇去支援。」於是，他下令馬紹爾群島的航空隊：「魚雷機起飛，分成三組去吉爾伯特群島轟炸美軍艦！」結果，除了一枚魚雷命中航母「獨立號」的主機庫，迫使「獨立號」退出戰鬥外，其他日機的襲擊都落空，而且許多日機被擊落。與此同時，日潛艇也進入戰場，「伊 35 號」接近美軍換乘的水域，正待發動魚雷攻勢，不料美驅逐艦「米德號」及時發現，艦長下令：「以深水炸彈攻擊潛艇！」然而聲納很快失去了目標；兩個鐘頭後，美驅逐艦「弗雷澤號」再發現「伊 35 號」並即刻實施攻擊，「米德號」聞聲趕來助戰；「伊 35 號」慘遭群毆之後浮出水面，美艦的水兵報告：「敵潛艇太過靠近我軍艦，艦砲不能發揮作用。」於是美軍艦長下令：「一面猛撞潛艇，一面以機槍掃射！」不久，美反潛巡邏機應召前來向潛艇投下深水炸彈後，「伊 35 號」才沉屍海底，其他日潛艇都無功而返。

次日凌晨，美航母「利斯科姆灣號」發現可疑目標，便指揮驅逐艦前去搜尋，然而一無所獲。原來是日潛艇「伊 175 號」正在附近埋伏，靜靜等待下手的機會；不久，機會果然來了，「利斯科姆灣號」率領編隊向右轉，這個華麗的轉身正中「伊 175 號」的下懷，日潛艇立即施放魚雷，魚雷追命似的疾速奔向「利斯科姆灣號」，準確命中航母的彈藥艙而引發驚人的大爆炸，爆炸又點燃艦上的航空油料，結果熊熊大火沖天而起。

「利斯科姆灣號」在連串的爆炸聲中，斷裂沉沒，艦上近七百人，包括艦隊司令穆林尼克斯少將，全部葬身魚腹。

太平洋島嶼的爭奪戰，美軍節節勝利，此時中國遠征軍也在緬北報捷。於是，美英中三國便在開羅舉行會議聯合發表「開羅宣言」，日大本營讀罷「宣言」，東條英機說：「看來盟國不會善罷甘休，中途談判已沒有希望。」杉山元說：「蘇聯不是『宣言』國，或者可以透過蘇聯斡旋。」然而日軍在戰場上每況愈下，談判求和漸成泡影。

此時，尼米茲報告歐尼斯特．金：「我軍已占領吉爾伯特群島，已經滿足進攻馬紹爾群島的條件，我建議開戰。」歐尼斯特．金回覆：「乘勝追擊，再接再厲吧。」於是，尼米茲下令偵察機：「空拍馬紹爾群島！」不久，偵察機報告：「日軍的兵力主要分布在外圍的島嶼。」尼米茲暗想：既然群島中央兵力空虛，何不乘虛而入？他開啟地圖一看，中央果然有一個核心島，名為瓜加林環礁。

史普魯恩斯奉命進攻，他率領美軍繞過外圍島嶼，直指瓜加林環礁，接著史普魯恩斯下令：「陸戰師和步兵師分別出擊，各自從環礁的南北海岸登陸！」在美軍強大火力的打擊下，島上八千名日軍猝不及防，全部喪生。由於登陸戰中，美軍的兵力損失不少，史普魯恩斯下令：「為了減少犧牲，避開防禦堅固的島礁，集中占領防禦薄弱的目標；其他島礁只執行海空封鎖，切斷其補給線，日軍便會自動撤退。」最後，美軍完全控制馬紹爾群島。

這天，歐尼斯特．金召開軍事會議，他說：「中太平洋有一個神祕的島嶼名叫特魯克，此島位於加羅林群島的中心，第一次世界大戰時，日本便奪取這個群島；此後，特魯克島便與外界斷絕聯繫，成為日本的禁區。五年前，美國人愛蜜莉亞（Amelia Mary Earhart）乘坐熱氣球並曾企圖拍攝基地的真相，不幸氣球被擊落而成為日軍的俘虜。這個神祕的軍事基地，日本苦心經營了幾十年，我們卻所知有限，令人遺憾。」尼米茲立即請戰：「太平洋艦隊有信心攻打特魯克！」歐尼斯特·金核准尼米茲的作戰計畫。

於是，尼米茲下令航空隊：「出動偵察機，航空攝影特魯克島。」偵察機超遠端飛行了九百海里才抵達特魯克島的上空，然後環繞島嶼飛行，從遠距離拍攝島上的基地，飛行員一邊拍攝一邊報告：「特魯克島是由六個環礁所組成，島嶼狀似三角形；環礁內是個龐大的內湖，湖上風平浪靜，停泊著無數日本軍艦；特魯克島深藏在廣大的珊瑚暗礁之中，航道非常隱密難測，外來艦艇無法靠近，因此一般艦砲的射程難以企及；特魯克島上建有三個機場，飛機約有三百多架……由於雲層太低，無法看清島上的防禦設施……哦，不好，我們被日軍發現了，必須馬上離開！」日守軍報告古賀峰一：「美偵察機突然出現特魯克！」古賀峰一聞報大為吃驚，他暗自忖度：美軍占領了馬紹爾群島，特魯克島的屏障也隨之消失，從此暴露在美軍的空中打擊之下，我艦隊和航空隊必須盡快轉移以避開美軍的空襲。於是他下令：「除了第4艦隊外，特魯克島的其餘軍艦，盡速向日本本土和帛琉群島撤退，艦隊司令部轉移去帛琉。」

與此同時，美偵察機的報告猶如一盆冷水，涼透了尼米茲的心，他暗自思索：日本這個基地，嚴重威脅我軍在西太平洋的活動，既然艦砲打不到，飛機總該炸得到吧。美國得不到的，日本也不可以擁有，這是原則。於是，他下令史普魯恩斯：「盡快率領航母艦隊空襲特魯克島，摧毀島上的飛機、艦船、機場和港口設施。」

於是，史普魯恩斯召開作戰會議，他對航空隊司令米歇爾（William Lendrum Mitchell）說：「第一天先空襲島上的機場，如果沒有意外，憑藉F6F格魯曼戰鬥機，當天就能取得制空權，第二天才出動轟炸機和魚雷機，轟炸港口的艦船和設施，如此，特魯克島的價值就消失了。」米歇爾說：「通常艦載機對抗岸基航空隊會比較吃虧，如果救援工作不到位，空軍的戰鬥力會蒙受損失，畢竟訓練飛行員比生產飛機更花時間。」史普魯恩斯說：「我會親自率領戰列艦和巡洋艦掩護航空母艦的作戰行動，潛艇也會在附近的水域待命，隨時準備救援落水的飛行員。」

黎明前，美艦隊抵達特魯克島以東的海域，七十架 F6F 地獄貓戰鬥機整裝待發；米歇爾一聲令下，戰機紛紛起飛並迅速爬升至一千八百公尺的高空，特魯克島的輪廓也隱約可見，飛行員報告米歇爾：「日機完全沒有反應，我們沒有受到攔截。」米歇爾下令：「戰機繞著特魯克島螺旋上升，以偵察日軍的防空火力！」果然，地面的高射砲齊鳴，當美機上升至五千公尺時，高射砲火才稀稀落落，而且偏差較大。

此時，日機紛紛起飛迎敵，雙方戰機陷入大混戰，零式戰機不敵美軍的 F6F，結果紛紛被擊落；還在跑道上滑行的日機，不顧美機的掃射，正卯足力氣起飛，然而不久後也都折翼墜落。

第二天，美機按計畫轟炸港內的艦船，由於昨天的空戰令日機損失殆盡，因此美機對港口的轟炸就像在玩遊戲機，輕鬆且寫意，米歇爾報告史普魯恩斯：「我軍大獲全勝，摧毀日機近三百架，擊沉擊毀艦船約五十艘，重創其港口與機場的設施，我方戰機僅損失三十架。」特魯克島的捷報傳來，尼米茲大喜，他對史普魯恩斯說：「經此轟炸，特魯克島已難有作為，該島的地形特殊，岸砲隱密，防禦十分堅固，進攻難以一蹴而就，不如暫且擱下，改為空襲帛琉群島吧！」

此時，身在帛琉群島的古賀峰一，接到偵察機的報告：「美艦隊已離開特魯克海域，正朝帛琉群島西進！」於是他下令：「所有水面艦艇盡速離港，躲避空襲！」當天，古賀峰一對參謀長福留繁說：「我們各自和參謀人員分乘兩架飛機，暫時前往菲律賓的達沃市避難吧！」然而人算不如天算，飛機在途中失去聯繫，菲律賓的航空隊緊急搜查，才發現他們已經罹難，據航空隊報告：「由於遭遇特大暴風雨，飛機因迷航而墜毀，古賀峰一的座機無人生還；參謀長福留繁的座機則迫降在宿霧島附近的海面，由於機門一側的機翼，在撞擊海面時折斷，使機門一側向上浮，機上人員已經安全脫險。」古賀峰一罹難的消息傳來，日大本營召開緊急會議，宣布：「即日起，豐田副武出任聯合艦隊總司令。」

不出所料，美機飛來帛琉群島一連空襲了三天，米歇爾報告史普魯恩斯：「我軍摧毀日機一百多架、補給艦和油輪十七艘，帛琉群島的日軍已陷入癱瘓。」美軍的節節勝利令東京大本營坐立不安，參謀總長杉山元說：「美軍已占領新幾內亞東部，如果繼續北進，我軍就沒有立足之地。」軍令部長永野修身說：「不如調遣滿洲的第 2 方面軍來增援新幾內亞。」於是，大本營下令阿南惟幾大將：「盡速率領第 2 方面軍入駐新幾內亞西岸！」日軍失守薩拉毛亞、萊城和西奧後，安達二十三極力收攏殘兵敗將，集中第 18 軍的全部兵力前去坐鎮韋瓦克。

且說麥克阿瑟凱旋返回新幾內亞，澳軍司令布萊梅迫不及待的問：「我們是否要進攻韋瓦克？」麥克阿瑟暗自思索：如果每個據點都要強攻，攻占之後又要分兵駐守，恐怕打到菲律賓時，手頭上的軍隊也消耗殆盡。他想起海爾賽的「跳島戰術」，便對布萊梅說：「韋瓦克的防禦設施十分堅固，又是日第 18 軍的集中地，攻打起來事倍功半，即使勝了也會元氣大傷；與其不分難易，逐點攻打，不如採取『跳島戰術』，藉由阻隔日軍各據點之間的聯繫，切斷其海陸空補給線，日軍就不攻自破了。」布萊梅說：「既是如此，我們就繞過韋瓦克，進軍荷蘭迪亞。」

麥克阿瑟命令米歇爾：「率領特遣艦隊，護送聯軍登陸新幾內亞島的北部。為了迷惑日軍的視線，你們要一直北行，越過新幾內亞之後再轉頭登陸荷蘭迪亞和艾塔佩。」行動前夕，美軍對荷蘭迪亞發動了三次空襲，然後麥克阿瑟下令：「第 24 師登陸塔納梅拉灣，這裡距離荷蘭迪亞僅三十五公里；第 41 師主力登陸荷蘭迪亞，另外派遣一個團占領艾塔佩，此地位於荷蘭迪婭與韋瓦克之間，位置十分重要。」

黎明時分，美登陸艇突破清晨的濃霧，出現在荷蘭迪亞的海面上，在艦砲火力的掩護下，美第 41 師突擊登陸，不料日軍頑強阻截，雙方激戰了三天，美軍以一千多人的傷亡代價占領荷蘭迪亞。艾塔佩只有少量守軍，僅作微弱抵抗便逃入山中，美軍順利占領艾塔佩。安達二十三接到報告後大為震驚，他憂心忡忡地想：如此一來，退路就被美軍截斷了，不行，至少要奪回艾塔佩！於是派遣軍隊發起反攻，不料麥克阿瑟在艾塔佩布下重兵，雙方激戰了兩個月，日軍遭逢重創而只好退回韋瓦克。接著，麥克阿瑟將目光放在薩米，這裡是日第 2 方面軍的駐地，阿南惟幾向南方軍總部請戰，寺內壽一說：「荷蘭迪亞糧食不足，無險可守，得之無法久持，不如繼續堅守薩米。」麥克阿瑟發現薩米有重兵守衛，便指示「旋風特遣隊」兵分兩路，一支登陸薩米西南的瓦克德島，另一支登陸對岸的馬勞灣。

日第 36 師團長田上八郎接到報告：「美軍在馬勞灣的特魯河口登陸！」他立刻下令：「松山大佐率領第 224 聯隊，沿特魯河右岸進攻美軍，吉野大佐率領第 223 聯隊，沿特魯河左岸進攻。」果然，美軍登陸後，立即遭逢日第 224 聯隊的頑抗，激戰後，日副隊長加藤中佐戰死，聯隊長松山只好下令撤退。接著美軍集中進攻左岸，但是也遭到日第 223 聯隊的猛烈反擊，美軍節節敗退至特魯河口；與此同時，松山下令第 224 聯隊：「趁機反擊，收復失地。」另一方面，登陸瓦克德島的美軍，遇到六百名日軍的阻截，雙方爆發激戰，結果日軍全部被消滅。美軍休整後，再度進攻特魯河，麥克阿瑟下令：「艦砲、大砲和坦克全力支援，進攻特魯河的日軍！」美軍發起猛烈的攻勢，雙方苦戰一個月，日軍傷亡十分慘重，結果不支而退。

美軍戰勝後，麥克阿瑟十分興奮，他對布萊梅說：「不如乘勝進攻薩米，徹底消滅日軍。」布萊梅勸他：「日第 2 方面軍重兵部署在薩米，防禦工事十分堅固，防守也很嚴密，強攻的話肯定兩敗俱傷，不如攻占薩米以西的比亞克島。」麥克阿瑟暗自斟酌：連續幾個月的作戰，我軍傷亡巨大，若繼續強攻，的確力有不逮；一個艾塔佩就打了兩個月，一個馬勞灣就打了一個多月，再打薩米的話，恐怕會耽誤解放菲律賓。他對布萊梅說：「好，我們避重就輕，繞過薩米。」於是，麥克阿瑟下令艾克爾伯格（Robert Lawrence Eichelberger）中將：「率領所部攻打比亞克島！」不久，偵察兵報告艾克爾伯格：「比亞克島位於帛琉群島的南部，扼守鳥頭灣的出口處，是鳥頭半島的天然屏障；島上地形起伏，叢林密布，山上到處是蜂窩狀的多層洞穴，島的四周密布珊瑚礁，軍艦難於接近……」艾克爾伯格下令富勒少將：「率領第41師共一萬多人攻占比亞克島！」同時他也下令：「艦隊和航空隊大隊，掩護部隊的登陸作戰。」美軍捨薩米而西去，日司令阿南惟幾暗自揣測：看來，美軍的目標是比亞克島！於是，他下令葛目直幸大佐：「率領第222聯隊一萬人增援比亞克島的守軍。必須嚴密控制機場，同時利用島上密布的洞穴，構築堅固、隱蔽的防禦工事，準備與敵人決一死戰。」

美軍在砲火掩護下登陸比亞克島。富勒暗想：看來日軍已被嚇退……於是，他志得意滿地下令：「全軍挺進機場！」突然，兩旁的山洞響起機槍「答、答、答」的聲音，密集的子彈迎面掃射而來，美軍猝不及防，傷亡慘重。於是，富勒緊急呼叫：「請求海空火力支援！」然而日軍立即隱蔽在山洞裡，海空打擊毫無作用，結果雙方陷入拉鋸戰。

此時，聯合艦隊的新任總司令豐田副武下令：「實施『渾號作戰』計畫，驅逐艦隊護送第2旅，增援比亞克島！」日驅逐艦隊從達沃港起航，不料行蹤敗露，豐田副武擔心中伏，便傳令艦隊暫時回港。幾天後，他又下令驅逐艦隊：「護送六百名軍隊，增援比亞克島！」然而行至半路便遭逢美機的襲擊，一艘驅逐艦被炸沉，其餘慌忙逃走；不料，逃跑途中被美潛艇發現，潛艇立即發動魚雷攻勢，結果日驅逐艦慘遭暗算，中雷沉沒。豐田副武搖頭嘆息：「為何『渾號作戰』如此渾噩？增援不成，反而損失兩艘驅逐艦，不戰也罷！」

為了壯大護航力量，小澤治三郎下令宇垣纏：「率領超級戰列艦『大和號』與『武藏號』，以及巡洋艦、驅逐艦等前去增援比亞克島！」正當艦隊朝帛琉群島東去時，突然接到豐田副武的命令：「取消『渾號作戰』，迅速前往馬里亞納群島，執行『阿號作戰』計畫！」原來此時，美軍發起馬里亞納群島戰役，豐田副武被迫調動艦隊去應戰；另外，派遣日機支援比亞克島，不幸的是，日機支援不成，還反被美機擊落了五十架。

美軍在比亞克島苦戰近月，屢攻不克，艾克爾伯格大怒，他對富勒說：「一個小島打了整個月，還不能取勝，你退下去吧，讓我來！」艾克爾伯格下令：「海空軍火力支援，步兵發起進攻！」藏匿在洞穴中的日軍儘管已被切斷後援，卻始終拒絕投降。艾克爾伯格下令：「使用火焰噴射器，一個洞一個洞地燒，燒死洞裡的日軍！」結果，近萬名日軍被活活燒死在洞裡，接著美軍又登陸鳥頭半島，進攻半島上最後一個據點桑薩波，日軍紛紛逃入山區。

且說豐田副武取消「渾號作戰」計畫，緊急調派艦隊趕赴馬里亞納海域，然而，卻引發海空大屠殺，欲知詳情，請看下回分解。

第十二章

美國揚威海陸空，馬里亞納成屠場

在午餐會上，羅斯福總統問歐尼斯特・金：「太平洋島嶼星羅棋布，不可能逐一爭奪，有什麼速成的方法可以迫使日本投降？」歐尼斯特・金提議：「最有效的方法，就是轟炸日本。」羅斯福說：「最近研製成功的轟炸機——超級空中堡壘 B-29 行嗎？」歐尼斯特・金說：「B-29 的作戰半徑兩千五百公里，時速 565 公里，飛行高度達一萬公尺，載彈量近十噸。只有從馬里亞納群島起飛，才能有效完成任務。」羅斯福說：「我的問題是，這架新型轟炸機的性能是否達到數據上的標準？我必須得到證實，才可以核准量產。」歐尼斯特・金說：「我們不妨讓轟炸機從中國起飛，展開對日本的試驗性轟炸，便可知道飛機的性能。」羅斯福點頭說：「好，就這麼辦。」

回到夏威夷，歐尼斯特・金召開海軍會議，他對尼米茲說：「日本連續慘敗後，其絕對防衛圈正在退縮，說明全面反攻日本的時機即將到來。」尼米茲補充說：「要反攻日本，就必須越過赤道，向北太平洋進軍，要進軍就必須先有前進的基地。」歐尼斯特・金攤開地圖，仔細看了一遍說：「既然特魯克島暫時難於攻克，就繞過加羅林群島，攻占馬里亞納群島，這裡是轟炸日本的理想據點。」尼米茲說：「馬里亞納群島原本是德國的殖民地，第一次世界大戰後就被日本占領，成為日本的防波堤。」歐尼斯特・金說：「馬里亞納群島距離美國本土五千海里，距離夏威夷三千多海里，而我們對此群島所知有限。」尼米茲說：「距離不成問題，我們的艦隊開到那裡，那裡的天空就屬於我們的，因此只要派遣飛機進行航空攝影，馬里亞納群島的真相就暴露無遺了。」歐尼斯特・金說：「很好，你立刻去摸清底細，再讓我知道。」

幾天後，尼米茲將空拍的照片交給歐尼斯特・金，他說：「馬里亞納是南北走向的火山群島，綿延四百多海里，南端的關島是最大島，北端的提尼安島是第三大島，位於群島中心的塞班島是第二大島。塞班島上有一大兩小的機場，大的機場可以起降大型運輸機。」歐尼斯特・金聽後大喜，他說：「這麼說，我們只要占領塞班島，就能進駐遠程轟炸機，把戰爭推向日本本土了，非常好，你們趕快行動吧！」尼米茲凝重地說：「馬里亞納既是日本的防波堤，日軍肯定會拚死頑抗，惡戰恐怕難以避免。」歐尼斯特．金安慰他：「我會以新式轟炸機 B-29 震懾日本，為你的進攻鋪路！」

尼米茲領命後，便對史普魯恩斯說：「我們下一個目標是馬里亞納群島，由你率領第 5 艦隊執行任務。」史普魯恩斯的第 5 艦隊，包括航空母艦、戰列艦、巡洋艦、驅逐艦、反潛與掃雷艇、登陸艇、運輸船等兩百多艘艦艇，陣容十分強大。出發前，史普魯恩斯下令：「史密斯率領七萬多人的海軍陸戰隊，組成北部登島編隊前去攻占塞班島，並由特納的特遣艦隊全程護送和掩護登陸。」同時，他下令米歇爾：「轟炸小笠原群島的機場和飛機以奪取馬里亞納的制空權，同時聲北擊南，轉移日軍的視線，然後出其不意，攻占馬里亞納。」美第 5 艦隊離開夏威夷，直驅馬里亞納群島。

正當南部編隊準備離開時，各地潛艇紛紛來報：「馬里亞納海域發現日本艦隊！」米歇爾說：「潛艇連續發現日艦隊，不如先全力西進，連夜殲滅日本艦隊。」史普魯恩斯說：「塞班島已經開戰，必須全力掩護登島的部隊，白天你可以追殲日艦隊，晚上必須回來保護部隊。」於是他下令：「南部編隊暫緩去關島，我軍先迎戰日本艦隊，同時支援塞班島的作戰。」

為何此刻，日艦隊會突然出現？原來，美新式轟炸機 B-29 進駐中國後，便從成都起飛去轟炸日本，目標是九州島的八幡鋼鐵廠。歐尼斯特．金報告羅斯福：「轟炸機順利完成任務，已全部安全飛回中國，實驗證明飛機的性能達到設計的要求，足以奠定轟炸日本的基礎。」這次實驗性轟炸，由於航程較遠而載彈量有限，因此沒有造成日本太大的破壞；但是在心理上，卻造成重大的震懾。東條英機對大本營說：「美軍的轟炸，是下一個戰爭的序曲，我軍應該先發制人，啟動『阿號作戰』計畫。」於是，豐田副武匆匆結束「渾號作戰」，下令小澤治三郎：「取消『渾號作戰』，改為執行『阿號作戰』計畫，即刻前去馬里亞納海域，消滅美軍艦隊！」

兩天下來，日偵察機緊密跟蹤美第5艦隊，情報顯示美艦隊的實力十分強大，小澤治三郎的心涼了半截，他暗自思索：敵我實力懸殊，必須避免航母遭到襲擊，目前只能利用飛機的航程優勢來展開對美艦隊的遠距離攻擊；艦載機完成任務後，可就近降落島上的機場，加油之後再執行攻擊任務，最後飛回航母。如此穿梭轟炸，艦隊便可以在安全距離內作戰。

正當小澤治三郎想得美時，史普魯恩斯已先下手為強，「小澤戰術」尚未實施，塞班島上的飛機已被摧毀逾半，由於基地的通訊設施全遭破壞，這些新情況都無從上報。結果小澤治三郎還被蒙在鼓裡，繼續啟動「阿號作戰」計畫，他下令：「起飛三百多架飛機，分四批轟炸美艦隊！」然而，曾經風光太平洋的零式戰機，此刻已嚴重落後於美戰機F6F，何況日飛行員的能力也一落千丈；更加上美艦有精確的雷達技術以及犀利的防空火力，使得一開戰，日戰機便處於挨打的地位。

美軍雷達發現日機後，航母立即迎風航行，準備戰機起飛。此時，日第一波攻擊的機群，距離美艦隊僅七十海里，不料，日航空隊隊長竟然下令：「調整隊形，準備攻擊！」日機群折騰一番後，美機已全部升空；美F6F「地獄貓」戰機果然潑辣，一舉擊落多架日機，其餘日機知難而退，不過，有一架日機擺脫「地獄貓」的糾纏，向美戰列艦「南達科他號」投下一顆炸彈，所幸戰艦損失輕微，但是卻造成多人傷亡。接著日機第二波攻擊撲來，同樣遭遇「地獄貓」的狙擊，日機不是被擊落，便是無功而返；不過，有兩架日機成功突破防線，炸傷美航母「碉堡山號」和戰列艦「印第安納號」。

此時，美潛艇「青花魚號」正在馬里亞納海域警戒巡邏，突然瞭望兵報告：「發現日航母『大鳳號』！」艇長下令：「緊盯著日航母，不可讓它跑掉！」正當美潛艇發射魚雷時，不慎被日艦發現而遭逢攻擊，「青花魚號」匆匆逃逸；然而已發射的魚雷，正好被一架日機發現，飛行員竟然奮不顧身駕機撞向魚雷。但是還有一枚漏網的魚雷賓士而來，擊中「大鳳號」的升降機，造成油艙破裂，油氣洩漏，並瀰漫整個艦體，加上船員不慎引起火花，結果發生大火；小澤治三郎趕緊下令：「司令部迅速轉移至重巡洋艦『羽黑號』！」不久後，大火引起彈藥庫大爆炸，頃刻間，「大鳳號」在熊熊烈火中沉沒，艦上一千多人來不及逃生，全部葬身魚腹，小澤治三郎和參謀人員僥倖逃過劫難。然而，他卻在煩惱「羽黑號」的通訊裝置有限，不足以指揮全體艦隊。於是，又將司令部轉移至航母「瑞鶴號」。

不久後，另一艘美潛艇「棘鰭號」出現，艇長下令：「施放魚雷，擊沉日航母！」魚雷命中航母「祥鶴號」，頓時燃起熊熊大火，火勢蔓延至彈藥艙，導致「祥鶴號」發生猛烈的爆炸，終於沉沒海底。小澤治三郎眼見「阿號」變「哀號」，頓覺膽顫心驚，他急忙上報戰況，豐田副武獲知慘敗，便下令：「取消『阿號作戰』計畫，艦隊立刻撤退！」接到命令後，小澤治三郎如獲救命稻草，立即下令艦隊：「借夜幕掩護，全速向西北方撤退！」

次日，美潛艇報告：「西北方向，發現日艦隊！」史普魯恩斯下令米歇爾：「率領特遣艦隊，追擊逃敵！」黃昏時分，美偵察機也報告：「發現日艦隊，距離我方約三百海里！」米歇爾立即下令：「戰機起飛，發起攻擊！」美偵察機的行蹤被栗田健男發現，他即刻報告小澤治三郎：「美機已發現聯合艦隊！」小澤治三郎不假思索地下令：「迅速起飛所有艦載機，高射砲和高射機槍一級戒備，艦隊高速撤退！」命令下達後，小澤治三郎撇下補給船，有如驚弓之鳥，落荒而逃，美機卻如狼似虎地蜂擁而來；結果，日輕型航母「飛鷹號」被美機擊沉，航母「瑞鶴號」、「龍鳳號」、「隼鷹號」和「千代田號」都受到重創，重巡洋艦「摩耶號」和戰列艦「伊勢號」也受傷，殘餘的日艦隊倉皇西逃。隨著夜幕降臨，美艦載機才揚長而去。由於夜色漆黑，歸來的美機又爭相降落，彼此發生碰撞使得幾十架美機因此撞毀。

連續兩天的海空大戰，日軍損失十分慘重，小澤治三郎報告豐田副武：「馬里亞納之戰，我軍三艘航母被擊沉，另有四艘航母被重創，戰列艦和重巡洋艦各有一艘受損，損失戰機兩百架。」塞班島開戰之前，史普魯恩斯發給史密斯一份資料，資料顯示：「塞班島的守軍是由日第 43 師團、第 47 步兵獨立混成旅、砲兵聯隊、坦克聯隊、工兵聯隊以及海軍陸戰隊等組成，總兵力達四萬多人，由齋藤義次中將指揮。」史密斯暗想：日軍的數量如此多，塞班島之戰，必定艱苦且殘酷……凌晨時分，美艦隊抵達塞班島海域，特納下令艦隊：「準備！」由於軍艦離岸僅一公里，因此，美軍的砲火顯得十分猛烈，接著史密斯下令：「登陸塞班島南部的海灘！」美第一波登陸部隊是六百輛大型履帶車，前鋒和左右分列威武的兩棲坦克，這支兩棲車隊緩緩游水而行，朝塞班島的西南海岸挺近。由於岸防砲火十分猛烈，履帶車只好在岸外卸下裝備；士兵則利用坦克掩護，涉水前進，然而日軍毫無動靜，沒有進行狙擊；於是美軍迅速登陸，占領寬達六十多公里的灘頭。美履帶登陸車不停地來回運輸，不足半小時，登陸部隊已達八千人，物資在灘頭堆積如山。

此時，堡壘中有一雙銳利的眼睛，正在窺視美軍，這人就是齋藤義次。他見岸上擠滿了兵員，堆積了大量物資，便判斷時機成熟了，於是下令日軍：「瞄準岸上的美軍，發起攻擊！」一時砲火連天，美軍猝不及防，死傷慘重，情況十分危急，史密斯不停地呼叫火力支援，隨著美機的不斷轟炸，日軍的砲火才被壓制下來；史密斯報告史普魯恩斯（Raymond Ames Spruance）：「我軍已有兩萬人完成登陸，但是兵力損失達兩千人。日軍部署的隱密火力令我軍防不勝防，才造成較大的犧牲；此外，由於潮汐的因素，登陸部隊之間出現寬一公里的空隙而無法統一行動，影響了登陸的進度。」

當天晚上，日師長齋藤義次下令：「趁美軍立足未穩，展開反擊！」在坦克掩護下，日一千多名步兵發動夜襲；不料，美軍早有準備，史密斯一邊招呼艦砲火力支援，一邊下令：「不斷發射照明彈，使夜空一片通明，日軍就難於遁形。」交戰後，日軍傷亡七百多人。第二天晚上，日軍再次發動夜襲，不料「偷雞不成，反蝕一把米」，交戰後，日軍坦克全部被摧毀，士兵傷亡近半。齋藤義次見突襲都以失敗告終，便下令提尼安島的部隊：「迅速前來增援塞班島！」然而，提尼安島與塞班島之間的海域已完全被美艦隊封鎖，結果日援軍反被阻截和消滅。

此時，美軍的登陸場已擴大一倍，甚至占領了一個小型機場；接著，史密斯下令美軍：「沿南部海岸，由西向東推進，占領島上最大的機場！」由於美軍步步緊逼，齋藤義次被迫退守納福坦角；當天晚上，他下令一營步兵：「你們分乘十三艘駁船，從塔納巴戈港出發，抄至美軍的背後實施反登陸戰。」不料途中，這支奇兵就被美軍消滅；齋藤義次的計謀連續失敗，使他終於醒悟：這種杯水車薪的戰術，猶如精衛填海，無濟於事。而此時，齋藤義次已走投無路，只好下令：「依託島上的制高點達波特山，建立防線，固守頑抗！」美軍艦、艦載機和地面砲火，從東、南、西三面砲轟達波特山，整座山峰彈落如雨，爆炸聲響個不停，現場之人無不感到地動山搖。此時，三個師的美軍已全部登陸，史密斯下令：「兵分左中右三支：第 27 師居中，第 2 師居左，第 4 師居右；三支部隊朝納福坦角齊頭並進，肅清殘餘的日軍。」行軍半日，天色漸暗，第 27 師長心想：黑夜行軍容易遭受伏擊，不如擇地休息，拂曉起行。由於缺乏溝通與配合，左右兩路並不知情，仍然繼續行軍；結果次日，主力師嚴重落後於左右兩翼，導致全軍不能發動總攻。史密斯聞報大怒，隨即下令：「撤換第 27 師長！」新師長果然雷厲風行，戰況才出現好轉，激戰數天，美軍終於攻下達波特山。

齋藤義次率領殘餘部隊，退入塔納伯格村負隅頑抗，此時日軍已彈盡糧絕，卻仍然拒絕投降；數日後，美軍終於突破最後的防線，日軍已成甕中之鱉。南雲忠一和齋藤義次集中僅存的五千名日軍，向他們宣讀給天皇的訣別電文，然後說：「我們羞愧於兵敗塞班島，將自行了斷以謝罪，你們無罪，無須自絕，但是敵人也不會饒過你們的性命；與其坐以待斃，不如與敵人同歸於盡，死後還能在靖國神社永享祭祀，不枉此生！」說完，南雲忠一燒毀密碼和軍旗，開槍自盡，齋藤義次則切腹自殺。

主帥慷慨就義，餘下的日軍痛不欲生，決定與美軍同歸於盡。他們藏匿在壕坑裡，屏氣凝神地聆聽著美軍的腳步聲；直到敵人逼近眼前，五千日軍才跳出壕坑一擁而上，他們「呵……呵……」地齊聲大喊，日軍官揮舞著武士刀，一面高呼「天皇萬歲」，一面罔顧槍林彈雨，身先士卒地衝殺；日本士兵有子彈的就開槍，沒子彈的就拼刺刀，沒刺刀的就拼木棍，沒有木棍的就拼石頭，連那些頭裹繃帶，手拄枴杖的傷兵，也不顧一切地爭相拚死。日軍一派悍不畏死的景象，令美軍當場驚呆，許多人從未見過如此陣勢，結果都忘了開槍，反被日軍殺死；一些日軍甚至搶奪機槍，然後瘋狂掃射，一個營的美軍首當其衝，被衝擊得潰散而逃；由於短兵相接，雙方很快就陷入混戰，美軍的子彈都失去了精準度，不少人死於誤射，混戰一直持續到晚上，局面才平靜下來。次日，美軍打掃戰場時，發現四千多具日軍的屍體，而美軍也死傷幾千人。

美軍繼續向前推進，發現山坡上有一個大山洞，山洞前是齊胸的茅草。正當美軍要走近時，茅草裡突然伸出許多人頭來，杯弓蛇影的美軍叫道：「不好，有埋伏，快開槍！」於是，機關槍不停地向草叢狂掃，槍聲過後，一切又復歸平靜。打掃「戰場」的美軍報告：「草叢裡有幾百具彈孔纍纍的屍體，全都是小孩和婦女！」顯然，這些被美軍殺害的婦孺，都是日本士兵的家眷和土著。

當美軍推進到最北端的馬皮角時，發現大批日軍家眷聚集在懸崖上，崖深百餘公尺，超過四十層樓高；只見父親將孩子拋下懸崖後，自己也跳了下去，而母親則是背著小孩一起跳崖，儘管美軍喊話：「別自殺，我們不會殺你們的！」然而，已沒有人相信美軍的「仁慈」，四千名日本人就這樣跳崖自盡了。

塞班島淪陷後，美軍兵鋒指向關島和提尼安島；尼米茲對史普魯恩斯說：「我兩個島都要，缺一不可！」史普魯恩斯說：「僅關島的日軍就有兩萬多人，通常來說，攻占島嶼的軍隊至少要超過守軍一倍，才有勝算。」尼米茲斟酌片刻說：「好，我給你七萬名海軍陸戰隊！」於是，史普魯恩斯同時部署兩個戰役，他下令：「史密斯率領兩萬名海軍陸戰隊登陸提尼安島，由特納的艦隊負責護送；蓋格（Roy Stanley Geiger）少將率領五萬名海軍陸戰隊登陸關島，由康諾利的艦隊負責護送。」與此同時，史普魯恩斯告訴史密斯：「提尼安島的守軍共有八千多人，由陸軍聯隊長緒方敬志大佐指揮；另外，留守島上的角田覺治，雖然軍階最高，卻沒有軍隊的指揮權，他的第一航空艦隊已輸得精光，如今只是虛位司令。」

美軍進攻提尼安島之前，照例施行航空偵察，不久偵察機報告：「提尼安島有大型機場，可起降 B-29 轟炸機。島上的地勢平坦，易攻難守！」史普魯恩斯不覺心喜，不料，潛艇卻報告：「這裡是由珊瑚礁構成的小島，四周多為懸崖峭壁；只有東部和西南部，各有一處灘頭適合登陸。但是日軍在這兩處的海域布設了大量水雷，灘頭上鐵絲網密布，防禦工事十分堅固；不過，西北部還有兩處適合登陸，而且沒有發現日軍的工事，可惜灘頭寬度太窄，只有三十公尺和五十公尺。」讀完報告後，史密斯對特納說：「既然日軍在狹窄的灘頭不設防，我們就在此登陸，以收奇襲之效，如何？」特納點頭說：「沒錯，應該出其不意，攻其不備。」史普魯恩斯也贊同他們的計畫。

登陸提尼安島之前，美艦已連續砲擊了十五天，特納還不放心，他下令：「艦砲、航空隊和地面火砲，再對提尼安島進行轟炸，特別是東部和西南部的灘頭陣地，以便聲東擊西，迷惑日軍。」砲擊持續了兩天，預定登陸的夜裡，史密斯對特納說：「部隊不可直接去登陸地點，而是先去非登陸地點佯動；受到射擊就返回運輸船，然後駛往真正的登陸地點，如此反覆演戲，便能安全登陸。」

日軍果然中計，美軍「明修棧道，暗渡陳倉」，一批批地來來去去，成功實現登陸的計畫；然而，登陸灘頭十分狹窄擁擠，每次只容許少量的部隊上岸。儘管如此，履帶運輸車還是忙碌地往返，有條不紊地輸送兵員和裝備，直至運來推土機，才拓寬登陸的灘頭，坦克和重型武器便相繼登陸。史密斯對特納說：「必須盡快擴展防禦領地，後續部隊才不會擁堵在灘頭。」特納說：「好的，就以艦砲火力掩護部隊前進吧！」黃昏時分，從塞班島運來了兩個浮橋碼頭，次日，運送物資和兵員的車輛，源源不絕地駛入提尼安島。

由於飽受砲火的壓制，日軍眼睜睜地看著美軍登陸；直至淩晨時分，緒方敬志才下令：「利用我軍坦克的掩護，發起反攻！」由於實力太過懸殊，日軍的反攻猶如螳臂擋車，在美軍火力的猛烈反擊下，日軍一千多人被消滅。接著，史密斯下令：「採取白天進攻，晚上防禦的戰法以對抗日軍。」當天，雙方在馬家山和拉索山爆發激戰，日軍不支而退。

次日，美軍的兩個師全部上岸，並占領島上的機場；緒方敬志傳令日軍：「由於敵人砲火的轟擊，我軍的通訊系統已經中斷，無法統一指揮行動，今後各自為戰！」於是，各處日軍據守工事，負隅頑抗；史密斯對前線的師長說：「提尼安島上都是開闊的甘蔗園，有利於我軍齊頭並進，你們採取步步為營的戰術，進攻殘餘的日軍。」果然，日軍節節敗退，角田覺治陣亡，緒方敬志自殺，美軍占領提尼安城。日軍大多數戰死，僅屍體就掩埋了五千具，而殘餘的日軍，少部分匿藏山林洞窟，更多人是渡海去附近的島嶼。

美軍占領塞班島後，史普魯恩斯下令：「蓋格率領五萬名海軍陸戰隊，由康諾利艦隊護送至關島，然後掩護部隊登陸作戰。關島是馬里亞納群島中的最大島，島上的日軍約兩萬多人，由高品彪中將指揮。」雖然，關島曾是美國的殖民地，然而之前，美國卻沒有真正認識這個要地，因此美軍只好重新偵察，不久，偵察機和潛艇都報告：「關島四周的海域布滿暗礁，而灘頭處處是大型岩石、懸崖峭壁；島上有一個深水港和兩個機場，機場上的飛機，早前已被我軍飛機摧毀殆盡……」

美軍到來前，美軍艦已砲擊關島達十三天，島上的防禦工事基本被毀。

美軍抵達關島後，蓋格便下令爆破隊：「即刻進行水下爆破，炸掉暗礁和障礙物，為登陸鋪平道路。」美軍連續爆破三天後，蓋格才下令海軍陸戰隊：「在火力掩護下兵分兩路，登陸奧羅地角半島的南北兩側！」不久後，前線報告：「登陸灘頭布滿珊瑚礁，登陸艇無法靠岸，請指示。」蓋格下令：「出動履帶車來回輸送部隊。」北側的灘頭寬近兩百公尺，中午左右，美軍整師部隊、車輛、火砲等都順利上岸。這時，蓋格以望遠鏡觀察陣地，不覺失聲大叫：「不好！」康諾利問他：「發生了什麼事？」蓋格說：「你看，灘頭的地形十分詭異，部隊的前面是高地，後面是大海，兩翼是陡峭的崖壁；如果日軍在山頂和反斜面部署火砲，便可以居高臨下，覆蓋整個灘頭，我登陸部隊的處境十分危險，怎麼辦？」

此時，狹小的灘頭上，兩萬名美軍已擁擠在一起，想退也來不及了；果然不出所料，日軍開始襲擊了，砲聲響起後，每一發砲彈落下，灘頭的美軍就傷亡一大片。於是，蓋格對康諾利說：「快命令艦砲火力支援！」同時，他也下令登陸部隊：「你們已沒有退路了，快向左右和前方衝鋒！只有往前衝才能夠活下來！」美艦猛烈的砲火支援，有效阻遏日軍的攻擊；被置於死地而後生的美軍，終於突破日軍的火力網，占領灘頭兩側的高地。

然而，面向灘頭的高地，是高品彪親自指揮的防禦陣地；這裡的火力點十分隱蔽，當面衝鋒的美軍，傷亡巨大卻舉步維艱。次日，艦砲不斷提供火力支援，美軍的傷亡還是十分慘重，必須不斷地增援，才能艱難地推進；最後攻到高地時，只見陣地上滿目瘡痍，日軍橫七豎八的臥倒在血泊中，而身後的來路上，也鋪滿美軍的屍體。如此又戰鬥了一天，高品彪下令日軍：「暫時撤退，今夜再行反攻！」美軍見日軍敗退，以為接下來會很順利，便乘勝挺進。

當天晚上，高品彪召集日軍說：「我們即將彈盡糧絕，趁我們還有作戰的力氣，集中全部火力，發起最後的攻擊；打完砲彈後，大家分成小部隊，展開潛入性突擊，與敵人同歸於盡！」儘管美軍全力應戰，多次擊退日軍的衝鋒，但是悍不畏死的日軍一波接一波地攻上來；美前線指揮官報告：「日軍夜襲我軍營地，有些衝入戰地醫院，有些衝破了防線，甚至衝到灘頭，我們調動大量兵力圍剿後，才完全消滅這批日軍，高品彪戰死。」次日，北側的美軍在阿普拉港會合。

南側的登陸部隊處境更為惡劣，蓋格接到報告：「我軍的履帶登陸車抵達珊瑚礁時便遭受日軍的猛烈砲擊，幾十輛履帶車全被摧毀，損失慘重，我軍士兵準備涉水上岸，又被日軍的火力壓制，而無法前進，物資和武器更無法運送……」此時，受困水中的美軍旅長喊道：「兄弟們，我們困在水裡，隨時都會被打死，不如殺出一條血路，還有求生的希望。」此時，海水已將士兵浸泡得十分難受，他們便大聲叫喊：「衝啊！」於是在坦克開路下，從一群人到整個旅都向前衝了，他們占領了預定據點；旅長一面招呼坦克支援，一面指揮部隊衝殺，日軍的火力點才逐漸被清除，至此，登陸灘頭已暢通無阻。

經過全天的戰鬥，美軍已疲憊不堪，想到日軍的可能夜襲，大家都睡不安眠；一有風吹草動就槍聲四起，漫天發射照明彈。接著，又經過一天的血戰，才拔除日軍剩餘的火力點；但是當他們繼續向前邁進時，又遭逢日軍的拚死攔截，血戰三天後，美軍才占領制高點騰爵山。次日，南北兩路的美軍便會師山上。

滯留島上的日第 31 軍長小畑英良接過指揮權，他下令：「兩個大隊守衛關島最狹窄的部位，主力部隊隨我上聖羅薩山，準備與敵人決鬥到底。」三天後，美軍占領關島首府阿格拉，然後步步進逼和肅清；經過十二天的戰鬥，美軍才攻到關島的最北端，小畑英良切腹自殺，從者十幾個人。至此，蓋格向史普魯恩斯報捷：「關島戰事已勝利結束。」實際上，數千名日軍還匿藏在叢林和巖洞中，他們繼續與美軍打游擊戰；然而，由於病死，餓死，凍死，被殺死等原因，直到日本投降時，活著的日軍僅一千多人。

馬里亞納群島的淪陷，日本舉國震驚，以近衛文磨為首的集團紛紛發難，他們指責島田繁：「海軍大臣怠忽職守，陸基航空隊沒有支援守軍，導致馬里亞納全軍覆沒。」島田繁是東條英機的忠誠盟友，為了庇護他，東條英機宣布：「由於我策劃不周導致馬里亞納抗戰失敗，即日起，我辭去參謀總長的職務，並舉薦梅津美治郎大將接任。」然而，「樹欲靜而風不止」，反東條的官僚集團繼續抨擊，島田繁有自知之明，便宣布：「即日起，我引咎辭職。」

不料，朝內重臣仍不罷休，他們提出要求：「除非東條內閣總辭職，否則無法使人信服。」東條英機急忙遊說眾人，卻得不到支持。當阿部信行告訴他：「內大臣木戶幸一，已經答應重臣的請求，準備向天皇稟奏實況。」東條英機暗想：如果天皇怪罪下來，自己不但成為眾矢之的，也會被天皇所遺棄，不如主動請辭。於是，他覲見天皇並上奏說：「由於軍事策劃不周，導致馬里亞納群島失守，我在此代表內閣，向陛下請辭。」天皇已獲木戶幸一的通報，因此勉勵他一番後，宣布：「東條首相政躬違和，朕核准內閣總辭，即日起，由小磯國昭與米內光政聯合組閣。」

日本的絕對防衛圈，原本東起馬里亞納群島，西至緬甸，如今東段已被美國粉碎，位於西段的緬甸，命運究竟如何？欲知詳情，且看下回分解。

第十三章

兵敗緬北末日近，日暮途窮英帕爾

且說日本占領緬甸後，蔣介石對史迪威（Joseph Warren Stilwell）說：「滇緬公路已被日軍切斷，援華物資若不能繼續，我只好撤回遠征軍。」史迪威雖然對蔣介石的話頗為敏感，覺得暗藏威脅，心中難免不滿，可也只好允諾：「你放心，我可以開闢空中運輸通道以繼續支援中國的運輸任務，航線西起阿薩姆邦的汀江機場，飛機可越過喜馬拉雅山，再向東跨越橫斷山脈，直抵昆明。」

與此同時，飯田祥二郎已功成身退，返回日本，東京大本營宣布改組駐緬日軍：「即日起成立緬甸方面軍，河邊正三中將擔任方面軍司令，轄本多政材中將率領的第 33 軍、櫻井省三中將率領的第 28 軍、牟田口廉也中將率領的第 15 軍和獨立混成第 24 旅團。」

河邊正三就任後，便召開軍事會議，他說：「雖然我們已封鎖列強援助中國的陸路通道，但是美國卻開闢『駝峰航線』，繼續支援中國與大日本為敵，大家談談要如何截斷這條補給線？」本多政材中將說：「既然駝峰航線的起點在汀江機場，只要占領這個機場，駝峰航線就會自動消失。問題是這個機場在印度，必須獲得大本營的核准。」櫻井省三說：「最近，甘地的國大黨為了爭取獨立，正在鼓動民眾展開『不合作運動』，殖民地政府已宣布國大黨為非法政黨，還逮捕其領袖和幹部近四萬人，如今英政府與民眾的關係十分惡劣，形勢有利於我軍進攻印度。」牟田口廉也說：「第 15 軍的防禦面太過遼闊，北有中國軍隊虎視眈眈，西有英印軍隊戒備森嚴，稍有不慎，就會遭受敵軍的反撲，因此，與其被動防禦，不如先發制人，主動消滅敵軍，占領英帕爾，才能消除安全隱患。」河邊正三頷首說道：「既是如此，我們向大本營提呈『英帕爾作戰』計畫，批准後由第 15 軍負責實施。」東京大本營結合印度的政治形勢，果然批准牟田口廉也的西征計畫，並取名「烏號作戰」。

此時，美軍已占領吉爾伯特群島，中美英三國召開高峰會議，討論反攻日本事宜，蔣介石說：「駝峰航線雖然不受阻礙，但是航空運輸量畢竟有限，無法滿足中國抗戰的需求，我建議修建中印公路，為將來的反攻做好準備。」峰會表決通過了蔣介石的提議。

史迪威負責實施築路的工程，他指示孫立人：「你率領第38師掩護工人，修建中印公路和新平洋機場。」於是，孫立人下令第112團：「兵分左中右三路，向南面的胡康河谷攻擊前進：第1營和團部為中央縱隊，從唐卡家直取新平洋；第2營為左縱隊，從唐卡家攻擊夏老村、寧邊和於邦；第3營為右縱隊，從卡拉卡進攻太洛。」胡康河谷山高林密，河溪縱橫，由達羅和新平洋兩個盆地組成，兩個禮拜後，第112團的中央縱隊攻占新平洋，右縱隊也進占瓦南關和鹽泉。然而，左縱隊卻出師不利，進攻於邦屢遭挫折，第2營長向團部報告：「我軍當面之敵，乃日第18師主力的第55聯隊，日軍據守堅固的防禦工事，我軍屢攻不克，傷亡很大，請求支援。」孫立人下令：「第1和第3營迅速前往增援第2營！」遠征軍第112團包圍了日第55聯隊，不料一個禮拜後，日第56聯隊趕來增援，又將第112團包圍起來。團長急忙向孫立人求援：「我軍包圍了於邦的守軍，但是日增援部隊趕來後又將我軍包圍，如今腹背受敵，請求緊急增援！」

孫立人大驚，立即報告史迪威：「我第112團在於邦被日軍包圍，我要求派軍支援。」史迪威說：「好，我派遣空軍去支援。」空軍轟炸後，飛行員報告：「於邦的樹林茂密，飛機難於發現日軍的據點，轟炸效果並不理想。」由於形勢日漸危急，第112團又發電文求援，孫立人暗地裡下令第114團：「立即從雷多基地前來唐卡家，負責第112團的殿後警戒任務。」同時，他再向史迪威陳情：「包圍於邦的日軍共有兩個聯隊，由於兵力懸殊，我第112團危在旦夕，請求緊急派兵增援！」參謀長波特納說：「出征前的空中偵察，發現於邦只有小批日軍，怎麼會冒出兩個聯隊來？」孫立人說：「你不信，我們一起坐飛機去檢視。」於邦是胡康河下游右岸的村鎮，這裡地勢平坦，三面環林，一面靠河，為水陸交通的要道。史迪威親自前來觀察，他見日軍果然包圍第 112 團，才知道情況嚴重，便同意增援；孫立人隨即下令：「第 113、114 團加砲兵連，迅速趕去增援第 112 團。」結果，又形成中國遠征軍包圍日軍的局面。孫立人下令：「一個營負責正面佯動，以吸引日軍的注意力；其餘部隊從左右兩翼渡過胡康河，迂迴包抄日軍的後路。」史迪威見形勢好轉，一面命令空軍火力支援，一面下令第 38 師發起總攻；中日雙方激戰六晝夜，日軍傷亡十分慘重，第 55 聯隊長藤井小五郎大佐被擊斃，殘餘日軍逃向達羅、太白家一帶，中國遠征軍攻克於邦。

幾天後，史迪威乘勝下令：「兵分兩路追擊逃敵：孫立人率領左路軍第 38 師，從於邦向太白家攻擊前進；廖耀湘率領右路軍第 22 師，從新平洋向達羅攻擊前進！」右路軍渡過胡康河，沿左岸的崇山峻嶺開路前進，沿途擊退少量日軍的狙擊，來到百賊河北岸時，前方來報：「日軍第 55 聯隊主力在南岸嚴陣以待！」隔河對峙一週後，廖耀湘下令：「火力掩護，全軍渡河！」第 22 師成功渡過百賊河，進攻日守軍第 55 聯隊；激戰三天後，日第 18 師參謀長瀨尾少將喪命，殘餘日軍逃竄而去，廖耀湘的右路軍攻占達羅。

左路軍第 38 師占領於邦後，繼續南下，向太白家挺進。由於日軍在胡康河谷東岸掘壕固守，孫立人下令：「兵分左右兩路：第 113 團為左翼，第 114 團為右翼；分別從左右越過胡康河，迂迴包抄日守軍。第 112 團充當預備隊，在正面警戒佯動，以吸引日軍的注意。」

不久，第 113 團在正面火力的掩護下，從寧邊偷渡過對岸，然後連克多個日軍據點，進逼太白家；孫立人下令第 113 團：「一面包圍日守軍，一面圍點打援，全殲前來增援的日軍。」太白家的日守軍孤立無援卻拒絕投降，並繼續負隅頑抗，雙方又激戰了兩晝夜，守軍終於不支而潰敗，殘餘逃向東南方，第 113 團占領太白家。與此同時，第 114 團也渡過胡康河，沿其支流孟陽河長途穿插，深入敵後且沿途拔除日軍的據點，直抵拉安卡。此時，負責佯動的第 112 團也不甘寂寞，利用日軍左支右絀的機會，強渡胡康河，然後沿密林進軍接著迂迴至寧邊，從日軍後方展開突襲，日守軍措手不及，潰敗而逃。至此，遠征軍第 38 師的三個團會師太白家。

日軍潰敗後，又在胡康河谷的中心地帶重新集結，日第 55 和 56 聯隊的殘餘分別據守孟關和瓦魯班。史迪威見中國軍隊果然能戰，便乘勝下令：「廖耀湘率領第 22 師進攻孟關，孫立人指揮第 38 師掩護其左側。」然而，第 22 師在孟關苦戰一星期，傷亡慘重卻舉步維艱，孫立人見狀，下令：「第 112 團繼續牽制守軍，第 113 團迂迴至瓦魯班，展開突擊。」孟關的日軍見瓦魯班被圍攻，擔心後路被切斷，便留下少量兵力繼續佯動，主力則趕去增援瓦魯班；廖耀湘趁日軍分兵之際一舉攻下孟關，然後再去瓦魯班助戰，日軍寡不敵眾，向南敗逃而去。遠征軍開啟了南下的大門，緬北戰事也暫告一個段落。

英帕爾位於印緬邊境，是印度一側的山地區域，也是英印軍隊的根據地。這天，位於眉苗的日第 15 軍司令部裡，牟田口廉也召開軍事會議，他說：「大本營已下令我軍實施『烏號作戰』，進攻英帕爾，占領阿薩姆邦的汀江機場並切斷美軍的駝峰航線，你們可有意見？」在日本內爭時期，原屬統制派的第 31 師長佐藤幸德中將，曾與當時是「皇道派」的牟田口廉也是死對頭，他站起來反對說：「目前我軍在緬北新敗，如果再出征英帕爾，後方兵力空虛，一旦中國軍隊乘機南下，緬甸就守不住了。」牟田口廉也說：「現在我軍已攻入中國的雲南境內，中國軍隊自顧不暇，沒有大規模南下的能力，何況進攻英帕爾，也能發揮『圍魏救趙』的作用。」第 15 師長山內正文中將說：「我們缺乏航空隊的火力掩護，擅自進攻，恐遭失敗。」牟田口廉也說：「我們要打的是山地戰，靠的是火砲、坦克和步兵，面對莽莽山林，飛機的轟炸效果非常有限，何況敵人現在也缺少航空隊。」第 33 師長柳田中將說：「我擔心補給線太長，後勤沒有保障。」參謀長久野村說：「我們皇軍是大和之魂，沒有糧食就向敵人要，遇不到敵人就向大自然要，反正沿途都是河山樹草，天無絕人之路。」柳田不以為然地說：「到了這個地步，離失敗就不遠了。」牟田口廉也瞪了他一眼，並不回應。

雖然緬北局勢有變，牟田口廉也暗想：「英帕爾作戰」是我提議的，大本營也批准下來，如果不執行的話，必然威信掃地，如何再當第 15 軍的司令？因此，儘管作戰計畫不得人心，牟田口廉也仍然獨排眾議，決定實施「烏號作戰」。於是他下令：「兵分三路：柳田中將率領第 33 師從印緬邊界的南面，朝北進攻英帕爾；山內正文中將率領第 15 師向西渡過欽敦江，直接從東面攻入英帕爾；佐藤幸德中將率領第 31 師進攻科西馬，然後南下進攻英帕爾。」

英第 14 集團軍司令斯利姆（William Joseph Slim）接到情報：「日軍正大舉興兵，準備渡過欽敦江，進攻英帕爾。」於是，他向東南亞盟軍司令蒙巴頓（Louis Mountbatten）報告情況，蒙巴頓說：「目前在欽敦江以西，沿邊境布防的第 17 英印師要迅速後撤至英帕爾高地。如果日軍渡過欽敦江，深入英帕爾，必會遠離其後方基地，我軍便可憑藉空中力量，破壞日軍的地面運輸線，切斷其後勤補給，迫使日軍背水而戰；而且幾個月後雨季就到來，所有乾涸的河床，都會變成湍急的河流。除非日軍能夠速戰速決，否則就難逃滅頂之災。」斯利姆補充說：「如果也能擾亂日軍的後方，便可削弱其進攻的銳氣。」蒙巴頓同意，接著他下令溫蓋特（Orde Wingate）准將：「空降兩個旅的英印師，潛入伊洛瓦底江東岸的傑沙，準備發起游擊戰。」

日第 5 飛行師在空中偵察後，向牟田口廉也報告：「英軍在我後方空降一個師的兵力，我軍是否暫時放棄進攻計畫，改為掃蕩英國的空降部隊，以確保後方的安全。」牟田口廉也建功心切，不以為然地說：「我們可以一面進攻英帕爾，一面掃蕩空降的敵軍，沒有必要放棄作戰計畫。」於是下令：「日第 15、18 和 56 師中各抽出一個大隊組成肅清部隊，清剿空降後方的英國傘兵。」英傘兵在日軍的圍剿下，又面對補給不及的困境，幸虧有緬甸獨立黨人的暗中引導，英傘兵才突破封鎖，全身而退。

此時，第 17 英印師正在執行撤退命令，全師列隊北上，時而跋涉深山峽谷，時而攀行在懸崖峭壁上的羊腸小徑，英軍艱難地顛簸前行，行軍十分緩慢。此時，日南路軍第 33 師已兵分左右兩路，由南向北進攻英帕爾。日第 33 師左翼的第 214 聯隊，由於行軍過快，越過了第 17 英印師，並占據圖特姆山隘，聯隊長作間河也大佐觀察片刻，心裡暗想：為何整個峽谷靜悄悄，難道英印軍已過了山隘？還是另擇他途？於是他下令：「且在此等上一天，若無消息便離開！」一天後，日第 214 聯隊離開圖特姆山隘，不料，第 17 英印師接踵而 至，雙方因此緣慳一面，英印師僥倖逃過劫難。

日第 33 師右翼的第 215 聯隊也超越在前，因此第 17 英印師到來時，便遭到日軍攔截，正當危急時刻，英印師第 37 旅及時出現，形成對日軍的南北夾擊。激戰十天後，日第 215 聯隊長世原大佐，為了表現決戰的意志，發電報給第 33 師部：「我軍正受到英印師的南北夾擊，我已燒毀密碼本和處理好軍旗，準備以玉碎的決心完成任務。」師長柳田接到電報大驚：「難道第 215 聯隊有全軍覆沒的危險？」便緊急下令撤退，結果第 17 英印師又僥倖逃過一劫，拉著數百門大砲匆匆逃入英帕爾。

柳田擺烏龍後，為此向牟田口廉也建議：「目前不利因素太多，我們應該停止英帕爾作戰！」牟田口廉也說：「我軍正在節節推進，豈可龜縮不前？既然你沒有膽量作戰，就由師參謀長田中信男少將取代好了。」在田中信男的指揮下，日第 33 師進攻比辛普爾，距離英帕爾僅二十公里，基本切斷英帕爾的南部通道。

與此同時，日東路軍第 15 師和北路軍第 31 師，已橫渡寬一公里的欽敦江，向西越過緬印邊境線。日第 15 師的本多支隊首先占領烏克魯爾，烏克魯爾位於英帕爾與欽敦江之間，牟田口廉也下令：「在烏克魯爾設立後勤供應基地！」接著，日第 15 師又占領密宣，切斷了英帕爾與科西馬之間的通道。日第 31 師宮崎支隊突破英傘兵的阻截，在英帕爾北面攻入科西馬。此時，五十公里外的迪馬普爾是英軍的補給中繼站，軍用物資堆積如山，守軍卻只有一個連，所幸沒有被日軍發現。蒙巴頓知道後驚出一身冷汗，馬上派遣重兵防守迪馬普爾。

儘管開局不順，日三個師終究包圍了英帕爾，英第 4 軍長斯庫納斯中將大為震驚，他自忖：轄下的第 17 英印師和第 20 師都不滿員，如何抵抗日軍的三個精銳師？於是，他急忙向總司令斯利姆求援：「我們已經被三面包圍了，請求緊急增援。」斯利姆暗想：第 14 集團軍最靠近的軍隊，也在四百公里之外，從地面趕來也要三個星期，遠水如何救近火？於是，他請蒙巴頓協助解決難題，蒙巴頓便下令史迪威：「緊急提供運輸機，從若開運送英第 2 師增援英帕爾。」史迪威立即回覆：「好的，我從駝峰航線調走運輸機來執行這項任務。」果然，在運輸機的來回輸送下，英帕爾守軍增加了一個師。

由於日第 15 師和第 31 師只攜帶二十天的口糧，開戰至今，幾乎彈盡糧絕，更因連日激戰，早已師老兵疲，銳氣消退；相反地，遭受圍困的第 17 英印師，由於獲得空中軍援，不但沒有生存危機，軍力還增加一倍。結果一週後，攻守易勢，英第 2 師在第 20 和第 17 英印師的配合下進攻日第 31 師；日軍且戰且退，退至科西馬城外的山脊上，至此，日第 31 師與第 15 師之間的通道被切斷了。河邊正三問牟田口廉也：「英帕爾的東、北兩條戰線告急，都要求緊急增援，你的意見怎樣？」牟田口廉也說：「東面和北面恐難有作為，不如將進攻重點放在南面。」於是河邊正三下令：「第 53 師調派兩個聯隊增援第 33 師，發起總攻！」雙方在距英帕爾西南二十公里的比辛普爾山地，激戰長達四十天，日軍始終無法前進一步，反而傷亡慘重。

日第 31 師在北線遭受圍攻，苦戰後卻增援無望，佐藤幸德大為憤慨，電告牟田口廉也：「由於補給不濟，我軍只好放棄科西馬。」牟田口廉也不接受撤退，但是左藤幸德不予理會，他下令宮崎繁三郎：「率領支隊守衛科西馬與英帕爾之間的通道。」然後逕自率領第 31 師主力撤退，牟田口廉也得知後十分憤怒，卻只能接受事實，他退而求其次，下令佐藤幸德：「率領部隊增援第 15 師，迅速加入總攻英帕爾。」佐藤幸德來到烏克魯爾，發現後勤基地也缺乏補給品，不覺信心頓失，竟然抗命不從，逕自率領師團向東撤退。

宮崎繁三郎配合總攻指令，他率領支隊忍饑挨餓，由北向南推進，在穿越叢林時，遭遇第 20 英印師，日軍憑藉武士道精神，冒著綿綿陰雨拚死決鬥，竟然突破英印軍的防線，並衝出叢林，一路打到英帕爾的邊緣，無奈此時他們已彈盡糧絕，無法繼續前進，只好撤退而逃。

第 15 師團的松村聯隊從東南部推進，攻占了山口，英印軍被迫退守坦努伯爾。由於連續作戰近兩個月，日軍疲憊不堪，而第 15 師長也臥病不起，牟田口廉也下令柴田卯一中將：「接替山內正文，擔任第 15 師的師長，執行『烏號作戰』。」然而後勤補給的青黃不接，令第 15 師的攻勢成強弩之末。不久，第 17 英印師的一個旅，切入其後方建築工事，松村大怒，指揮聯隊發起反攻，無奈屢攻不克；第 17 英印師見日軍後勁不足，便發起進攻，果然日軍不敵，潰敗而逃。

至此，牟田口廉也只好接受失敗的事實，他發電給緬甸方面軍司令河邊正三：「請停止『烏號作戰』。」河邊正三核准其所請，日軍接到撤退令後，有如決堤之水，一路潰退下來，紛紛沿著山谷小路退向烏克魯爾。英第 2 師和第 5 英印師在密宣會合後，一齊向烏克魯爾挺進；日軍在英印軍的窮追下，一路丟盔棄甲，狼狽逃命。

英帕爾戰事的曠日持久，印緬地區的雨季也悄悄來臨，山道頻頻出現坍方，這令撤退的日軍苦不堪言，當然，也間接阻遏英印軍的追擊。在撤退中，無法走路的傷病員，只好選擇自殺；其他能走路的，普遍患有痢疾、瘧疾、腳氣病等。而且，時值雨季高峰，許多原本乾涸的河道，突然氾濫成災，許多日軍逃避不及而被洪水吞沒。此時的欽敦江水面寬度已暴漲數倍，渡口又慘遭盟軍空襲，日軍死傷不計其數，等殘餘的日軍渡過欽敦江後，戰事才宣告結束。

歷經半年苦戰，日十萬大軍傷亡達七成，牟田口廉也下令：「即日起，撤消佐藤幸德的所有職務，由河內槌太郎取代。」佐藤幸德被押回東京，接受軍事審判；後來牟田口廉也被調回日本，大本營也撤消其職位。

日軍「屋漏偏逢連夜雨」，英帕爾戰役結束時，中印公路也基本通行。為了打通滇緬公路，緬北的戰火再度燃燒。史迪威下令中國遠征軍：「第 30 師與三個營的美軍繞道緬北的崇山峻嶺，占領密支那西部的機場。」第 30 師接到命令後立刻發起進攻，機場的日軍猝不及防，全部被消滅。遠征軍占領機場後，美運輸機隨即進駐，大量武器和補給品也分批運來。

接著，史迪威坐鎮機場，親自指揮作戰，他下令：「廖耀湘率領第 22 師進攻加邁，孫立人率領第 38 師沿加邁左側，向孟拱迂迴前進。」加邁和孟拱之間，隔著南北走向的南高江，兩鎮互為犄角。總攻之前，遠征軍猛烈砲擊日軍陣地，美機也密集轟炸加邁和孟拱；接著，遠征軍發起衝鋒戰，雙方激戰多日，日軍傷亡慘重。

日第 18 師長田中新一受困加邁，他緊急向總司令求援，河邊正三急忙下令第 53 師：「掩護田中新一，接應第 18 師突圍！」田中新一率領三千多人的殘餘部隊，從加邁倉皇突圍，逃往英多以北休整，遠征軍第 22 師隨即占領加邁；孟拱的日軍見加邁失守，擔心後路被切斷，也跟著撤走，遠征軍第 38 師隨即占領孟拱。

河邊正三決定放棄緬北，他下令：「第 53 師占據莫寧東西一線，固守防禦。」第 33 軍司令本多政材深感憂慮，他對河邊正三說：「放棄緬北，密支那就成了孤城，如果密支那失守，還在雲南作戰的第 56 師就會被切斷退路，怎麼辦？」河邊正三黯然回答：「且等待南方軍司令部的答覆吧。」

原來緬北戰火重燃，中國雲南的怒江兩岸更是劍拔弩張。日第 56 師團沿峽谷西岸駐防；而峽谷東岸約兩百里長的地帶，已聚集了五萬名中國軍隊。當反攻訊號升起後，中國軍隊藉著濃霧的掩護，分別從七個渡頭，越過洶湧澎湃的怒江；此時，日第56師已破譯中國軍隊的密碼，因此中國軍隊的行動，日軍瞭如指掌。日師長松山佑三中將根據情報，進行針對性的軍事部署，他下令：「我軍主力部署在騰衝一帶，同時扼守高黎貢山的頂峰，據險頑抗。」中國軍隊不察，開戰第一週，傷亡近萬。

遠征軍代司令衛立煌猜想：必是事機敗露之故。於是他修改作戰計畫，下令宋希濂：「率領主力軍七萬人，從惠通橋下游橫渡怒江，隱密地朝日軍的右翼前進，然後向龍陵縣的松山發起進攻。」同時為了迷惑日軍，他也下令：「偏師繼續佯攻，掩護主力進攻松山。」松山高近三千公尺，扼滇緬公路要衝，地勢十分險要，日軍千餘人據險固守，多次擊退中國軍隊的進攻。宋希濂暗想：松山易守難攻，無法一蹴而就，不如留下幾千人繼續佯攻，主力則繞過松山，攻打龍陵縣城。龍陵縣是日第56師團的根據地，松山佑三知道後大驚，立刻下令：「第56師主力南調，在龍陵縣一帶狙擊中國軍隊。」中日雙方在怒江激戰不已。

南方軍的兵力本來就捉襟見肘，然而緬北戰情惡化，寺內壽一不得不調來部分兵力，河邊正三下令：「第2師團和部分第48師團加入第33軍，立即增援第56師，消滅中國軍隊。」第33軍司令本多政材精神一振，以為援兵到來就必可取勝，不料激戰一週，前線來報：「中國軍隊已收復松山和騰衝，我軍全部陣亡……」此時，左右翼的中國軍隊已連成一線，而遠征軍也收復了密支那，松山佑三見大勢已去，報告河邊正三：「第56師退路已失，如今孤立無援，我軍準備玉碎，與中國軍隊決戰到底！」因此，當中國軍隊發起總攻後，龍陵縣的日軍頑抗拒降，最終被圍殲而全軍覆沒。

且說日軍敗退緬北，駐守密支那的五千名日軍頓時成了孤軍。史迪威下令：「總攻密支那！」在四十架B-29轟炸機和戰鬥機群的支援下，遠征軍發起進攻，在猛烈的砲火轟炸下，日軍的外圍陣地徹底崩潰，傷亡十分慘重，聯隊長水上源藏少將下令：「放棄外圍陣地，迅速退入市內！」然而殘餘軍隊所剩無幾，他見敗局已定，便下令丸山大佐：「率領餘下的八百名軍隊，沿伊洛瓦底江東岸突圍，南下八莫會合第 53 師。」水上源藏目送丸山走後，便向河邊正三發出訣別的電文，燒毀密碼和軍旗，然後在房裡切腹自殺。

中國遠征軍攻占密支那後，乘勝追擊至八莫，固守八莫的日第 53 師頑強抵抗。雙方苦戰了兩個月，本多政材擔心全軍覆沒，便下令第 53 師：「向曼德勒撤退！」中國遠征軍占領八莫，接著攻克南坎、新維、臘戍、南渡、南燕、西保、皎麥、喬梅等緬北村鎮。至此，日本在緬甸的戰局每況愈下，與此同時，太平洋島嶼的日軍也日暮途窮，欲知詳情，且看下回分解。

第十四章

天皇萬歲，櫻花謝了！菲律賓啊，我回來了！

美國占領馬里亞納群島後，總統羅斯福在國防會議上說：「我們的新式轟炸機 B-29 已試驗成功，目前需要時間量產，也需要時間建設轟炸機基地；軍隊卻不能閒著，必須繼續作戰，才不會喪失銳氣。」麥克阿瑟指著牆上的地圖說：「先收復菲律賓，再占領沖繩群島，最後總攻日本。」尼米茲反對：「我們可以繞過菲律賓，直接攻占臺灣和沖繩群島，最後總攻日本。」麥克阿瑟大義凜然地辯解：「臺灣已被日本統治了半個世紀，當地人未必會支持美軍；而菲律賓原本是我們的殖民地，民眾和我們信仰同一個上帝；何況數萬名美軍戰俘，日夜盼望著我們去解救，我們豈可置道義於不顧？」

其實，麥克阿瑟是受不了人們的冷言冷語，許多人指責他當年臨陣脫逃，因此一心想要洗刷前恥；而尼米茲卻堅持說：「占領臺灣或沖繩，可以斷絕日本的資源供應線，直接迫使日本投降。」馬歇爾上將偏袒麥克阿瑟說：「占領菲律賓，同樣可以阻截日本的資源供應線，又可以解放菲律賓，如此一舉兩得，何樂而不為？」歐尼斯特．金卻支持尼米茲，他說：「繞過菲律賓，早日打敗日本，菲律賓就不攻自破了。」麥克阿瑟憤然地問：「如果耽擱時日，導致我軍俘虜遭殺害，誰負責任？」尼米茲反問：「如果因為攻打菲律賓，導致更多美軍傷亡，誰負責任？」

此時恰逢美國大選，雙方僵持不下，媒體又煽風點火，他們的分歧竟然成為投選總統的風向儀；於是媒體大搞民意測驗，輿論認為：「軍隊是強者，能夠自我保護，俘虜是弱者，安全毫無保障。因此應該先解救俘虜，而不是畏敵懼戰。」結果民意顯示：「大多數選民支持優先解放菲律賓！」羅斯福見狀，急忙趕來夏威夷，召見海陸軍的兩位統帥，三方磋商後，羅斯福發表簡短講話：「我和麥克阿瑟將軍的意見，保持一致。」一槌定音，總統競選的結果是：羅斯福再度連任。

日本方面，由於失去馬里亞納群島，東條英機內閣引咎辭職，由小磯國昭和米內光政聯合組閣。此時，德軍在歐洲兵敗如山倒，日本大本營一片驚慌，在御前會議上，海相和陸相互相指責，陸相杉山元說：「海軍無能，屢戰屢敗，守島陸軍則寧死不屈，慘遭殲滅。」海相米內光政辯解：「我們的航空隊不如美軍，沒有制空權就沒有制海權，這是現代戰爭的規律，也是導致我軍戰敗的原因，而非海軍畏敵懼戰。」裕仁天皇焦慮地說：「現在不是清算責任的時候，而是如何防禦美國的進攻。」

小磯國昭凝重地說：「美國空襲日本是嚴重的訊號，必須做好本土防衛。」米內光政建議：「南洋是日本的生命線，第一島鏈至緬甸是絕對防衛圈，必須增兵防禦。」新任軍令部長及川古治郎表示同意：「好，可以從滿洲調兵回來防守日本，同時增兵一百萬去防守南洋地區。」參謀長梅津美治郎冷靜地分析：「由於護航兵力不足，運輸船又短缺，目前只能分批次去重點地區增援。」他略停一下，指著地圖繼續說：「南洋地區可以分成內中外三個防衛圈，外圈包括帛琉群島，特魯克，拉包爾和東印度群島，這裡是前線，必須優先防衛；尤其是帛琉群島，有 2 個新落成的大型空軍基地，必須重兵守衛才不會重蹈瓜島的覆轍。中圈和內圈可以容後再議。」及川古治郎允諾：「沒問題，我派遣精銳的第 14 師，前去增援帛琉群島。」

日第 14 師原是精銳的關東軍，師長井上貞衛少將暗想：從大陸師轉換成海洋師，軍事裝備需要輕型化，陸戰的重型火力只好放棄了。結果，第 14 師的戰鬥力大為削弱。臨行前，杉山元對井上貞衛說：「你必須吸取前人的經驗教訓，對付美軍的登陸不能僅安排灘頭防禦，更不能依靠『萬歲衝鋒』；而是必須根據地形構築防禦陣地，才能持久抗敵。」於是第 14 師三萬多人，浩浩蕩蕩南下帛琉群島。

帛琉群島西距菲律賓五百海里，主要島嶼有巴伯爾圖阿普島、科羅爾島、貝里琉島和昂奧爾島。日第 14 師抵達後，井上貞衛下令中川州男大佐：「率領第 2 聯隊一萬人防衛貝里琉島，必須修築堅固的防禦工事以備戰。」中川州男奉命而去，第 14 師主力則防衛巴伯爾圖阿普島。

貝里琉島的面積不足七十平方公里，中川州男暗忖：必須先行勘察地形，才能安排防禦部署。於是，他登上烏蒙布洛果山，這裡是島嶼的制高點，島上景物盡收眼底，中山州男邊看邊想：此山位於島嶼的北部，可是一眼望去，中部的機場和南部區域也一目了然，在此設立指揮部便可以掌握全局。接著，他派遣偵察兵分路勘察，半天後，一路偵察兵報告：「整座烏蒙布洛果山，是由懸崖峭壁和丘陵所構成，山體內有五百多個石灰岩洞，洞洞相連。」中川州男大喜說：「這是天然的防禦系統！」於是下令士兵：「選擇山洞的有利位置，架設大砲、反坦克砲、機砲和機關槍等。」然而，另一路偵察兵卻報告：「山上雖然有小溪流，卻無法滿足大部隊用水的需求。」中川州男聽後，便下令士兵：「在山下掘井取水！」不久，又一路偵察兵回來報告：「島嶼北部的盡頭，有一座高十公尺的海岬，正好俯視登陸的灘頭！」中川州男不假思索地下令：「在海岬構築堅固隱蔽的防禦工事，架設反坦克砲和機砲，封鎖由下而上的入口。」接著，他巡視島嶼四周的灘頭，然後下令：「所有能夠登陸的灘頭，一律布設地雷，以阻遏敵人的登陸行動。」同時，他也下達指令：「所有防禦陣地都必須構築暗堡和地洞以躲避飛機的轟炸，堡與堡之間要挖掘壕溝以互相連線，消息相通。」當美軍的砲口指向菲律賓時，尼米茲對麥克阿瑟說：「菲律賓東部的帛琉群島設有日本的空軍基地，飛機有近兩百架；尤其是貝里琉島和昂奧爾島，扼守住通往菲律賓的航道，對我海軍艦艇構成極大的威脅，應該首先占領。」麥克阿瑟爽快地說：「既是如此，就先掃除這個威脅，才不會有後顧之憂。」尼米茲輕鬆地笑道：「馬里亞納的防衛如此堅固，尚且被我們一舉摧毀，這裡只是小兒科。」

於是，尼米茲下令威爾金森中將：「率領陸戰 1 師攻占帛琉群島！」按照慣例，美軍登陸之前，必須轟炸四周的機場；因此，西加羅林群島和中菲律賓群島，連續三天遭受轟炸。完成任務後，海爾賽報告尼米茲：「菲律賓群島的高射砲火稀疏，顯示出日軍兵力薄弱，抵抗力不強，我們大可繞過帛琉群島，直接攻占菲律賓。」在場的麥克阿瑟暗想：帛琉群島是日軍防禦重地，必有惡鬥，唯恐耽擱時日，影響菲律賓的作戰計畫。於是，便與尼米茲商議：「海爾賽說得沒錯，繞過帛琉群島，直接攻占菲律賓，更為省時省事。」尼米茲礙於屬下的提議而不便反對，只好同意撤銷「帛琉作戰」的命令。

撤銷作戰的命令才下達，不料，通訊兵報告：「我軍部隊已抵達帛琉群島，正在為登陸作準備！」尼米茲微笑地說：「看來，不打是不行了，就依上帝的旨意吧！」麥克阿瑟嘆了一口氣說：「也罷，按計畫登陸。」按計畫是：憑藉海空火力的支援，近三萬名美軍登陸摩羅泰島。摩羅泰島上僅有五百名日軍，結果在美軍砲火的打擊下盡數倉皇逃入山區。威爾金森下令工兵部隊：「迅速修建兩個簡易機場，以供轟炸機使用。」接著，美軍又攻占恩古盧島，威爾金森又下令工兵團：「日夜趕工，修建戰鬥機專用的跑道。」僅三天的時間，近兩公里長的跑道就出現在島上。

麥克阿瑟對尼米茲說：「我們時間有限，不能打硬仗，只能進攻兵力較弱的島嶼。」尼米茲說：「日軍主力是部署在巴伯爾圖阿普島，貝里琉島僅部署一個聯隊的日軍，但卻遏止通往菲律賓航道，只有攻占貝里琉島，才能消除肘腋之患。」麥克阿瑟說：「那就進攻吧！」

於是，美軍出動四百架艦載機，包括來自塞班島的 B-29 轟炸機，連續三天轟炸貝里琉島，同一時間，美軍艦也展開對島砲擊，貝里琉島完全被火焰和黑煙所籠罩。接著，美軍出動掃雷艇，前進至離岸一公里內的海域實施掃雷行動。第三天，威爾金森下令陸戰 1 師：「第 1 團攻占北部的烏蒙布洛果山，第 5 團攻占中部的機場，第 7 團掃蕩南部的地區。」美軍紛紛換乘兩棲履帶車和登陸艇，開始登陸的行動。

此時，美軍的轟炸和砲擊都已平息，美陸戰第 1 團首先發起進攻，幾艘美軍登陸艇和履帶車逐漸接近海灘，不料觸發水中的漂雷，履帶車和登陸艇被炸得粉碎。威爾金森下令：「登陸部隊立即散開，以防日軍砲擊！」然而四周卻靜悄悄，彷彿沒有人煙似的，威爾金森暗想：看來是杯弓蛇影，島上的日軍恐怕已被炸死，這些水雷的爆炸，大概是掃雷艇的疏忽造成。陸戰第 1 團安心地登陸，而此時，中川州男正在祕洞裡窺視，他頻頻冷笑，當美軍步入日軍的射程後，中川州男果斷地下令：「發起攻擊！」暗堡裡的日軍同時開火，沙灘上槍聲大作，海岬上的日軍也居高臨下地發砲，只見砲彈、榴彈、手榴彈等如暴雨似的落在灘頭。

美登陸部隊不斷呼叫火力支援，威爾金森以望遠鏡觀察後，心裡暗想：我軍部隊都擁堵在灘頭，敵我雙方的距離如此接近，而日軍的陣地又十分隱密，不易發現，若冒然展開轟炸，肯定是誤傷自己的軍隊。艦砲不敢開火，美機也不敢轟炸，威爾金森猶豫不決，只好通知陸戰第 1 團長：「由於艦砲和飛機無法發現日軍的陣地，盲目轟炸會誤傷自己人，因此你們要迅速作出反擊，才能死裡求生。」團長回覆：「戰鬥十分局促，連躲避砲火的時間都沒有，而日軍火力又隱蔽難測，根本無從反擊！」面對日軍的突擊，美軍毫無心理準備，使得傷亡十分慘重，鮮血染紅了沙灘，灘頭上堆滿美軍的屍體以及大量被摧毀的軍事裝備。此時，海灘上已沒有活著的士兵，後續而來的美登陸艇還在岸邊徘徊，結果也遭受日軍的攻擊，艇上的士兵全部掉落水中，正當美軍在水中苦苦掙扎時，日軍的機關槍卻無情地掃射，不久，無數的屍體在海面上漂浮，登陸成為了美軍的夢魘。

威爾金森在軍艦上看得目瞪口呆，他疑惑地自言自語：「經過連續三天的狂轟濫炸，日軍不但活著，還更為凶悍，真是不可思議。」生還的軍官報告：「我陸戰第 1 團損失兵力超過一半，包括六十艘登陸艇、三十輛兩棲運兵車和三輛坦克，盡數遭摧毀。」威爾金森只好下令：「陸戰 1 團，全部撤回軍艦！」同時，他下令美艦：「不可盲目轟炸，主要砲擊日軍的灘頭陣地，尤其是下一個登陸點。」第二波登陸點位於島的中部和南部，這裡一馬平川，日軍無法部署灘頭的狙擊陣地，因此在艦砲的支援下，美軍迅速開闢通道，順利登陸。

美陸戰第 7 團在南部登陸後，便進入平坦的地區，然而周圍都是丘陵高地，團長暗想：如果周圍的制高點部署日軍的火砲，我軍便會陷入日軍的火力網中，太危險了！於是，他下令：「迅速向四周的丘陵高地推進，奪取制高點。」此時，日軍頻頻射擊，冷槍來自四面八方，卻看不見火力點；美團長下令：「架起機關槍向四周狂掃，砲兵同時開火！」由於看不見敵人，美軍的反擊十分盲目且毫無效果，反而本身傷亡更大，因此美陸戰第 7 團的掃蕩，進展十分緩慢。

美陸戰第 5 團也在中部順利登陸，這裡的日軍火力相對薄弱，於是美軍昂然朝機場推進；突然前方的高地上，出現十多輛日軍坦克，坦克如狼似虎，不顧一切地衝入美軍當中，美軍嚇得東躲西逃。坦克呼嘯而過，一直衝向海灘，灘頭上的美軍也亂成一鍋粥，紛紛丟下物資和武器，四下逃命；日軍坦克的反擊震撼了威爾金森，他馬上下令：「出動八輛 M4A2 坦克，迅速支援陸戰隊，奪取機場！」不久，M4A2 坦克在海灘上出現，雙方立即爆發坦克戰；M4A2 的裝甲奇厚，日軍砲彈只能『搔癢』，結果日坦克全部被摧毀，美軍只損失一輛坦克。

戰鬥勝利後，四散逃跑的美軍才重新集合，然後在坦克引領下，繼續向內陸挺進；中川州男見勢不妙，便下令：「暫時撤退隱蔽，集中狙擊坦克後面的美軍！」日軍有條不紊地退入隱蔽陣地，當美軍尾隨坦克到來時，就不斷受到冷槍的襲擊；陸戰第 5 團長上報威爾金森：「敵人不斷放冷槍，我軍一連進攻兩天，付出了慘重的傷亡代價，卻只挺進兩百公尺。」於是，威爾金森下令：「改變策略，放棄進攻正面的高地，改為進攻側翼的方向！」果然，不利的局面才扭轉過來，美軍一路攻到機場，而且馬上進駐飛機。

中川州男告急，井上貞衛便下令：「增援貝里琉島！」日援兵突破美軍的防守線，成功會師第 2 聯隊，但是所運送的補給品途中被美軍摧毀；此後，美軍加強海岸巡邏，日軍再難以進行增援。然而美軍的進攻仍然舉步維艱，陸戰第 5 團長上報：「日軍的反擊越來越激烈，我軍飛機屢遭襲擊，機場得而復失。」幾天後，威爾金森下令增援貝里琉島，美軍才重新攻占機場；團長報告威爾金森：「機場雖然奪回，但是日軍不斷突襲，飛機的起降始終受到槍林彈雨的威脅，我軍疲於保衛機場，而無法繼續推進。」

由於「帛琉作戰」的命令早已撤銷，美軍沒有再登陸其他島嶼；然而，僅貝里琉島打了一個月還在原地踏步，尼米茲見攻勢停滯不前，心裡十分糾結，他想：本來是想奪取這裡的機場以支援菲律賓作戰，沒想到反而被拉了後腿。其實更滑稽的是：美軍為貝里琉島的軍事行動，取名「僵持行動」，不曾想真的打成僵局。

日子一天天地過去，麥克阿瑟心急如焚，他對尼米茲說：「馬歇爾總司令已定下菲律賓開戰的日期，眼下時日不多，必須開始為戰前作準備。貝里琉島是不應該去攻打的，作戰命令早已取消，不如盡早撤兵，以免耽誤大計。」尼米茲不情願地說：「我們已經付出極大的代價才成功占領機場，怎麼可以輕言放棄？」麥克阿瑟暗自思索：如果無功而退，就會被人視為戰敗，必定有損名望。於是，他折衷地說：「我們先對外宣布：貝里琉島的戰事勝利結束，海軍陸戰隊和軍艦即刻撤離，調往菲律賓。與此同時，我增援一個師的陸軍繼續打下去，直至勝利。」

美陸軍師的作戰風格果然不同凡響，陸軍以重型大砲、火箭彈、坦克、火焰噴射器等展開攻勢，然後又以凝固汽油彈、炸藥包、手榴彈等，攻擊洞中的日軍，憑藉強大的火力優勢，日軍的防禦工事被逐洞摧毀，日第 2 聯隊傷亡殆盡。在此窮途末路的時刻，中川州男沉重地下令：「凡是能跑動的，全部逃離指揮部！」然後，他發出訣別電文：「櫻花謝了，天皇萬歲！」接著燒毀密件和軍旗，然後他對所有重傷員說：「我們已經彈盡糧絕，你們又身負重傷，無法逃亡，我們與其被俘虜，不如一死以謝天皇。」於是，他們便一起切腹自殺，殘餘的日軍則逃入叢林，此後他們不斷發起零星的游擊戰，直至天皇詔書下達。

貝里琉島淪陷後，米內光政對內閣說：「美軍的下一個目標，肯定是菲律賓，我們必須有所準備。」商議後，由大本營制定「捷號作戰」計畫。天皇問道：「菲律賓之戰，誰能掛帥？」宮內大臣木戶幸一說：「山下奉文深諳軍事，有大將才，雖然涉嫌『二二六事變』，但是，他對天皇忠心耿耿，只要陛下許他覲見，必可讓他為帝國效命。」山下奉文在滿洲賦閒兩年有餘，此次臨危受命，只好勉為其難。他臨行前入宮覲見，天皇勉勵說：「辛苦！……帝國安危，皆繫於駐菲部隊之肩上……」山下奉文按禮節靜靜聆聽，覲見完畢，他悄悄向後退出宮殿，才抬起頭來仰望天皇，深深鞠躬之後才轉身而去，這次覲見，總算了卻他的夙願。於是，山下奉文率領部分關東軍前去菲律賓，就任第 14 方面軍總司令，轄兵力三十五萬人。美軍攻下貝里琉島後，麥克阿瑟匆匆下令部隊：「迅速前往菲律賓，準備戰鬥！」與此同時，尼米茲也下令海軍陸戰隊：「攻占菲律賓附近的烏利西島，作為艦隊維修的後勤基地。」由於島上的日軍已遁逃無蹤，美軍兵不血刃地占領烏利西島。

麥克阿瑟與尼米茲商議，他說：「呂宋島和民答那峨島有日軍重兵駐守，我們要如何取捨？」尼米茲說：「日軍在菲律賓的部署，是兩頭強中間弱，我們從中間腰斬，便可分化其兵力，然後依次消滅。」麥克阿瑟說：「菲律賓中部的萊特島最具策略價值，以此島為進攻的橋頭堡最理想不過。」於是，尼米茲下令：「海爾賽率領第 3 艦隊，先敵奪取制空權，削弱日機空襲的能力；金凱德率領第 7 艦隊，負責奪取制海權，掩護陸戰隊登陸萊特島。」

海爾賽領率領第 3 艦隊向北航行直至一千海里外的琉球群島，才奏響典型的美式戰爭序曲。美機首先對沖繩島展開空襲，飛行員報告：「島上的機場、飛機、港口和運輸船多數被摧毀。」海爾賽意猶未盡，又下令第 3 艦隊：「轉移去臺灣，展開猛烈的轟炸！」美機連續三天的轟炸，重創島上的機場和碼頭等設施。

此時，正在臺北的豐田副武下令：「起飛臺灣的所有飛機，轟炸東部海面的美航母艦隊！」黃昏時分，日轟炸機緊貼海面飛行，接近美特遣編隊後才躍升至上空展開轟炸。美航母「富蘭克林號」左舷中彈起火，不過火勢很快就撲滅；接著，重巡洋艦「坎培拉號」被魚雷命中，船舷炸出一個大洞來，海水大量湧入而失去移動能力，海爾賽只好下令驅逐艦：「將『坎培拉號』拉去烏利西島維修。」

次日，為了報復日軍的空襲，海爾賽下令：「從中國起飛 B-29 轟炸機，轟炸高雄！」豐田副武則下令追擊美艦隊，不久，日機凌空轟炸美第 3 艦隊，魚雷命中輕巡洋艦「休士頓號」，船艙大量進水，船長下令：「緊急堵住缺口，保持狀態。」船員全力搶救後，「休士頓號」才沒有沉沒，後來被拉去烏利西島修理。歷時四天的臺灣海空戰，日機損失慘重，美軍艦雖然多有受損，但都沒有被擊沉，因此修理後便可繼續作戰，而日機的損失卻難以補充。可悲的是，日航空隊還虛報戰功，導致「捷一號」慘痛失敗，此為後話。

接著，麥克阿瑟下令華特克魯格（Walter Krueger）中將：「率領第 6 集團軍，總兵力十萬，攻占萊特島！」克魯格派遣飛機和潛艇先行偵察，偵察報告顯示：「萊特島是菲律賓群島中部的大島，擁有許多深水工程的海岸，有利於軍艦直接靠岸和部隊直接登陸；而且沿岸大多是低地和良好的公路，是裝甲部隊作戰的理想戰場。」克魯格掌握情況後，已心中有數，他下令：「派遣一支美巡邏營前往雷伊泰灣，登陸蘇祿安島、霍蒙宏島和迪納加特島，然後派遣工兵在島上豎立燈塔以引導軍艦的航行，同時在萊特島沿海實施掃雷行動。」美工兵利用凌晨時間在萊特島預定的登陸海岸，漏夜施工，清除和爆破水下障礙物。

旭日初現，萊特島上的獨魯萬、普勞恩、聖帕布洛等機場，陸續遭到美機的轟炸。島上守軍為日第 16 師團，師長為牧野四郎中將。美軍在蘇祿安島的活動已被日軍發現，哨所的偵察兵報告師部：「美軍占領雷伊泰灣的小島！」牧野四郎卻不以為意，直至美機轟炸，他才如夢初醒，然後緊急上報南方軍總司令部，寺內壽一有心庇護，便向大本營提議：「根據前線報告，美軍登陸萊特島的機率非常大，而美航母編隊在臺灣戰役中遭受『重創』，有利於我軍的調動；不如更改決戰地區，從呂宋島轉移去萊特島，以免萊特島被占領後，呂宋島的決戰難有勝算。」大本營和寺內壽一是沆瀣一氣，便同意改變決戰地點，於是，天皇下達「捷一號」的作戰命令。

然而，山下奉文的偵察機卻報告：「美軍集中在菲律賓的艦艇超過千艘，飛機超過千架，航空母艦超過十艘。」於是，他據實報告大本營：「臺灣一戰，美軍的實力不減反增，看來臺灣的戰果報導有誤；而且，我軍沒有決戰萊特島的軍事準備，相應的作戰計畫也未制定，僅靠增援兵力是不能取勝的；請速取消萊特島決戰，維持原計畫。」寺內壽一不滿山下奉文的異議，堅決反對他的見解，一意孤行地狡辯：「山下奉文初來乍到，情況不明，不宜妄下定論，與其誇大其詞，不如積極應戰。」結果，山下奉文的建議被大本營拒絕，他只好下令鈴木宗作：「以第 35 軍的兵力支援萊特島，力求殲滅登陸的美軍！」日第 35 軍駐守民答那峨島，軍長為鈴木宗作中將。

次日清晨，美第 6 集團軍司令克魯格下令：「兵分南北兩路，迅速登陸萊特島。艾爾文少將率領第 10 師，從北部的獨魯萬登陸；阿諾德（Henry Harley Arnold）少將率領第 24 師，從南部的杜拉格登陸。」當天，美艦展開火力攻勢，猛烈砲擊預定的登陸地段，在強大的火力支援下，南北兩路的美軍成功登陸。克魯格報告麥克阿瑟：「我軍已在萊特島建立灘頭陣地：北岸灘頭寬二十公里，南岸灘頭寬十一公里；重型裝備和補給物資可分別在這兩處上岸，我軍已向前推進超過五公里……」

美軍入侵後，牧野四郎急忙下令第 16 師：「從東南部調兵北上，阻截美軍繼續前進！」然而，美第 10 師已建立穩固的灘頭陣地，後援又源源不絕而至；於是，艾爾文下令美軍：「占領塔加洛班機場和主要公路！」美軍發動猛烈的砲火攻勢，前來攔截的日軍猶如螳臂擋車，自不量力，最終傷亡慘重，牧野四郎見勢不妙，下令部隊：「迅速向山區撤退！」

與北路軍相反，南路軍卻一路順風，阿諾德報告克魯格：「我南路軍沒有遭逢日軍的抵抗便占領杜拉格機場；到了中午，我軍又占領首府獨魯萬。」捷報傳來，麥克阿瑟穿上筆挺的軍裝，眼戴墨鏡，嘴叼菸斗，迫不急待地進入省府的議會大樓，隨行的有菲律賓總統奧斯梅納（Sergio Osmeña Sr.）、羅慕洛（Carlos Peña Romulo）將軍和大批記者。他在議會大樓內發表動情的演說：「菲律賓，我回來了！」同時他也宣布：「即日起，殖民地政府重新成立，奧斯梅納為總統。」麥克阿瑟將軍也舉行慶祝會，招待與會嘉賓。

偵察兵報告克魯格：「位於杜拉格與布拉文之間的聖帕布洛盆地，日軍建有四條跑道的機場，掌控萊特島對外的空中通道。」由於兵力耗損嚴重，克魯格下令：「增援第 7、第 32 和 96 師，繼續挺進萊特島的腹地！」然而越深入內陸，美軍面對的阻力也越大，傷亡與日俱增。美軍抵達聖帕布洛盆地時，更碰上日第 16 師的頑強狙擊，雙方連日血戰，日軍傷亡十分慘重，終於敗退山區。

此刻，日第 16 師的對外通道已喪失殆盡，美偵察兵報告克魯格：「目前日軍僅剩烏木港與外界來往，烏木港位於萊特島的西部海岸，一面臨海，三面環山，而且都是高聳的中央山脈，地形十分險峻，烏木港的防禦十分堅固，日軍部署有強大隱密的岸防大砲，戰艦難以靠近，飛機也無可奈何……」的確，開戰幾個月來，日軍依靠烏木港接應了三萬多名援軍，取得數以萬噸計的物資補給，為持續抗敵提供有效的保障，使得萊特島的美軍舉步維艱。然而，雷伊泰灣卻爆發驚天動地的海空戰，欲知詳情，且看下回分解。

第十五章

垂死掙扎雷伊泰灣，一敗塗地菲律賓

「捷一號」作戰計畫啟動後，日海軍總司令豐田副武下令：「聯合艦隊分成三隊挺進雷伊泰灣：栗田健男率領第 1 戰隊，轄五艘戰列艦、十艘重巡洋艦、兩艘輕巡洋艦和十五艘驅逐艦，出了聖貝納迪諾海峽後進入雷伊泰灣北部；志摩清英率領第 2 戰隊，轄兩艘重巡洋艦、一艘輕巡洋艦和四艘驅逐艦；西村祥治率領第 3 戰隊，轄兩艘戰列艦、一艘重巡洋艦和四艘驅逐艦。第2戰隊和第3戰隊共同沿蘇里高海峽進入雷伊泰灣南部；三個戰隊會師後，立刻南北夾擊美艦隊和運輸船。與此同時，小澤治三郎會率領航母艦隊前去引誘美軍航母艦隊北上，以消除決戰區域的空中威脅。」

日第 1 和第 3 戰隊從汶萊啟航，艦隊在航行時都保持無線電靜默，直至婆羅洲北面的蘇祿海，兩支艦隊才分道揚鑣。第 1 戰隊前往聖貝納迪諾海峽。第 3 戰隊則向東航行，預計與志摩清英的第 2 戰隊會合，然後共同衝擊蘇里高海峽。

第 1 戰隊取道東北方向，經巴拉望島東南部的水域，並穿過險惡的暗礁區，子夜時分便進入錫布延海。不巧美潛艇「海鯽號」和「鰷魚號」也在這片海域活動，潛艇很快就發現日艦隊的行蹤。與此同時，日戰列艦「大和號」也發現了潛艇，並上報司令部：「附近海域有不明潛艇在活動！」但是，栗田健男只下令：「迴避航行，以免耽擱時間。」結果日艦隊沒有採取反潛行動，反而繼續前行。

栗田健男的息事寧人，正中「海鯽號」的下懷，潛艇長麥克林托克中校見機不可失，決定發起偷襲，他下令：「發射魚雷，攻擊日旗艦！」剎那間，四枚魚雷命中「愛宕號」的側舷，魚雷爆炸後，整艘重巡洋艦烈火狂燒，「愛宕號」在陣陣爆炸聲中逐漸沉沒。此時栗田健男和參謀已全都落水，形態十分狼狽，不久，日驅逐艦趕來救援，他們才脫離苦海。栗田健男隨即下令：「司令部轉移去戰列艦『大和號』。」

禍不單行，另一艘美潛艇「鰷魚號」不甘寂寞，也發射四枚魚雷，魚雷分別命中日重巡洋艦「摩耶號」和「高雄號」。「摩耶號」在濃煙和大火中爆炸沉沒，「高雄號」被重創後失去移動能力，栗田健男下令：「由兩艘驅逐艦護航重巡洋艦『高雄號』，折返汶萊維修！」栗田健男處事容易大意，曾在辛普森港遭受美機的偷襲，艦隊損失慘重，他卻沒有吸取經驗教訓，結果這次又未戰先敗，使「捷一號」蒙上了陰影。他只好報告豐田副武：「第一戰隊出師不利，碰上美潛艇的偷襲，兩艘重巡洋艦被擊沉，一艘遭重創，我要求會戰延後。」豐田副武只同意延後一天，栗田健男心有餘悸地下令：「艦隊返航！」

美潛艇食髓知味，企圖再行偷襲而繼續跟蹤，不料行蹤敗露，日驅逐艦發射密密麻麻的深水炸彈，海面上激起一排排巨大的水柱。結果「海鯽號」中彈而沉屍海底，「鰷魚號」見勢不妙而只好放棄跟蹤，連忙回去報告戰情。海爾賽獲知敵情後，立即下令偵察機：「分別向西、西北和西南三個方向巡迴偵察，追蹤日艦隊！」

次日，栗田健男重新整編第 1 戰隊，他以「大和號」為旗艦捲土重來。不久，美偵察機報告：「發現日艦隊駛入錫布延海！」海爾賽便下令第 4 飛行大隊：「艦載機起飛，前往錫布延海，攻擊日艦隊！」兩百多架美機騰空而起，不料西南方向傳來報告「民答那峨島以西的蘇祿海發現日艦隊！」海爾賽只好重新下令：「第 4 飛行大隊注意，先去蘇祿海攻擊日艦隊，然後再向北靠攏。」原來此刻，西村祥治的第 3 戰隊正航行在蘇祿海上，美第 4 飛行大隊到來後，只發動一輪攻擊便飛走；日戰列艦和驅逐艦各有一艘受傷，但是不影響第 3 戰隊的行進。正當美機向北飛行時，突然雷達兵報告海爾賽：「發現兩百架日機，正向我艦隊飛來！」海爾賽大驚，立刻下令：「航母儘速躲入雨雲區！第 4 飛行大隊一半回來，準備迎戰來襲的日機，其餘繼續執行原定任務。」在美機的反擊下，日機倉皇逃走，美機窮追不捨，直追到呂宋島才罷休。

日機逃走後，躲藏在雨雲下的美航母「普林斯頓號」現身而出，準備接收歸來的艦載機。不料，卻飛來第二批近百架的日機群，日機集中圍攻美航母，負責護衛的美機奮力抵抗。突然一架日機穿出雲層，發起俯衝式轟炸，兩顆重磅炸彈隨後落下，成功擊中美航母「普林斯頓號」。炸彈穿透航母的飛行甲板，在船體內爆炸而引發熊熊大火，不久後航母的魚雷艙受大火波及，又引起霹靂似的大爆炸，導致烈焰狂燒，一股煙柱沖天而起高達三百公尺，此刻船上血肉橫飛，倖存者紛紛棄船而逃。

巡洋艦「伯明罕號」前來救助，不料海浪洶湧澎湃，反被推去與航母相撞，造成艦上的兩座艦砲被摧毀；接著，美驅逐艦「莫里森號」也趕來相助，不曾想在波濤推湧下，驅逐艦被航母突出的部位卡住，結果「莫里森號」的艦橋一半被撕毀。黃昏時分，還在猛烈燃燒的「普林斯頓號」又因大火波及彈藥庫而再度發生大爆炸；爆炸殃及身旁的「伯明罕號」，造成六百多人傷亡，「普林斯頓號」最終沉沒海底。

幾乎與「普林斯頓號」受攻擊的同時，美機也開始攻擊日第1戰隊。日超級戰列艦「武藏號」首當其衝，被一枚魚雷和兩顆炸彈擊中；接著，第二批美艦載機到來，有三枚魚雷命中「武藏號」，戰列艦的前甲板和左舷受損，不過航速依舊；不久，第三批美艦載機到來，又集中轟炸「武藏號」，日巨艦連中四顆炸彈和三枚魚雷，艦首的外甲板被撕裂，海水大量湧入，導致艦首向下沉；然而美機陰魂不散，第四批艦載機又追趕而來，「武藏號」再成眾矢之的，七枚魚雷先後命中戰列艦，艦塔被摧毀，艦上的日軍傷亡慘重。儘管如此，「武藏號」在兩艘驅逐艦的護航下，以每小時十二海里的航速繼續前進；就在此時，第5批美機蜂擁而至並集中攻擊「武藏號」，十七顆炸彈和十九枚魚雷先後命中戰列艦；命運多舛的「武藏號」終於沉入海底。

與此同時，日戰列艦「大和號」和「長門號」都受傷，而重巡洋艦「妙高號」和兩艘驅逐艦也被重創，栗田健男一面下令：「緊急撤退，返回汶萊維修！」一面上報豐田副武：「由於艦隊受到空襲，損失重大，我要求暫時退出戰鬥。」豐田副武回覆：「小澤治三郎的兩艘航母『伊勢號』和『日向號』已南下引誘美艦載機，第 1 戰隊要不惜一切繼續東進去殲滅美軍航母，否則我軍前功盡廢。」果然，海爾賽接到偵察機報告：「發現兩艘日航母正在南下！」海爾賽大喜，他暗想：日艦隊連續承受五輪轟炸，如今已逃遁而去，今夜雷伊泰灣應該平安無事。於是他下令：「起飛所有艦載機，前往北面轟炸日航母。」

開戰以來，日第 1 戰隊還未抵達雷伊泰灣，已被擊沉一艘超級戰列艦和兩艘重巡洋艦，日「捷一號」可謂凶兆連連。時近黃昏，美機沒有再來空襲，栗田健男權衡輕重，也不再堅持退卻。當夜幕降臨後，栗田健男的膽子也大了起來，他下令：「艦隊轉回頭，駛往薩馬島，進入聖貝納迪諾海峽。」萊特島與薩馬島之間的水道，名曰聖貝納迪諾海峽。今天的海空戰，美軍大獲全勝，便以為今夜安全無事而放松警戒，因此沒有在海峽的入口處設防，栗田健男知道後，不禁暗喜：看來美軍沒有料到，我還敢回來！於是下令日艦隊：「快速駛入聖貝納迪諾海峽！」

且說蘇祿海發現日艦隊之後，美艦隊司令金凱德指示奧爾登多夫（Jesse B. Oldendorf）少將：「嚴密把守蘇里高海峽，不讓日艦隊進入雷伊泰灣！」奧爾登多夫召集各艦長開會，下達部署命令：「三十艘魚雷艇守衛海峽的南口；六艘戰列艦、四艘重巡洋艦、四艘輕巡洋艦和二十八艘驅逐艦，負責守衛海峽的北口，準備在此殲滅日艦隊。」

與此同時，西村祥治與志摩清英的艦隊正朝蘇里高海峽的南口挺進。時近午夜，日第 3 戰隊的驅逐艦「時雨號」最先抵達海峽的南口；美魚雷艇急忙攔路，卻被「時雨號」開砲驅散。接著，日第 3 戰隊駛入蘇里高海峽，突然三艘美魚雷艇從黑暗中闖了出來，「時雨號」立即開火，一艘魚雷艇被摧毀後，其餘兩艘都落荒而逃。日艦隊即將靠近海峽的北口時，雙方的驅逐艦已同時發現對方；根據「先下手為強，後下手遭殃」的經驗，美艦率先發射魚雷擊沉日驅逐艦「山雲號」和「滿潮號」，並重創日驅逐艦「朝雲號」，此外，日戰列艦「山城號」和重巡洋艦「扶桑號」也受創傷。

首戰即敗的西村祥治仍然率領艦隊繼續前進；不久，又遭到美驅逐艦的攻擊，「扶桑號」和「山城號」再度被魚雷擊中，「扶桑號」失去動力，「山城號」艙內大量進水，美驅逐艦毫不戀戰，攻擊後便撤退。儘管損失慘重，西村祥治還是義無反顧，仍然下令：「艦隊繼續前進，突破出口，發動會戰！」不料來到海峽的北口時，才發現已落入美艦的包圍圈，龐大的美軍艦隊在出口處嚴陣以待；美艦隊司令奧爾登多夫少將下令：「艦隊採取 T 字陣法，一齊開火！」美艦在雷達引導下，以大口徑砲彈發起正面攻擊；在美艦隊的交叉火力打擊下，日艦隊幾乎全軍覆沒，戰列艦「山城號」在大火中沉沒；「扶桑號」被打得千瘡百孔，隨著彈藥艙發生大爆炸，「扶桑號」應聲斷成兩截，沉入海底；西村祥治當場被炸死；驅逐艦「時雨號」受到重創，步履艱難；重巡洋艦「最上號」中彈後，掉頭南逃。

此時，志摩清英正率領第 2 戰隊趕來，正要駛入海峽的南口時，「最上號」慌不擇路地衝出來，恰巧撞上第 2 戰隊的旗艦「那智號」，導致艦首受損，航速下降；志摩清英見勢頭不對，緊急下令：「迅速轉頭，向西撤退！」美艦隊卻乘勝追擊，驅逐艦「朝雲號」被擊沉；輕巡洋艦「阿武隈號」被魚雷重創；重巡洋艦「最上號」再度中彈，艦上的高級軍官全都陣亡，只好由荒井大尉代理指揮。

黎明時分，栗田健男的第 1 戰隊已穿過海峽，南下雷伊泰灣，不久後日艦的觀察哨報告：「前面發現美軍艦隊！」日第 1 戰隊的出現，令美艦隊措手不及，艦隊司令斯普拉格（Clifton Albert Frederick Sprague）少將暗想：雷伊泰灣聚集眾多的運輸艦，我絕對不能撤退，否則運輸艦會全軍覆沒！他透過無線電呼救，然而海爾賽的艦隊已經北上，而且保持無線電靜默，因此得不到回應；金凱德雖然有回應，答覆卻是：「艦隊剛剛結束一場大海戰，已經沒有彈藥和燃料，必須回去補給休整，無法再給予支援，請另謀高人吧。」

斯普拉格見增援無望，趕緊下令：「艦載機起飛，攻擊日艦隊，航母緊急後撤！」栗田健男也下令：「高砲集中射擊來襲的美機，艦砲集中攻擊美航母！」美驅逐艦為了保護航母，一面不斷施放煙幕，一面發起魚雷攻擊，魚雷命中日重巡洋艦「熊野號」，其艦首被擊毀；日重巡洋艦「羽黑號」、「築摩號」和「鈴谷號」都被美機的炸彈擊中，先後退出戰鬥。

「大和號」逼近美艦隊後，栗田健男立即下令：「發起攻擊！」「大和號」450公釐艦砲噴火響起，其他日艦也相繼開火。三艘美驅逐艦和一艘護衛艦瞬間被擊沉；美旗艦「範肖灣號」被擊中六次，仍然堅持作戰，還在混戰中，重創日輕巡洋艦「矢矧號」，然而重巡洋艦「範肖灣號」終因傷重不支沉沒；美航母「約翰斯頓號」連中三顆重砲彈，死傷慘重，又因彈藥庫爆炸而沉沒；另一艘美航母「霍爾號」也中彈，主發動機被摧毀，失去移動能力，接著又陷入日艦隊的圍攻，至少中了四十發砲彈，引發彈藥庫爆炸而沉沒；美重巡洋艦「甘比亞灣號」的輪船艙承受重創而失去動力，結果成為日艦的靶子，由於受到無數砲擊，「甘比亞灣號」終告沉沒；美重巡洋艦「加里寧灣號」和「希爾曼號」都遭受重創，但是在艦長果斷的指揮下及時逃離了戰場。

斯普拉格率領殘餘艦隊落荒而逃，正當粟田鍵男要下令追擊時，忽報：「第2和第3戰隊無法前來會師！」栗田健男暗想：第1戰隊的損失不輕，若美機回來空襲，就有全軍覆沒之虞；何況燃料不足以久持，還是見好就收，儲存實力為妙！於是，還未砲擊美軍運輸船隊，便匆忙下令：「向北撤退！」

此時遭受空襲的不是日艦隊，反而是敗逃的美航母艦隊；原來，日本黔驢技窮，竟然創造「神風特攻隊」這種同歸於盡的戰法，是斯普拉格所始料不及的。頃刻間，一架特攻機猛撞美航母「聖洛號」，大火在甲板上狂燒，引發連串大爆炸，「聖洛號」終於沉沒海底；接著，日特攻機還重創兩艘美航母，其他軍艦也難倖免，「神風機」的旗開得勝，讓日軍重燃作戰的希望，以致後來走火入魔。

海爾賽被引誘北上，果然發現日航母艦隊，可是航母上僅有十三架艦載機；原來小澤治三郎此行，是心存與航母共陣亡，因此艦載機早已轉移他去。當美機第一波來襲時，日航母的艦載機一下子全報銷，只能以高射砲還擊；「瑞鶴號」首當其衝，在美機俯衝轟炸下連中數顆炸彈和魚雷，航母上的甲板烈火熊熊，濃煙蔽日，船體傾斜。接著，第二波美艦載機到來，日輕型航母「千歲號」和驅逐艦「秋月號」被擊沉；輕巡洋艦「千代田號」連中數彈後，船體出現傾斜。

海爾賽將任務移交給米歇爾，然後率領航母艦隊火速南下；當他趕回雷伊泰灣時已不見栗田健男的艦隊，於是他下令艦載機趕緊追擊，然而只追到落單的日驅逐艦「朝野號」，這艘倒楣的日艦，因負傷而航行緩慢，結果成為海爾賽的目標。炸彈像狂風暴雨似地落下，「朝野號」被炸得體無完膚，沉屍海底。米歇爾接手海爾賽後，發現小澤艦隊已無抵抗力，便展開三輪猛烈的攻擊，盡情屠殺日艦隊，日輕巡洋艦「瑞鶴號」、「瑞鳳號」、「多摩號」、「千代田號」，以及驅逐艦「秋月號」等全軍覆沒。

日本從山本五十六的「伊號作戰」、古賀峰一的「呂號作戰」、豐田副武的「阿號作戰」、直至大本營的「捷號作戰」，可謂一號不如一號，結局一號比一號慘；這場規模龐大的海空大廝殺，比之馬里亞納海戰，有過之而無不及。豐田副武報告大本營：「我軍被擊沉四艘航空母艦、三艘戰列艦、六艘重巡洋艦、四艘輕巡洋艦、十一艘驅逐艦和六艘潛艇，受傷軍艦不計其數，飛機則損失四百架，傷亡七千多人……」

海戰後，麥克阿瑟對空軍司令肯尼中將說：「海爾賽和金凱德的艦隊需要回港休整和補給，萊特島的制空權就交給陸基航空隊了。」肯尼巡視機場後報告：「時值雨季，萊特島上的機場都變成一片泥沼，只有獨魯萬機場鋪上鋼板後勉強可用，然而機場的容量太小，只能安置少量飛機……」麥克阿瑟安慰他說：「你放心吧，日軍已元氣大傷，短期內難有作為。」不料，日機不斷發動空襲去轟炸萊特島的美軍部隊和艦船，同一時間，日軍利用暫時的制空權，成功掩護三個師團增援萊特島。此刻，萊特島上的美軍正穩定推進，北路軍已前進至卡里加拉地區，南路軍則先後占領塔納恩、達加米、普勞恩和杜拉格等地區。雖然日第 16 師還在普勞恩掘壕據守，但是已失去進攻能力。此時，日增援部隊第 1 師團和今田支隊（隸屬第 26 師團），相繼在烏木港登陸。師長片岡董中將下令今田義男少佐：「率領第 1 聯隊沿二號公路，北上卡里加拉！」二號公路是從里蒙開始，然後沿著陡峭的山坡上行，再向右繞過巍峨的山嶺，接著逐漸下坡，再延伸至瀕海的卡里加拉。

今田義男率領第 1 聯隊出發後，不巧在加波坎邂逅美第 24 師，雙方爆發激戰，今田支隊寡不敵眾而發電文告急，片岡董覆電指示：「沿二號公路南撤，退向山區，掘壕固守。」與此同時，克魯格也下令阿諾德（Henry Harley Arnold）：「第 24 師暫停前進，等待第 1 騎兵師到來，兩軍才聯合發起進攻。」不久，片岡董抵達里蒙北面的高地，他下令宮內良夫大佐：「率領第 57 聯隊，迅速北上增援今田義男。」宮內良夫抵達前線時，下令日軍：「占領制高點，架設野戰砲位，構築防禦工事，嚴陣以待。」次日，美軍開始發起進攻以搶奪制高點，雙方反覆激戰，卻始終相持不下。

山下奉文再向寺內壽一建議：「萊特島決戰應該終止，以免影響呂宋島的保衛戰。」但是寺內壽一仍然反對：「既然第 1 師團成功登陸，代表美海空軍已遭受毀滅性打擊，我軍更應該趁此良機進行決戰。」言猶在耳，海爾賽的特遣艦隊又重返萊特島，美偵察機報告：「日軍在烏木灣實施登陸！」原來是日第 26 師團主力到來，海爾賽立即下令：「艦載機起飛，轟炸登陸的日軍！」美機炸沉所有的運輸船和五艘驅逐艦，日第 26 師損失兵力近半。

然而，美陸軍向烏木港的推進卻舉步維艱，麥克阿瑟問克魯格：「萊特島也不是很大，為何打了幾個月還拿不下來？」克魯格說：「此島不算大，但是地形複雜，島內有中央山脈阻隔，山路崎嶇，坦克和裝甲車派不上用場，必須靠兩條腿行軍；何況現在是颱風季節，頻繁下雨，道路泥濘，樹木經常被風颳倒而阻塞通道，甚至一些河流的橋梁也被洪水沖走，這些突發狀況實在無可奈何；而日軍又不斷沿途狙擊，令人防不勝防。」麥克阿瑟讀了報告，心情十分沉重，突然，他靈機一動說：「傘兵！以傘兵突擊，便可踰越障礙。」於是，他回覆克魯格說：「你們設法兵分兩路，沿海岸迂迴挺進，然後南北合擊，我派遣第 11 空降師助戰，要盡快結束戰事。」

於是，克魯格調整部署，他下令：「北線的第 1 騎兵師，橫越皮納山峰向西進攻以防日軍攻擊獨魯萬；南線第 96 師布防達加米至普勞恩一線以牽制日軍，第 7 師沿二號公路北上攻打烏木港，同時，第 32 師接替第 24 師的位置繼續作戰。第 24 師則配合南下的第 10 師，南北合擊斷頭嶺和啟子嶺。」

斷頭嶺和啟子嶺位於島內的中央山脈，由碉堡、壕溝和散兵坑所組成，是日軍堅固的防禦據點，因此當美第 10 師到來時，立即遭受日軍的猛烈狙擊。師長艾爾文下令：「兵分左右兩翼，右翼正面進攻，左翼迂迴包抄。」接下來幾天都是大雨滂沱，地質災害頻仍，右翼美軍只能斷斷續續的進攻，交戰七天，美軍只推進七公里。此後天空轉晴，美軍加快進攻的進程，終於突破日軍的阻截；右翼美軍才翻山越嶺，泅渡萊特河，抵達啟子嶺。另一方面，左翼美軍向南進入山區後，沿途掃蕩山裡的日軍，繳獲大批重型武器，後來沿公路南下中央山脈。然而山區複雜崎嶇的地形、惡劣的天氣和日軍的頑抗讓左翼美軍受到嚴重阻礙。師長艾爾文不滿進度緩慢，便下令：「左右翼兵團聯合發起進攻！」美軍發起猛烈攻勢後，第 10 師終於攻克啟子嶺。

阿諾德率領第 24 師由南北進，以配合美第 10 師的南下，不料途中遭逢日軍的頑抗，雙方陷入拉鋸戰，死傷十分慘重。他下令：「向所有日軍的碉堡展開火攻！」在坦克營的協同作戰下，美軍冒著砲火發起衝鋒，摧毀日軍的防禦陣地，掃清了公路兩側的埋伏，美第 24 師終於攻占斷頭嶺，奪取了制高點。

與此同時，山下奉文下令鈴木宗作：「X 日在南線發起攻擊，配合傘兵攻占普勞恩和聖帕布洛等機場。」突然情況有變，日軍的總攻展期一天；然而，日第 16 師因技術故障，沒有接到延期的通知，依舊發起攻勢，結果一敗塗地。次日，山下奉文下令白井恆春中佐：「率領第 3 傘兵聯隊乘坐運輸機，然後空降普勞恩機場。」不料，由於美軍高射砲火的攔截，日傘兵無法準確降落，僅少數人降落在普勞恩機場附近，其中包括隊長白井恆春，而聯隊主力則偏離預定地點，降落在東面的聖帕布洛機場。

白井恆春降落後，見日傘兵實力單薄，便下令：「退入附近的森林！」不曾想在林中巧遇第 16 師的一支殘餘部隊，白井恆春對他們說：「且等待傘兵主力到來，再一起作戰。」日傘兵主力降落後便立刻進攻聖帕布洛機場，美地勤人員紛紛逃避，機場的設施、油料庫和武器庫被摧毀，大火狂燒聖帕布洛機場。緊接著，日傘兵又衝到普勞恩機場，迅速與白井恆春會合。

克魯格獲悉，急忙下令：「第 11 空降師和步兵師，前去收復布勞恩和聖帕布洛機場！」雙方交戰後，日軍不敵而退，由於兵力有限，白井恆春說：「我們且藏兵於森林，一面偷襲敵人，一面等待援軍。」不料堅持了三天，日援軍還是不見蹤影，不久，四個營的美軍衝入林中，展開猛烈的攻擊，日軍才被消滅。

美第 7 師沿著西海岸的二號公路前進，準備進攻烏木港，途中遭逢日第 26 師的頑強抵抗，克魯格接到報告後，下令：「第 77 師登陸伊皮爾，儘速增援第 7 師！」伊皮爾在烏木港以南三裡，鈴木宗作接到報告後，心裡暗想：伊皮爾若失守，我軍的後路會被截斷。於是急忙下令：「第 26 師團回攻伊皮爾，第 16 師團的殘軍回援烏木港。」

同時，鈴木宗作也向山下奉文求援，山下奉文隨即下令：「第 68 旅團和第 77 聯隊增援烏木港。」然而，由於美軍的阻隔，日第 68 旅團無法登陸烏木港，只好在西北角的聖伊西德登陸，而第 77 聯隊也被迫在帕隆邦港上岸，結果遠水難救近火。於是，山下奉文又下令第 8 師團：「調派三千人，乘坐五艘運輸船前去烏木港！」可是當日運輸船來到烏木港水域時，便遭到美機的襲擊，四艘運輸船被擊沉，剩下一艘轉去帕隆邦港靠岸；這些杯水車薪的增援，終究無法改變大局。

克魯格見日軍垂死掙扎，便下令布魯斯少將：「即刻率領步兵師登陸烏木港，並消滅日守軍。」次日，南北兩路的美軍會師，接著團團包圍烏木港。日軍師長片岡董下達命令：「敵人已包圍烏木港，我們已無路可退，大家儘速盤踞市議會大樓和其他建築物，控制市中心的街道，準備發起巷戰！」布魯斯指揮砲兵發動火力攻勢，然後下令美軍：「在火力掩護下，發起衝鋒！」雙方在市內展開激烈的戰鬥，日軍在彈盡糧絕後，全部被消滅；接著，美軍繼續清剿郊外的日軍殘軍。克魯格報告麥克阿瑟：「烏木港已被我軍占領，第 11 空降師正進入內陸盆地加快肅清日軍的速度。」於是，麥克阿瑟宣布：「萊特島的戰事結束，即日起，由艾克爾伯格（Robert Lawrence Eichelberger）中將率領第 8 集團軍善後。」

萊特島慘敗後，寺內壽一向大本營建議：「只有將『捷一號』作戰擴大至全菲律賓，才能扭轉敗局。」山下奉文強烈反對，他回覆大本營：「萊特島決戰，破壞了『捷號作戰』的原計畫，使我軍的海空兵力喪失殆盡，第 35 軍幾近毀滅。如今不但失去制海、制空權，陸地交通線也備受威脅，我軍機動作戰的能力被嚴重削弱，如果再勉強擴大『捷一號』決戰，必導致全軍覆沒。目前呂宋島的糧食十分匱乏，補給運輸困難重重，生存條件日益惡劣，我軍當務之急是構築自給自足的基地，藉著持久戰消耗和拖住敵人的主力，推遲美軍對我本土的進攻。」大本營權衡再三，接受山下奉文的意見，取消「捷一號」的作戰命令。

萊特島戰事結束時，麥克阿瑟急忙對尼米茲說：「我們應該乘勝攻打呂宋島。」尼米茲斟酌後，為難地說：「萊特島的機場距離呂宋島較遠，而且大多數已被日軍破壞殆盡，眼下派不上用場。現在日本的神風特攻機又很猖獗，不便出動航空母艦。最好找一個靠近呂宋島，又有機場的地方，由陸基航空隊掩護登陸會更好。」麥克阿瑟攤開地圖說：「最理想的莫過於民都洛島。」尼米茲同意：「不錯，民都洛島的日軍僅一千多人，容易解決，的確是理想的跳板。」麥克阿瑟問：「要從哪裡登陸民都洛島？」尼米茲精明地建議：「北部不安全，很容易遭受神風機的攻擊，最好從島的南部登陸。」

尼米茲派飛機和潛艇勘查後，電告麥克阿瑟：「民都洛島多山多雨，島上溼度很高，只有狹小的沿海平原，西南部的曼加林灣有深水港，最適宜登陸。」於是，麥克阿瑟對克魯格說：「這是民都洛島的偵察報告，你派遣軍隊盡速占領，作為進攻呂宋島的橋頭堡。」接著，克魯格下令伍德拉夫少將：「率領第 24 步兵師攻占民都洛島！」為了保障登陸部隊的安全，克魯格下令傘兵團：「在預定時間內空降至民都洛島的曼加林灣，盡速建立警戒陣地，掩護第 24 步兵師登陸。」

美軍預定登陸的前兩天，日神風特攻機突然來襲，美輕巡洋艦「納什維爾號」被擊中，傷亡三百多人，兩艘坦克登陸艦被擊沉，數艘運輸船被撞傷。登陸當天，神風特攻隊再度來襲，一艘驅逐艦被重創，登陸艦一艘被擊沉，一艘被重創。民都洛島的日軍只有一千多人，當美傘兵團降落時，守軍還頑強抵抗；隨著美軍源源登陸，日軍見寡不敵眾，大勢已去，便向山區撤退。美軍占領民都洛島後，馬上開始修建機場。

不久，山下奉文接到民都洛島的報告，他暗自思索：民都洛島與呂宋島南部相距僅幾里，如此一來，美軍不但威脅呂宋島，也等於切斷第 35 軍的退路。於是，他電告鈴木宗作：「美軍已占領民都洛島，我們之間的交通線也被切斷，今後，第 35 軍要自給自足，堅持在菲律賓的中、南部打游擊戰，直至皇軍反攻之日。」第 35 軍的殘軍，主要分布在民答那峨島，鈴木宗作接到命令後，便率領日軍向內地撤退。

日第 14 方面軍在呂宋島的兵力近三十萬人，山下奉文下達軍事部署命令：「即日起，呂宋島的軍隊分成三個集團軍：總司令部率領主力尚武集團，轄十五萬人，以卡拉延河谷為根據地，從東部的巴勒灣至西部的林加延灣，構築北呂宋地區的防線；橫山靜雄中將率領振武集團，轄十萬人，防守馬尼拉以東的山岳地區；塚田理喜智中將率領建武集團，轄三萬餘人，防守克拉克以西的中呂宋地區。各集團軍要趕快囤積糧食和彈藥，今後要自給自足，準備與美軍作持久戰。」美軍占領民都洛島後，目標自然轉向呂宋島。因此，民都洛島的機場一完工，美機就開始轟炸呂宋島以及菲律賓各地的日機場。航空隊司令米歇爾報告：「我軍在空中和地面上總共炸毀日機超過七百架，日軍已喪失在菲律賓的制空權。」麥克阿瑟下令克魯格：「指揮第 6 集團軍二十萬人，負責占領呂宋島。」克魯格說：「第 6 集團軍的兵力能否再增加？」麥克阿瑟說：「好吧，我從第 8 集團軍抽調一部歸你指揮，你的總兵力就達二十八萬人，應該是夠了吧！」

第 8 集團軍的增援部隊抵達後，克魯格下令其指揮官：「你們在呂宋島南部實施佯動，不斷派軍機搞偵察和轟炸，並以運輸機空投假人，再派軍艦在沿岸掃雷，誘使對方誤判我軍的登陸點，從而吸引日軍向南部集中。」接著，克魯格下令格里斯沃德：「率領第 14 軍前往呂宋島西部，由第 7 艦隊護送，登陸林加延灣。」美艦隊抵達林加延灣的當天，就發動了一小時的砲火攻勢，不料登陸時，日神風特攻機來襲，航空母艦和驅逐艦各有一艘被摧毀，多艘運輸船也被擊沉。然而，日軍的灘頭防禦十分薄弱，第 14 軍十五萬人成功登陸。另一方面，克魯格親自率領第 1 軍六萬人，前往呂宋島北部，第 1 軍僅遭逢微弱的抵抗便登陸仁牙因灣。麥克阿瑟對馬尼拉志在必得，當美軍登陸呂宋島後，他便親自指揮作戰，麥克阿瑟下令：「第 1 軍負責掩護第 14 軍的側翼和後方，第 14 軍主力迅速南下，其餘部隊則進攻克拉克基地。第 38 師登陸聖安東尼奧，攻擊日守軍的後側；第 24 師和第 11 空降師，登陸馬尼拉灣南面的納蘇格布後前往馬尼拉發動攻勢；第 1 騎兵師和第 27 師也迅速南下，進攻馬尼拉！」麥克阿瑟復仇式的作戰部署可謂泰山壓頂，然而他還不放心，又下令艾克爾伯格：「調派呂宋島南部的第八軍某部，迅速趕來馬尼拉參戰。」

塚田理喜智率領建武集團軍守衛中呂宋，美第 14 軍過境時，主動發起進攻，由於日軍的防禦準備不足，雙方實力又極端懸殊，日軍堅守半個月後被擊敗，美軍追擊至皮納圖博火山的東麓，建武集團軍拚死頑抗，幾近毀滅，殘餘逃入深山，美軍占領克拉克空軍基地。

與此同時，美第 14 軍的先遣隊已急速南下，準備閃電突擊馬尼拉，防守馬尼拉的橫山靜雄洞察到美軍的意圖，便下令振武集團軍：「準備戰鬥，阻截美軍！」美先遣隊寡不敵眾，處境岌岌可危，只好向軍部求援：「我軍遭受日軍的圍殲，傷亡十分慘重，請求迅速增援。」不久後，美第 14 軍主力趕到，即刻展開大規模反擊，雙方連日激戰長達一個月，振武集團傷亡慘重，兵力折損近八成，殘軍潰逃入山區。

日海軍陸戰隊師長大河內傳七中將，見美軍大規模南下，深知馬尼拉失守在即，便下令巖淵三次少將：「率領一萬多名陸戰隊返回馬尼拉，摧毀海軍倉庫和港口設施！」巖淵三次完成任務後，卻發現馬尼拉已被美軍包圍，於是立即控制市內近四千人的治安部隊，同時下令：「為了積存口糧和防止本地人通風報訊，即日起，將城內十萬菲律賓人趕盡殺絕，部隊則隱蔽在建築物內，準備對美軍展開巷戰！」包圍馬尼拉之後，麥克阿瑟首先下令美第 1 騎兵師：「派遣摩多化的先鋒部隊迅速衝入馬尼拉的聖湯瑪斯大學，解救校園內的三千七百名戰俘。」然後，他又下令：「第 11 空降師立即在蘇比克灣和馬尼拉灣的上空投送兵力。」美空降師落地後擊潰了日軍的抵抗，並控制通往馬尼拉的主要橋梁；接著，第 11 空降師開入市區，巖淵三次下令日軍：「憑藉市內堅固的建築物，準備展開巷戰！」由於傘兵只配備輕武器，因此被突如其來的狙擊殺得屍橫遍地，傷亡慘重。空降師緊急求援後，美第 14 軍大規模增援並展開猛烈的反攻，砲火摧毀了市內的所有建築物，整個馬尼拉市區硝煙瀰漫；日軍的防禦陣地也變成廢墟，失去藏身之所後，日軍傷亡十分慘重，卻拒絕投降，仍然負隅頑抗；一個月後，日軍才被消滅殆盡，巖淵三次切腹自殺。馬尼拉原本是座擁有七十萬人口的城市，如今已變成廢墟瓦礫。麥克阿瑟迫不及待地趕來馬尼拉，他站在馬拉卡楠宮的廢墟上，激動地向記者們宣布：「馬尼拉解放了！」

話分兩頭，且說克魯格率領第 1 軍順利登陸仁牙因灣，他心中暗想：日軍在這裡的兵力部署相當薄弱，也許是重兵守衛馬尼拉，卻忽略了北呂宋。美第 1 軍負有護衛第 14 軍側翼的任務，然而深入北呂宋後，克魯格再也無法輕鬆。防守北呂宋的尚武集團軍枕戈待旦，此時山下奉文下令：「第 23 師團、第 2 坦克師團和第 58 獨立混成一旅，聯合向南發起攻擊，軍主力向北夾攻！」美第1軍驟然腹背受敵，傷亡十分慘重，克魯格只好向麥克阿瑟求援：「第 1 軍被數量龐大的日軍包圍，我軍拚死抵抗，傷亡極大，處境岌岌可危，請求派兵增援。」麥克阿瑟見第 1 軍力有不逮，便下令艾克爾伯格：「迅速調派第 8 集團軍的兩個師，增援第 1 軍！」美第 8 集團軍加入後，雙方陷入拉鋸戰，難分勝負。

然而，戰事曠日持久之後，日軍的處境益顯困難，參謀長武藤章中將建議：「我軍的彈藥和補給日漸枯竭，而美軍又源源增援，不如主動撤退以儲存實力，再從長計議。」山下奉文同意他的看法，便下令：「以卡加延河谷為根據地，在碧瑤以西至聖何塞以北的山區設立防線，據險固守巴雷特山隘和薩拉科薩克山隘。」

尚武集團軍撤退後，克魯格下令：「第 25 師進攻巴雷特山隘，第 32 師沿三號公路東進去攻打薩拉科薩克山隘，第 33 師進攻碧瑤。」碧瑤設有山下奉文的司令部，由日第 19 師防守，由於美第 33 師的攻勢淩厲，武藤章勸山下奉文：「為防萬一，司令部應該轉移去別處。」山下奉文同意，便下令：「司令部轉移去東面的班邦以控制前往卡加延河谷的退路。」總司令部撤退後，日第 19 師也離開碧瑤，向西北的高地撤退，美第 33 師在坦克開路下順利占領碧瑤。

美第 32 師進攻薩拉科薩克山隘，遭到日第 10 師和第 2 坦克師的頑強抵抗，美軍憑藉強大的火力摧毀了日軍的全部坦克，日軍只好利用短兵相接的條件發起肉搏戰，才能勉強守住陣地。而防守巴雷特山隘的日軍，在美第 25 師的砲火猛烈打擊下，陣地搖搖欲墜。兩處的日守軍頻頻告急，武藤章向山下奉文建議：「這兩地的防禦恐難久持，不如主動撤退以保存實力。」山下奉文也有同感，便下令：「司令部從班邦撤往西北方的開延凱，全軍退入卡加延河谷，沿途設立伏擊陣地，狙擊尾隨的美軍。」命令下達後，苦守山隘的日軍紛紛放棄陣地，向卡加延河谷撤退。

克魯格欲將剩勇追窮寇，便下令：「第 37 師迅速占領巴加巴克，沿著五號公路北上阿帕里；第 6 師沿四號公路西進開延凱；第 33 師進攻賓恙一帶。」由於日軍沿途伏擊，美軍進展緩慢，麥克阿瑟問克魯格：「為何北呂宋久攻不克？」克魯格說：「日軍據險固守，沿途阻截，所以進展緩慢。」麥克阿瑟說：「可以使用傘兵突破自然障礙，加速作戰的進程。」於是，他下令：「第 11 空降師主力，前去增援北呂宋！」美傘兵介入後，迅速突破自然障礙，深入日軍後方，然後協同陸軍發起夾攻，結果日軍逐漸喪失陣地，武藤章對山下奉文說：「美軍以傘兵突破天險，據險伏擊已不現實，固守無益，不如儘速撤退。」山下奉文嘆了一口氣，無奈地下令：「全軍退向卡加延河谷的腹地。」美軍在重火砲、坦克和推土機的開路下不斷向前推進，打通了阿帕里至碧瑤、阿帕里至聖何塞的公路，美第 6 師占領開延凱。

接著，美軍繼續追擊，日軍卻寧死不降，在美軍步步緊逼下，山下奉文率領殘部逃入深山老林中；於是，克魯格下令美軍：「順勢封鎖山區，斷絕日軍的對外通道，讓其自生自滅。」尚武集團歷經半年血戰，喪失大半兵力，此後，殘餘日軍藏匿山林，依靠打游擊戰和劫掠度日，此外便是與疾病、飢餓糾纏，基本上失去反攻的能力。直至二戰結束，山下奉文才率領日軍棄械投降，此為後話。

且說麥克阿瑟欲雪前恥，親自策劃攻占科雷希多島，他下令：「鍾斯率領第 503 傘兵團兩千人，空降科雷希多島的西部高地；伍德拉夫率領第 24 步兵師配合傘兵團，登陸科雷希多島的東海岸。」鍾斯仔細參閱航空照片，發現科雷希多島呈蝌蚪狀，只有名叫「頂邊」的西部高地適宜空降，於是，他報告麥克阿瑟：「降落點的範圍不足十三平方公里，周圍都是崎嶇的山地，空降後恐怕難於集中兵力。」麥克阿瑟說：「沒辦法，已經沒有再好的降落點了，不過我會為你們提供火力支援。」果然，美軍猛烈轟炸科雷希多島長達一個月，僅轟炸機的投彈量就達三千多噸，艦砲更難以計數。

這天清晨時分，首批一千名傘兵從運輸機上紛紛跳下，不久，鍾斯報告麥克阿瑟：「由於風速很大，而降落點的面積太小，大多數傘兵被風吹散，有些掉落山林谷地，有些則掉下海，只有少數兵力完成集合，而且還要防備日軍的狙擊，請求迅速支援。」幸好第 24 步兵師已完成登陸，雙方合兵之後，才挽救了傘兵失敗的命運。當天夜晚，美軍推進至足球場，伍德拉夫下令：「今夜就在這裡安頓休息！」不料言猶在耳，從軍火庫內衝出五百名日軍，雙方激戰三個小時後，近半日軍被砲火擊斃，美軍也傷亡巨大。馬林塔隧道靠近科雷希多島的東岸，隧道裡匿藏了五千多日軍，正好為美軍的屠殺製造了有利的條件。因此，美第 24 步兵師抵達後，伍德拉夫對昨夜之仇耿耿於懷，便下令：「在洞外架設機關槍，準備掃射日軍，然後以噴火器，向隧道內噴火！」不料，美軍的火焰點燃了隧道內的彈藥庫，造成馬林塔山體大爆炸，隧道內的日軍慌忙往外衝，然而，洞外嚴陣以待的機關槍，立即「突突突」地響起，衝出洞口的日軍，個個飲彈倒下，屍體堵塞了洞口，最後，伍德拉夫下令美軍：「以大石頭堵住洞口，再充填水泥加以封閉！」結果，五千多名日軍因炸死、渴死、餓死、病死或窒息而死等，全部喪生在隧道內，美軍占領科雷希多島。

收復菲律賓後，麥克阿瑟對艾克爾伯格說：「為了切斷日軍的海上航道，第 8 集團軍擴大對其他島嶼的進攻。」艾克爾伯格下令都爾少將：「率領軍隊攻占民答那峨島的三寶顏和蘇祿群島，最後占領巴拉望島。」都爾完成三寶顏和蘇祿群島的任務後，即刻揮軍巴拉望島，根據偵察機和潛艇報告：「巴拉望島呈長條形，長約三百公里，寬僅五十公里，海岸布滿暗礁、沙洲、沼澤等登陸的障礙，島上則密林覆蓋，無路可行。」都爾下令：「海空發起火力攻勢，陸戰隊登陸普林塞薩港！」由於港口條件欠佳，登陸行動十分緩慢。美軍登陸後便挺進巴拉望島的北部，中途與日軍爆發激戰，日軍大多數被擊斃，少數逃入山中，美軍占領巴拉望島。二戰後，原屬蘇祿王國的巴拉望島，為菲律賓所吞併。

隨著美軍重新占領菲律賓，日軍的拚死抵抗越來越激烈，也越來越血腥，慘烈的硫磺島之戰，驚心動魄，欲知詳情，且看下回分解。

第十六章

喋血落日硫磺島，寧死不屈大和魂

美軍在攻打馬里亞納群島之前，也曾派飛機偵察硫磺島，當時飛行員報告：「硫磺島位於小笠原群島，是面積僅二十多平方公里的彈丸小島，目前只是日本海空軍的中繼站，守軍僅一千多人。」當時，尼米茲輕鬆地認為：「既然只是中繼站，我軍只要占領馬里亞納群島，硫磺島的中繼的價值就會喪失，不足為慮。」然而，當美國占領吉爾伯特群島時，日大本營意識到：「美國的下一個目標必是馬里亞納群島，而硫磺島是中繼站，必須加強防衛力量。」

於是，大本營當機立斷，下令栗林忠道中將：「率領軍隊戍守硫磺島，必須構築堅固的防禦工事以抵禦美軍的海陸空攻勢。」栗林忠道奉命後，率領四千多人的工兵部隊上島，工兵報告：「島上的火山灰與水泥混合後，可以成為良好的混凝土。」於是，他下令部隊：「以混凝土修建地下防禦工事，必須完善通風系統，尤其是屯軍的地下堡壘；每個地堡必須可容納至少三百人，堡壘之間必須有地道互相連接，道地必須四通八達和擁有多個出口，可以從多方向靈活地出擊敵人；同時，必須建設可供潛逃的密道，以便突破敵人的圍困。」

當塞班島失陷時，硫磺島上縱橫交錯、密如蟻穴的地下防禦工事也及時建造完成；栗林忠道向大本營提呈報告：「硫磺島上已碉堡林立，堡壘牆堅壁厚，全是混凝土修築而成；臨海的碉堡設有岸砲，可以縱射登陸灘頭，足以抗擊美軍的登陸，碉堡外圍還堆積厚達十五米的沙包，可以有效抵抗美艦的砲擊。硫磺島南部的折缽山體內，已修築龐大的多層坑道系統；許多坑道的洞口分布在俯視海灘的山坡上，洞口的角度設計，可以抵禦火焰噴射器的攻擊。我軍司令部設在元山山區，深入地下二十多公尺，有十多個出入口……」大本營回覆：「塞班島已失守，敵人的進攻迫在眉睫，要盡速完成作戰部署！」

栗林忠道自忖：美機一旦使用塞班島的機場，硫磺島便在美軍的攻擊圈內，加快作戰部署刻不容緩。於是下令：「留下四架飛機以供偵察和緊急用途，其餘的飛機和島上非戰鬥人員一律撤走。」此時，從塞班島撤退而來的日軍，包括陸軍和海軍各有三千多名；接著，父島也調來五千名軍隊和二十多輛坦克，栗林忠道指示士兵：「將坦克半埋於地下，露出的部分必須偽裝，以防美軍的轟炸。」不久，後續部隊又源源而至，戰事爆發之前，硫磺島上的日軍已達兩萬多人。

話說「菲律賓戰役」勝利在望，羅斯福總統問麥克阿瑟：「占領太平洋島嶼之後，美軍是否要進入中國作戰？」麥克阿瑟獅子大開口：「日本先後投入中國的軍隊超過百萬，如果你也給我百萬大軍，我馬上帶兵進入中國。」馬歇爾嚴肅地說：「開玩笑，我們全部軍隊不足百萬，全給你下注的話，不如要求蘇聯向日本宣戰。」

於是，美英蘇三國舉行首腦峰會，會議地點在克里米亞半島的雅爾達；此時，史達林待價而沽，他要求收回被日本占領的領土。於是，美英蘇三國秘密簽訂「雅爾達協定」：一、日本必須將庫頁島南部及其附屬島嶼歸還蘇聯；二、日本必須將千島群島交給蘇聯；三、承認外蒙古的獨立；四、中國東北的中東鐵路和南滿鐵路，歸蘇聯所有，並保證蘇聯在中國東北的優越權益。五、中國東北的大連港和旅順海軍基地，歸蘇聯所有。

在雅爾達峰會期間，美國成立第 21 轟炸機司令部，新式轟炸機 B-29 大批下線並進駐塞班島，轟炸日本已如箭在弦；總統羅斯福問歐尼斯特 · 金：「B-29 是我們的殺手鐧，你看要如何用來對付日本？」歐尼斯特 · 金直率地說：「最好的用法，莫過於直接轟炸日本。」羅斯福微笑說：「既是如此，就炸吧！」歐尼斯特 · 金問道：「轟炸日本本土，要選擇什麼地點？」羅斯福問：「炸什麼地方最令日本痛苦？」歐尼斯特 · 金肯定地說：「當然是東京。」羅斯福笑道：「那就炸吧！」歐尼斯特 · 金再問：「炸成一片廢墟？」羅斯福斟酌之後，說：「不，有四個地方不可炸，一是聖路加國際醫院，二是東京大學，三是基督教救世軍，四是日本天皇的皇宮。這四個地方就宣布為保護區。」歐尼斯特．金皺眉說：「要保護這些地方，只能在白天發起精確的轟炸攻勢。」羅斯福說：「正應該如此。」

一個月後，八十八架美B-29轟炸機飛臨東京，盤旋在一萬公尺高的上空，頃刻間，炸彈傾盆而下，灑落在東京市內；但是，隨行的偵察機卻報告：「只有三成飛機找到轟炸的目標，而只有一成的炸彈命中目標，而且創傷都不大。」歐尼斯特．金看了報告後非常失望，他問尼米茲：「為什麼成績這麼差勁？難道飛行員都是新手？」尼米茲立即解釋：「日本的天氣和歐洲不一樣，即使日間也變化很大，因此有三成飛行員找到目標，算是幸運了；其次，日本的工業與德國不同，零件和預製組件的生產都分散在民居，然後再送去工廠組裝，因此高空精確轟炸是無法有效摧毀這些家庭作坊的。」

歐尼斯特．金暗想：難道B-29要成為廢物？沉吟半晌，他問道：「那麼，有什麼方法可以實現轟炸的計畫？」尼米茲說：「一把火燒光就行了。」歐尼斯特．金訝異地問：「你是說採用凝固汽油彈？」尼米茲點頭說：「不錯，而且必須施行地毯式轟炸，才能徹底清除。」歐尼斯特．金提醒他：「別忘了總統的交代，有四個地方是受保護的。」尼米茲勉強似地說：「我們會盡力避免，但是如果是池魚之殃，就無能為力。」歐尼斯特．金凝重地說：「東京是人口密集的大都會，要施行地毯式大轟炸，必須先獲得總統批准，此事暫且緩行。」

尼米茲說：「既然轟炸日本已是定局，我就先行準備了。」歐尼斯特．金突然皺眉說：「轟炸機前往日本，沒有戰鬥機護航是危險的，由於受到航程的限制，陸基戰鬥機無法提供護航；而依靠艦載機，航母卻要冒『神風特攻』的危險，你說怎麼辦？」尼米茲回答：「硫磺島有兩個現成的機場，戰鬥機若從硫磺島起飛，就能護航B-29轟炸機了。」

歐尼斯特．金喝了一口咖啡，若有所思地說：「有一點令我深感疑惑，這次轟炸東京的行動，日本好像預先有所防備似的，難道是有人洩密？」尼米茲霍然醒悟說：「對了，硫磺島位於日本與塞班島之間，我們的轟炸機飛往日本必然受到監視，硫磺島守軍肯定向東京報警。」歐尼斯特·金頷首說：「硫磺島確是肘腋之患！」尼米茲說：「近來日機頻繁空襲塞班島，令我軍防不勝防，而這些日機都是來自硫磺島。」歐尼斯特·金冷靜地說：「看來轟炸東京之前，必須先占領硫磺島，才不會有後顧之憂。」

於是，尼米茲派遣潛艇和偵察機，展開對硫磺島的海空偵察。不久，偵察機首先報告：「硫磺島位於小笠原群島的南部，是第二大島，北距東京一千兩百多公里，南距塞班島一千一百多公里，戰略地位十分重要；島的形狀酷似火腿，長八公里，寬四公里，島上經常霧氣濛濛，天空總是覆蓋低厚的雲層。硫磺島南部是一座死火山，名叫折缽山，高不到兩百公尺；島的中部是開闊平坦的高地，有一個機場，名為千島機場；島的北部稱為元山山區，丘陵起伏，溝壑交錯，也有一個機場，名為元山機場……」接著，潛艇也報告：「硫磺島的火山尚未冷卻，終年散發霧氣，島上覆蓋著很厚的火山灰，硫磺味瀰漫全島；島的沿岸矗立懸崖峭壁，島上遍布洞穴，易守難攻，只有中部適宜登陸……」

尼米茲對史普魯恩斯（Raymond Ames Spruance）說：「你指揮第 5 艦隊攻占硫磺島吧！」史普魯恩斯看了一遍偵察報告，便對尼米茲說：「目前海軍的艦船，大多在支援菲律賓的戰事，恐怕要等占領馬尼拉後，才能抽出手來處理硫磺島。」尼米茲說：「好吧，這段時間先發動火力攻勢轟炸硫磺島，直至展開登陸行動。」史普魯恩斯問：「什麼時候開始轟炸？」尼米茲說：「就選擇珍珠港被炸的紀念日吧！」果然從 12 月 8 日起，美機就斷續轟炸硫磺島，長達七十多天，然而硫磺島特殊的自然條件，使轟炸效果不盡理想。

這天，航空隊完成轟炸後，回來報告：「硫磺島僅存的四架戰機已被摧毀。」言猶在耳，日零式戰機突然出現塞班島，令美軍措手不及，結果十一架 B-29 轟炸機被炸毀，八架遭重創，日機卻安然飛返，原來日機的空襲，是為了報復美機轟炸東京。美空軍司令米歇爾十分憤怒，他問航空隊隊長：「你們說，硫磺島的日機已被轟炸一空，為何還能空襲我們的機場？」隊長們面面相覷，無法回答，米歇爾下令：「偵察機即刻前往硫磺島，偵察島上的機場。」幾個鐘頭後，偵察機報告：「島上的機場，沒有發現飛機。」米歇爾不覺愣住了，他仔細一想，恍然大悟：「對了，飛機必定是來自日本，然後在硫磺島轉場，再空襲塞班島。」

米歇爾找到答案後，便下令航空隊：「集中轟炸硫磺島的機場和跑道。」同時，也下令偵察機：「施行航空照相，必須拍攝轟炸前後的情景。」奇怪的是，轟炸前後所拍攝的照片竟然一模一樣，米歇爾問飛行員：「你們是不是偷懶，沒有跟隨轟炸機去拍照，而是一張照片用到底？」飛行員回答：「沒有偷懶，全部是實地拍攝！」米歇爾不覺困惑，他心裡想：為何炸後的坑，隔天就不見了？苦思一陣後，他跳起來說：「對了，是被日軍給填平了。」於是，他再下令：「集中轟炸島上的建築物和人群。」轟炸過後，米歇爾仔細檢視空拍照片，發現硫磺島上已無聳立的建築物，也看不見有人走動的情景，他才滿意地下令：「繼續轟炸機場的跑道！」然而空拍的照片仍然和以前的情形一樣，這回米歇爾真的懵了，他狐疑地問：「難道有鬼？」參謀向他解釋：「硫磺島上有一座火山，長年噴發火山灰，炸出來的坑在一天內就會覆蓋回去，航空照片是拍不出來的。」這是米歇爾唯一能接受的答案。

事實上，硫磺島每次被轟炸後，機場是一片忙碌的景象：十一輛卡車、兩輛推土機、兩千人在填彈坑、六百人在搶修機場設施，這些都是美軍無從知道的；日軍僅用了十二小時，就恢復機場的功能，而且填平後的彈坑再經過火山灰的覆蓋也就了無痕跡。米歇爾見轟炸飛機跑道無濟於事，便下令航空隊：「今後改為轟炸日軍的運輸船。」然而運輸船到來的時間難以掌握，即便僥倖邂逅，也只是炸沉幾艘，微不足道。

這天，尼米茲電告史普魯恩斯：「馬尼拉已經解放了，硫磺島戰役馬上開始。」於是，史普魯恩斯召集第5艦隊的作戰會議，他說：「硫磺島作戰的命令已經下達，史密斯率領第5兩棲作戰部隊六萬人，由特納的艦隊負責護送和掩護登陸。」會議結束時，李梅突然來訪，他是美策略轟炸機的司令，李梅提醒史普魯恩斯：「你們攻打硫磺島，要小心日本航空隊的空襲。」一言驚醒夢中人，史普魯恩斯向尼米茲建議：「在進攻硫磺島之前，我要求先行轟炸日本國內的機場，以壓制其空軍對硫磺島的支援。」尼米茲回覆：「同意轟炸，但是要提防『神風特攻』。」史普魯恩斯對米歇爾說：「為了壓制日機支援硫磺島，我們率領艦隊先去轟炸日本，完成任務後再回來硫磺島。」於是，美軍艦隊和兩千架飛機分成兩批先後出發；史普魯恩斯率領特遣編隊首先出發，特納則率領護航編隊隨後啟程，美軍艦隊浩浩蕩蕩地向北而去。

史普魯恩斯親自指揮艦隊直撲日本，他以重巡洋艦「印第安納波利斯號」為旗艦；米歇爾以航空母艦「碉堡山號」為旗艦，負責指揮艦載機。史普魯恩斯對米歇爾說：「日本戰機已經落伍，不足為慮，可怕的是神風特攻機；雷伊泰灣海戰中日本艦隊全軍覆沒，但是神風特攻機所造成的破壞，卻令我軍損失慘重。」米歇爾說：「沒錯，我的看法也和你一樣；為了避免過早暴露行蹤，艦隊在航行時，不但要保持無線電靜默，還必須派偵察機在前面搜尋。」史普魯恩斯說：「你的意見很好，一路上，我已經派潛艇在前方警戒，另外，我的艦隊有攻擊力，可以走在前面，你的航母就尾隨在後，以策安全。」

史普魯恩斯妥善部署後，下令：「艦隊要利用惡劣天氣的掩護，迅速北上日本。」果然，美艦隊一路平安無事，航行六天後順利抵達日本外海。時值拂曉，艦隊距離日本海岸僅六十海里，而日本竟然毫不知覺，米歇爾下令艦載機：「空襲日本！」美艦載機紛紛起飛，連續兩天空襲日本，摧毀日機五百架，才洋洋得意地離開，南下硫磺島。

美機對硫磺島的轟炸，令栗林忠道深感大戰迫在眉睫，於是他召開軍事參謀會議，大須賀應少將說：「目前我們已失去制空權和制海權，以小島嶼對抗海空轟炸，必敗無疑。」栗林忠道說：「硫磺島是日本的前哨，只要守住要塞，就盡了責任，雖死無憾！」參謀長高石正大佐說：「塞班島採取對美軍的搶灘攻擊，導致三天戰事犧牲三萬人，我們不能重蹈覆轍。」栗林忠道說：「要迴避美軍的海空攻勢，只有讓其部隊上岸，美艦砲和飛機才會投鼠忌器。」大須賀應說：「我擔心無法堵住源源登陸的美軍，而造成敵眾我寡的困局。」栗林忠道說：「是的，我們也必須部署灘頭防線，主要火力集中在山腳，射程覆蓋到灘頭；再利用工事隱蔽火力，等美軍向前推進，距離我陣地五百公尺時，從近距離發起攻擊，便可大量殺傷其有生力量；再採取灘頭打擊以配合地面決戰，最終消滅敵人。」大家都贊同他的看法，於是栗林忠道下令：「地面決戰的部隊，分別部署於兩道防線：第一道防線主要覆蓋中部的登陸區，由隱藏在洞穴裡的大砲、輕機槍和坦克組成防禦網；第二道防線從機場北面，經過元山，橫跨島的兩岸。」

當第 5 艦隊去空襲日本時，特納暗想：硫磺島不過二十平方公里的面積，使用三天的炸藥就足於轟平了。於是下令布蘭迪少將：「你先率領軍艦去硫磺島發動火力攻勢，要連續砲擊三天，第四天部隊開始登陸。」硫磺島戰爭的序幕就此掀起：

第一天，美艦隊猛烈轟炸硫磺島，布蘭迪報告特納：「由於天氣惡劣，島上的火山灰到處飛揚，硝煙彌漫，能見度很差，原定砲擊的目標只摧毀不足百分之三；不過守軍的砲火反擊明顯稀落和薄弱，看來日軍的實力十分有限，不足為懼！」其實，日軍是為了隱蔽實力，僅使用中小口徑的火砲。

第二天，美軍開始為登陸作準備，布蘭迪下令水下爆破隊：「以十二艘砲艇作掩護，前往探測適宜的航道、清除水雷等水下障礙物！」不料栗林忠道操之過急，違反自己的謀略，竟然下令：「重砲開火！」瞬間十二艘美砲艇全部報銷，但是也因此打草驚蛇，布蘭迪大為震驚：「真想不到，島上還有大口徑的火砲，幸虧還沒有開始登陸，否則不堪設想，感謝主的保佑，哈利路亞！」於是他下令：「所有艦砲瞄準日軍的火力點，集中轟擊！」同時又下令：「出動全部的航母艦載機搜尋可疑的目標，一旦發現，就以燃燒彈清除偽裝。」

第三天，美機和艦砲繼續轟炸硫磺島，只見塵土飛揚，硝煙籠罩全島，此時日軍已全部退守地下坑道，損失十分輕微；美軍轟炸三天，消耗彈藥逾兩萬四千噸。

第四天清晨，史普魯恩斯從日本回來，艦隊抵達硫磺島時，特納也護送史密斯的部隊到來；此時，硫磺島上天高雲薄，微風輕送，十分晴朗，史普魯恩斯對史密斯說：「今天是難得的好天氣，天空晴朗，視野清晰，有利於砲火支援，是登陸的最好時機，馬上行動吧！」於是，特納下令艦砲：「發動攻勢！」由於目標清晰，砲擊效果比較理想；然而轟炸之後，硫磺島卻煙塵四起，能見度大為降低。

此時，陸戰隊已換乘登陸艇，準備在綿延幾公里的灘頭上岸。第一波登陸是七十輛履帶登陸車，日軍的抵抗十分微弱，美軍只遭遇迫擊砲和輕武器的零星射擊，整體而言登陸十分順利；然而，由於海灘堆積很厚的火山灰，土質十分黏軟，履帶車都陷入土中而難於自拔，隨後而來的登陸艇全被阻擋；艇上的士兵只好下船，揹著沉重的裝備涉水上岸，不久，來自明暗碉堡的子彈，很快便讓美軍舉步維艱。

美軍砲火開始延伸後，栗林忠道便下令：「進入陣地，準備攻擊！」日軍紛紛走出坑道，由於射擊的路線已事先測算好了，因此發起攻擊時，日軍的砲火都準確覆蓋灘頭，登陸的美軍紛紛倒地；幸好後續部隊配有艦砲召喚組，在飛機的空中引導下，艦砲有效壓制日軍的火力網，更掩護美軍向前推進，成功深入島內。接著，美軍坦克陸續上岸，不料許多坦克陷入火山灰泥中，動彈不得，大須賀應下令日軍：「反坦克砲開火，攻擊美軍坦克！」史密斯見坦克被摧毀，十分心痛，便下令美軍：「利用火焰噴射器燒死暗藏的日軍，再以炸藥包清除暗堡！」美軍終於緩慢推進，然而代價是傷亡不絕。

午後，硫磺島颳起了強風，風勢越來越強，不少登陸艇被颳得失去控制，甚至翻覆沉沒。在日軍砲火的狙擊下，灘頭上布滿損壞的登陸艇，而後續兵員和物資，還在源源不絕地到來；結果，海灘上一片混亂，擁堵不堪，除了少數部隊僥倖通過外，大部分美軍寸步難行。由於硝煙瀰漫，塵土飛揚，特納在軍艦觀戰，可無法看清灘頭的亂象。

島上的能見度雖然很低，但是在飛機的引導下，美軍艦砲都能準確射擊，因此日軍的火力點逐漸被拔除，美軍部隊才得以安全登陸。到了傍晚，史密斯報告史普魯恩斯：「我軍已開闢長四公里，寬六百公尺的灘頭陣地，部隊約三萬人成功登陸，包括六個步兵團、六個砲兵營和兩個坦克營，而傷亡不足一成。」史普魯恩斯回覆史密斯：「恭喜你們，不過要注意日軍發動夜襲，我會下令艦砲發射照明彈為你們壓陣。」意外的是，當天晚上登陸的美軍都安然無恙。

第五天的清晨，艦砲配合部隊的指引，繼續砲擊日軍的目標，美陸戰第5師長凱茲少將下令：「在坦克支援下穿越島嶼最窄的部位，攻占千島機場，切斷折缽山與元山之間的聯繫，徹底消滅頑抗的日軍。」硫磺島南端的折缽山直逼海岸，灘頭原先的混亂已經消除。不久前方報告：「匿藏在巖洞中的日軍不斷展開突襲，令我軍防不勝防，傷亡在不斷增加，請求支援！」凱茲下令：「坦克掩護步兵，逐洞作戰，推土機負責封埋洞口。」由於山洞不計其數，戰事進展十分緩慢，當天，美軍前進不到兩百公尺。

第六天，日本香取基地的「第二御盾特攻隊」飛至八丈島轉場，加油完畢後便分批出擊。此時，美航空母艦「薩拉托加號」正在硫磺島的西北海域準備執行夜間巡邏的任務，恰逢第一波特攻機到來，當中的兩架撞傷航空母艦而引發大火；兩個鐘頭後，又飛來第二波特攻機，其中一架向美航母「薩拉托加號」投下炸彈，成功擊中航母的飛行甲板，甲板上出現一個大洞，直徑寬達八公尺；日機轟炸後又使出怪招，竟然在甲板上連續翻滾，摧毀了四十餘架艦載機，造成美軍三百多人傷亡，「薩拉托加號」失去戰鬥力，只好拉回基地整修。

與此同時，一架神風特攻機撞上航母「俾斯麥海號」的升降機，並在機庫裡爆炸而引發大火，大火又引爆彈藥庫，結果再度發生大爆炸，三個小時後，「俾斯麥海號」披著熊熊烈火沉屍海底，美軍傷亡三百多人；此外，航母「隆加角號」、兩艘坦克登陸艦和一艘運輸船都遭受重創。

這天，除了日機來襲，硫磺島的天氣也越來越惡劣，風大浪高，換乘和卸載物品困難重重，美軍的增援行動已無法展開。

第七天，硫磺島下起滂沱大雨，而且下個不停，美軍只好停止進攻，這天成為雙方的休戰日。

第八天，雨過天晴，美軍的砲聲重鳴，陸戰第 4 師長下令：「即刻對北部的元山機場，發起總攻！」但是，日軍憑藉隱密堅固的防禦工事頑強反擊，美軍舉步維艱，前進的速度有如蝸牛爬行。

此刻，南部的折缽山砲火連天，陸戰第 5 師已經血戰了四天，兩千名日軍終於被消滅，大須賀應戰死，美軍登上摺缽山頂插上美國的星條旗。師長凱茲下令：「留下一個團駐守折缽山，負責清剿日軍的殘黨，其餘兩個團向北進軍，支援第 4 師！」栗林忠道得知折缽山失守，日軍全部陣亡，只好下令：「收縮兵力，集中防守玉名山、東山地區、北部落、漂流木等地的據點，以進行持久戰。」

第九天，陸戰第 3 師長厄金斯少將下令：「在坦克開路下，清除中部高地上的八百個地面碉堡！」正當美軍高歌猛進時，突然，日軍從背後發動突襲，陸戰第 3 師被迫逃避，同時呼喚艦砲支援，美軍拼死反擊後才穩住陣腳，而日軍卻從地面消失；美軍越向北挺進，地勢就逐漸升高，日軍的抵抗也越來越激烈，美軍的傷亡更是越來越慘重，美軍一團一團地投入戰鬥，然而只看見折缽山上的美國旗，卻看不到勝利。

第十天，三個美陸戰師已全部集結島上，史密斯下令：「兵分三路，聯合向北挺進：陸戰第 3 師居中，陸戰第 4 師為右翼，陸戰第 5 師為左翼。」可美軍每前進一步都付出沉重的代價。

當天，陸戰第 4 師首先發起進攻，奪取元山地區的制高點 382 號高地，不料卻陷入日軍隱密的交叉火力網，傷亡十分慘重，382 號高地猶如「絞肉機」，美陸戰第 4 師的兵力折損過半，只好放棄強攻。史密斯一面呼叫艦砲支援，一面下令：「改變進攻的方向，集中清除側翼的火力點。」如此連日血戰，美軍才攻下 382 號高地，而此時，已是開戰後的第十五天。

第十六天，陸戰第 5 師從折缽山來到 362 號高地，遭遇幾乎和第 4 師同出一轍。每當他們進攻山頭時，側翼的日軍便以密集的火力封鎖美軍的退路，然後再以內陸安排的火力正面反擊，使得攻上高地的美軍很快被殲滅，美軍死傷不計其數，功敗垂成。

經過多日交戰，日軍已掌握美軍的作戰進程：首先是空襲，接著是艦砲支援，再來是地面火力準備，最後才是步兵衝鋒。於是當美軍還未出動步兵之前，日軍總是蝸在地下坑道裡打盹，但是砲聲一平息，他們就像服了興奮劑似的蜂擁進入陣地，讓美軍蒙受沉重的打擊。

第二十天，陸戰第 5 師在 362 號高地已苦戰了四天，師長凱茲才明白當中的道理，於是在黎明前，他不發動砲火攻勢，而是下令美軍：「利用黑夜掩護，悄然接近日軍的陣地，然後出其不意發起突擊！」果然，日軍措手不及而被消滅，美第 5 師才成功奪取 362 號高地。

同一天，擔任中央突破的陸戰第 3 師，採取「啖肉棄骨」的戰術，沿途攻不下的地方就繞過去，留給後續的陸戰第 4 和第 5 師去善後，結果陸戰第

3 師勢如破竹，一直攻到西海岸的盡頭，將日軍的兵力分隔開來。

第二十一天，美軍衝破防線的消息傳來，栗林忠道不覺大驚，隨即下令日旅長千田貞季少將：「今夜突擊轉移，穿越美軍的防線，潛進敵人的後方去，設法打通兩翼的聯繫。」不料，美軍滿天發射照明彈，硫磺島上被照得如同白晝，日軍的形跡敗露無遺，千田貞季電告栗林忠道：「美軍大肆反擊，我軍傷亡近千，指揮官更傷亡近七成，兵員只剩三千多人，我軍大砲和坦克都被摧毀，糧食大多毀於戰火，飲用水也出現不足的現象，如今部隊已陷入絕境。

第二十二天，千田貞季再報告栗林忠道：「玉名山的生存壓力日益嚴重，我打算與敵人決一死戰。」栗林忠道說：「這是飛蛾撲火的愚蠢行動，無濟於事。」千田貞季說：「眼下缺水缺糧，與其坐以待斃，不如趁軍隊還有力氣，在臨死之前多殺美軍，才死有所值。」於是，他召集部下講話：「我們的糧食和飲用水僅夠用兩天，今天死和後天死已沒有差別，既然反正要死，不如趁我們還有力氣，在死之前盡量殺死美軍，以報國家和民族的血仇，大家喝完最後這杯水，讓我們同在靖國神社相聚吧！」

當天晚上，他對不能參戰的傷病員說：「你們與其當俘虜而被羞辱，不如殺身成仁，我發給每人一顆手榴彈，便可與敵人同歸於盡！」砲火延伸之後，千田貞季率領第一線的日軍發起攻擊，最終全部戰死，美軍占領玉名山；但是，美第 4 師的傷亡也十分慘重，兵力損失超過七成，基本上已失去戰鬥力，千田貞季雖敗猶榮。

第二十三天，元山的日軍陣地已被美軍截成兩半，同時，美軍還向兩面拓展攻勢。陸戰第 5 師對壘栗林忠道指揮的部隊，雙方連日激戰，陸戰第 5 師傷亡近八成，全師幾近毀滅；於是，凱茲趕忙發出勸降書：「我們很尊敬日軍勇敢的作戰精神，但是再打下去，只有死路而已，你們只要肯投降，我們會依照日內瓦公約優待俘虜。」說穿了，美軍是在爭取喘息的機會，當然，勸降書也石沉大海，回音則是砲聲；陸戰第 5 師已無力進攻，雙方陷入僵持狀態。

第二十八天，美陸戰第 3 師在東北部持續戰鬥，殲滅日軍八百人，當天傍晚，師長厄金斯為了尋找日軍的藏身地，他對一名亞裔的士兵說：「你化裝為俘虜，然後與另一名真俘虜一同向日軍傳話，名為勸降，實則查探虛實。你攜帶無線電，到了目的地後向我通報日軍的藏身地，引導我軍發動砲擊即可。」果然，日軍遭到突擊，傷亡不輕，只好向北部狹小的範圍撤退，由於日軍負隅頑抗，雙方連日激戰不已。

第三十六天，日軍已窮途末路，栗林忠道發出訣別電文，然後焚燒軍旗，銷毀檔案和密碼，準備拚死反擊。次日，他下達命令：「今天子夜，所有日軍務必攜帶武器，前來機場附近的山區集合。」凌晨時分，栗林忠道率領僅存的三百多名日軍，向機場的美軍發起最後的衝擊，幾百名美軍在睡夢中被殺。

第三十七天的清晨，美軍四處掃蕩日軍，雙方激戰三個小時後，日軍大部分被殲滅；栗林忠道在十多名日軍的護衛下負傷逃入山洞，他對大家說：「我們已經彈盡糧絕，敵人遲早會來到，與其被俘受辱，不如自殺以保氣節！」於是，他率先切腹自殺，其餘日軍都開槍自盡，史密斯報告史普魯恩斯：「硫磺島戰事已經結束，日軍兩萬多人戰死，我軍傷亡三萬人。」

且說硫磺島的地面戰事進行幾天後，尼米茲見米歇爾無所事事，便對他說：「你在這裡英雄無用武之地，不如率領航母艦隊去琉球海域詳細拍攝沖繩島的航空照片，為即將到來的沖繩戰役作準備。」米歇爾說：「是否可以再空襲東京以轉移視線？」尼米茲說：「你真聰明，正該如此。」其實，米歇爾對特攻機摧毀其航母一直耿耿於懷，因此想藉機報復日本。

幾天後，美艦隊接近日本，米歇爾下令：「空襲東京！」不巧天氣十分惡劣，空襲效果不盡人意。他暗想：可別驚動特攻機，任務沒有完成還可以再來，航母若有閃失，就無法交代。於是，他不敢生事耽擱，匆匆率領艦隊向西南航行，三天後到達沖繩島，為了壓制沖繩島的日機，米歇爾又下令艦載機：「空襲沖繩首府那霸！」同時也下令偵察機：「詳細空拍琉球群島！」他完成任務後，便揚長而去。當硫磺島戰事在慘烈地進行時，尼米茲暗想：一個硫磺島已經打得如此辛苦，傷亡如此慘重，要攻到日本還有數不盡的島嶼，我們哪裡有這麼多軍人來送命？恰好此時，第 21 轟炸機隊司令李梅前來，他報告尼米茲：「B-29 轟炸機專用的凝固汽油彈已準備就緒，是否用來轟炸硫磺島？」尼米茲說：「現在島上都是美軍，你的燃燒彈到底要燒死誰？」李梅碰了一鼻子灰，不敢答話，尼米茲沉思一陣說：「不如去轟炸東京吧！記住，總統劃定的保護區不許殃及。」李梅應聲而去。

正當美軍在硫磺島陷入苦戰時，李梅率領近兩百架 B-29 從塞班島起飛，如狼似虎地撲向日本；此時已是午夜，領先飛行的兩架導航機紛紛投下照明彈，接著轟炸機開啟機腹，燃燒彈紛紛落下，很快的，東京近三平方公里的地面變成廢墟。李梅報告尼米茲：「我對這次轟炸的成績不滿意，打算再進行一次大轟炸，可以嗎？」尼米茲說：「你要這樣做，我不反對，不過後果要自己負責。」李梅見尼米茲開綠燈，便說：「好，我負責！」

半個月後，正當硫磺島勝利在望時，李梅率領三百多架 B-29 轟炸機鋪天蓋地地飛抵東京的上空。時值午夜，他下令轟炸機：「下降至兩千公尺的高空，以單機間隔的方式向東京二十五個地區投下燃燒彈！」燃燒彈釋放出無數的小火球，遇物即燃，當時的風速約每小時二十公里，只見遭受轟炸的區域一片大火；狂風掀起巨大的火浪，使整個災區形成滾滾熱流，接著又與周圍的冷空氣發生對流而出現火災旋風。隔天，朝日新聞報導：「昨夜東京發生大火，超過四十平方公里的地區，變成一片火海；包括住宅區，商業區和工業區等全部被焚毀，裕仁天皇的內閣文庫、馬房、女官宿舍和通向宮殿的長廊都被大火波及。近十萬日本人或因無處逃生，或因在睡夢中而被燒死，另有十萬人被燒傷，二十七萬棟房屋變成廢墟，超過一百萬人無家可歸⋯⋯」與此同時，大本營公布：「昨夜，我航空隊擊落十四架美 B-29 轟炸機，另有四十二架被擊傷。」

第二天晚上，李梅率領三百架 B-29 轟炸名古屋。此後，李梅食髓知味，竟然轟炸到上癮，在接下來的十天裡，幾乎每晚都來光顧日本，鬼魅似的 B-29，不斷在日本上空遊蕩，名古屋、大阪、神戶等城市，先後都成為李梅的獵物。李梅轟炸日本一千多架，投擲燃燒彈超過一萬噸，大轟炸所造成的破壞，不亞於原子彈的爆炸，自然為日本帶來廣泛的人道災難。

一名死裡逃生的日本人憤恨地說：「世人只道我日本殘忍，有誰知道披著文明外衣的美國，比誰都更為殘酷？」正所謂五十步笑百步！到了這個地步，美國兵鋒直指琉球群島，不料，窮途末路的日本準備與美國同歸於盡，欲知末日之戰的詳情，且看下回分解。

第十七章

黔驢技窮為玉碎，招降不成瓦難全

東京的皇宮內籠罩著肅穆和沉重的氛圍，小磯國昭向天皇提交辭呈，他說：「陛下，皇軍兵敗菲律賓，又敗硫磺島，更令東京遭受轟炸，臣自愧無能擔任魁首，特此請辭。」內大臣木戶幸一將內閣總辭的信函收下，小磯國昭徐徐退出宮外。昭和天皇問木戶幸一：「首相之位，誰堪與託？」木戶幸一說：「眼下戰事吃緊，前線的大將都無法脫身，看來只好先找國內的菁英頂替。」天皇說：「現在國難當頭，要盡快物色新的團隊。」木戶幸一轉了一圈，找不到有分量的人物可以中流砥柱，最後只好找前侍從長鈴木貫太郎，他對鈴木說：「小磯國昭已經請辭，天皇急需找人組閣，你可願挺身而出？」鈴木貫太郎曾經在「二二六事變」中遇刺，所幸傷重未死，他暗想：我這條命是天祐的，如能為天皇效死，求之不得。於是說：「天皇有命，義不容辭。」木戶幸一說：「既是如此，你擇日覲見吧！」因此，鈴木貫太郎成為日本新首相。

這天，天皇召開御前會議，鈴木貫太郎審時度勢地說：「近來，美國對日本的轟炸日益頻繁，本土防衛應該優先於海外利益，我軍大部分被牽制在中國，近期又無法取得突破，不如將主力調回日本，協同防禦美國的進攻。」外相重光葵則病急亂投醫，他說：「日本與蘇聯簽訂的中立條約即將到期，不如與蔣介石談判，只要蔣介石能說服蘇聯續約，除了滿洲之外，我們將中國還給他。」天皇問：「中國守不住，東南亞同樣也守不住，是否要和英法荷談判，歸還東南亞？」鈴木貫太郎說：「東南亞只是英法荷的殖民地，並不是他們的領土，我們只是進出東南亞，要來就來，要走就走，沒有必要談判。」軍令總長及川古志郎說：「東南亞各地都有反殖的組織，不如允諾他們獨立，勝過歸還英法荷；同時再為當地人提供武器，協助他們反抗宗主國，我們才能有談判的籌碼。」天皇無奈地說：「就這麼辦吧！」

停了一陣子，天皇詢問眾臣：「美軍攻占菲律賓和硫磺島後，下一步將會如何行動？」參謀總長梅津美次郎肯定地說：「空軍和海軍是美軍的優勢，因此，必然會利用其優勢攻占島嶼；下一個目標必是沖繩諸島，目的是切斷我日本的海上生命線。」天皇問：「為何不是臺灣？」梅津美次郎分析說：「呂宋島雖然大，中國的統治根基太淺，無法有效利用當地的人力和物力，加上『捷一號』喪失了制空制海權，更加速呂宋島的失敗。臺灣則不同，這裡物產豐富，可以自給自足，足以長期對美抗戰；相對而言，美軍更有把握占領沖繩島，何況沖繩比臺灣更接近日本，有利於美機北上轟炸我本土，因此繞過臺灣攻打沖繩島，是美軍的必然選擇。」於是，大本營制定「天號作戰」計畫。

在大本營會議中，海軍大臣米內光政說：「現在我們已失去制空權和制海權，除了特攻機能夠發揮作用之外，海軍已失去意義。與其讓海軍艦船被俘虜，不如利用來引開美艦載機，好讓特攻機在不受阻礙的條件下有效地攻擊美艦隊，一旦美航母起火，那些離巢的艦載機就無處安身，如此便可以一箭雙鵰。」陸軍大臣阿南惟幾說：「沖繩島的自持力有限，除非特攻機能夠大量毀滅美航母，否則陸軍能支持多久難以預料，但是可以肯定的是大和勇士都是視死如歸的！」及川古志郎問：「誰能指揮沖繩島的戰役？」阿南惟幾說：「牛島滿中將。」及川古治郎疑慮地問：「他已年近花甲，尚能飯否？」阿南惟幾堅定地說：「目前能夠調動的現役將領中，論作戰經驗，無人能出其右。」

大戰迫在眉睫，大本營不敢耽擱，立即宣布：「即日起，牛島滿為第 32 集團軍司令，負責戍守沖繩島，轄第 24、62 師團、第 44 獨立混成旅、海軍部隊和當地民兵，總兵力十萬人。」牛島滿老驥伏櫪，受命後說：「當前敵強我弱，精銳的第 9 師團又被調去防守臺灣，現有兵力不足以灘頭防禦，我軍只能據險固守，阻滯美軍進攻本土的步伐而已。」大本營回覆：「海軍會全力提供支援。」

於是，聯合艦隊總司令豐田副武命令伊藤整一中將：「組建第 2 聯合艦隊，負責反登陸作戰，支援沖繩島守軍。艦隊轄戰列艦和巡洋艦各一艘、驅逐艦八艘、自殺摩托艇六百艘、魚雷艇中隊、潛艇部隊……」同時，他也下令：「駐九州、沖繩和臺灣的三千架戰機隨時待命，準備打擊入侵的美軍。」

牛島滿巡視沖繩島後召開軍事參謀會議，他說：「沖繩島的防禦重心設在南部，以集中力量保衛首府。我們必須在島上部署三道防線，每道防線要修建多層次的防禦系統，防禦工事可以依靠山地地形來修建。」稍頓片刻，他下令：「宇土武彥上校負責防守西北部，包括八重嶽和座嶽地區；太田實少將率領一個旅的海軍陸戰隊，負責防守小祿半島和知念半島；八原博通上校負責指揮牧港防線；長勇少將負責指揮首里防線。美國對我日本步步進逼，在此國難當頭的時刻，大家要不惜玉碎，堅決與美軍戰鬥到底！」

此時，尼米茲和麥克阿瑟也在共同主持作戰會議，米歇爾將空拍照片和偵察報告呈上，尼米茲說：「我們下一個作戰目標是沖繩島，這些空拍照片，大家傳下去看吧！」接著，米歇爾詳細而冗長地報告：「沖繩島是琉球群島中的第一大島，面積約一千多平方公里，位於日本與臺灣島之間，是日本本土的防禦屏障。島形呈彎曲的長條狀，島的最窄處寬僅三公里，稱為石川地峽。地峽以北多丘陵山地，植被茂密。南部是呈三角形的高地，高地的東西兩端直插大海，形成兩個小半島，東部叫知念半島，西部叫小祿半島，島南部的海岸多為斷崖峭壁。島的中部有縱貫南北的大峽谷，是由險峻的斷崖和深不見底的溪谷所組成。沖繩島上有縱橫交錯的小道，小道在晴天覆蓋厚厚的沙塵，每逢雨天就成泥沼，難於通車。島的四周都是優良的港灣，但是海岸多為險峻重疊的岩石，島上還有四個飛機場……」

麥克阿瑟站起來發言：「沖繩島戰役即將開始，海軍部會出動一千多艘艦船和兩千餘架艦載機，我軍參戰總兵力將高達四十五萬人，比日守軍多上四倍，希望能速戰速決，早日迫使日本投降。」接著，麥克阿瑟宣布：「巴克納（Simon Bolivar Buckner）中將負責指揮第 10 集團軍攻占沖繩島；集團軍總兵力近三十萬人，轄第 3 軍的三個陸戰師和第 24 軍的四個步兵師，全部都是滿員的師。」巴克納隨即起立，信心滿滿地說：「沒問題，保證完成任務。」

尼米茲也下令史普魯恩斯：「指揮第 5 艦隊支援沖繩作戰。」於是，史普魯恩斯召開軍事會議，他下令：「特納為海軍的前線指揮官，米歇爾負責空中支援。」命令下達後，特納立即部署作戰任務：「霍爾少將、布蘭迪少將和斯夫斯萊德少將，你們各自率領兩棲艦隊護送登陸部隊、提供火力支援和後勤補給。」與此同時，他下令米歇爾：「率領第 58 特遣艦隊，轄各類艦船八十多艘，包括十一艘重型航母和六艘輕型航母；艦載機一千多架，為沖繩島戰役提供空中支援。」

美第 58 特遣艦隊歷經四天的航行，浩浩蕩蕩地向西趕來。此時，一架日偵察機正在高空盤旋，飛行員緊張地報告：「發現一支龐大的美國艦隊，正向日本駛來。」日大本營立即召集會議，及川古志郎說：「這是美軍進攻沖繩島的序曲。」阿南惟幾說：「不如趁其不備，出動航空隊進行轟炸。」米內光政說：「情況不明，不宜輕舉妄動，以免遭致不必要的損失。」阿南惟幾說：「雙方已互為敵國，來者不善，善者不來，還能有什麼不明的情況？等到挨炸之後才明白，一切都成為歷史了，難道你要成為歷史的罪人？」

第二天，美艦隊已逼近九州岸外九十海里了，日本第 5 航空隊司令宇桓纏請戰，豐田副武說：「我們的航空隊損失嚴重，很需要爭取時間訓練，只要美軍沒有運載登陸部隊，就避免動用航空隊以保存實力。」宇桓纏說：「即使美軍沒有運載登陸部隊，美軍的艦載機會讓我們保存實力嗎？一旦美軍先發制人，首先遭殃的是機場和飛機，我軍戰機與其在地面挨炸，不如主動去轟炸美軍艦隊，能炸多少就賺多少，勝過於在機場等死。」於是他不理會大本營的指示，立即下令：「起飛全部戰機，轟炸美軍航母。」

與此同時，米歇爾下令航空隊：「除了尾砲外，去除其他攻擊型裝備，以增加飛機的載彈量。」不久怪事發生了，雙方的戰機在空中擦身而過，卻互不侵犯。原來美機沒有空戰的武裝而無法戰鬥；日機卻害怕打不過美機而不敢主動空戰。結果，美機忙著去炸九州的機場，日機忙著去炸美航空母艦。此時九州機場上已沒有飛機，美機只好轟炸機場的跑道來洩氣；日機卻炸傷美航母「企業號」，「勇猛號」和「約克鎮號」，日機也損失近百架；當然，如果日機沒有起飛的話，恐怕已全部在地面報銷了。

次日，美機再對日本本土狂轟濫炸。宇桓纏再度指揮第 5 航空隊出擊，不久飛行員報告：「我軍擊中美航母『大黃蜂號』，航母發生大火，猜想傷亡四百人。」接著，日轟炸機藉助雲層的掩護，俯衝轟炸美航母「富蘭克林號」，兩枚各重 250 公斤的炸彈準確落在的甲板上，一枚在機庫爆炸，一枚在軍官艙裡爆炸。機庫裡全是加滿油、掛滿炸彈的飛機，結果引發猛烈的連鎖爆炸，整艘航母燃起熊熊大火，烈焰在濃煙中沖天而起，隨著火勢蔓延至彈藥庫，航母內部連連發生大爆炸，火勢越燒越旺，煙柱高達六百公尺，航母上的幾十架戰機全部焚毀殆盡。

米歇爾通知艦長：「棄艦逃生！」艦長誓死不從，他說：「只要提供救援，航母可以避免沉沒，否則我寧願艦沉人亡！」米切爾無可奈何，便派遣一艘輕巡洋艦前來，他下令：「先接下非工作人員，再以纜繩扶正航母。」接著，艦長命令船員：「向彈藥艙注水，以防繼續爆炸！」不料注水後，航母逐漸右傾，接著鍋爐停止工作，船體加劇右傾，甲板幾乎碰到海面；輕巡洋艦發現情況危急，艦長下令：「迅速砍斷纜繩離開，以免被拖下水！」附近一艘重巡洋艦卻趕來協助，阻止航母繼續傾斜；已經離場的輕巡洋艦只好又回來相扶。在兩艘巡洋艦的救援下，「富蘭克林號」才擺脫沒頂之災，然而工作人員報告：「整艘航母除了可以浮之外，已無法維修了。」「富蘭克林號」終於宣告報廢。

米歇爾初戰失利，損失重大，他不敢再耽擱，匆匆下令：「艦隊立即撤離九州，南下沖繩島，執行支援任務。」不料，途中又遭逢特攻機的襲擊，一艘驅逐艦被撞中沉沒。此時，英國太平洋艦隊的四艘航母來助戰，恰好替代受傷的美軍航母。於是米歇爾下令：「兩軍聯合發起進攻，空襲先導群島和臺灣的機場！」沖繩島南北的兩個方向都被美軍的空中火力壓制，沖繩島守軍陷入孤立無援。

由於「九州戰役」損失慘重，原本擔負海空反擊的日艦隊和戰機已無法有效支援沖繩作戰。沖繩開戰後的十天，只有少量日機和特攻機參戰，雖然無助於改變全局，卻重創史普魯恩斯的旗艦「印地安納波利斯號」，這艘重巡洋艦被特攻機撞出兩個大洞，只好退出戰場，回港維修。

不久，特納向史普魯恩斯建議：「據偵察機報告，慶良間群島防守薄弱，只需再加強一個營便可以占領。」史普魯恩斯回答說：「這些島嶼地形崎嶇，不適合建機場，沒有必要浪費兵力去奪島。」但是在兩棲編隊的軍事會議上，布蘭迪堅持說：「雖然島嶼不適合建機場，卻適合建造補給基地，補給基地是軍隊的命脈，補給不及就無法持續作戰。」布魯斯少將、基蘭少將和漢隆上校都全力支持他的意見，特納只好說：「我給你們一個師的兵力，必須速戰速決，以免上頭發現而令我難以交待。」特納放話之後，布蘭迪便與同僚商議作戰計畫，基蘭說：「原計畫是占領全部六個島嶼，如今履帶運輸車不足，恐怕難以實現。」布蘭迪說：「那麼，就改為占領四個島嶼好了。」布魯斯說：「慶良間群島的海域布滿了日軍的水雷，必須清除後才能登陸。」布蘭迪說：「我們要求艦載機和艦砲掩護，然後派遣爆破隊展開水下掃雷行動就行了。」

凌晨時分，四百多艘登陸艇兵分四路進軍，守島日軍的抵抗十分微弱，守將赤松大尉見大勢已去，便召集渡嘉敷島上的居民說：「美軍即將攻占本島，他們會殘酷殺害全部島民，我們與其被殺，不如自殺。」於是，他分給每戶人家一顆手榴彈，然後集體引爆自殺。

美軍在艦砲掩護下占領慶良間群島，基蘭首先上岸，他發現岸邊有許多小艇，便招呼同僚：「你們看，那是什麼？」布魯斯檢視後說：「這是自殺式摩托艇，總共三百多艘。」布蘭迪說：「幸虧我們先占領這些島嶼，才消除了艦隊的重大隱患。」於是，美軍在慶良間群島建造海軍補給站，同時修建砲兵陣地，以便火力支援沖繩島的登陸作戰。

美軍連續五天轟炸沖繩島，這天的黎明時分，巴克納中將下令：「第 10 集團軍登陸沖繩島！」此時，沖繩島西部的海面布滿美軍的艦船；運輸艦已撒下網繩梯，士兵們紛紛攀網而下，然後在海面上換乘登陸艇，接著巴克納下令：「準備搶灘登陸，陸戰 2 師為先鋒部隊，實施佯動以吸引日軍，為後續部隊的登陸創造有利的條件！」

當海空的火力準備停止後，美軍吹響登陸的號角；五百艘登陸艇分成五個波次在海面川流不息地挺進，然後紛紛在沖繩島西岸的中部登陸，在寬達九公里的灘頭上，日軍竟然沒有半點反應，好像是沒有人似地靜悄悄；美軍的登陸有如進行檢閱似地秩序井然，第一天，第 24 軍已有五萬人完成登陸。

美軍沒有遭逢抵抗便占領沖繩島的中部區域，黃昏前又占領讀谷機場和嘉手納機場，次日，美機開始進駐機場。巴克納下令第 24 軍：「陸戰第 1 師和第 6 師向東橫跨沖繩島，直達東岸的中城灣，切斷南北日軍的聯繫，然後從讀谷機場向北進軍；陸戰第 7 師和第 96 師，分別沿沖繩島的東西兩岸，向南部的首里推進。」今天，又一批「菊水」飛行員結業，此刻在日本香取基地裡充滿著沉重而肅穆的氣氛，幾百名身裹白綾、頭系白巾的「菊水」飛行員，面朝東京的方向整齊列隊；他們在接受軍令部長的檢閱，及川古治郎凜然地說：「如今敵人步步緊逼，我大和民族已處在生死邊緣，國難當頭，每個人都必須為存亡而戰，必須發揚『寧為玉碎，不為瓦全』的決戰精神，才能挽救日本的國運。天皇的尊嚴不容受辱，我們與其投降受辱，不如與敵人同歸於盡！天皇已經下令，即日起，全國神社都為你們祈禱，靖國神社會永遠供奉犧牲的烈士，希望大家不負所托！」講完後，「菊水」死士齊聲高呼：

「為國盡忠，報效天皇。寧為玉碎，不為瓦全。生為皇軍，死為皇魂。武運長久，決戰決勝！」接著，及川古治郎舉起酒杯說：「喝完這杯誓師酒，大家要奮勇殺敵，民族存亡，在此一舉！」

美軍登陸沖繩島後，大本營下令豐田副武：「聯合艦隊必須爭取時間，趕在美軍使用沖繩機場之前，發起『菊水一號』的作戰計畫！」於是，豐田副武也親自檢閱聯合艦隊，面對頭紮白布巾，身披白綾，滿臉仇恨的死士，他肅穆地說：「現在，我們一起來乾杯，喝完這杯誓師酒，大家準備出征！」為了配合「菊水一號」的作戰，伊藤整一下令：「聯合艦隊起航南下，引誘美機離開沖繩區域。」

美軍在下關海峽布設了水雷區，而美潛艇則在外海警戒，突然，潛望鏡裡出現聯合艦隊的行蹤，潛艇長緊急報告總部：「日艦隊巧妙躲開雷區，如今已出大隅海峽，正向西航行。」史普魯恩斯隨即下令：「戴約少將率領艦隊，米歇爾指揮艦載機，前往應戰。」清晨時分，四十架美偵察機向北飛去然後在海面展開扇形搜尋，不久，飛行員報告：「發現日聯合艦隊，正在南下！」緊接著，美水上飛機前去跟蹤。

四個鐘頭後，數百架美魚雷機和高空轟炸機一窩蜂地飛來，盤旋在聯合艦隊的上空，聯合艦隊沒有戰機護航，結果成了活靶子。輕巡洋艦「矢矧號」被炸得遍體鱗傷，沉沒海底；驅逐艦「濱風號」和「朝霞號」當場被炸沉；驅逐艦「初霜號」、「磯風號」和「霞號」受到重創，都失去移動能力，最終被迫自沉。

在雷伊泰灣海戰中，大顯神威的「大和號」是日本海軍的戰神，然而此刻，這艘七萬噸的巨型戰列艦卻成為美機集中攻擊的目標，在美機狂轟濫炸下，甲板千瘡百孔，慘不忍睹；「大和號」義無反顧，在驅逐艦「冬月號」和「雪風號」的伴隨下，仍然朝沖繩島方向航行。半小時後，第二批一百多架的美機飛臨日艦隊的上空；幾十枚魚雷命中「大和號」，炸彈也如雨似地不斷落在甲板上，「大和之魂」終於不支，逐漸沉入大海。日驅逐艦撈起水面的倖存者後，才顛簸著返回佐世保基地。此外，由於美軍雄厚的反潛實力，日潛艇在前線毫無作為，反而被擊沉了八艘。

日「菊水一號」啟動後，天空布滿七百架日機，包括三百多架特攻機、三百多架轟炸機。日機密密麻麻地飛往沖繩海域，由於美艦載機都去轟炸聯合艦隊，因此沖繩的空域基本不設防。此刻美驅逐艦「布希號」正在北部巡邏，結果首當其衝，三架特攻機猛地撞入軍艦，「布希號」爆炸沉沒；接著，美驅逐艦「科爾洪號」、「紐康姆號」和「柳特蘭號」、坦克登陸艦和兩艘萬噸級軍火運輸船等相繼被特攻機撞毀，全部爆炸沉沒；美航母「埃塞克斯號」也被魚雷命中，吃水線以下大量進水，航母急忙退出戰場；美戰列艦「密蘇里號」、護衛艦「馬里蘭號」也遭受重創，此外，日機還重創八艘驅逐艦和一艘布雷艦。「菊水一號」隊長報告總部：「我軍擊沉七艘美軍艦，重創一艘航母和十一艘各類軍艦。」

五天后，殘餘的日機發動「菊水二號」的攻擊，大本營下令：「由於飛機有限，必須由戰鬥機先引開美艦載機；等美機即將燃油耗 盡而返航時，我轟炸機才登場出擊。」於是，近四百架特攻機和轟炸 機一齊飛往沖繩海域，日機炸沉美掃雷艦、布雷艦和登陸艦各一艘，同時還重創六艘美驅逐艦和三艘護衛艦。

與此同時，日運輸機也在戰區投放「櫻花彈」，擊沉美驅逐艦「埃伯爾號」和一艘登陸艦，重創美戰列艦「密蘇里號」和航母「企業號」。原來日本為了彌補戰機的產量不足，便發明一種有人駕駛的火箭炸彈，炸彈裝備三臺火箭推進器，時速高達八百公里，運載一噸的烈性炸藥。火箭彈由飛機運往戰區的上空後脫離母機，發起機動式轟炸。這種威力強大的日式導彈超乎當時美軍的防空能力，因此被美其名為「櫻花彈」。

「菊水二號」的隊長報告總部：「我軍擊沉五艘美軍艦，重創一艘航母和十艘各類軍艦。」與此同時，史普魯恩斯下令特納：「為了提防日軍的自殺性攻擊以及減少作戰損失，你們要盡快部署雷達警戒艦，以便為艦隊提供預警，同時，也要盡快在沖繩島的機場部署戰機，以彌補艦載機的損失。」

三天後，日本發動「菊水三號」的攻擊，出動包括特攻機、轟炸機、戰鬥機、運輸機等五百架飛機。美雷達警戒艦「拉菲號」發現後立即發出警報：「艦隊注意，大批日機前來襲擊！」接著，「拉菲號」引導戰機進行攔截，很快地，雙方的飛機陷入混戰，「拉菲號」的高射砲不慎誤傷美機，特納隨即下令「拉菲號」高射砲停止對空射擊。突然，幾十架日機從四面八方飛來，集中空襲「拉菲號」，由於主帥有令，「拉菲號」不知所措，先後被三架特攻機撞上；主砲塔被炸毀，六十公尺高的烈焰沖天而起，而甲板上洋溢著特攻機的油料，結果大火不斷狂燒。正當船員在拚死救火時，不料日機拋下一枚炸彈，恰好命中高射砲的彈藥艙，引發更為劇烈的爆炸，「拉菲號」失去了移動能力；接著兩架特攻機撞毀艦上的火砲。幸好船員經驗豐富，「拉菲號」才避免沉沒的厄運，最後在其他軍艦的護航下，「拉菲號」匆匆退出戰場。

與此同時，日機擊沉美驅逐艦「普林格爾號」，另外，美運輸艦和軍火船也各有一艘被擊沉，航母「勇猛號」的側舷遭重創、戰列艦「密蘇里號」再度受創，此外，一艘醫院船和兩艘運輸艦也被重創。「菊水三號」的隊長報告：「我軍擊沉三艘美軍艦，重創一艘航母和五艘各類軍艦。」

「菊水一號，二號，三號」都是白天作戰，表面上戰果顯赫，實則代價很大，米內光政對宇恆纏說：「為了提高隱蔽性，接下來的『菊水四號至十號』，要採取夜間襲擊的方式以減少戰鬥損失。」然而，「菊水四號」只擊傷三艘美驅逐艦。「菊水五號」擊沉兩艘美驅逐艦以及擊傷兩艘航母。於是，宇桓纏對米內光政說：「夜間襲擊不易發現目標，戰果十分有限。」米內光政無可奈何地說：「我們的飛機更為有限，現在是越打越少，只有夜間才能減少損失。」宇桓纏說：「既是如此，我們就利用有限的飛機集中攻擊大型軍艦，尤其是航母。」

果然，在「菊水六號」的戰鬥中，兩架特攻機撞中航空母艦「碉堡山號」，這可是米歇爾的旗艦，只見猛烈的爆炸氣浪將航母的發動機彈飛，竟然飛入司令艙內，造成十四名參謀當場身亡，「碉堡山號」損壞嚴重而無法使用，最後只能拉回去報廢。米歇爾只好下令：「司令部轉移至航空母艦『企業號』。」不料三天後，「企業號」也遭逢自殺式攻擊，航母失去移動能力，米歇爾大嘆倒楣，只好「孟母三遷」，他下令：「司令部轉移去航空母艦『藍道夫號』。」「菊水六號」的隊長報告總部：「我軍重創兩艘美航母。」

由於特攻機和轟炸機的日益減少，「菊水」的威力也就日益減弱，「菊水七號」只擊沉一艘運輸艦、擊傷一艘航母；「菊水八號」只擊沉一艘驅逐艦以及擊傷多艘輔助艦船；「菊水九號」沒有擊沉艦船，只擊傷航母、戰列艦、重巡洋艦各一艘；「菊水十號」僅擊沉一艘驅逐艦。此後，日本海空兵力基本解體，「菊水作戰」也就自動消失。滑稽的是，日本為沖繩島戰役取名「天號作戰」，不曾想作戰方式竟然如此瘋狂。

話說登陸沖繩島的美軍分成南北兩路挺進，陸戰第 1 師和第 6 師向北順利進軍；儘管宇土武彥率領守軍頑抗，終因實力懸殊而潰散，美軍完全占領沖繩島的北部。此時在南部的山洞裡，日第 32 軍主力還沉著潛伏，伺機待動；大本營曾多次要求牛島滿：「迅速發動反攻，奪回機場！」但是，牛島滿回覆：「海面有大量美艦在活動，我軍一露面，必成美艦砲擊的靶子，反攻的安全毫無保障；目前只能據險固守，以期持久作戰，拖住美軍進攻本土的後腿。」然而，米內光政卻指責：「牛島滿怯戰，沒有配合總體作戰的計畫，辜負海空軍所付出的犧牲。」

其實，在「菊水作戰」期間，南部的戰事已經越來越激烈，牛島滿充分利用懸崖峭壁和深溝峽谷據險頑抗，令美第 96 師傷亡慘重，舉步維艱。正當戰事進入關鍵時刻，美國總統羅斯福突然逝世，大本營下令牛島滿：「美國總統已經被天照大神所處死，你們要趁此良機發動反擊以提振人心，全國人民會為你們祈禱。」牛島滿只好服從，他下令：「展開區域性攻勢，由敢死隊懷抱炸藥，先摧毀美軍坦克，然後再攻擊失去掩護的步兵！」不久，一隊日軍高舉白旗走了出來，他們列隊走向坦克後，突然點燃炸藥包向坦克丟去，一連串轟然巨響，美軍的坦克全都報銷。此時日軍的砲火猛烈攻擊美軍，美軍節節敗退，死傷五千多人；巴克納緊急呼叫史普魯恩斯：「日軍已走出掩體展開反攻，艦砲迅速提供火力支援。」美艦砲的強大火力遏制了日軍的攻勢，牛島滿只好下令日軍：「迅速撤退，據險固守。」

次日，美軍對日陣地展開海陸空大轟炸，但是日軍全部龜縮在地下坑道內，美軍的火力準備沒有取得預期的效果；巴克納下令：「第 27 師加入戰鬥，聯合第 7 師和第 96 師發起反攻！」牛島滿見美軍的砲火延伸後，便下令坑道內的日軍：「迅速進入陣地，猛烈轟擊衝鋒的美軍部隊！」巴克納也下令美軍：「攻占日軍的山頭、碉堡、坑道，甚至岩石的據點！」雙方的戰鬥十分激烈，連續激戰了五天，美軍僅推進不足五公尺，美第 27 師長報告巴克納：「我軍傷亡十分慘重，已失去進攻能力。」

特納對戰事的進展表示不滿，他對史普魯恩斯說：「巴克納的戰術和指揮，必定有所失策，否則戰事不會如此曠日持久。」史普魯恩斯向尼米茲反應屬下的意見，尼米茲對范德格里夫特上將（海軍陸戰隊司令）說：「沖繩島的戰事如此膠著，我們一起去視察，看看為何進展緩慢？」視察完畢後，尼米茲召集范德格里夫特、史普魯恩斯，特納和巴克納開會討論，尼米茲問巴克納：「陸軍採取按部就班的戰術，會不會令戰事費時曠日？」巴克納尚未回答，史普魯恩斯接著問：「你可知道，第 5 艦隊是冒著日特攻機的打擊，堅持支援陸軍的作戰嗎？」巴克納反駁說：「你也要知道，陸軍是提著腦袋在衝鋒陷陣，不是在睡覺。」特納隨即指責：「我第 5 艦隊每天都蒙受損失，你如此拖延時日，只是為了減少陸軍的傷亡，卻不顧海軍的處境安危！」巴克納回答：「這是一次地面作戰，與海軍無關。」尼米茲問道：「如果無關的話，我們何苦每天損失一艘半的軍艦？」巴克納隨即辯解：「我是說，地面戰事有其不同的規律，不能一概而論。」范德格里夫特提議：「我調派海軍陸戰隊從側面登陸，協助你作戰。」巴克納表示歡迎：「很好，我也會加速進攻的步伐。」尼米茲凝重地說：「好吧，我給你五天的時間，如果再沒有突破，我的艦隊就要換防了。」

散會後，巴克納暗自思索：第 96 師折損近半，第 27 師又幾近毀滅，無法繼續作戰，第 7 師也師老兵疲，恐難持久。如今北部無戰事，不如南北兵力互相對調，以便第 27 師和第 96 師得以休整，與此同時，日軍卻沒有休整的條件，只要採取消耗戰便能拖垮日軍的持久戰。於是他下令：「第 1 師與第 96 師對換戰場，第 6 師取代第 27 師的位置，第 27 師暫時休整，恢復後回來接替第 7 師。」隨著第 1 師和第 6 師的加入，美軍在南部的戰事，開始取得進展，不久，前線報告：「我軍距離日軍陣地僅五公里，然而日軍的隱蔽火力非常猛烈，我軍進退維谷，雙方陷入僵持狀態。」

與此同時，尼米茲致電巴克納：「你只剩下一天的時間，再無進展，我的艦隊就要換防了。」巴克納經不起尼米茲的催促，便下令第 96 師：「停止休整，回來南部參加作戰！」於是巴克納組織四個師展開攻擊，他下令：「兵分左右兩翼，左翼為第 1 師和第 7 師，右翼為第 6 師和第 96 師，採取兩翼包抄，迂迴夾攻的戰術，以火焰噴射器發動攻堅戰！」在強大的火力打擊下，美軍突破日軍的牧港防線。

牛島滿在首里召開緊急會議，他說：「美軍已在多處突破牧港防線，你們有何對策？」參謀長長勇指著蠟燭說：「我們絕不能讓軍隊的鬥志，像蠟燭那樣逐漸消耗乾淨，必須趁著還有實力時發動攻勢，否則後悔莫及。」大多數人支持他的看法，牛島滿心想：牧港防線已破，美軍又步步進逼，若不強力反擊，恐怕會坐以待斃。他按捺不住衝動，決定孤注一擲發起總攻，他下令：「由一支部隊乘坐駁船從美軍後方登陸，正面部隊第 24 師則展開攻勢，以實施前後夾攻敵人的策略。」不料，那支部隊半路卻遭逢美軍艦的砲擊而全軍覆沒。

與此同時，日第 24 師離開防禦工事，放棄據險固守而發起總攻，不料美軍猛烈的火力打擊令日軍傷亡慘重，牛島滿報告大本營：「總攻已經發動，由於暴露在美軍的砲火下，我軍蒙受慘重的傷亡，損失三分之二的兵力，反攻計畫面臨無可挽回的失敗。由於彈藥大量消耗，增援和補給斷絕，我軍恐難持久抵抗……」牛島滿既內疚又後悔，他暗自悲嘆：原意持久戰，卻演變成決戰，如今兵力嚴重損失，真是得不償失。牧港防線全面崩潰後，牛島滿只好下令：「向首里防線撤退！」

大本營知道戰況的慘烈後，為了支援沖繩守軍，便下令奧山少佐：「負責策劃和指揮五個小隊的傘兵，突擊沖繩島上的機場！」奧山少佐召集各隊長開會，商討具體作戰計畫，然後下令：「渡邊大尉率領兩個小隊突擊嘉手納機場，我率領三個小隊突擊讀谷機場。」於是，渡邊突擊隊乘坐四架飛機，奧山突擊隊乘坐八架飛機；在飛往沖繩的途中，有四架飛機因故障返航，抵達目的地之前又有四架飛機被美軍擊落，機員全部喪生，只有四架飛機成功降落機場。

日突擊隊著陸後便向機場上的美機拋擲手榴彈和燃燒彈，嘉手納和讀谷兩個機場，剎那間燃起沖天大火；美軍反應過來後便與日突擊隊交火，在美軍強大的火力打擊下，日突擊隊員全部被擊斃。但是嘉手納機場的大火卻燃燒了一晝夜，讀谷機場的大火更狂燒三天三夜；美軍損失飛機幾十架，大量航空油料被燒毀。顯然這曇花一現的突擊無法改變地面戰事的進展。

美軍冒著雨勢浩大的梅雨，踏著泥濘的道路，繼續挺進首里防線；巴克納下令：「重型坦克碾壓戰壕，以凝固汽油彈，火燒坑道和防禦洞穴，為了盡快結束戰事，也可以向坑道裡釋放毒氣。」在美軍坦克的攻擊下，日軍面對空前恐怖的打擊，牛島滿見部隊已無法繼續支撐下去，便下令：「利用夜色與煙霧的掩護，迅速轉移陣地！」此後，雙方處於捉迷藏的狀態，結果日軍能夠轉移的陣地變得越來越少，抵抗力也越來越弱，首里防線多處被突破，美軍占領那霸。

美軍繼續挺進首里；經過四天的激戰，日軍的首里防線完全瓦解，整座城市變成了廢墟。大田實少將對海軍陸戰隊說：「首里已經淪陷，我們也就孤立無援；一旦耗盡槍支彈藥，我們就與美軍展開肉搏戰，決不投降！」防守小祿半島的日軍最終全部戰死，大田實開槍自殺。巴克納電告尼米茲：「我軍已占領沖繩島的首府首里，戰事宣告結束。」

此時，史普魯恩斯已率領第 5 艦隊回基地休整，取而代之的是海爾賽的第 3 艦隊。他急於從沖繩海域脫身，便在琉球各島嶼設立雷達站，此舉構成了早期預警系統；同時，他又從菲律賓調來航空隊前去駐守沖繩島的機場。然後，自作主張地率領艦隊北上準備襲擊九州島；消息傳來，九州萬人空巷，日夜在神社祈禱：「天照大神，佑我日本！」不曾想「天照神風」真的應願而來，這股來勢洶洶的颱風掀起滔天巨浪，席捲九州海域；海爾賽的第 3 艦隊蒙受慘重損失，共有三十二艘軍艦遭重創，一百四十二架戰機被摧毀。

海爾賽面臨軍事法庭的審查，胡佛（Herbert Clark Hoover）將軍說：「海爾賽擅自率領艦隊出征，又違反艦隊處理颱風的條例，重蹈忽必烈的覆轍，理應撤職。」尼米茲則說：「海爾賽是美國海軍的英雄，施與處罰會成為日本的笑柄，並且有損美國的聲譽。」最後，歐尼斯特·金說：「日本聯合艦隊已經覆滅，其航空隊不足為患，不如讓他率領第 3 艦隊回返雷伊泰灣，休整後再投入日本本土的作戰。」於是，海爾賽率領遍體鱗傷的第 3 艦隊，灰溜溜地去烏利西島休整。

首里防線崩潰後，牛島滿命令殘餘部隊：「向十公里外的最後防線摩文仁撤退，摩文仁位於沖繩島的最南端，是由兩座山峰構成的天然屏障，地勢崎嶇險峻，那裡有巧妙隱蔽的砲位和坑道工事足可據險固守，決戰至最後一人！」面對日軍的頑抗，巴克納下令：「以坦克開路，火燒坑道內的日軍！」然而那些渾身著火的日軍，竟然忍著痛苦衝出來，並且死抱著美兵同歸於盡。此時，日軍還有三萬多人，彈藥卻所剩無幾，他們只能依賴防禦工事以節省彈藥，日軍越是窮途末路，越是拚死頑抗；雖然美軍的砲火密集猛烈，戰事仍然陷入膠著。

巴克納希望早日結束戰事以減少傷亡，便決定向日軍招降。於是，他透過廣播說：「你們已經被包圍了，只要投降，我們會依照國際法優待俘虜。」次日，巴克納見日軍不為所動，繼續頑抗，便下令：「再投入預備役的第2師，從沖繩島南端的海岬登陸，協同正面和側面的美軍進行圍殲！」巴克納親自上前線督戰，為了觀看部隊推進的狀況，他見團部附近有一座小山，便帶了部下登山遙望。

此時，日本國內的神社還在不斷祈禱：「天照大神，佑我日本！」然而，日軍已彈盡糧絕，牛島滿登上山頭，悲涼地遙望東京，突然他眼睛一亮，發現對面的山頭也站立一個人，他以望遠鏡仔細觀察，發現此人身著將軍制服，不禁喊道：「巴克納！」於是，立即下令：「向對面的山頭發砲！」士兵提醒他：「這是僅有的一顆砲彈！」牛島滿心裡默默祈禱：「大神佑我！」不想這最後一砲打去，砲彈的鋼片四下噴射，竟然擊中巴克納的頭部，美第10集團軍的最高統帥當場喪命。

次日，牛島滿向東京發出訣別電文，他照例燒毀軍旗、密碼和密件，然後與部下一起高喊誓言：「寧為玉碎，不為瓦全！戰鬥至死，絕不投降！」雙方又激戰了三天，日軍已被美軍分割圍殲；牛島滿脫下軍裝，換成和服，再以水代酒，他對參謀們說：「天照大神在招呼我們，乾了這一杯，我們一起為國盡忠，一起在靖國神社相聚吧，天皇萬歲！」他說完後，立即拔刀切腹而亡，其他參謀也都相繼自殺，至此，沖繩島大規模的抵抗基本結束了。尼米茲宣布：「美軍已完全占領沖繩島。」

這場歷經一百天的戰事，以十萬日軍全部戰死、十萬沖繩島民喪生的代價結束了。沖繩島的淪陷，預示戰役的結局即將來到，這場戰爭的最後究竟會如何？且看大結局，自有分曉。

第十八章

蘑菇雲滅帝國夢，死而不僵軍國魂

史達林利用美英急於結束歐戰的心態，在黑海之濱的雅爾達制定坐享漁利的密約；「密約」除了規定庫頁島和千島群島，全部劃歸蘇聯之外，還得到了中國的外蒙古，霸占東北鐵路、大連港和旅順海軍基地。美國則要求蘇聯對日宣戰，蘇聯則要求中國先接受「雅爾達條約」；後來，蘇聯出兵東歐，德國無條件投降。

隨著德國的投降，日本的國際地位更加孤立，在此窮途末路之下，日本異想天開，竟然寄望於蘇聯的救援；前首相廣田弘毅受內閣委託，前往拜訪蘇聯大使馬利克，他說：「如果蘇聯出兵助日，日本願意將千島群島和南庫頁島交還蘇聯。」蘇聯外長莫洛托夫接到大使的電文後，便報告史達林，史達林暗想：日聯合艦隊已全軍覆沒，日本敗局已定，有何談判的資格？於是他對莫洛托夫說：「雅爾達協定所涵蓋的條件，遠比日本所願意付出的更好，無須理會日本的建議。」日本見蘇聯不置可否，只好退而求其次說：「只要蘇聯繼續簽訂中立條約，日本願歸還庫頁島及其附屬島嶼。」不料，蘇聯卻宣布：「提前兩個月中止『日蘇中立條約』。」無疑地給了日本當頭一棒。

沖繩島戰役後，美國為了迫使日本投降，尼米茲下令李梅：「率領五百架 B-29 轟炸機，前去轟炸日本！」當天晚上，李梅再度降臨日本，密密麻麻的轟炸機群不停地在東京上空盤旋，一次就投下三千多噸的燃燒彈，東京近兩百平方公里的金融、商業、政府辦公區等陷入火海；大火連夜狂燒，強勁的南風將無數的火球吹過護城河，使皇家園內的灌木叢著火燃燒，火勢蔓延至皇宮，導致許多精美絕倫的木製建築付諸一炬，甚至皇太后、皇太子、皇親國戚、首相、外務省、海軍大臣等官邸都被大火焚毀。東京的一半區域頓時成了廢墟，大火還燒死幾十名近衛兵、皇宮警察、消防員等，平民死亡則不計其數。

日本軍方屢戰屢敗，本土防衛無力，促使議和派成為日本社會的主流；另一方面，美軍在沖繩島戰役慘勝，海陸空三軍損失巨大，使美國國內也掀起招降的呼聲。於是，美英蘇三國會商日本問題，決定發表「波茨坦公告」以呼籲日本無條件投降。公告發表之前，史達林問外長莫洛托夫：「公告只規定日本放棄除北海道、本州、九州、四國等本土之外的占領地，為何沒有包含雅爾達密約中有關蘇聯對中國的要求？」莫洛托夫說：「英美認為有關蘇聯與中國之事，應該由雙邊解決，除非蘇聯願意利益均霑。」史達林憤怒地說：「很明顯地，英美是有意將蘇聯排除在中國之外。」結果，「波茨坦公告」由中美英三國聯署發表，沒有蘇聯的簽字。

莫洛托夫對史達林說：「看來還是盡早出兵滿洲，占領東北為上策。」史達林為難地說：「調動軍隊費時需日，最快也要在 8 月 8 日，如果日本太早接受投降，我們就會失去出兵的理由，而無法趁火打劫了。」稍頓片刻，他繼續說：「你通知日本大使，只要日本堅持作戰至 8 月 8 日，蘇聯保證會出兵。如此，我軍便能爭取時間準備開戰。」於是，莫洛托夫向日本傳達史達林的話，東鄉茂德對內閣說：「蘇聯沒有在波茨坦公告上簽字，說明蘇聯與美英並非同盟。」接著又傳來蘇聯積極調兵遣將的消息，米內光政對日本內閣說：「看來，蘇聯是真的要出兵協助日本，如此一來，美蘇必有一戰，我們應該堅持到 8 月 8 日。」日本朝野頓時產生幻想，滿心以為來了救星，便對波茨坦公告保持沉默，不予答覆。殊不知，蘇聯正在磨刀霍霍，準備「痛打落水狗」。

「波茨坦公告」之所以敢將蘇聯排除在外，是因為美國即將擁有原子彈，這是人類有史以來最強大的武器。早在日本偷襲珍珠港的前兩天，美國便成立一個龐大的研究機構專門研究核武器，代號為「曼哈頓工程管理區」。一年後，美國建成世界第一座原子反應堆，三年後，研製成三枚原子彈，分別取名：「小東西」、「小男孩」和「胖子」。

當波茨坦會議還在進行時，新墨西哥州的沙漠深處，「小東西」已經組裝完畢，正被安置在三十公尺高的鐵塔上。指揮官在高喊試爆口令：「十⋯⋯

九……八……」口令從十開始倒數，當數到零時，一道強烈的白光照亮天際，大地傳來震天巨響，猛烈的衝擊波掀走地表上的一切建築物；爆炸上空出現了蘑菇雲，表面溫度高達幾千度；三十公尺高的鐵塔瞬間氣化，地面上形成一個巨大的彈坑；爆炸中心直徑一公里內，沙石被熔化為黃綠色的玻璃狀物；而直徑三公里半之內，所有生物全部死亡……

原子彈試爆的報告祕密傳給杜魯門（Harry S. Truman）總統，他緊張地閱讀後，不禁狂呼。因此，「波茨坦公告」蘇聯簽不簽字對美國已經不重要。美軍召開參謀長聯席會議，杜魯門問：「日本至今還不接受『公告』，你們說該怎麼辦？」歐尼斯特．金說：「日本人是個強悍的民族，他們寧可與敵人同歸於盡，也不願意投降，我們從巴布亞、塔拉瓦島、貝里琉島、菲律賓、關島、硫磺島等，血戰至沖繩島，都付出可怕的流血代價；如果登陸日本，每一個日本人都與一名美軍同歸於盡的話，我們可沒有那麼多軍人去送死啊！」杜魯門說：「為了保護美國軍人的安全，看來只好讓『小男孩』去教訓他們了。」

「印第安納波利斯號」曾是第 5 艦隊的旗艦，在沖繩島戰役中遭受重創，經過一個月的搶修，終於可以再度起航了；艦長麥克維伊上校站在甲板上觀望，他想起特攻機的亡命撞艦，至今猶有餘悸。幾天前，總司令部下達命令：「儘速前往馬雷島基地載運高度機密的貨物，然後送去提尼安島。」於是，這艘浴火重生的戰列艦在麥克維伊率領下，飛速跨越了太平洋，抵達加州的馬雷島。

馬雷島的碼頭上站著兩個身著美軍制服的人，他們自稱是「砲兵軍官」，只見他們指揮工作人員：「將那個龐大的木箱和大鐵桶吊上軍艦！」這兩個人一上船，就鬼祟地躲進貨物艙內，吃住都在船艙裡；麥克維伊心中明白，這必是一件極其重要的貨物，其實司令部在他臨行前曾再三告誡：「必須誓死保衛貨物，物在人在。」在碧波萬頃的太平洋上，「印第安納波利斯號」

高速航行了九天，終於抵達提尼安島的碼頭；那兩名「砲兵軍官」緊張地指揮工作人員：「在操場的北邊，有一間可移動的房屋，你們將貨物解除安裝後，放進那間房屋裡！」由於地點偏僻，物品又事關重大，因此，基地駐有重兵把守；此時，那兩名「軍官」才告訴麥克維伊：「辛苦你了，我們是普林斯頓大學的核彈專家，謝謝你一路護送到目的地。」幾天後，被命名為「小男孩」的原子彈便在此誕生。

與此同時，美策略空軍司令斯伯茨專程來到關島，他立即召見李梅、蒂貝茨上校和柏森斯上校。然後肅穆地宣讀作戰命令：「X 月 X 日過後，只要天氣許可，B-29 就以目擊方式向日本投擲『特別炸彈』，轟炸目標由李梅指定。」斯伯茨走後，李梅一邊叼著嘴裡的雪茄，一邊引領其他人來看地圖，他指著日本的一個城市，輕鬆地說：「首選目標是廣島，這裡是日本的軍事工業中心，同時也是日本陸軍司令部的所在地，附近居民都是熟練的技術工人。」蒂貝茨問：「萬一那裡的天氣不好，怎麼辦？」李梅微笑說：「就以小倉或長崎為第二目標。」

回到提尼安島後，蒂貝茨召開團隊會議，他說：「所有人都必須攜帶護目鏡，我負責駕駛轟炸機；西奧多上校擔任我的領航員；費雷比少校擔任投彈手；貝瑟爾中尉負責雷達監視；斯文尼上校和馬夸特上校各自駕駛偵察機負責航空攝影。」一切安排妥當後，航空氣象員來報：「日本南部的天空，明天晴朗無雨。」提尼安島的機場上停放著一排排的 B-29 轟炸機，足足有幾百架之多，其中一架名為「艾諾拉．蓋號」的正是蒂貝茨的座機，此刻，他在指示地勤人員上載「特別炸彈」，工作人員掀開防水布後，露出了「小男孩」，接著，「小男孩」被吊上「艾諾拉．蓋號」的機艙。

次日凌晨，蒂貝茨端坐在「艾諾拉．蓋號」的駕駛艙內，當三架氣象飛機起飛後；他才啟動飛機的引擎，接著轟炸機在兩公里長的跑道上滑行，僅一刻鐘，「艾諾拉．蓋號」便翱翔在天空了。轟炸機上升至七千公尺高後，柏森斯上校對助手基普森少尉說：「我們爬進彈藥艙，為『小男孩』裝配起爆器吧！」不久後，他們重新回來機艙，報告蒂貝茨：「『小男孩』已安裝起爆器。」於是，蒂貝茨向大家公布真相，他說：「我們這次要轟炸的『炸彈』，將是震驚世界的原子彈，投擲『小男孩』後，貝瑟爾中尉會記錄這歷史性的一刻。」

過了幾個鐘頭，氣象飛機抵達廣島的上空，廣島的警報立即響起，氣象飛機向蒂貝茨報告：「廣島的能見度良好。」此時，黎明初現，蒂貝茨下令：「戴上護目鏡，目標廣島！」不久，領航員西奧多喊道：「已經到達目標上空！」費雷比盯著瞄準器報告：「目標已經鎖定！」蒂貝茨立即按下訊號鈕，大家的耳機裡響起訊號聲，當聲音消失時，「小男孩」就掉下機去了；接著，飛機墜下三個降落傘，傘下吊著發報機，開始將爆炸的資料傳送回去。

大約四十幾秒後，低空出現一道強烈的白光，大地亮如白晝，甚至百公里之外的地表也被強光照亮；蒂貝茨發現轟炸機上的儀表彷彿是在自行發光似的，十分明亮。原來在離地五百公尺高的空中，「小男孩」已經爆炸了；接著，是驚天動地的爆炸巨響，爆炸聲一直傳送到十公里之外。不久，一大團紫紅色的火球彷彿是從地殼噴湧而出，橙黃色的火焰沖天而起。這個由爆炸形成的龐大火球，表面溫度高達八千度，火球底下的一切，包括鋼鐵、花崗岩等都被熔化殆盡，大多數物體都被氣化，鋪蓋在地表上的沙礫都熔化成黃綠色的玻璃結晶體。頃刻間，一股極端強大的衝擊波，以每秒一公里的速度從爆炸中心向外擴散，直達五公里外才緩慢下來，並以音速繼續推進；地表上的大片建築物如高樓大廈、橋梁、城垣等皆被摧毀。

此刻，爆炸中心內的空氣已被燃燒殆盡而形成真空，冷空氣便從四面八方聚攏而來，環繞爆炸中心形成巨大的漩渦；漩渦的速度越轉越快，產生時速高達七十公里的旋風，氣旋捲走地上的一切塵埃並聚集在漩渦的核心，形成有如固體似的火柱；火柱在不斷地升高，與此同時，最上端的火球也在不停地翻湧，不斷向外噴出濃稠的煙霧；煙霧呈白色環狀，形成前所未見的蘑菇雲，隨著白色的煙霧不斷翻捲上湧，蘑菇雲也在不停地膨脹；蘑菇雲下的廣島已成火海煉獄，生命絕跡；在爆炸中心直徑十里內，屍骨無存。其外的地區到處堆聚著建築物的廢墟；在廢墟瓦礫中隨處可見燒成焦炭的屍骸，有些岩石的表面上還形成人或物的影像。慘狀令人驚悸，不忍目睹！

此時，美轟炸機還在高空盤旋，貝瑟爾高喊道：「快離開吧，火柱可升高至一萬公尺。」於是，蒂貝茨下令：「撤退！」他迅速掉轉機頭返航，儘管如此，爆炸的衝擊波仍然使機身劇烈震盪，「噼啪」作響；蒂貝茨謹慎沉著地控制住飛機，才逐漸飛離日本而去。「艾諾拉·蓋號」經過長途飛行後，終於降落在提尼安島上，斯伯茨將軍已在機場恭候，他向前與蒂貝茨握手，讚揚的說：「你們是美國的英雄！」然後，便為蒂貝茨別上十字勛章。

「小男孩」的爆炸量僅兩萬噸 TNT，便已造成如此可怕的災難；今天，中美蘇等國的核武器，已經不是低階的「小男孩」原子彈，而是威力強過百倍、千倍的氫彈。1961 年 10 月 30 日，蘇聯在新地島試爆的氫彈，爆炸當量為五千萬噸 TNT，破壞面積是「小男孩」的七千倍，達八萬多平方公里，約為一百個新加坡的大小。由此不難理解，如果載有核彈的轟炸機失事，或者載有核彈的軍艦在海面爆炸，後果會是怎樣？我不敢想像，只能祈禱這樣的事情永不發生，人類的生死存亡只在一念之間……

原子彈爆炸的次日，美國空軍在日本各大都市空投傳單：「如果日本仍然不接受無條件投降，一股從未見過的破壞性激流將會從天而降，地球上從未有過的破壞性打擊，將繼續降臨在日本的頭上……」

的確，廣島的毀滅令日本朝野大為震動，在御前會議上，日本外相東鄉茂德代表內閣發言：「為了挽救大和民族的生存，日本應該接受『波茨坦公告』。」陸軍大臣阿南惟幾激烈反對：「現在數百萬軍隊士氣高昂，正準備與美國在本土決戰，我們寧可光榮地死去，也不願屈辱地活著！何況我們還可以遷都滿洲。」梅津美次郎對東鄉茂德說：「你不是說，蘇聯保證會出兵，要我們堅持到8月8日嗎？」

天皇黯然地說：「明天就是8月8日，過了明天才答覆美國吧！」

杜魯門坐在辦公室裡，等候日本投降的消息，然而，咖啡已不知喝了多少杯，一天的時間也默默地過去了。於是，他電告歐尼斯特·金：「看來，『小男孩』的分量不夠重，你叫『胖子』也去吧！」斯伯茨接到作戰命令後，便下令斯文尼上校：「率領B-29轟炸機攜帶原子彈轟炸日本的小倉，第二目標為長崎。」

兩天前的原子彈轟炸廣島，斯文尼記憶猶新，當時他駕駛觀測飛機「偉大藝術家號」，負責航空攝影的任務，他目睹原子彈爆炸的場面，特別是那翻捲的蘑菇雲，不停地變換著七彩的顏色。

次日凌晨三點半，斯文尼駕駛B-29騰空而起，轟炸機向硫磺島飛去。不久後，一個燃料箱出現故障，約六百加侖的航空汽油不能使用，斯文尼估算後，暗想：機內的燃油還足夠來回的航程，繼續飛行吧！他原本約好兩架空拍飛機，一起在硫磺島上空會合，結果只來了一架，為了等待另一架飛機，斯文尼只好在空中盤旋；然而過了半個鐘頭，那架飛機仍然不見蹤影，斯文尼白白損失了航空油料，只好悻然下令：「飛往日本，目標小倉！」

當飛機抵達小倉的上空時，領航員報告斯文尼：「小倉的氣象條件十分惡劣，飛機底下盡是厚厚的雲層，根本無法窺視地面。」於是，斯文尼嘗試下降飛機的高度，只見地面上濃煙滾滾，能見度非常低；正當他準備再下降高度時，突然下面射來密集的高射砲火，斯文尼緊急拉起飛機。此時，耳機裡傳來無線電報務員的聲音：「截獲日本無線電消息，日本戰鬥機即將起飛攔截！」斯文尼果斷下令：「放棄小倉，飛往長崎！」這一耽擱，他又白白損失了航空油料。

不幸的是，飛機第一次進入長崎時，領航員報告：「這裡的天氣也是霧濃雲厚，沒有找到目標。」斯文尼的心，頓時變得沉重起來，此刻內心的緊張焦慮，讓他不禁暗想：燃料表的指標在急遽下降，無論如何再次進入時，必須將『胖子』丟下去，否則就回不了家了。於是，他下令：「採用雷達瞄準，準備投彈！」當投彈手比漢要使用雷達時，突然發現兩片雲之間出現一片空隙，可以清楚看見下面的長崎市，於是，他立即報告：「已經目擊和瞄準目標！」斯文尼隨即按下按鈕，「胖子」便淩空落下，他這才緩緩地鬆了一口氣。然而，長崎周圍有陡峭的山峰為屏障，結果「胖子」的爆炸效果遠不如「小男孩」。此時儀表的指標已發出訊號，顯示航油嚴重不足，他下令：「飛機降落沖繩島的機場，補充油料後再返航。」B-29 轟炸機隊在沖繩島降落，添滿油後又飛行了二十個小時，才抵達提尼安島。

同一天，蘇聯公布對日宣戰，一百五十萬蘇軍進入中國東北。日本內閣緊急召開會議討論蘇聯的宣戰以及接受「波茨坦公告」事宜，豐田副武沉重地說：「投降的首要條件是維護國體，保留天皇制度，其次要符合三個條件：一、日本自行處理戰犯；二、日本自主解除武裝；三、盟軍不得占領日本本土。」外相東鄉茂德反對：「我們已經沒有談判的籌碼，除了無條件投降外，無法扭轉局面。」陸相阿南惟幾堅決反對：「寧可發動本土決戰，也不能無條件投降，雖然勝敗難料，我們還可以一戰！」於是，首相鈴木貫太郎要求內閣表決，結果大多數主張接受「波茨坦公告」。陸軍大臣阿南惟幾拍案而起，他說：「接受『波茨坦公告』等同被俘虜，我們寧可玉碎，也不願瓦全！」鈴木貫太郎說：「既然我們意見不一致，就由天皇決定吧！」

於是，昭和天皇舉行御前會議，他靜靜聆聽雙方的意見，才黯然表態：「我們僅存的一線希望已隨著蘇聯的宣戰而破滅，如同雪上加霜的災難。本土決戰，除了要對抗美國，還要面對蘇聯的入侵，勝利的希望十分渺茫。與其讓蘇聯侵占日本本土，不如儘速接受『波茨坦公告』，利用美國的力量阻止蘇聯的入侵，除此之外別無選擇。接受『公告』雖然不體面，至少還能保證國土的完整，兩害相權取其輕……」於是，天皇核準內閣接受「波茨坦公告」。

東鄉茂德指示日本大使：「委託瑞典政府向美國轉達：願意接受『波茨坦公告』。」兩天後，美國透過廣播的方式，接受日本無條件投降；接著，日本天皇向人民宣布終戰詔書。天皇的發言被錄製後，中美英蘇四國宣布：「接受日本無條件投降！」然後，中美英向太平洋各地的日軍，廣播錄製的天皇終戰詔書，規定 8 月 15 日為日軍的投降日。

阿南惟幾聽完終戰詔書之後，便把自己關在房間裡，坐在燈下默默垂淚。凌晨時分，他的內弟竹下正彥中佐來訪，他命令侍從擺上酒菜，兩人把盞對飲；言談間，他敘述自己數十年的戎馬生涯，哀傷地說：「乃木希典為天皇建功立業，尚且自願殉葬，我身為陸軍大臣，無法挽狂瀾於既倒，有愧於讓天皇蒙羞，與其苟且偷生，任由美國羞辱，不如……」他的聲音越說越低，已經無法聽見下文，只見他臉上老淚縱橫，泣不成聲。拂曉時分，他吩咐竹下正彥：「你為我守住門口，不准任何人進入。」

接著，阿南惟幾換上天皇所賜的襯衣，這是他擔任侍從武官時的恩寵；然後他走去臥室外的走廊，擺好陣亡兒子的遺像，再將遺書平放在相框前。阿南惟幾雙眼含淚，怔怔地注視兒子的相片，自言自語：「兒啊，為父去找你了！」此刻晨曦微露，阿南惟幾收住淚水，迅速轉身，只見他左手持軍刀，右手握匕首，身朝皇宮的方向，昂首向天凝望；當巡邏兵的腳步聲逐漸遠去，他立即以匕首刺入腹部，跪坐在地上，只見滿地鮮血四濺，隨著切腹的傷口在擴大，腔內的腸胃也畢露無遺；此刻，他發現自己還活著，便忍著痛苦舉起血淋淋的匕首，顫抖著接近喉嚨，然後拚力一劃，接著「碰」的一聲，阿南惟幾的身軀倒了下去，伏臥在血泊中……

守在門外的竹下正彥聞聲衝入房內，雖然這是意料中的事，仍然禁不住嚎啕痛哭，他扶著阿南惟幾的屍體說：「姐夫，你太傻了，與其切腹不如玉碎。」他含淚望著天空，憤恨地揮拳高呼：「大神啊，給我原子彈吧，讓我與美國玉碎，為天皇洗刷恥辱，報我大和民族的血海深仇！」日美之間的血仇，看來只能藏在靖國神社，藏到「泥土變岩石，岩石長青苔……」，最終藏到歷史被遺忘。在克里姆林宮內，史達林暗想：日本的投降是接受「波茨坦公告」而非「雅爾達協定」，有權拒絕蘇聯的要求，還是先下手為強，有了籌碼才有談判的本錢，否則英美拒絕承認密約，蘇聯豈不是被愚弄？因此日本投降三天之後，史達林乘人之危，下令：「出兵千島群島。」

千島群島分成南北兩部，南部四島的原住民是日本人。十八世紀中葉以後，沙俄東來，不但占領中國清朝一百多萬平方公里的領土，還將領土擴張至阿拉斯加，同時也占領了千島群島，包括日本的北方四島。明治時期，日本透過日俄戰爭，不但取回北方四島，還逼沙俄割讓全部的千島群島以及庫頁島的南半部。蘇聯間諜報告蘇軍總部：「日本在千島群島建有九個機場，可容納六百架飛機；占守島位於群島的最北端，與堪察加半島隔海相望，駐有日第 91 師團，師長為堤不夾貴；巔峰時期，日本曾駐軍兩萬多人，此刻只剩八千人。」凌晨時分，堤不夾貴接到士兵報告：「蘇軍從堪察加半島砲擊占守島！」堤不夾貴暗想：這是戰爭的前奏，必須做好防禦準備！他下令：「準備消滅登陸的蘇軍！」在艦砲掩護下，蘇軍開始登陸占守島，目標是片港海軍基地附近的灘頭。不久後，蘇先遣隊成功搶灘，然而登陸地段十分狹窄，蘇軍主力只好分成兩個梯隊上岸，堤不夾貴暗中窺視，他暗自思索：蘇軍分批登陸，就無法集中優勢兵力，而且其先鋒部隊缺乏重型武器，此刻發動攻擊，必可事半功倍！於是，當蘇軍進入射程內時，堤不夾貴便下令：「開火！」在日軍砲火的猛烈轟擊下，蘇軍的登陸艦艇被擊沉、擊傷，軍隊傷亡慘重，無法再向內陸挺進，結果先遣部隊都擁擠在灘頭上。直至蘇軍主力完全登陸後，戰場的形勢才出現好轉，隨後蘇軍向島內推移，堤不夾貴下令坦克：「向蘇軍發起攻擊！」蘇軍承受了裝甲突擊，傷亡越來越大，於是蘇軍指揮官下令：「以反坦克裝備、機關槍、手榴彈等混合火力，集中反擊！」果然，數輛日軍坦克被摧毀，日軍凶猛的攻勢才得到阻遏。蘇軍付出了慘重的代價，終於在傍晚時分控制了兩個制高點。此後，蘇軍每前進一步，都面對慘烈的戰鬥，雙方陷入難分難解的拉鋸戰；正當蘇軍騎虎難下時，天皇的終戰詔書恰好下達，堤不夾貴才宣布投降。接著，蘇軍在無抵抗之下，席捲南北千島群島，太平洋戰爭宣告結束。

戰爭夢

是誰點燃這亞洲的烽火？
是太陽旗上狂舞著櫻花朵朵
是誰掀起太平洋的巨浪？
是汩汩鮮血染紅旗上的太陽
當炸彈爆炸，我彷彿看見
新加坡人淚流滿面
當刺刀揮舞，我彷彿看見
南京城裡血花四濺
既是眼淚，更是悲傷
多少苦難的人從此家破人亡
世界是如此黑暗，寒夜是如此漫長，誰能告訴我
何處有光芒？
蘑菇雲遮蔽了夕陽人們都期待著曙光，平息了硝煙
和平還遠嗎？戰爭夢，戰爭夢……

參考書目

[01]《日本帝國的興亡》湯重南／韓文娟／汪淼／強國

[02]《中緬印戰場抗日戰爭史》徐康明

[03]《燃燒的東南亞》孟凡俊／李春光

太平洋戰爭之南洋烽火：

帝國野心的崛起與衰落

作　　者：饒夥發
發 行 人：黃振庭
出 版 者：複刻文化事業有限公司
發 行 者：複刻文化事業有限公司
E-mail：sonbookservice@gmail.com
粉 絲 頁：https://www.facebook.com/sonbookss/
網　　址：https://sonbook.net/
地　　址：台北市中正區重慶南路一段 61 號 8 樓
8F., No.61, Sec. 1, Chongqing S. Rd., Zhongzheng Dist., Taipei City 100, Taiwan
電　　話：(02)2370-3310
傳　　真：(02)2388-1990
印　　刷：京峯數位服務有限公司
律師顧問：廣華律師事務所 張珮琦律師

定　　價：375 元
發行日期：2024 年 07 月第一版
◎本書以 POD 印製
Design Assets from Freepik.com

國家圖書館出版品預行編目資料

太平洋戰爭之南洋烽火：帝國野心的崛起與衰落 / 饒夥發 著 . -- 第一版 . -- 臺北市：複刻文化事業有限公司 , 2024.07
面；　公分
POD 版
ISBN 978-626-7514-02-3(平裝)
857.7　113009198

電子書購買

爽讀 APP

臉書